问花园你

许念念 著

北京联合出版公司
Beijing United Publishing Co.,Ltd.

我爱你，如同夏日繁盛的香樟，永恒而无畏。

沈问回头，看着还睡眼惺忪的许蓝，
笑了："吃简单点，可以吗？"
　　窗外的光透进来打在沈问身上，温和明朗。

问你花园

许念念 / 著

北京联合出版公司
Beijing United Publishing Co.,Ltd.

图书在版编目（CIP）数据

问你花园 / 许念念著. — 北京：北京联合出版公司, 2023.7

ISBN 978-7-5596-6867-7

Ⅰ.①问… Ⅱ.①许… Ⅲ.①长篇小说 – 中国 – 当代 Ⅳ.①I247.5

中国国家版本馆CIP数据核字(2023)第068689号

问你花园

作　　者：许念念
出 品 人：赵红仕
选题策划：千十文化
责任编辑：牛炜征
责任印刷：王钦辉
装帧设计：他系力二工作室

北京联合出版公司出版
（北京市西城区德外大街 83 号楼 9 层　100088）
北京联合天畅文化传播有限公司发行
湖南天闻新华印务有限公司
字数 339 千字　880mm×1230mm 1/32　9.5 印张
2023 年 7 月第 1 版　2023 年 7 月第 1 次印刷
ISBN 978-7-5596-6867-7
定价：45.00 元

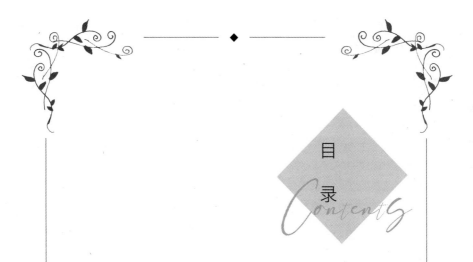

目 录
Contents

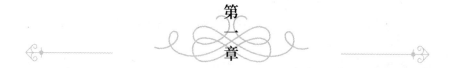

第一章

北市。四月中旬，又是一年的雨季。

街道上车队排得好长，空气中有些本不属于这个月的燥热。便利店里的白炽灯光线明亮，玻璃门紧闭着，人出奇地少。店内隔音很好，雨水砸在地面上噼里啪啦的声音被隔绝在门外，听起来闷闷的。

许蓝站在明净的货架前，居高临下地看着那一排蛋糕。她拿起巧克力味的蛋糕，懒懒地叹了一口气，把心里那份烦躁若无其事地压了下去。

"Rose Dance"（《玫瑰之舞》）的手机铃声在这时候忽然响起。

"林榭？"

林榭沉默片刻："刚回来就心情不好？"

林榭和许蓝有长达七年的深厚"革命友情"，他知道许蓝只要心情不好，就会下意识地喊他大名。

"哪儿能啊，挺好的。"许蓝靠着便利店里橘黄色的餐桌，百无聊赖地看着外面鳞次栉比的高楼。在雨水的冲刷下，那些大厦只剩下依稀可辨的轮廓。

她的声音轻而软："怎么了，哥哥？"

许蓝声音不大，但从她一开口，其他人的眼神就忍不住地朝这边瞟。没别的意思，只是纯粹觉得这女孩声音好听。

林榭沉默了两秒钟，淡淡地开口道："你不在酒店？"

"出来买零食，酒店楼下的便利店不行，连冰皮蛋糕都没有，只能多走几步路。"许蓝听了一下林榭那头的动静，"你在蓝岸湖墅？"

蓝岸湖墅是两人父母的住所，平时兄妹俩不回去，也不把那里称之为"家"。

"刚和我爸还有蓝臻吃完饭。"林榭言简意赅，"说正事，明天我可能没办法送你了。"

"没事儿。"许蓝笑道，"等我把驾照考了，之后就不用你送了。"

林榭低低地"嗯"了一声。

"哥哥，"许蓝忽然想到了什么，蹲在货架间，抱着膝盖轻声问道，"你又要去出任务了？"

"临时的，有点急。"林榭没骗她。

许蓝微微蹙起眉："跟你爸还有蓝臻说了吗？"

"我不爱没事找不痛快。"林榭淡淡道。

许蓝点点头："哥，那你小心点。"

林榭听出了妹妹的担忧，难得地笑了一声："好，我保证。"

"对了，"林榭主动换了个话题，"刚刚你们班长打我电话，一一核实同学的家庭情况，听说我是你爸爸？"

"再美的梦也总是要醒的，下辈子再当我爸吧，林队长。"许蓝真诚地夸赞，"应变能力和演技满分。"

林榭不用想也知道，许蓝不想在家庭情况表上把那个男人称呼为父亲。

林榭在桌前坐定，收敛起难得的笑意："挂了。"

"嗯。"许蓝先挂断了电话。

打完电话，她顿觉没什么食欲，把购物袋里的零食一个个又放回货架上。

豆大的雨点砸在车窗上，车辆颠簸，红灯不断。还好这里禁鸣喇叭，不然许蓝可能会直接跳车。

许蓝只离开了北市两个月，回来又是另一副模样，没变的只是繁华。

回到酒店套房，许蓝匆匆洗了个澡，窝进被子里。她下午从南市回到北市，累得不行，没过多久就睡着了。

昏昏沉沉的睡梦间，她居然又梦到了第一次进蓝岸湖墅的那天。

许蓝那年才十三岁，刚上初中。

许砚还躺在病床上生死未卜，蓝臻就迫不及待地带着她这个小拖油瓶，嫁入了北市有名的富豪林宿家里。

那天天气闷热，许蓝坐在车后座，麻木地看着后视镜里的蓝臻翻了个白眼，挂断了她班主任的来电。

她想，下回故意考个倒数试试，说不定能引起蓝臻的一点兴趣。当然，这个吃力不讨好的想法立刻被许蓝理智地打消了。后来许蓝才知道，蓝臻为了给她所谓的哥哥一个良好的高考复习环境，一直等到林榭填完高考志愿，才带着许蓝进了蓝岸湖墅。

哇，您是多么善解人意啊。许蓝在内心给蓝臻鼓起了掌。

林宿见到许蓝的第一句话便是："什么时候给她改个名？"

蓝臻厌恶地看了她一眼："她用不着跟我姓。"

让许蓝感到幸运的是，林宿也完全没有想让许蓝跟他姓的想法。于是，改名的事情就不了了之了。

许蓝的名字是许砚早就起好的。即便从许蓝记事起，蓝臻就没有关心过她，但许蓝能看得出许砚很爱蓝臻。但不是所有的爱都能有回报的。

许砚是医学教授，因为多年前的一场医闹，彻底变成了植物人。那天蓝臻接到消息，嘴角边泛起的笑容，至今令许蓝毛骨悚然。

像是蓄谋已久，蓝臻迅速攀上了林宿。

对于蓝臻这个人，许蓝实在找不出什么优点，除了那张脸。

许蓝这人爱屋及乌，同样也爱憎分明，不搞连坐。蓝臻不爱她，很明显林宿也不是什么好人，他儿子林榭还有待观察。

半个月后，录取通知发布。还在度蜜月的林宿和蓝臻直接从国外火急燎地飞了回来，因为北市高考总分第一的林榭，第一志愿填的居然是刑侦专业。

林宿回来就掀了桌子，指着林榭的鼻子破口大骂。

林榭表情平静又冷淡，从始至终的回答里没有一个脏字，却字字气得林宿说不出话来。

许蓝在二楼听得津津有味，林榭上楼的时候，许蓝正坐在窗台上，两条细白的腿在空中晃来晃去。

她歪头朝他一笑："哥哥很勇敢啊。"

这是他们第一次见面。

林榭淡淡地看了一眼她身后："你也很勇敢。"

许蓝从窗台上跳下来，她穿着睡衣，头发随意地绑着，松松地垂在后面，声音轻柔得像只小兔子："哥哥说的是哪件事？"

没等林榭回答，许蓝若有所思："我哪里都挺勇敢的。"

林榭笑了声，不置可否。

"想到以后有个当刑警的哥哥，我就觉得很光荣嘛。"许蓝抬眸看着林榭。那年许蓝还不到一米六，仰头望着当时已经超过一米八的林榭有些吃力。

林榭顿了两秒钟，再次给了许蓝一个难得的笑。

从那一刻开始，两人深厚的"革命友情"就结下了。

蓝臻不让许蓝提许砚的名字，许蓝那时刚巧是叛逆的时候，总是和蓝臻对着干。蓝臻把她锁在房间里的时候，林榭就拿无人机从窗户里给她送好吃的。

蓝臻和林宿结婚这么久了也不知道，两个孩子其实关系很好。在他们眼里，两个孩子一个乖戾一个寡言，八竿子打不着边。

许蓝十八岁那年，在林宿和蓝臻的极力反对下，在第一志愿上填了新闻专业。

林宿手里的上市公司，兄妹俩愣是一个都不接。

许蓝笑着说："现在再生一个也还来得及。"

林榭当时在南市执行任务，隔空跟她击了个掌，还叫了她一声"懒爷"。

许蓝上大学后，蓝臻就已经默认林家没有她这个人了。

许蓝没觉得难过，只觉得好笑，竟然是跟自己没血缘的哥哥最关心她。

许蓝再醒过来的时候已经是中午，她边刷牙边看了一眼手机，十几个鱼鱼的未接来电。

许蓝洗完脸，给她回个了电话。

"许！懒！懒！"鱼鱼刚出学校食堂，正急匆匆地往画室走，"要不是我跟你哥再三确认，我真要以为你失联了。"

许蓝倒在床上，一动不动地看着米色的天花板："难为咱们大画家百忙之中还给我打了这么多电话。"

鱼鱼不满道："怎么不去我家啊，我妈天天盼着你去呢。"

"我知道阿姨最喜欢我了。不是马上就回学校了嘛，就不打扰了。"许蓝打了个哈欠，"你快画画去吧，我再睡个回笼觉。"

"还睡？"鱼鱼急了，"你知不知道你待会儿要见的是谁？要不是我实在走不开，早就飞过去了。"

许蓝闭了一会儿眼睛，最后也还是没睡着。她叹了口气从床上坐起来，朝后抓了抓头发，慢吞吞地坐在地毯上，打开行李箱找衣服。

她坐在地毯上，屈着细而白的长腿，裙边刚好能遮到纤细脚踝的位置。

两根细细的吊带边上露着锁骨，黑而直的头发在低头的时候垂下来，遮住了些白得几乎透明的皮肤。

要是有人看到许蓝此时的模样，满脑子肯定就只剩下两个字——仙女。

大一一学年过去，南市大学没几个不知道许蓝的。

鱼鱼是许蓝的发小，同校美院的，在微博上有五十多万粉丝，是名副其实的网红画手，在校知名度完全不比许蓝低。以前林榭不在家，许蓝又在蓝岸湖墅待不下去的那些时候，经常红着眼跑到鱼鱼家躲几天。

许蓝平时就做平面模特，不过没跟哪个公司签长期合约，虽然挺多摄影师争先恐后地找许蓝拍样片和广告，价钱翻了一倍又一倍，但她只是把拍照当成解压方式。

再说，许蓝也不缺钱。

蓝臻在许蓝考上大学之后，给了许蓝一张没有限额的卡，并宣布从今以后自己不管她了。

还有什么比这更幸福的？许蓝当时差点流下感动的泪水。

她读的是封闭式管理的高中，大学之前能花钱的地方并不多。拿到卡后，她在大学旁边直接刷了套独栋别墅，和鱼鱼一起住。

许蓝本来不想接这一次的拍摄，主要是她不想回北市。

她陪鱼鱼画画的时候，偶然提起这件事，没想到鱼鱼听到"KISS U GARDEN"这个名字时就疯了，带着一身油彩扑了上来："那可是吻你花园！"

许蓝忍着松节油味问："什么吻什么花园？"

"DIM 公司你知道吧！吻你花园是 DIM 的摄影工作室！"鱼鱼一副恨铁不成钢的表情，"就在北市，离我们家不远，我的理想工作地点！"

许蓝虽然不太关注，但 DIM 她还是知道的，有名的时尚公司。

根据鱼鱼的"科普"，吻你花园是 DIM 分部的一个摄影棚，去年刚开业，专拍 DIM 自己的模特。主要负责人兼摄影师叫陈鹿，许蓝收到的合作邮件也就是陈鹿发的。

出发前两天，鱼鱼被美院留下来准备比赛作品，含泪拜托许蓝替她好好看一眼吻你花园的内景。

许蓝按陈鹿的建议化了个淡妆，挑了件淡黄的连衣裙，在头侧别了一只玫瑰发夹。

昨晚一阵雨后，今早的阳光很温和。

出租车窗微微敞开，路过昨天那家便利店的时候，许蓝让司机就在这儿停。

今天货架上终于有咸蛋黄口味的蛋糕了，但付钱的时候，许蓝注意到手机忘记充电了。她盯着打车 App 转了好久的圈圈，屏幕终于熄灭。

当务之急是先给陈鹿打电话说明缘由，好在她记得陈鹿的电话号码，她一向过目不忘，这有林队长的一份功劳在里面。

现在，就是要找人借个手机了。

此时此刻，沈问正靠在车上等顾漠。他看了一眼时间，心道来早了。

口袋里的手机振动，是顾漠发来的消息：你上来吧，我还要一会儿。

沈问这两天医院调休，他抬头看了一眼 DIM 大厦，低头回了几个字。

顾漠秒回：那你等我，我尽快。

许蓝走过一条街道，淡淡地扫视了一圈，大致地判断出了几个不忙着赶路的人。接着，迅速锁定了街口边那个靠着车窗的男人。

男人眉目清秀，戴着银色边框眼镜，头发一丝不乱。是一位身上糅杂着温和与贵气，一看就很礼貌的叔叔。他看了一眼手表，像在等人。

许蓝，社恐人生导师，装乖第一名。

"叔叔好，请问能借一下您的手机吗？我迷路了。"许蓝说了个最容易借到手机的理由。

沈问愣了一下，笑道："叔叔？"

许蓝无辜地缓声道："请问您有二十五岁吗？"

沈问顿了一下："有。"

"那就是了，我爸说过，超过二十五岁的都要叫叔叔。"她眨着清亮的眼睛，笑道，"谢谢叔叔，叔叔真好。"

沈问失笑，并不争辩，把手机递了过去："用吧。"

许蓝拿沈问的手机拨通了陈鹿的电话，令她惊讶的是，陈鹿的号码居然在男人的手机里有备注。

沈问也微微一愣。电话接通后，他默默向旁边走了几步，仔细看了一眼这个小姑娘。

一双杏眼天生带笑，瞳孔跟玻璃珠似的透亮，睫毛长翘，眼下有颗泛红的泪痣；黑茶色的头发长而直，在阳光下微微泛着点深棕色；皮肤是雪白的，胳膊和双腿又细又长，还很直。朝你看过来的时候一副不食人间烟火的模样，身上还有淡淡的花香，是块当模特的料。

既然是找陈鹿，大概是去吻你花园。

少女的声音轻而软："谢谢叔叔，我打完啦。"

沈问垂眸看她："举手之劳。"

许蓝眨着眼睛看着他："叔叔，请问附近哪里有借充电宝的地方啊？我第一次来北市，不熟。"语气诚恳至极，真的像个第一次来陌生城市的小姑娘。

沈问微微弯下腰，视线尽量做到和她齐平，温声问："小孩儿，要去哪儿？"

"吻你花园。"许蓝诚实道。

沈问印证了自己刚刚的猜想："去找陈鹿？"

许蓝点点头："叔叔认识呀？"

沈问抬手看了一眼腕表，顾漠也暂时没消息，便耐心道："陈鹿和我是朋友。若是信得过我，我直接送你去。"

许蓝想了一下，刚刚在手机里也看到了，这个男人是真的认识陈鹿。

沈问看她有点犹豫，刚想开口，许蓝甜甜地笑了："谢谢叔叔，麻烦了。"

胆子挺大，沈问想。他直起身："十分钟就能到。"

上车后，沈问递给许蓝一个充电宝："先用着。"

许蓝道了声谢，又看了一眼这个男人。深灰色风衣，左手上戴着腕表，身上有淡淡的茶香。许蓝自诩见过不少帅哥，但沈问这种类型的，她见得很少。并且她承认，他是真的帅。

许蓝偏头问："叔叔贵姓？"

"姓沈。"沈问温和道。

"沈叔叔好，我姓许。"许蓝弯起眼睛，"刚刚在想，今天运气真好，刚巧就遇上了您。"

以后不会有什么交集，沈问并不在意她的称呼："你说是第一次来北市？"

"嗯，"许蓝补充了一句，"本来有朋友一块儿，不过她临时有点事儿。"

这样说完，就显得自己没那么可怜。但许蓝说完后，又觉得有些多余。

"自己出来要当心。"在十字路口停车等红灯，沈问随口问，"你是哪里人？"

说实话，听口音，沈问并不觉得她是外地人。

许蓝眼睛眨都没眨："祖安人。"

其实这是一个电脑游戏中居住在某个地区的人，沈问自然不懂。

他想了一下，缓慢开口："离北市很远吗？"

"不远的，"许蓝诚恳道，"以后要是有机会，沈叔叔您可以去看看，小众风水宝地，人才辈出。"

沈问礼貌性地点了点头："好的。"

过了两分钟，手机自动开机。许蓝点开微信，想把鱼鱼发来的语音消息转成文字，结果手滑点了外放。

鱼鱼的声音震耳欲聋："懒懒你人——"

许蓝赶紧把语音掐断，有点尴尬："不好意思。"

"没关系。"沈问笑了，温声道，"懒懒是哪个懒？"

"五颜六色的蓝。"许蓝补了一句，"单名。"够诚恳吧，全名都告诉你了。

沈问笑了一声："沈问。为什么的问。"

私家车停在了吻你花园的门口，沈问和许蓝一起下了车。

许蓝吐了口气："谢谢叔叔了。"

"这个，小孩儿就先用着吧，"沈问靠在车边笑笑，"充完给陈鹿就行。"

许蓝看出来沈问和陈鹿是有些交情的，就没多推辞，朝沈问挥挥手，走进吻你花园。她走了两步，忽然分了神：这叔叔，腿还挺长。

沈问刚上车就接到了顾漠的电话："人呢？人呢！"

沈问笑道："急什么，替你送走了个小孩儿。"

"少编派我。"顾漠靠在 DIM 大厦门口，一双桃花眼半眯着，半扎的卷发在阳光下的颜色像油画，"管你在哪儿，快回来接我。我好不容易忙完，还扑个空，好可怜。"

沈问坐回车里："就来。"

私家车开走的时候带过一阵风，吻你花园门口血红色的蔷薇此时开得正盛，飘下来几片花瓣。

吻你花园偌大的草坪上布置着纯白色栅栏和桌椅，花园里的玫瑰怒放。

许蓝迎面遇见了脖子上挂着相机的陈鹿。陈鹿笑了一下："没迟到啊。"

许蓝点点头："沈先生送的。"

"他倒是当好人当惯了。"陈鹿轻笑，招呼道，"进来吧。"

当好人当惯了？许蓝在心里重复了一遍。

吻你花园从外面看着很安静，里面的人很多，许蓝见到了几个比较脸熟的面孔，可能在鱼鱼经常买的时尚杂志上见过。

等许蓝换好衣服，由化妆师带着走出化妆室时，外面几个结束拍摄的模特都忍不住朝她看，眼里透露着不可思议。

刚刚的许蓝像个涉世未深的纯情女孩。此刻，黑直的长发卷出弧度，半遮住少女精致小巧的侧脸，水钻发带缠在发尾，生出贵气感，变为了DIM特有的风格。

许蓝提着裙摆走进拍摄间，暗蓝色调的布景与外界的花园格格不入。

陈鹿按下快门的时候，就赞叹顾漠真是选对了人。她第一眼见到许蓝时，没觉得她适合DIM。现在她知道了，为什么顾漠坚持要让自己发邮件给她。

等拍完已经是傍晚，许蓝婉言谢绝了陈鹿一起吃饭的邀请。她整理东西的时候，发现充电宝已经没电了，出于礼貌，她准备把它充满电，明天再拿过来。

先前跟陈鹿约好拍两天，她明天就能收工，不过回南市的票还没有买，因为她想等林榭回北市。

许蓝马上就大三了，接下来要准备期末考试和实习。

回酒店后，许蓝打开了电脑。

不知道林榭现在怎么样了。许蓝虽然担心，但她不会在林榭出任务的时候给他发消息，只能等林榭主动联系她。

许蓝填高考志愿那年，林榭在南市。那是他第一次跨市出任务，身上挂了彩。

这时候微信又来了消息，许蓝点开，鱼鱼藏不住激动的声音："怎么样？拍照片没？"

可能艺术家对于这种地方有执念吧，许蓝并没有感到多兴奋。

"拍了拍了，"许蓝无奈地回道，"你还在画室？"

"学校的画室关了，我在咱家呢。"鱼鱼回道，"微博上喊我画画的粉丝太多了，根本回不过来，我作业都要补不完了。"

挂了电话，许蓝强撑着从床上坐起来，把充电宝翻了出来。

第二天，许蓝路过便利店的时候没下车，因为她早上才发现，自己昨天买的蛋糕忘吃了。她在心里跟自己说好了，要是今天陈鹿再邀请她去吃夜宵，就不拒绝了。

半个小时不到，吻你花园的满墙蔷薇映入眼帘。许蓝下了车，陈鹿已经在门口等她。

今天的许蓝穿着小V领的米白色薄毛衣和藏蓝牛仔半裙，露出纤长的小腿，白袜子黑皮鞋，头发松松软软地披在身后。

　　许蓝一米七二的个子，在平面模特里并不算高，但陈鹿观察过，她腰线高，长胳膊长腿的，该有肉的地方，一点都没少。一化浓妆，能瞬间变成妖艳女主角，一个眼神就让人受不住。

　　这一点倒有点像顾漠。不过顾漠是随时随地都在放电的情场老手。陈鹿有时候会想，那么温文尔雅的沈问，怎么会跟顾漠是兄弟。

　　此刻，顾漠正开着那辆红白相间的跑车，身旁坐着沈问。

　　两人准备去打高尔夫球，顺便庆祝沈问今天调休结束。

　　顾漠幸灾乐祸地哼着小曲儿，今天他没有扎头发，卷发长度刚好到下巴。那副金边眼镜架在高挺的鼻梁上。

　　等红灯的时候，顾漠拿平板查看了一下消息，忽然笑了。

　　"怎么了？"沈问刚关上车窗，汽油的味道让他有些不适。

　　"不去球场了。"顾漠打了两下方向盘，"我要去陈鹿那儿签人。"

　　"这么急？"

　　"晚了人就跑了。"顾漠踩着油门，叹道，"而且还真不是我想签就能签的，人家不太愿意。"

　　"你亲自去签还不愿意？"沈问看了他一眼，有些意外。

　　顾漠把平板递给他："昨天拍的，自己看。"

　　沈问看向屏幕的那一刻，承认自己是真的有被惊艳到。

　　暗蓝色的背景，少女前额漆黑的头发沾了水。浓妆，红色的衣裙，双唇间还叼着一枚残缺的花瓣。肩颈的骨骼凹凸明显，锁骨那一块儿是湿的，几根卷翘的黑发贴在白皮肤上；眼下那一颗微红的小痣，明晃晃地勾人。

　　绝的是她的眼神，空洞娇艳，冷漠颓废。是DIM一贯的风格，但又糅杂了她自己的情绪。

　　沈问有些错愕："许蓝？"

　　顾漠比他更惊讶："你怎么会认识她？"

　　"就是我昨天说的那小孩儿。"沈问捏了捏眉心，倏忽间想到许蓝身上的香，应该是玫瑰，"她当时手机没电，借了我的手机给陈鹿打电话。"

　　"刚好我们一起去，说不定小姑娘看你也在，就答应了呢。"顾漠轻笑，把墨镜戴上。

沈问不语，直到车停在了吻你花园前面，他才如梦初醒地下了车。

顾漠刚进院子，正在草坪上拍外景的模特喊他一声，随即发现了身后的沈问，更是兴奋："沈教授也来了？稀客啊。"

摄影棚很大，顾漠没问许蓝在哪儿，只是挨个儿房间悄悄探头，没去打扰工作人员。沈问则朝另一个方向走，两人分头行动。

陈鹿正回看许蓝的照片，许蓝在原地休息，偶然间懒懒地抬头，映入眼帘的是一双长腿。

许蓝缓缓抬起眸子，对上了一张剑眉星目的面庞。

许蓝呆了两秒，立即反应过来——这是向她要充电宝来了！她在心里叹息一声：我看起来没那么言而无信吧。

沈问的身后走来另一个人，将手搭上他的肩膀。

顾漠咳了一声，陈鹿转过身，难以置信："顾帅？今天你休息吧？"

顾漠勾着沈问的肩往外走："等你们拍完再说。"

沈问出门前回头看了一下，刚好对上许蓝的目光。

许蓝愣了两秒，轻微地点了一下头。

别看我了，充电宝我真的带来了。

两人靠在花园外面的墙边，沈问先开口："你确定要签她？还是个小孩儿呢。"

顾漠笑了一声："十九岁哪儿小了？再说，模特就是吃青春饭的，她这个年龄要是跟我签，我保她能红。但是吧，"顾漠啧了一声，"听陈鹿的意思，人家还真不太愿意走这条路。"

"很少见你这么上心，"沈问垂眸，"她和DIM其他模特相比很不一样吗？"

顾漠双手放在胸前，靠在墙上："她二十岁都不到，就有这样的表现力，如果再进行一些专业培训，前途无量。而且，不是摄影师要她怎样，她就怎样。而是她想要自己是什么样子，她就会是什么样子。"

顾漠一到工作时，从不乱开玩笑，分析得也很认真。

"许蓝有天分。挺有趣的一个小孩儿。嘿，被你带偏了。"顾漠直起身，若有所思地眯起眼睛，"沈教授，你喜欢？"

沈问淡淡地看了他一眼，微微皱眉："没有。小孩儿才几岁。"

顾漠意味深长地点点头："哦，喜欢啊。"

沈问："……"

顾漠大笑起来，长腿迈出几步，在前台拿了瓶水，晃晃悠悠地回来："我花天酒地这么多年了，就算没有实践经验，在理论上也该是个情场老手了。差九岁，其实也还行。"

"别闹。"

顾漠突然想起了什么："等等，她就在你家那儿上学。多有缘！"

"我都多久没回去了，那儿算什么家，就一房子。"沈问眉间一动，"她在南市上学？"

"家还是在北市。"顾漠仰起头喝了口水。

"她说她是祖安人。"沈问认真地看着喝水的顾漠。

顾漠"噗"一声把水喷了出来："祖安，风水宝地啊。"

"她也是这么说的。"沈问点头。

顾漠调整了一下状态，揶揄道："沈教授看上的小孩儿就是不一样。"

沈问把"不是你看上的吗"咽了回去。

陈鹿推门笑道："这么养生，喝矿泉水？"

"结束了？"顾漠上前，"小孩儿什么时候走？"

陈鹿眨了眨眼睛："不知道，不过她的拍摄已经结束了。照片看过了？"

顾漠"嗯"了一声。

"她真的挺好的，可惜了。"陈鹿轻声一叹。

"怎么可惜？"顾漠轻笑，"我今天就是来拦人的。"

"我们懒懒不一定愿意啊，之前我就跟你说了。"

"当然不能直接说。"顾漠插着兜，"晚上我请客，你去问问她想吃什么……等下，别去了。"顾漠眨眨眼睛，"让沈问去。"

陈鹿觉得她有必要提醒一下许蓝，顾漠可是万花丛中过，片叶不沾身的老狐狸啊！

许蓝的衣服还没换，正在低头发消息。沈问一进门，许蓝便抬起了头，乖巧道："沈叔叔好。"

沈问点点头："晚上有空吗？一块儿吃饭。"

许蓝惊叹，不就是要个充电宝吗，还要一块儿吃饭？

她装作什么都没多想，很甜地笑了："好啊。"

"想吃什么？"

许蓝鼓鼓腮帮子："火锅。"

沈问"嗯"了一声，温和道："那你先换衣服，不急。"

五点半，天色开始暗下来。

顾漠坐进车里，沈问给女生开了车门。

陈鹿摸着顾漠的跑车，感动的泪水差点从眼角流下来。人生中第一次坐顾帅的车，还是沾了许蓝的光。许蓝倒是一点都不在意的样子。

许蓝悄悄问："顾帅和沈叔叔是来干什么的呀？"

陈鹿忍不住加了一句："懒懒，其实沈问比顾帅小一岁，不至于叫他叔叔。"

许蓝语气里带着笑，向陈鹿挑了下眉："我知道。叫着顺口而已。就像沈叔叔叫我小孩儿一样。"

这个时间刚好是饭点，顾漠憋屈地找了好久车位。

许蓝留意了一下，这儿离酒店近，等会儿可以走回去。

这家火锅店在北市开了很久，味道正宗，名气也响。顾漠是这家火锅店的VIP，随时随地都有包间给他空着，DIM的员工在这里聚餐还能打折。

沈问把平板递给许蓝："小孩儿先把喜欢吃的都点上。"

许蓝没客气，说了声"谢谢"，和陈鹿一块儿点单。

"对了，还没自我介绍。"顾漠站起身，伸手，"DIM执行总裁，顾漠。"

许蓝震惊了一下，但很快站起身与顾漠礼貌性地握了一下手："顾总好。"

顾漠坐下来，很少见地没有跷二郎腿："私下里不用喊这个，叫我大名就好。"

许蓝应了声，心想：原来顾帅不是真名。

顾漠问："沈问和你认识？"

许蓝点点头："之前不认路，沈叔叔送的我。"

她脱口而出"叔叔"的时候有些后悔，这顾漠都是DIM的老大了，沈问应该也……

顾漠没等沈问说话，就开口道："真是巧了，沈问也是DIM的合伙人。"

沈问皱眉，顾漠则面带微笑地在桌底下碰了碰他的膝盖——兄弟，不用谢我，我这是在帮你。

许蓝主动站起来朝他伸出手："沈先生好。"

少女的手又凉又软，沈问坐下，温声道："还是叫我叔叔就行。"

许蓝笑了："好啊。"

她笑起来的时候眼角会上翘，杏眼下的卧蚕很明显，笑容特别甜。

火锅的热气嗞嗞往上冒，许蓝边吃边和几人聊天。许蓝嘴甜，情商高，有她在的地方很难冷场。

顾漠终于聊到了重点："我看了你昨天的成片，不知道有没有签过公司？"

许蓝认真道："没有，学校的事情比较多，我专业不对口，以后也不做这一行。"

"以后不做这一行？"顾漠耐心地问，"以你的条件，走职业模特这条路会比做新闻更适合你。"

"顾总还不了解我，怎么就觉得这行比新闻更适合我呢？"许蓝眼底含笑。

"也是，"顾漠轻笑，"是我没考虑周全，但我很想签你。别人是三年起步，对你我不做任何要求，经纪人会按你的习惯来调整拍摄时间。造型、摄影师、指导、福利，DIM 都可以给你最好的。你是从去年开始接触拍摄的，可能只是当爱好在做，但以我专业的角度来看，目前的状态，屈才了。"

"若是来 DIM 一段时间，你会发现自己很多不一样的地方。"顾漠嘴角勾了勾，身体微微前倾，"路上如果不方便，沈问会来接你，他最近手头事情不多，刚好做你的经纪人。"

沈问："……"

许蓝承认，DIM 的确有打动她的地方，她听完了顾漠的话，回道："谢谢顾总，我会认真考虑的。"

顾漠看得出许蓝听进去了，诚意满满地应了一声："那我就静候佳音了。对了，不介意先留一下联系方式吧。"

"当然。"许蓝拿出手机，把面前这位顾帅和未来经纪人的微信都加上了。

许蓝给沈问的备注是：沈叔叔。

沈问默默在备注栏里输入：小孩儿。

离开时，许蓝说自己住的酒店离这里很近，自己走回去就行了。

"我送你回去。"沈问披上衣服。

许蓝明白沈问的意思：这个男人是想找一个得体又礼貌的环境，顺理成章地拿回充电宝。

她顺从地点点头："谢谢沈叔叔，那麻烦了。"

晚上的风还有些凉，许蓝先开了口："沈叔叔，问你个事情。"

"嗯，你问。"沈问声音很低，很温柔。

"陈鹿和我说，我不该叫您叔叔。"许蓝一蹦一跳，"您到底多大啊？"

"二十八。"沈问很坦诚。

"那我的确不该叫您叔叔。"许蓝若有所思，"超过二十五岁就要叫叔叔，这句话其实是我爸在我十岁的时候讲的。我当时以为我们不会再见面了，就跟您开个玩笑，别介意啊。"

"我不介意。"沈问温和地笑了，"你怎么叫都可以。"

许蓝掰着手指，算了一下年龄："哥哥。"

声音不大，甜甜的，但不是装出来的那种，还有点莫名的勾人。

"还是叫叔叔吧。"沈问败下阵来。

"那好吧。对了——"她从包里找出那个充电宝，"还给你。"

沈问明显愣了一下，许蓝看得出那不是装的。

"这个啊。"沈问低笑，伸手接过礼貌地道，"我都差点忘了，谢谢。"

许蓝看沈问的反应，突然有些不好意思，他好像不是为了充电宝才送她回家的。

她突然想到包里还有个蛋糕，把冰皮蛋糕递过去，眼神很认真："叔叔，这个给你，便利店里最好吃的东西。"

"不用了。"沈问莞尔，"小孩儿留着自己吃吧，叔叔不吃甜的。"

"这不是甜的，是咸的，真的特别好吃。"许蓝诚恳道，"我最喜欢吃这个了。您昨天帮了我，我都没什么能谢谢您的。我心里过意不去。"

沈问："谢谢。"

沈问的人生阅历也还算丰富，很容易看出来，许蓝不像表面看起来又乖又甜。但是不得不说，她一本正经说瞎话的样子很可爱。

"明天就回学校了？"沈问突然想起来许蓝不在这里上学。

"票还没买，想明天或者后天回。"许蓝想起沈问是 DIM 的人，现在肯定已经知道她是本地人了，于是试图挽回颜面，"沈叔叔，有一件事，我不知当讲不当讲。"

沈问"嗯"了一声，像是憋着笑："讲吧。"

"我之前没骗你哟，"许蓝开始瞎扯，"祖安人无处不在。"

沈问："我知道。"

顾漠已经嘲讽过沈问这个不玩游戏的养生"老年人"。沈问也反思过，明明顾漠比自己大，但看起来比自己年轻些。

"谢谢理解。"许蓝吐了吐舌头，指了指前面，"我到啦。"

沈问从那股不是滋味中缓过来，推了推眼镜："嗯，早点睡。"

许蓝往前走了两步，又忽然回过头："叔叔戴墨镜很帅啊。"她冲沈问招招手，"叔叔我走啦。"

沈问先是一愣，而后目光柔和下来："晚安。"

他目送许蓝走进酒店，转身时把手插进风衣口袋，摸到里面的那枚小蛋糕。

包装纸发出声响。沈问轻笑，小孩儿还挺有意思。

许蓝准备在北市再待一天，希望能见着林榭。林榭今年天天加班，作息比她还不规律，经常凌晨回消息。

许蓝出门给鱼鱼和林榭买礼物。

一家店里的酒红色的领带很醒目，不是那种很亮的酒红色，而是偏暗调的，看起来不是很张扬，而是温和又矜贵，甚至带了一点点书生气。

许蓝几乎第一时间就想到了沈问。这个颜色真的很适合他，但她才不会给刚认识的人买礼物。

最后，许蓝拎着一套西装和两条领带走出了店。她看着手里的酒红色领带和为了避免尴尬，给顾漠买的蓝色领带，长长地叹了口气。

我真善良。

回酒店后，许蓝看了一眼时间，决定去趟网吧。

酒店电脑配置不行，附近有家配置很高的网吧，也是老店。许蓝读中学时，周末跟鱼鱼到这家网吧玩过。

沈问不久前刚下了台手术，因为晚上还要值班，顺路买了杯咖啡提神。沈问本身视力很好，但是有夜盲症，所以晚上出门会戴夜视镜。

从咖啡店走出来，他一眼就看到不远处的许蓝拐进了一家网吧。

虽然过了很多年，但许蓝走进网吧后，老板还是一眼就认出了她："这不是咱们懒爷吗？"

许蓝笑着答应："您还记得我啊。"

只是她还没走到电脑前面，就听见了骂声。

"怎么做事的，端个泡面都端不好！"那人说话腔调听着让人烦躁，许蓝不禁皱了皱眉，朝声音的源头看去。

"对不起，我不是故意的。"小妹低着头，"我赔给您行吗……"

"老子缺的是一碗泡面钱？"小伙儿指着电脑屏幕，"老子这把都进决赛圈了，被你这么一吓，我出局了！"

小伙儿气得直跺脚："这是荣誉！荣誉！"

许蓝叹了口气。小妹吓得直哆嗦，老板赶紧从前台跑出来打圆场。

许蓝心里那股烦躁一下子就上来了，拉开小伙儿旁边那把椅子："不就是一把游戏吗，我还你的荣誉。咱们说好，这把第一之后，你还大家一个清净。"

"还有，"许蓝指了指低着头的小妹，"也别为难她了，行不行？"

许蓝登了自己的账户，确认网络加速器什么的都没问题。

"跳哪儿啊妹妹。"小伙儿一边抖腿，一边笑。

"机场。"许蓝吐了口气。

开局三分钟后，他很快刷新了对这个漂亮小妹妹的认知。这样的认知一直持续到游戏结束，电脑里的角色捧起奖杯。

许蓝摘下耳机，伸了个懒腰："可以了吧。"

身后传来看客的惊叹声，小伙儿目前还是蒙的："我们赢了？"

许蓝轻笑，突然手机振动，是林榭发来的消息：回来了。

许蓝把定位发给他，朝小伙儿摆了摆手机："男朋友来接我了，拜拜。"

她朝老板打了个招呼，在人们羡慕的注视下，出了网吧。

许蓝跟林榭说自己还没吃饭，所以林榭准备带她去吃个牛排。

"小孩儿。"身后响起人声，许蓝惊讶地转身，脱口而出："沈叔叔？"

沈问穿着灰白色的长款风衣，戴着橘黄色的眼镜，笑着朝她走来："游戏打得不错。"

"我知道。"许蓝骄傲地扬起下颌，"叔叔你怎么在这儿？"

"下班路过。"

"这么巧啊。"许蓝笑了笑。

"等男朋友来接？"沈问看着她。

"他哪点配得上我？逗他们玩的，是我哥。"

"亲哥？"

"嗯。"许蓝点点头，轻松道，"异父异母的亲哥哥。"

沈问用半秒钟消化了这一句话传递出来的信息量，点了点头。

许蓝想起给沈问买的领带："对了叔叔，你明天在 DIM 吗？"

沈问一怔，鬼使神差地回答："在。"

他在心里叹气：还是得找个时间说清楚。

"我明天下午回学校，明天中午如果叔叔有空，我想来给你送个东西。"

沈问垂眸："好。"

马路对面，一辆越野车停靠在路边，有规律地鸣了三声喇叭。

许蓝敏锐地抬起头："我哥来了。"

"注意安全。"沈问看向那辆车，对许蓝说，"明天中午见。"

"好，"许蓝走了两步，又回过头，笑了，"再夸一遍，叔叔戴墨镜真的很帅。"

沈问微笑不语，目送着许蓝一蹦一跳地过了马路。白裙在马路上很是显眼，长头发轻飘飘的。

许蓝钻进车里，仔仔细细把林榭看了一遍，才松了口气："太好了，没受伤。"

林榭无语地看了她一眼："受伤我也不会瞒着你。怎么去网吧了？"

"见义勇为去了。"许蓝惬意地伸个懒腰，把事情添油加醋地跟林榭说了一遍，"怎么不夸夸我？亏我还给你买了礼物呢。"

林榭笑了一声："谢谢。"他朝马路对面看了一眼，"那个男人是谁？"

"沈问啊。"许蓝没太在意，"刚认识的朋友。"

林榭微眯起眼睛："他做什么工作？"

"你怎么管这么多？"许蓝看了他一眼。

"许蓝。"林榭的嘴角翘了一下，"你是不是忘了我是干什么的。"

他发动汽车，关上窗户，车内的光瞬间暗下来："只要我想，我能在十分钟之内得到这个男人的所有信息。"

许蓝嘴角抽了一下，难以置信地看向林榭的侧脸："哥，谁教你的？好土。"

林榭："闭嘴，把安全带系好。"

许蓝听话地系上安全带，叹了一口气："比你大三岁，去拍照的路上阴差阳错认识的，也是 DIM 的人。"

"当然了，"许蓝看着林榭的脸色，"跟我哥完全不能比。"

林榭哼了一声，拿出一个袋子，里面装着许蓝喜欢吃的零食。

"哥，问你个事儿，"许蓝把一颗糖放进嘴里，盯着窗外快速向后闪的繁忙街景，"我要是和 DIM 签个合同，你觉得行不行啊？"

"那是你的事。"林榭淡淡道，"你自己决定。"

"你给个意见嘛！"许蓝鼓起腮帮子，像只撒气的小白兔，"我就是拿不定主意才问的。"

"咱们懒懒还有拿不定主意的时候啊？"林榭的嘴角勾了勾，"不耽误学业就行。如果你是想走这条路也没有问题。"林榭的眼神专注地直视前方，很有耐心，"我查过 DIM，很有背景的公司。"

许蓝点点头。她不再打扰林榭开车，专心看手机吃零食。

五分钟后，她刷到了鱼鱼发的动态——今日心动语录：给你十分钟，我要那个女人的所有信息。

配图是她新画的一幅速写图。

许蓝嚼糖果的动作慢了一拍，忍住没笑出声。

到了牛排店，两人习惯性地坐进包间。

因为是刑警的缘故，林榭习惯不坐靠窗的位置，习惯寡言少语，习惯很少回蓝岸湖墅，习惯一个人住在外面。

这一点，许蓝是在三年前深刻意识到的。

那个时候林榭还不是现在的林队长，当时他出紧急任务，没想到线人叛变，林榭在千钧一发之际开了关键的一枪。

这是林榭一年多以后，跟许蓝在夜宵摊喝啤酒的时候，红着眼眶，醉着说出来的。他看上去冷，但不是真的冷。一个心冷的人不会在乎他人的生死，更不会去做一名刑警。

那天之后，林榭就没回过家。他一遍遍地强调，不要找他，不要联系他，在路上看见他也千万不要叫他。

直到许蓝高考结束，放榜的那天，林榭才跟她通了个电话。他简短地祝贺她考了全市第一。

许蓝填志愿的那天，林榭身上挂了彩，在南市住了一个多星期的院，很快回了北市，还升了队长。

许蓝到机场接他的时候哭得很厉害，好在她心里那块大石头终于落了地。

许蓝渐渐明白林宿为什么至今不原谅林榭填志愿这件事。林宿也不是硬要儿子继承家业，只是想自己的儿子能平安过一生。

我也想要爸爸来骂我。许蓝悄悄地想。

走时，林榭随手把外套披在了她身上。

许蓝知道林榭熬夜的时候经常抽烟，但他从没在许蓝面前抽过，外套上一点烟味都没有。

车在酒店花园的大门口停下，许蓝把外套留在了车里，上楼把送给林榭的西装给拿了下来，趴在车窗上笑笑："哥哥，我走啦。"

"高铁票买好了？"

"嗯。"许蓝笑，"我到学校和你说。"

"早点睡吧，晚上凉。"林榭目送许蓝回了酒店。

许蓝洗漱完毕，很快眼皮就开始打架了。

考虑到还有一堆东西没整理，同时也深刻认识到自己的"赖床本领"，许蓝给手机设了好几个闹钟，闹铃都是她最喜欢的那一首"Rose Dance"。

她给手机充上电，刚闭眼没几秒，又猛地坐起来，开灯，翻身下床，把那条领带放在床头，确保明天一睁眼就能看见。

再次爬上床的时候，许蓝觉得自己脑子有问题。

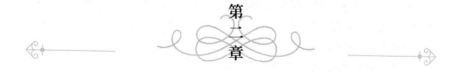

次日早上，在"Rose Dance"循环第十遍时，许蓝睁开了眼睛。

她打着哈欠，花了一个多小时把东西整理好后，在两套衣服之间挑来挑去，最后选了果酱红的短款抽绳上衣配阔腿牛仔裤。

在出租车上，许蓝发了一条文字消息过去：叔叔，我快到 DIM 门口了。

许蓝看着"沈叔叔"的备注变成"对方正在输入中"，没过几秒，沈问回复：我也刚到。等你。

许蓝轻笑，心道：和叔叔还挺默契的嘛。

出租车在 DIM 大厦的路口停下，许蓝拎着两个小小的手提袋出了车门，一眼就看到站在 DIM 门口的沈问。

他今天穿了简单的衬衫配休闲外套和黑色西装裤，没有打领带，衬衫的袖口挽上去一截。

许蓝默默拿林榭跟他比对了一下，她哥一米八五，沈问目测比她哥更高，怪不得腿这么长。

她跑过去："叔叔白天不戴墨镜呀？"

沈问一双星目熠熠，温和地笑了："不怎么戴。"

他俯下身，声线很温柔："有什么东西要给我？"

"是这个。"许蓝递过去两个小小的手提袋，"昨天逛街的时候看到的，觉得这个领带的颜色特别适合叔叔。算是正式谢谢叔叔上次送我。"

许蓝抬眸对上沈问的眼，杏眼弯起来，卷翘的睫毛扑闪扑闪。

"小事，怎么还想着？"沈问顺手摸了摸许蓝的头。今天阳光好，少女的头发是温热的。

"还有一条是带给顾漠的，叔叔帮我转告他，我一定好好考虑签约的事情。要是我不签，记得让他看在这条领带的分儿上，别把我拉入黑名单。"她咬着下唇，脸颊两边微红，就这么盯着沈问的眼睛，让人完全没法拒绝。

"好。小孩儿有心了。"

"叔叔，能不能不叫我小孩儿啊。"许蓝抬头。

"不太喜欢？"沈问耐心地问。

许蓝点点头："我都成年了。"

沈问被她逗乐了："行，咱们懒懒是不小了。等我一下，我去拿个东西。"

沈问拎着两个黑色的手提袋走进 DIM 大厦，拎着一个粉白的手提袋出来。

"礼尚往来，给咱们懒懒的小礼物。"

许蓝把里面的首饰盒打开，映入眼帘的是一条玫瑰吊坠项链。链条是玫瑰金的，小珍珠串联着吊坠前端，血红色的玫瑰呈半透明状。

沈问笑了："还可以吗？"

许蓝眼睛一亮："好看！"

她小心翼翼地把项链拿出来，把头发朝一侧拨。平时许蓝戴项链都是一扣一个准，今天却扣了好几次都扣不上。

"我来吧。"沈问的声音温柔磁性。

许蓝默许。

沈问垂眸，两手握着链条的两端，绕过许蓝细长白皙的脖颈，轻轻给她系上。他的呼吸离许蓝的耳朵很近，温热的气体让许蓝感觉陌生，又有点想靠近。同时，耳朵尖有点烫。

沈问刚直起身，许蓝就赶紧把头发披下来挡住耳朵。

沈问笑了："很漂亮。"

许蓝依旧不谦虚："我知道。"

她今天刚好穿的是红色，皮肤也白，项链中间的那朵玫瑰与她很相称。少女的身上有淡淡的玫瑰花香。

这时候，许蓝的手机响了，钢琴曲"Rose Dance"将两人包裹。沈问眼眸微动。

"我接个电话。"许蓝没注意到沈问的眼神，看了一眼联系人，乐了，"是我发小。"

沈问点头，朝一旁走了两步。

许蓝按下接听键："鱼鱼？我马上就回来了。下午两点的高铁，现在我在DIM，给朋友送东西。"

挂了电话，许蓝看向沈问："我打电话也没什么隐私，可以不走开。"

沈问刚想让许蓝别耽误了坐高铁，他口袋里的手机在这一刻响起来。

许蓝愣了。铃声同样是"Rose Dance"。

沈问很快接起来，对面是阮遇的声音："不是说一小时以内回吗，人呢？"

"我马上回来。"沈问没多言，对许蓝说，"早点去吧，这里离高铁站不近，路况不太好。我有点忙，不然送你。"

"对了叔叔，你也喜欢琴师W的钢琴曲吗？"

沈问愣了一下，克制地点了一下头："算是吧。"

许蓝叹了口气："我十九岁生日许的愿望就是有一天能见到琴师W，可是他太低调了，至今我也不知道他长什么样子。"

"会遇见的。"沈问目色温柔。

五月即将到来，少女的脸颊红扑扑的。

她在车上的镜子里看见自己的脸，感叹这天气是越来越热了。

下午，许蓝到家，把给鱼鱼买的颜料和衣服递过去给她："记得你一直想要这条裙子，断货好久，我刚好遇上。"

"爱你！"鱼鱼激动地抱住许蓝，突然看到她脖子上的玫瑰项链，"新买的吗？"

"不是，"许蓝没憋住笑，"沈叔叔送的。"

鱼鱼捂住脸："要是真能见上DIM顾总一面，我这辈子也值了。"

许蓝想起来正事："我想试着和DIM签约，我哥也觉得行，而且顾漠说我可以随时走。鱼鱼，你觉得呢？"

"我可是第一个支持你签DIM的！"鱼鱼两眼放光。

许蓝笑了："好，那等五一假期，我们就一块儿回北市。"

鱼鱼也有好消息："我上午收到老师消息，我的作品过了，不仅能送到省里面参加比赛，还会在北市办的一个画展上给我一个席位。"

"没白留在家啊。"许蓝伸了个懒腰，"我要回学校自习室写作业，已经三天没学习了。而且有个实习项目，也得回去跟傅绅讨论一下。"

傅绅是许蓝的直系学长，今年大三。

"大忙人。"鱼鱼站起来，"那我和你一块儿去。"

两人回到学校，天还没有完全暗下来。风微凉，吹过树叶时沙沙响。

许蓝手机振动了两下，是傅绅：我好像看见你和鱼鱼了。

许蓝回了个"是"，又补充了一句：等会儿有时间吗？我想把项目计划书再完善一下。

傅绅秒回：我都有空，晚上见。

鱼鱼揶揄地看了许蓝一眼："看人家多惦记你。"

"说不定人家惦记的是你呢。"许蓝表情平淡。

"傅绅好歹也是你们系草，"鱼鱼叹了一口气，"成绩好，还会打篮球。"

"你喜欢？"许蓝看了她一眼。

"那倒没有。"鱼鱼赶紧摆手，"我就好奇什么样的男生才能入你的眼。"

"这个简单，"许蓝淡淡地丢了一句，"身高和颜值比我哥高，会做饭，会弹钢琴加分。"

进自习室的时候，许蓝听见不少议论的声音。

"许蓝来自习室了。"

"她不是经常来吗？"

"仙女学霸不好当，估计活得很累。"

"来自习还化妆？不知道她在想什么。"

许蓝戴上耳塞，心无旁骛地复习传播学概论。两小时后，她给傅绅发了个消息：请问现在方便吗？

傅绅回：方便。

许蓝继续打字：院学生会的会议室没有人，我们去那边可以吗？

傅绅：好的。

许蓝轻手轻脚地收拾了东西，刷卡进入院会议室的时候，傅绅已经等在里面了，还给许蓝带了杯热可可。许蓝虽然不爱喝这个，但还是很礼貌地说了谢谢。

两人都是学霸，不爱浪费时间，迅速进入了工作状态，开始讨论项目分工的问题。刚谈完第一板块，就发现已经十点了。

这个时间点，画室也快关门了。许蓝道："学长，现在有些晚了，我和鱼鱼不住学校，还得早些回去。"

"我送你们吧。"傅绅站起来。

"不用了，谢谢学长的好意。"许蓝笑了一下，低头帮忙收拾东西。

傅绅看着许蓝低垂着的眼睫毛，纤长又翘。皮肤好白，唇珠嫣红。是走在人群中会闪闪发光的人，是永远不会被埋没的人，是最耀眼的那个人。

傅绅一看到她笑起来，他的心情就会好很多。

此刻，北市。

沈问刚下班，回到家后，随意地看了眼朋友圈。

许蓝发了新动态，是一张和朋友窝在沙发里的自拍。他突然想到了什么，点进许蓝的对话框，把备注改成了"懒懒"。

沈问看向窗前那台用防尘布罩着的纯白色的三角钢琴。

周一，早上下了一场雨，中午才停。

天气日渐闷热，食堂还没有开空调，许蓝食欲不太好："过几天就五一假期了，我们还是前一天走？"

"嗯，四月三十号晚上回北市吧。"

"我那天没课，随时都可以。"许蓝嚼着酸梅汤里的果粒。

鱼鱼点点头："对了，明晚我的画就要在北市展出了。要是晚点开就好了，我还能去看看。"

"这样的机会以后还会有很多的。"许蓝眼睛弯成月牙儿，"我们鱼鱼是大艺术家。"

下午，许蓝上了地铁，靠着车门，嘴角不自觉地扬着，打开沈问的聊天框：经纪人叔叔，我准备和 DIM 签约啦。

等了一会儿，沈问没有回复。她想起应该要和顾漠说一声，于是又给顾漠发了个消息，先表示了感谢，然后说她放假回北市。

顾漠问她，到时候就在吻你花园见可不可以。许蓝说那再好不过。只是，备注沈叔叔的那个人一直都没有回复。

许蓝想问顾漠，沈问平时是不是很忙，但编辑好消息之后又删了。

晚上，许蓝戴着一副黄色的墨镜，挽着鱼鱼出现在一家僻静的酒吧。许蓝走向吧台，准备要一杯新的鸡尾酒。

调酒师端起一个高脚杯，举在许蓝面前："我能有幸为您调一杯酒吗？"

许蓝笑了笑："试试看。"

调酒师将成品推到许蓝面前："主打色是冰蓝。"

许蓝看着那杯酒："我不喜欢蓝色。"

她说话的时候，脖颈上那枚血红色的玫瑰花，在夜灯下发出璀璨的光芒。

调酒师笑了："稍等。"说完，他取出了一杯红酒，滴在酒面上进行封层，"请。"

冰蓝的色调被酒红色中和。许蓝端起酒杯凝视了一会儿，笑着说："谢谢。"

忽然，口袋里的手机振动，是沈问。许蓝站起身，走到店门外。

沈问坐在车里，望着窗外的月亮："不好意思，刚刚结束工作，才看到你发的消息。"

"没事。叔叔打电话给我，是不是来祝贺懒懒要签约了呀？"她的语气和平时不太一样。

沈问听出了许蓝语调的变化，微微蹙眉："懒懒，你是不是喝酒了？"

"嗯。"许蓝不知为什么，就跟沈问说了这么几句话，耳朵就好像有点发烧，她觉得可能是酒的后劲比较大，"我和鱼鱼酒量都很好，没事的。"

"那也要早些回去，听话。"沈问的声音沉下来，温柔到许蓝感觉像在做梦。

不知道是沈问哪句话戳到了她，她清晰地感受到脸有些发烫。

沈问耐心道："到家之后给我发个消息，或者打电话都可以。"

许蓝摸摸脸颊，心不在焉地答了句："知道了。"

"还有，"许蓝补了一句，声音还有点委屈，"我和鱼鱼不怎么出去喝酒的，很难得才去一次。"

沈问笑了，声音低低的："嗯。"

北市。

顾漠刚开完会，回到办公室给沈问发了句语音："今天晚上你不值班？"

沈问查完房回到办公室才回消息：想去做什么？

"今天晚上有个艺术设计展。"顾漠回复，"我想去看看，找点灵感。"

傍晚，黑色的私家车和红白撞色的跑车同时出现在一栋大厦的地下停车场。沈问穿着长款的薄风衣，灰色衬衫上系着领带，胸前的口袋上挂着夜视镜。

"走，我订了位子。"顾漠的卷发松散地垂在下颌边上，很散漫的样子，"对了，好消息，小懒懒要签我们公司了。"

沈问无语地看了他一眼："好好说话，别给人乱起名。"

顾漠嘚瑟："马上小懒懒就是DIM的人了，我爱怎么叫就怎么叫。"

沈问叹了口气："随你。"

"等小懒懒回北市，我们还去陈鹿那儿，跟她详细说说签约的事情。"顾漠在电梯里插着兜，靠在一边，朝他吹了声口哨，"沈大经纪人，记得一块儿。"

"我还在想怎么跟她解释，"沈问整理了一下领带，"毕竟我不是你公司的人。"

顾漠看热闹不嫌事儿大："不急，你听我的，先拿着这个借口多见面嘛。这又不是什么大事儿，小懒懒难不成会因为你是医生就讨厌你？"

沈问跟顾漠说不清，索性不语。

艺术设计展距离两人吃饭的大厦不远，展厅里放着舒缓的钢琴曲，其中一首居然是"Rose Dance"。

"你有段时间没碰钢琴了吧？"顾漠在一张设计稿面前停步。

"嗯，太忙了。"沈问跟着他停下脚步，转移了话题，"这张不错啊。"

顾漠挑眉："我也觉得。"

沈问看向右下角的署名，微微一怔。

"南市大学？这不是小懒懒的学校嘛。"顾漠道，"虞鱼？名字也有点意思。"

沈问凝神想了一下："她是许蓝的发小。"

顾漠耸肩："这么巧？"

沈问颔首："我不会记错。"

"我想起来了，她是不是微博名字叫鱼鱼酱的那个？居然是我们小懒懒的朋友啊。"顾漠摸了摸下巴，桃花眼半眯，"小懒懒身边就是人才辈出。"

晚上，沈问回到家，开了台灯，摊开在医院里随身带着的那本厚厚的看起来用了很久的记事本，翻到最后一页。

沈问盯着空白页看了很久，提笔开始写字。

他的字很好看，落笔如行云流水，笔锋有力，笔迹流畅而俊秀。每写几个字，他就会停一会儿，像是在回忆，又好像是在斟酌着词句。

待墨水干透后，他把笔记本合上，起身放在玄关处，以免明早忘拿。

沈问回到卧室，月光落在窗前的钢琴上。他掀开防尘罩，在钢琴凳上坐下，指尖按下一个琴键。

窗外有汽车驶过的声音，沈问吐了一口气，闭上眼睛。

"Rose Dance"的旋律从骨节分明的手指下流淌出来，这旋律沈问再熟悉不过，很久没有弹，但也没有手生。

窗外淅淅沥沥下起了小雨，雨夜的钢琴曲，平添几分诗情画意。

沈问是温柔的人，弹钢琴的时候，眼神温和带着浅浅的笑意，清隽贵气，像是浓而暖的白月光一样，能悄悄地照亮人心。

他眼底的温热，覆盖了窗外雨滴的匆忙。

此刻许蓝坐在屋顶上，南市的月亮朦朦胧胧的，在她身上笼着一层银白色的纱。

晚上的风有些凉，她不禁打了个喷嚏。

许蓝偶尔会没来由地失眠，每次这样，她都会静静地爬到屋顶上，吹着冷风听歌。耳机里放的是"Rose Dance"。

"又失眠啦，懒懒。"鱼鱼的声音从阳台上传来，许蓝朝那一侧看去，鱼鱼揉着惺忪的睡眼，打了个大大的哈欠。

"被我吵醒了？"

"没有，"鱼鱼蒙蒙地摇摇头，"是我自己起来——"

"那太好了，上来陪我聊天。"许蓝歪着头，有点坏地笑了一声。

"没良心的。"鱼鱼手脚并用地爬上屋檐，"后天下午就要回北市了，你住我家吗？"

"我哥说蓝臻和林宿都不在家，他也有可能会回蓝岸湖墅，我还是回去吧。"许蓝靠在鱼鱼身上，"放心，会跟你回家玩的。"

"那好吧。对了，你哥也可以来我家吃饭，挺久没看见林队长了。"鱼鱼笑了笑，"他好像说喜欢吃我妈妈做的鸡蛋羹。"

"那我先替林队长说声谢谢了。"许蓝笑了一下，"罕见，居然还能想着我哥。"

"毕竟你亲哥就是我亲哥。"

许蓝毫不吝惜地翻了个白眼，心道：林榭他才不要当你哥。

窗外月色朦胧清冷，洒在地上，如霜似雪。

回北市的那天下午，许蓝把要带回去的行李都整理好了，窝在沙发里专注地盯着屏幕。

她看起来像是在玩手机，但其实是在练习自己记英语生词的速度。

过了一会儿，玄关处传来密码锁的开门声，同时还有一声"阿嚏"。

鱼鱼吸了吸鼻子，声音有些哑："我回来啦。"

许蓝叹了一口气，心想她肯定是在屋顶吹到冷风了。她打开书房抽屉，取出两包感冒冲剂。

最后，鱼鱼带着一身药味儿，和许蓝登上了往北市方向开的高铁。

鱼鱼妈开着辆敞篷小跑车早在高铁站门口候着了。婉拒了阿姨的邀请，许蓝跟她们告别，拎着行李箱进了空无一人的蓝岸湖墅。

这房子连着花园，平时不怎么住人，连只动物都没有。

许蓝进门后直接上了楼，揉了揉发酸的脚踝。看着偌大的房间，叹了一口气。

——我，许蓝，孤独的小孩。

晚上，她给自己煮了点韭菜玉米馅饺子，这个馅料搭配是许蓝觉得最好吃的，同时也被林榭称为最诡异的搭配。

"Rose Dance"的旋律响起，是鱼鱼打来的电话："懒懒，我妈公司突然有事，家里就剩我一个人了。"

许蓝边嚼着饺子边说话："要不我晚上来陪你？"

"不用，我在医院挂水。"

许蓝皱眉："我不该让你陪着上屋顶吹风的。"

鱼鱼知道她在想什么，赶紧说："我刚看到一个帅哥从这里路过，目测至少一米八八！穿着白大褂，应该是外科医生。"

"停，我哥也是帅哥吧，怎么很少听你夸他？"许蓝放下筷子。

"林榭话太少，我跟他待在一起都觉得冷。"

许蓝内心叹气：哥，看来你追鱼鱼的路还很长。

"要不要帮你要个微信号？"鱼鱼忍不住笑，"挺适合你的。"

许蓝顿了顿："刚刚的？"

"嗯！"

许蓝冷笑了一声："外科医生？"

鱼鱼的嘴角抽搐了一下。她打了一下自己的脑门，后悔得肠子都青了。

她知道许蓝每每心里难过，面上永远都会是一副很无所谓的态度。但是在她身边这么多年了，多少都能感受到。

自从许叔叔出事之后，许蓝就再也没有去过医院。许叔叔在医院被照顾得不错，但七年来都没有要醒来的迹象。

"懒懒，对不起，我脑子糊涂了。"

"没事儿。"许蓝轻松地笑了，"以后在其他地方看到帅哥，随时帮我要微信。"

许蓝挂了电话，把桌子收拾了一下，安静地洗完碗，在浴缸里放满水，坐在水里发呆。

耳朵尖碰到水面，有点痒痒的。

这时候，手机忽然振动，许蓝瞬间惊醒，发现自己居然躺在浴缸里睡着了。玫瑰花瓣浸泡久了，水都被染成了淡红色。

她换上睡裙，盘腿坐到床上，打开电脑，想改一改论文。手机再次振动，她拿起来一看，是傅绅发来的消息。

"明天晚上的同学聚会，去吗？"

许蓝回复："去的。"这时候她才发现，之前在浴室把她叫醒的微信消息，是沈问发的一句"五一快乐"。

许蓝盯着那四个字，捂住心口，苦笑。

傅绅与许蓝和鱼鱼是一个高中的，比她们大一届，但这毕竟是许蓝那一届的同学聚会，她有些奇怪："学长也要去？"

"嗯，要不要我来接你？"傅绅问，"蓝岸湖墅那个小区，离吃饭的地方还挺远的。"

"不用了，鱼鱼妈会送我和鱼鱼一块儿过去的。"许蓝扯了个谎。

她放下手机，又迅速拿起来，给鱼鱼发了消息。

同学聚会当晚，两人第一眼看到的不是自己班级那热情洋溢的班长，而是傅绅。

"在等你们呢，快进来。"傅绅笑道。

包间里足足连着五个大桌，许蓝目测得有七八十人。真是够热闹的。

班长过来招呼，疯狂地拍着手："大家都坐吧，边吃边叙旧！"

同学聚会真的很热闹，还有挺多人拿傅绅说话："懒爷，你知不知道咱们傅绅学长一直喜欢你？"

许蓝喝了很多，依旧是脸不红心不跳，礼貌笑道："那可太抬举我了，受不起。"

傅绅酒量不好，此刻醉醺醺的："是真的，知道你跟我一个大学，我一晚上没睡着觉。"

"这算是表白现场啊，傅学长！"班长笑得最响亮。

这一顿饭闹得隔壁包间想投诉，一伙人还没尽兴，要去大厦顶楼的KTV唱歌。鱼鱼把包间号发给了许蓝，先跟着大部队走了。许蓝站在楼下，往远处的方向看，DIM大厦的灯光十分抢眼。虽然她脚步并不飘，但也知道刚才喝多了。好在头脑尚且清醒，许蓝看了一下鱼鱼发来的包间号，转身上了楼。

鱼鱼发的包间号是"A110"，许蓝扫了一眼，把"0"看成了"8"。

顶楼的电梯门敞开，许蓝走进去就有服务员来引导："请问小姐有预约吗？"

"朋友已经在里面了，A118。"

服务员怔了一下："A118？"

一路上，许蓝都感觉这服务员看自己的眼神有些奇怪，不过她没多想，看了一眼门牌号之后，上前一步，推门。

门里面吵吵嚷嚷的，女生的声音盖过了男生。大门有些重，许蓝用了挺大的力气才推开，刚朝里看了一眼，就愣住了。

许蓝有点恍惚，以为自己眼花了。她还傻站在原地，直到一只温热的手突然覆住她的眼睛，另一只手则抓住她手腕，声音温和："别看，跟我走。"

许蓝闭上眼，任凭着那只手把她拉到安静的地方。

覆在眼睛上的那只手刚离开，视线恢复清明的那一瞬间，许蓝迅速转身，反手一个勾拳。对方反应很快，立即后撤，许蓝只打掉了那个人的眼镜。

看到沈问错愕的表情时，许蓝整个人都蒙了："对不起啊叔叔。"

地上的那副黄色墨镜，现在已经支离破碎。

沈问笑了："咱们懒懒防备心强，这是好事。"

"我哥教的。"许蓝吐了吐舌头，"我们同学聚会，刚吃完饭，他们在唱歌。但我好像走错包间了。"

沈问沉默了一下，缓慢地开口："看到什么了？"

许蓝抬眸看了他一眼，又低下头："好像是顾漠。"

她把微信打开，才发现自己看错了包间号。

沈问轻轻碰了一下她的额头："喝酒了。"

"懒懒千杯不醉。"许蓝赶紧争辩。

沈问不跟她争："知道了，我先送你回家。"

许蓝在班级群里跟大家说自己有点不舒服，先回去，并拜托班长照看一下鱼鱼。她把地上的眼镜捡起来："我会赔的。"

沈问俯身："你有这个心叔叔就很开心了，咱们懒懒不要难受就好。"

沈问叫了辆出租车，帮许蓝拉开车门，自己则坐到了副驾驶的位置。

"叔叔，"许蓝两手扒拉着沈问的椅子，从副驾驶椅子后面探出半个脑袋，"你今天没开车吗？"

"嗯，没开。"沈问低声道，"如果觉得晕就开点窗。"

沈问其实是开了车的，但他的夜视镜被许蓝打坏了，现在看东西很吃力，开不了车。

车行驶了十几分钟，许蓝突然说："叔叔，我想下车，胃不舒服。"

沈问赶紧让司机靠边停车。许蓝晕乎乎地下车，靠着路边的树就干呕起来。

沈问蹙眉，轻轻拍着许蓝的背："吐出来就好了，没事儿。"

许蓝反手抓住沈问的手："我能憋着，在路边吐太难看了，我回家再吐。出租车不坐了，一坐就晕。"

沈问叹了口气，心疼又无奈，任凭许蓝抓着他，没松手："那叔叔陪你走回家。"

没走几步，许蓝突然发现，沈问今天系着的领带是酒红色的。她抬手抓住沈问的领带，朝自己这边扯，很甜地笑了："叔叔今天的领带，很漂亮啊。"视线转移到沈问的皮带上，"腿也长。"

沈问今天穿着白衬衫，外面披着藏青色的风衣。许蓝不禁想象了一下沈问再戴上那副黄色墨镜的样子。

她灼热的气息喷在沈问脸颊上，手无意识地松开。沈问保持着被她扯到眼前的姿势，没有动。

许蓝打了个哈欠，继续往前走，被沈问无奈地扯回身边："红灯。"

"对了叔叔，顾漠他经常这样吗？"许蓝跟着沈问过了马路，没来由地问，"坐在他腿上喝酒的那个是谁啊？"

沈问语气很轻，很淡："他的女朋友。"

许蓝抬眸，一双杏眼里带着微醺的神色："叔叔，你现在有女朋友吗？"

沈问无奈："没有。"

"哦。"许蓝若有所思地低下头，深深地叹了一口气，像是很惋惜的样子。

沈问眼眸微动："怎么了？"

"我就是想到，我爸在叔叔你这个年龄的时候，我都三岁了。"许蓝又叹了一口气，"叔叔，你好可怜。"

沈问："……"

离蓝岸湖墅还有些路程，许蓝感觉酒的后劲越来越大。

她不禁加快了步子。

沈问低声道："懒懒，走慢点。"

许蓝回过头："怎么了？"

沈问沉默了两秒，温声道："我看不太清，有夜盲症。"

许蓝抬眸眨了眨眼睛："那你缺维生素 A，这题我初中考过。"

沈问一噎。

"不逗叔叔了，"许蓝垂眸，轻轻拉起他的袖子，"对不起，原来那个是夜视镜，怪不得是黄色的。"

许蓝晃了晃他的风衣袖子："你拉着我，慢慢走。"她脚步开始有点飘，"要乖乖抓紧懒懒哟，叔叔别怕，懒懒保护你。"

沈问无奈又温柔地笑了："好。"

"明天懒懒就去给叔叔买新眼镜。"许蓝鼓着腮帮子，拉着沈问的袖子慢慢走。

"叔叔家里有备用的。"沈问缓缓道，"明天好好睡个懒觉，下午不是还要去吻你花园吗？"

"叔叔也要去吗？"许蓝抬眸，瞳孔黑亮，"要去的吧，叔叔是我的经纪人呢。"

沈问温柔地应着："嗯。"

"那，叔叔是之后都要听我的吗？"许蓝笑起来，声音又甜又嗲。

"嗯。"沈问低声，"都听咱们懒懒的。"

沈问送许蓝回了家，转身出门打了车去接顾漠。他盯着车窗外呼啸而过的灯火，目色微沉。

鱼鱼在 KTV 豪华包间唱得嗓子都哑了，于是起身跟同学打了声招呼，说要出去走走。

她晕乎乎地走着，在转角处遇到了一个男人。

鱼鱼愣了一下。这个男人的头发和她差不多，长度都是到刚好过下颌线的位置。前额的卷发有些挡住了眼睛，但是可以看得出来鼻梁很直，薄唇没有什么血色，有点细细的胡茬儿。领口敞开着，领带随意地搭在衬衫上，周身散发着烟酒气。

男人吐了一口烟圈，看向鱼鱼，一双桃花眼眨了眨。

顾漠笑起来："怎么了，小妹妹？需要帮助吗？"

"啊，"鱼鱼如梦初醒，"我找不到自己的包间了。"

顾漠笑道，把自己领口的扣子扣上："和朋友出来玩？"

"嗯，同学聚会。"鱼鱼低着头，又悄悄地抬头看了他一眼，"可以告诉我你的名字吗？"

"小妹妹，不问微信号吗？"顾漠轻佻地笑了一声，并不想与她过多纠缠，"我姓顾。至于名字，有缘再见时，我再告诉你吧。"

顾漠转身，吊儿郎当地往回走。他知道这样的女孩儿和自己不是一路人，连名字都不愿意告诉，其实就是拒绝再见的意思。

鱼鱼站在原地，一直目送着那个男人离开，想看看他会不会回个头，结果没有。

她有点沮丧地回到包间，后半场都不怎么起劲。

第二天中午，许蓝和鱼鱼去了眼镜店。精挑细选了好久，最后选了一副最贵的。

等他们从出租车上下来时，一眼就看见一辆红白撞色的跑车和一辆黑色的私家车并排停在吻你花园前面。不远处，陈鹿在门口朝她们招手。

顾漠和沈问在会议厅喝咖啡。

沈问微微蹙着眉："人家昨天是看见你了的，记得等会儿别提其他的。"

"那有什么？"顾漠跷起二郎腿，"我本来就不是什么好人……对了，小懒懒那个叫鱼鱼的好朋友也要来？"

"嗯，怎么了？"沈问理了下领带。

"好奇而已，我还记得她那张设计稿呢，画得挺好的。"顾漠笑了两声，"走，出去看看小懒懒来了没有。"

顾漠刚开门，就看见许蓝和鱼鱼站在会议厅门口。

"顾帅好啊。"许蓝弯起唇角。

"进来吧，小懒懒。"顾漠没心没肺地笑道，"今天也漂亮。"

许蓝当作不记得昨天的事，可鱼鱼见到顾漠的那一瞬间就呆滞了。她低着头，反应让许蓝有些奇怪。

顾漠把视线转移到许蓝身后那个短发女孩身上："这次没有迷路？鱼鱼小姐？"

顾漠此刻穿着正装，看起来和昨晚风流的他完全是两个人。许蓝在心里叹了口气：谁都可以，这个可不行啊。

顾漠和鱼鱼没再叙旧，毕竟正事在眼前放着。

许蓝在合同上签了名："那就谢谢顾总和沈先生了。"

许蓝叫"顾总"这声还好，但叫"沈先生"的那个语调，嘴角微微扬起来，特甜。沈问低头喝了口咖啡。

"那来谈谈私事吧。"顾漠懒散地跷起二郎腿，手肘撑在桌面上，捏着自己鬓边的碎发，"虞小姐是学设计的？"

鱼鱼没想到话题突然转移到自己身上。

"我和沈问看过你的设计稿。"顾漠暧昧地笑笑，"线条流畅，功底不错。"

鱼鱼脸红："谢谢顾总。"

"你是咱们小懒懒的好朋友？那真是很巧。"顾漠把腿放下来，端正了一下坐姿，"所以我想以DIM总裁的身份，征求一下虞小姐的意见。你愿不愿意来DIM做设计？"

鱼鱼一脸震惊地抬起头："啊？"

许蓝盯着顾漠，有些紧张。沈问朝她轻轻摇了摇头，示意没事，顾漠有分寸。

许蓝垂下眼，握了握鱼鱼的手。

"虞小姐可以认真想过后再给我答复。"

"不用想了，我愿意，顾总。"鱼鱼急忙道，"能帮上忙，我很开心。"

许蓝在心里叹了口气：孽缘啊。

顾漠赶着要先回趟公司，沈问负责送她们回家。

送完鱼鱼后，许蓝终于开口："就是，鱼鱼她……"

"我知道，别担心。"沈问的声音很温和，低声道，"顾漠不会的。"

"我们去看艺术展的时候，顾漠是真的很喜欢鱼鱼的设计。"沈问安慰道，"鱼鱼是你最好的朋友，顾漠不会去招惹她。"

"可是鱼鱼好像很喜欢顾漠。"许蓝眼底尽是担忧，"顾漠有女朋友，对吧？我冒昧地问一句，为什么他一个有女朋友的人，身边还有那么多女人围着，他女朋友不介意吗？"

"顾漠的生活方式就是这样，但他以前不是这样的——这个，我以后再和你细说。不过，鱼鱼那边需要你和她好好说清楚。"沈问理了一下许蓝鬓边的头发，"顾漠和谁都不会认真，鱼鱼她能懂。"

许蓝垂下眸，问了一句："那你呢？"

"什么？"沈问踩下油门，黄灯闪烁了几秒后，绿灯亮了。

许蓝看着他，有些发愣。今天沈问穿了黑西装，领带是她送的那条，手上的腕表一看就价格不菲，依旧气质矜贵。

"没什么。"许蓝收回在沈问身上的目光，看向车窗外匆匆而过的风景和高楼，"叔叔，你和顾漠一直是好朋友吗？"

"嗯，我们是大学同学，认识有十年了。"

"叔叔平时也会像顾漠那样吗？"

"不会。"沈问平静道，"顾漠也不是一直那样，大多时间都在工作。我没有喝酒的习惯，不会和他去那些场合。"

沈问回答得很坦诚，许蓝点点头，感觉安心了不少。她很疑惑，为什么顾漠对谁都不认真，为什么沈问明知顾漠这样的生活状态不好，却好像没有要制止的样子。许蓝有好奇心，但懂得适可而止。

沈问把车停在蓝岸湖墅门口，刚想开门，许蓝拉住他袖子："叔叔等一下。"

她松开沈问的袖子，低头把自己的单肩包打开，取出那一副崭新的夜视镜递给沈问。

沈问莞尔一笑："叔叔不是说过，不用咱们懒懒赔的吗？"

"弄坏了东西就要赔偿，这是我爸爸一直说的。"许蓝执拗道，"我不能仗着我年纪小，叔叔也没生气，就不赔叔叔的东西。"

沈问失笑："好，那我收下了。"

"对了，等我下次来拍照的时候，叔叔会来接我的，对吗？"许蓝大眼睛一眨一眨，满怀期待。

沈问垂下眼睛，那双棕色的瞳孔浸满了温柔。他低低地笑了："会。"

许蓝一蹦一跳地跑进了蓝岸湖墅，进门前朝沈问挥了挥手。

花园里的玫瑰又多开了几丛，少女在血红色的花海里回眸，连吹来的风都是许蓝的气息。

沈问关上车窗笑了笑。

许蓝一回到蓝岸湖墅就给鱼鱼发消息：把你那小心思断了，别想了。

鱼鱼赶紧打了个微信电话过来："为什么要我别想？"

许蓝道："他现在有女朋友。鱼鱼，我很严肃地和你说这件事，你得听进去。"

鱼鱼沉默。

许蓝叹了口气："在 DIM 做设计是你的梦想，我当然不拦着，他的联系方式我当然也会给你。只是，谈感情的话，鱼鱼，谁都可以，他不行。听我的话，好吗？"

"知道了。"鱼鱼语气听起来很难过，"我会注意的。但他真的是我的理想型。他连抽烟都好好看，昨天他还帮了我，人很好的。"

许蓝顿觉烦躁："我觉得林榭比他帅一万倍。"

鱼鱼认命地叹了口气："行，我不去招惹他就是了。"

第三章

　　许蓝睡醒，躺在床上点了个芝士比萨的外卖。

　　她看了消息，林榭昨晚四点告诉她，自己可能这两天会回来一趟，但不能确定具体时间。

　　许蓝忽然想到，蓝臻最不喜欢的就是有人在家里吃外卖。她曾经和鱼鱼偷偷在家订过一次比萨，蓝臻晚上一回家就火冒三丈，直接摔了桌上的花瓶，把许蓝关在房间不许她出来，也没有让她吃晚饭。

　　之后的很长一段时间，许蓝都不敢再点外卖了，她并不是害怕蓝臻，而是烦蓝臻发火的样子，以及不想让许砚担心。

　　客厅里没有开灯，天色渐暗，淅淅沥沥的雨声慢慢盖过电视的声音。

　　花园里，有车轮碾过大理石路面的声音。许蓝捕捉到声音，嘴角扬了起来：我们林队长终于回来啦。

　　不知道他晚饭吃了没。许蓝看了眼面前还剩下的两块比萨，撇了撇嘴：以林榭的习惯，是不会吃这个的。

　　"咔——"客厅的灯突然被打开。

　　习惯了黑暗环境的许蓝对强光不适应，立即抬起手遮住光线："哥，太亮了，关一下。"

　　然而，期待的关灯声并没有出现。蓝臻一袭白色职业套装，出现在客厅门口。

　　许蓝迅速在脑子里过了一遍家里目前的样子：满屋子都是外卖的味道，自己穿着随便地窝在沙发上，茶几上特别油腻，电视机里放着蓝臻不喜欢的综艺，厨房乱七八糟。

每一点都是蓝臻讨厌的样子。

"你怎么回来了？"许蓝嚼着比萨，若无其事地问道，"不是很忙吗？"

蓝臻冷笑了一声："我不能回来？这儿是你家吗？"

蓝岸湖墅是北市著名的高档小区，它原本不叫这个名字，大家都知道是林宿为爱妻改的。

"许蓝，"蓝臻瞪着她，"我不是没警告过你，别在我家吃这种东西。"

"哪种东西？"许蓝挑了下眉，看着手里的比萨，"这个啊，不好意思，谁叫你提前没说自己要回来呢。"

"许蓝！"蓝臻厉声道，"你现在住的这栋房子，跟你一点关系也没有！你有没有一点寄人篱下的样子和态度！知不知道自己是一个什么角色？"

许蓝沉默了，擦了擦手。

窗外还下着雨，雨势只增不减。

"蓝臻，"许蓝淡淡道，"我爸还没死呢。你怎么就这么急攀上别人了呢？林宿有我爸对你好吗？"

蓝臻被她这句话彻底激怒了，浑身颤抖着大喊："许蓝！我警告你，别太过分了！"

"我不敢过分。"许蓝笑了，站起身，"我得对你客客气气的，毕竟我爸从小就跟我说，对陌生人要有礼貌。"她虽然是笑着的，可心脏就像是被撕开一个口子，往里面强行塞进泡涩了的茶叶一般。

蓝臻最恨的就是别人跟她提许砚这个名字，她脸色阴沉到冰点，眼神狠戾，赤着脚冲过来，将桌上的玻璃杯往茶几上一砸。细小的碎片划过许蓝的手臂，白皙的皮肤上出现几条血红色的浅痕。

许蓝看了一眼，觉得有点像玫瑰花的汁液。

"林宿是不是也看出来你是什么人了？"许蓝盯着地面，眼眶红了，指尖也在忍不住地发抖，声音却还是淡淡的，"暴躁、麻烦、嫌贫爱富、易怒。不然，怎么这么久都没见你们俩一起出现？"

蓝臻深吸了一口气，像是气笑了："许蓝，你可别忘了，你也是我这个脾气。"

许蓝深呼吸，直视着她的眼睛，声音很轻，却有力："我跟你不一样，我不是你，我从不会认不清自己的问题。可是，我也才十九岁。你为什么要这样对我？"

"因为我恨死许砚了！"蓝臻目光冰冷，"每一次听见有人说你跟我像，我都恨不得拔了他们的舌头。不过也的确不像，你比我放肆多了。而且还幼稚，不自量力。"

许蓝感觉天昏地暗。

愤怒，无助，恐惧，悲伤，充斥在她的脑海里。口腔里的血腥气直冲脑门，胃里也翻江倒海。

许蓝心里的那股极度的烦躁正在燃烧着，她看着茶几上的东西，差点就伸出了手。她拼命告诉自己，这样是不对的，若是她也拿家里的东西发泄，就又和蓝臻一样了。

许蓝心里的情绪无处发泄，一时间咳得停不下来，眼泪争先恐后地往外冒。

她厌恶自己不争气的泪腺，却又无可奈何。

蓝臻皱了皱眉："你还哭得出来。别用这副可怜巴巴的模样看着我，搞得好像不去探望自己亲爹的人，不是你一样。"

许蓝尽力平复呼吸，别开目光，绕过茶几往楼梯口走。

蓝臻一把拉住她的手臂。

许蓝打掉她的手："林宿是有多蠢，你都这样了还不跟你离婚！真是福如东海，福气都被你给占了。"

"啪！"许蓝眼前一黑，许久没有恢复视力。她脑袋嗡嗡地响，半边脸像是麻了一样。蓝臻这一巴掌打得让她猝不及防，而且一点力气也没收，许蓝直接跪在了地上。

慢慢缓过来的那几秒，许蓝感觉真的很对不起林队长这么多年教她的应急防身术。

"几个月不见，你这张嘴真的是越来越厉害了！"蓝臻明显是气极，眼睛也通红。

许蓝视线清明后，最大的感觉就是特别想吐。

她真的不知道蓝臻为什么这么恨她。蓝臻既然根本不爱许砚，又为什么要和他结婚，又为什么要生下自己？

许蓝在心里一遍遍告诉过自己，她和蓝臻不一样。

可是无数次的争吵，让她又觉得自己跟蓝臻太像了，特别是骨子里生来的易怒、烦躁、偏执，像到她害怕。唯一不同的，就是蓝臻很少忍着，而许蓝一直忍着。

跟谁都合得来的自信是装的，外向善于交际也是装的，她只想一个人静静待着。她一层层地包裹住自己，守护心里私藏的那一份光，还有那一份少得可怜的安全感。

许蓝见蓝臻不为所动，于是抬脚朝门口走去。

"不许走。"蓝臻转过身指着地面，"要么把这儿清理干净，要么别再出现在这个家里。你自己选。"

许蓝愣了片刻，果断地朝那堆外卖走去。

蓝臻挑眉："终于有点寄人篱下的样子了啊。"

许蓝面无表情地路过茶几，拿起了沙发上的手机："你想多了。我和你，除了血缘上的关系，再无其他交集。我永远不要像你，我和你不同。"

雨水打在许蓝身上，她漫无目的地在街上走着，耳边都是车鸣喇叭的声音。

她说自己不渴望母爱，是假的。她也曾经努力寻找过蓝臻爱她的证据，甚至蓝臻问她考试有没有考第一，她都能开心很久。可是，许蓝考到第一名后，想打电话告诉蓝臻，她接都没接。

蓝臻出现在许蓝记忆里的次数少之又少，所以许蓝能把每一次都当作是蓝臻在爱她。但这些细小的，甚至掺杂着几分想象的记忆，就像是泡沫一样，看着灿烂，其实一碰就碎，全是虚幻的泡影。

还好她有许砚给她的爱，许砚用尽全力地对她好。

日子从不难熬，她还有很多好朋友。再说，许砚那么好，全世界最好的人是他，最温暖的光也是他。

鱼鱼当时安慰她说，失去某样东西的时候，老天爷会还你另一样东西，而且一定要相信许砚能醒过来。可是许砚至今没醒，许蓝也一直在等老天爷还给她的东西，但一直没等到。

好像一个人失望习惯了，就会变得比之前容易开心一点，也更独立一点。

许蓝自知自己有颗强大心脏，百般委屈总是能在一瞬间消除，还能顺便做别人的太阳。

她不想让别人看到自己脆弱的一面，也不想让人心疼自己。

她不需要，也不敢，她练就了一身演技，只为了保护自己。

反正回避、闪躲、辗转反侧、抱怨、哭泣都毫无作用，那"不在意"当然是最好的选择。

许蓝自诩是个善良的人，她相信好人有好报，自己总会有人爱的。

淋着雨走路，她有些力不从心。

忽然手机振动了一下，许蓝还以为是有人找她，结果发现是低电量的提示音。

许蓝想了一下自己现在能去的地方。

第一选择，林榭的公寓。虽然他不在，但许蓝知道密码，可以去他那儿好好洗个澡睡一觉，明天又是美好的一天。

第二选择，去鱼鱼家里，鱼鱼妈若是在的话更好，还能吃到好吃的。

可是她现在哪儿也不想去，就想一个人待着。更可悲的是，手机的电量还不知道能撑多久。

路边的车辆行驶越来越慢，因为雨越来越大，北市街头自然而然地开始堵车。

许蓝打了个哆嗦，身上很冷。北市还未完全入夏，夜晚依旧是凉的，更别提还在下暴雨。

忽然，蓝色的牌子出现在她眼前。便利店里跟上次一样，没什么人。

她把左侧的头发理了一下，挡住脸和嘴角，进去时确保自己的鞋子没弄脏地板，然后才走到货架前。

喜欢吃的糖果没有了。她叹了口气，拿了个牛乳蛋糕，还有一瓶起泡酒。

手机已经自动关机了。许蓝面无表情地把手机扔进塑料袋里，把蛋糕拿出来，蹲在便利店门口挖着吃。

屋檐上的雨水还在滴，溅起许多水花。许蓝感觉脚踝处特别凉，身上又冷又湿，还困。

忽然雨水声被隔绝在外，有一阵微小，但能被感知到的暖意笼罩在上方。

许蓝敏锐地察觉到身边有人，从臂弯里睁开眼睛，头微微抬起了一点。

"许蓝？"沈问撑着伞，确认是她后，微微皱起眉，"怎么一个人在这里？"

许蓝看清沈问那张温柔的脸后，忽然笑了一声，把拿着酒的手臂伸直到他面前："叔叔，陪懒懒喝酒吗？"

沈问注意到许蓝身上的衣服都湿透了，头发也是湿的。右眼下的那一颗微红的小痣，仿佛是在说：我受委屈了，你快来哄我。

他神色凝重，把身上的外套脱下来披在许蓝身上："把酒放下。"

许蓝很听话地"哦"了一声，把易拉罐放在脚边，睁大眼睛看着他："叔叔怎么在这儿？"

"这话应该叔叔要问你。"沈问声音依旧轻柔，带着些严肃，他蹲下，"这么大的雨，怎么一个人在这里？"

许蓝看着他，不语。

沈问将黑色的长柄伞搁在一边，许蓝拉拉他的袖子："叔叔你进来点，你衣服要湿了。"

沈问面色不改,声音依旧温柔:"怎么把自己弄成这个样子?"

许蓝垂眸,睫毛湿漉漉的。

沈问缓慢地开口:"没关系,不想讲就不讲。叔叔送你回家,有力气站起来吗?"

"叔叔我疼,你抱抱我。"许蓝轻轻地说。

"什么?"沈问没听清。

许蓝眼睛眨了眨,差点又滚下泪来。她摇摇头,刚刚那句话是无意识的,现在想来,很不合适。

许蓝捏着沈问的袖子,低着头:"叔叔,我没有地方去了。我被蓝臻赶出来了,我没有家了。"

沈问一怔。

只言片语,再加上她提到的哥哥林榭,他能大致听出许蓝的家庭情况,可能比较复杂。但没有想到,她和家里的摩擦这么大。

许蓝眨了眨漂亮的眼睛,湿透的连衣裙和头发让她看起来有种不同于平时的脆弱美:"叔叔要带我回家吗?"

沈问安抚地摸了一下她的头:"叔叔送你去哥哥家里,好吗?"

"我不想被他们看见我这副样子,"许蓝低头抽噎着,但很快把刚才的那一滴泪用指尖拭去,揉了揉发红的鼻尖,重新抬起脸,笑了笑,"叔叔,我不会打扰你的,我会很乖。"

沈问在那一刻很错愕。从没有女生在他面前这样脆弱又没有安全感地说过话,他甚至不知道怎么去安慰她。但是确定的是,自己的心很疼。

许蓝不用把事情说清楚,光是掉了一滴眼泪,沈问就觉得要他的命。他伸手,想把许蓝左侧的头发理好:"明天,叔叔带懒懒去找哥哥,可以吗?"

可许蓝像是受了惊吓似的,一巴掌打掉沈问的手,眼睛又红了。

许蓝不知道自己是怎么坐进沈问的车里,又是怎么出来的,那段记忆像空缺了似的。她依稀记得,沈问好像中间停了一下车,买了什么东西,但很快就回来了。

她攥着沈问衬衫的袖子,跟着他进了门。

沈问的家很干净,双层的公寓,看得出来一直是独居的状态。室内一尘不染,装修很简约。客厅宽敞,茶几上还放着国际象棋。

沈问给她拿来拖鞋,将手上的袋子递给她:"先去洗个热水澡,叔叔家里没有女孩子的东西，也不知道买的合不合适。"

许蓝呆呆地接过沈问递过来的袋子，去了浴室。她盯着镜子里狼狈的自己，叹了一口气。

袋子里面都是女生的睡衣和毛巾之类的物品，沈问刚刚买的应该就是这些。

她看着手上这些东西，还是没忍住哭了。自以为已经无坚不摧，最后还是一个有人稍微给点关心就哭出来的小孩儿。

沈问的温柔和细致是刻在骨子里的，仿佛是与生俱来，这是许蓝无论如何都没有的东西。大概是从小就被温柔以待的人，才能那么温柔地去对待身边的每一个人，能在顾漠花天酒地的时候愿意去接他，能在街口遇见迷路的小孩儿就礼貌地送她。

不像许蓝自己，连最基本的亲情，对她来说都早已成了奢侈品。

沈问买的睡衣是长袖的，许蓝洗完澡，怕手臂上的血弄脏衣服，所以把袖子挽了起来。

她肩上搭着毛巾，推开浴室的门，朝两边看了看，没看到沈问的身影。

她试探性地叫了声："叔叔？"

"我在。"沈问的声音从客房里传出来，"我出来可以吗？"

"啊，可以的。"许蓝咬着下唇，问，"请问家里有创可贴吗？"

"有，坐沙发上去，叔叔给你拿。"

许蓝说了声"谢谢叔叔"，走到沙发边轻轻坐下。

沈问从书房拿了个医药箱走过来，许蓝笑道："我哥家里也有个一样的。记得我中学的时候，和鱼鱼一起跟几个男孩子打架，没去医务室，放学后跑到我哥家里，把他的医药箱偷了。"

"和几个男孩子打架？"沈问把医药箱打开，取出碘伏和棉签。

许蓝想了想："四五个吧，他们很菜的，我和鱼鱼两个人很快就搞定了。"

"嗯，"沈问温声道，"为什么打架？"

"那几个男生仗着自己年纪大，要走了我们班同学好多钱，"许蓝哂笑，"大家不敢告诉家长和老师，我和鱼鱼就两肋插刀，去帮他们出气。"

"我和鱼鱼不蠢，第二天就跟我哥讲了。我哥当时还在上学，他帮我们联系了派出所，那些小混混儿被拘留了几天，后来就没再来过我们学校。"

许蓝骄傲地抬起下颌："怎么样，懒爷我是不是从小就很厉害？"

"咱们懒懒当然最厉害了，"沈问点头，"手给我。"

许蓝咬着下唇："我自己来好了。"

"这个伤口用创可贴不够，得用纱布，你自己包不了。"沈问皱着眉，看向许蓝手臂上的伤口。

那些伤口都不深，却很长、很多，她的皮肤本来就白，血红色在她手臂上尤为明显。

许蓝垂眸，手臂前伸："谢谢叔叔。"

沈问注意到许蓝的无名指尖也有伤口，叹了一口气，拿出一个创可贴，给她包上。

许蓝解释道："这个是我自己开易拉罐开的。"不是蓝臻弄的。

许蓝刚说完就后悔了。言外之意，不就是说身上的其他伤口是别人弄的嘛。

许蓝叹了口气：真傻。

沈问没说什么，把碘伏棉球用镊子夹出来，小心翼翼地点在手臂的伤口处，边轻轻吹着气："不疼。"

"嗯，不疼。"许蓝笑了笑，"真不疼。谢谢叔叔。"

"我爸以前给我擦药，也喜欢吹气，哄我说不疼。"许蓝笑眼弯弯。

沈问没回应，沉默着给许蓝把纱布一层层裹好，然后把她的袖子小心翼翼地放下来。

他视线落到许蓝的小腿处，那里也有伤口。

许蓝抿了抿唇："我自己来吧。"

沈问点头："好。对了，手机已经开机了，在电视下面充电。"

他指了指电视机的方向："可以给哥哥打电话。"

许蓝忽然笑了："我发现，我每次手机在外面没电，就会遇到叔叔。"

沈问动作顿了一下，失笑，走回房间——这小孩儿，还真会找事情好的一面说啊。

窗外还在下大雨，但许蓝已经感觉没那么冷了。

客厅的灯突然关了。许蓝蹲着，警觉地回头看向房间门口："叔叔？"

沈问的声音依旧温柔："我在，别怕。"

他手里好像拿着东西，许蓝分辨不出那是什么。

"过来，"沈问声音轻柔，"放心，叔叔不看。"

许蓝愣了一下，起身向沈问走了几步，接过沈问手里的东西。那是一个小小的医药包，就巴掌大，里面是几支药膏，一些棉签和消毒水。而医药包的下方，还垫着一个用毛巾裹着的冰袋。

"受伤之后,光擦一次药是不够的。这些你拿着,自己也要记着换药。这样好得快些,也不容易留疤。"沈问声音温柔到极致,"没关系的,叔叔在这儿呢。"

他只说了药膏的用途,却并没有提那个冰袋,只是把东西都一并交给了许蓝。

许蓝想哭。沈问原来是看见了的,毕竟蓝臻那一巴掌的力道根本没收着。但是他是那么努力地,那么小心地保护着她脆弱的自尊。

他知道许蓝不想让人看见,于是以这样的方式来给她安全感。

因为习惯洒脱,所以对任何一点温柔都心动。何况,沈问还是这么温柔的人。

"饿不饿?"沈问轻声道,"家里有吃的。"

许蓝点点头。其实她并没有特别饿,但就是想吃些热的东西。或者说,想吃点沈问做的东西。

"好,叔叔去给你做东西吃。"沈问温柔地看着许蓝,"房间收拾好了,吃完东西好好睡一觉,别想其他的。"

许蓝抬起头,眼眸明亮地对上沈问那双温和的棕瞳:"我能看你做饭吗?"

"可以啊。"沈问笑道。

"开灯吧叔叔,你眼睛不好。"许蓝把头发拢到耳后,"我已经没事啦,真的。"

沈问有些犹豫,许蓝自己跑到客厅门口把灯开了。

冰袋贴着脸很舒服,许蓝朝沈问眨眨眼睛:"叔叔,我好看不好看?"

沈问这次笑了:"好看。"

"叔叔要给我做什么吃呀?"许蓝蹦蹦跳跳地跟着沈问进了厨房。

"咱们懒懒有没有忌口的?"沈问打开冰箱。

"算有吧,不过不多。"许蓝鼓鼓腮帮子,开始掰手指,"不喜欢吃蘑菇、羊肉、芹菜、香菜——我还挺好养的。"

沈问动作顿了一下,失笑:"对,咱们懒懒好养。芝士喜欢吃吗?"

"喜欢!"许蓝眼睛发亮,"我的最爱!"

因为厨房是开放式的,大理石桌面很长,旁边放了两个高脚凳。

许蓝坐在高脚凳上,两条细腿垂下来一晃一晃的:"平时这两个凳子,就是叔叔和顾漠坐吗?"

"嗯,比较熟的同事也会来。"沈问挽起袖子削土豆,"偶尔同事们会来家里聚餐,凳子还是比较多的,只是都在储物间。平时,这里就只放两个。"

许蓝晃着腿,双手支在桌面上看着沈问的背影:"叔叔要做什么好吃的啊?"

"芝士焗饭。"沈问一边炒番茄，一边淡淡道，"之前吃火锅的时候，看你吃了挺多甜玉米和土豆的，也会加进里面。我家里粮食储备不多，这次就只能做这些。"

上次调火锅蘸料的时候，沈问注意到许蓝在面上撒了葱花、白芝麻，还有花生碎，可惜现在家里没有花生，沈问暗暗记着，提醒自己下回去超市要囤一点。

"叔叔也爱吃这个吗？"

"平时我不吃太甜的东西，但朋友喜欢，所以会备着。"

许蓝嗅了嗅锅子里嗞嗞冒泡的番茄土豆："我猜猜，叔叔是不是习惯吃得清淡，经常早起运动，还爱喝绿茶，写毛笔字？"

沈问顿了一下："差不多。"

许蓝一噎，毕竟她都是瞎猜的，居然全对上了。她算是明白了，沈问走的是养生路线。许蓝吐吐舌头，偷笑了一下。

沈问让许蓝朝后走一点，以免被烫到。

许蓝向后退了几步："我特佩服会做饭的人。"

沈问不语，有条不紊地加入米饭、蚝油、生抽，翻炒后在锅内铺平，撒上一层芝士碎，然后盖上锅盖加小火焖煮，转身看向许蓝。

"对了，有没有跟哥哥讲你在我这边？"

"我哥很忙的，明天吧。"许蓝语气轻松，"他如果回家，会跟我说的。"

沈问点点头，把锅盖掀开，在上面撒了一点黑白芝麻，装盘，放到许蓝面前。

"叔叔，跟你商量个事儿。"许蓝嚼完一大口芝士焗饭，认真地看着沈问，"我能明天晚上再走吗？我不确定明天我哥会不会有空，也不确定蓝臻什么时候走。等她走了，我才能回去拿自己的东西。"

沈问没答话，静静地看着她。

许蓝愣了片刻，若无其事地笑了笑："我刚才瞎说的，明天一早我就走。"

"懒懒，你要是没有地方去，随时都可以来这里。"沈问沉吟，"刚才没直接回答你，是因为我有些生气。"

许蓝抬起头："啊？"

"受了欺负为什么不说？"沈问看着她，"遇到问题的时候，可以不要一个人担着，很多人都愿意陪你一起承担。鱼鱼也好，哥哥也好，当然，也包括叔叔，懒懒可以信任我们。"沈问顿了顿，继续道，"叔叔是在生那些没有对你好的人的气。你这么好，怎么会有人对你不好？"

许蓝有些愣。第一次有人跟她说，她这么好，怎么能有人对她不好。

这句话她曾经也问过自己，为什么有人对她这么不好。

"其实也不是什么大事，简单点来说，就是蓝臻不爱我。"许蓝舀了一勺饭，嘴里鼓鼓囊囊的，"我和她不怎么见面，这次纯属巧合。她也不怎么打我的，一般只是砸东西，今天是意外。"

沈问目光凝重地看着她："就这些？"

许蓝笑道："我今天还是很开心的，我命也太好了，还能遇到叔叔救我。"

许蓝的笑，有些勉强和刺目。

她用笑容化解所有过往，就好像那些事情与她无关。因为表面过于轻松，所以才更让人心疼。

沈问揪心，却又无力。因为他做不了什么，也没有立场去做什么。

许蓝把饭吃完，端起碟子跳下高脚凳，走到水池边。

沈问起身："去休息吧。我来就好。"

许蓝摇摇头："我爸说，如果到别人家里面吃饭，一定要收拾碗筷。"

沈问闭了闭眼睛："许先生把咱们懒懒教得很好，又礼貌又懂事。"

许蓝甜甜地笑了："他是一个特别好的人。"

沈问坐在客厅等了很久，确认许蓝已经睡着，才轻手轻脚地起身换衣服。把许蓝给他买的夜视镜戴上，看了眼腕表上的时间，出了门。

沈问刚坐进车里，阮遇的电话就打了过来，沈问接起："刚上车，马上来。"

"你变了，沈问。"阮遇在值班室支着脑袋，"为了个小孩儿，多久没搭理我了？还好我老婆也在医院，不然我得无聊到疯。"

"我马上来，院里没什么事儿吧。"

"院里没事儿，我有事儿，"阮遇语气充满玩味，"那个小孩儿，什么时候让我见见。"

"以后见面别叫她小孩儿，她不喜欢。"沈问淡淡道，"叫许蓝就好。"

黑色的私家车在霓虹色的夜里穿行，雨停了不久，空气里的气味潮湿，车轮碾过路面的时候，有些许水花溅起。

沈问路过便利店，鬼使神差地停下了车。店里有刚换班过来吃泡面的上班族，也有打瞌睡的大学生，人比几个小时前在这里捡到许蓝的时候要多。

货架上剩下的零食已经不是很多了，好在冰皮蛋糕还有咸蛋黄味的，沈问拿了两个。凡是看起来不错的，他每样都拿上了。明天许蓝在家要待一天，总不能让她没零食吃。

　　许蓝早上睁开眼睛，一时不太记得自己在哪儿了。

　　感觉头晕晕的，脑袋很重，额头还有点烫。

　　她坐起身朝后抓了抓头发，感受到手臂上纱布的拉扯，动作一顿，才想起来昨天的事。

　　昨天那短短几个小时，就像过了一个世纪般漫长。

　　许蓝下床穿上拖鞋，迷迷糊糊地走到卫生间洗漱。她穿着睡衣，开了房间的门，轻手轻脚地下楼。

　　沈问坐在客厅，穿着一件家居服，膝盖上放着一台笔记本电脑，正在写东西。见许蓝出来了，他站起身："我去做早餐。"

　　许蓝跟着沈问走进厨房，很自觉地坐在高脚凳上，晃着两条细白长腿。

　　沈问回头，看着还睡眼惺忪的许蓝，温和地笑了："吃简单点，可以吗？"

　　许蓝点头。沈问煎了个鸡蛋，圆滚滚的，看起来让人很有食欲。

　　在吐司上面，沈问依次放上煎蛋、虾仁、生菜丝、芝士片，浇上番茄酱，撒上芝麻后放进早餐机里压实，一个三明治就做好了。

　　草莓对半切开，榨汁。

　　他将草莓汁倒进玻璃杯里，再给许蓝盛了份咸口的豆腐花。

　　许蓝看着眼前精致的早餐，半晌才答："叔叔，这个叫吃得简单吗？"

　　沈问"嗯"了一声："会的不多。"

　　许蓝无奈："我要是会这些，也不至于早上吃便利店的饭团了。"说着她拿起三明治咬了一大口，很满足的样子。

　　素颜的许蓝比平日里化妆的模样更显得可爱，她的皮肤像是煮熟的鸡蛋一样，滑溜溜的，一点痘痘和雀斑都没有。她此时整个人软绵绵的，像只超级乖的小白兔。

　　沈问移开目光："你先吃，叔叔去工作。"

　　许蓝点头。吃饱后，悄悄探头看了一眼客厅里的沈问。男人垂着眼，戴着副银边眼镜，很专注地盯着电脑屏幕。他的头发自然三七分，前额的刘海长度刚好到眉毛，不会遮住眼睛。家居服的版型宽松，可以微微看见一点锁骨，他坐在沙发上的样子比平时看起来更慵懒，也更加温柔。

　　窗外的光透进来打在沈问身上，温和明朗。

头又开始疼，许蓝晃了晃脑袋，把碗放进水池里。沈问听见了厨房的声音，但只是抬头看了一眼，并未多言。

许蓝洗完碗挪到客厅，试探着问道："叔叔，你有多的电脑吗？"

"有，在书房。"沈问站起身，"零食在门口，都是给你的。"

许蓝这才注意到，玄关处有一大袋零食。

沈问把笔记本电脑拿出来："要电脑干什么？"

"做题和听课。"许蓝拆了包软糖丢进嘴里，"一天要是不学点什么，就感觉空落落的。"

沈问笑了："嗯，很用功。"

"这年头要是成绩不好，我都不好意思说自己爱打游戏。"许蓝认真道，"以后我可是个新闻工作者，文学基础得打好。"

沈问莞尔，表示赞同。

许蓝拿着电脑和一袋子零食上楼后，沈问接了顾漠的电话："怎么了？"

"天气这么好，"顾漠在家里的健身房跑步，正喘着粗气，"你又休假，出去打球吧。"

"许蓝在我这儿呢。"沈问慢吞吞道，"我得陪她。"

"沈问！"顾漠猛地摁下了跑步机上的按钮，"你是人吗？小懒懒还没二十呢。"

"能不能往好的方面想。"沈问无奈，"我是在便利店遇到她的，当时她状态不好，我就带她回家了。具体的，不太方便说。"

许蓝觉得今天自己状态不对，听课越听越困。平时她学习可不是这样的，学霸一般都越学越精神。她抬起手拍拍额头，意识到自己可能发烧了，毕竟昨天淋了那么久的雨。

她叹了口气，下楼去接热水喝。刚摁下净水机的按钮，手一晃，热水就冲在了马克杯杯口，溅到了手。

沈问急忙赶来："怎么了？"确认许蓝手上没有烫出红痕后，他松了口气。

"等下，"沈问刚松开许蓝的手，就感觉不对，用手背试了一下额温，又试了一下许蓝的，"你发烧了？"

许蓝感觉耳朵有点烫："可能吧。"

"跟叔叔去医院，"沈问蹙眉，"我刚拜托顾漠送了衣服过来。"

"我不。"许蓝朝后退了一步，"我不去医院，我有医院恐惧症。"

沈问一愣。

"是真的，求你了叔叔，我不去。"许蓝鼻子酸酸的。她在心里骂了自己一句，怎么到了沈问面前就开始矫情了呢。

"我没骗人，叔叔。"许蓝咬着下唇，闭上眼睛，眼皮颤抖，"我害怕那个地方。"

许蓝睁眼，眼尾红得让沈问错愕。沈问见不得许蓝难受，许蓝眼眶一红，他就没辙了。他不明白许蓝为什么会对医院有这样的恐惧和抵触，他在这一刻头脑空白，难以凝神。

"别哭了，懒懒，"沈问温声道，"不去。先回房间休息。"

许蓝轻轻地"嗯"了一声，慢慢走上楼。

沈问小心地试了下热水的温度，抬头看向二楼紧闭的房门。

这样的许蓝，和沈问第一次见她的时候差距太大，沈问说不清自己心里是什么滋味。他开始羡慕鱼鱼和林榭，他们都知道许蓝经历过什么，但他不知道，也没有立场去问。他只是一个刚和许蓝认识了一个月的朋友，或许，连朋友都还不算是。

沈问突然有些慌。既然许蓝是害怕医院的，那她会讨厌自己吗？

沈问从药箱里拿了退热贴、温度计和药，端着热水和粥上楼，敲了敲许蓝的房门。

"药能吃吗？"沈问看着她的眼睛。

许蓝垂下眼，没去直视沈问的眼睛："胶囊还可以。"

沈问拿额温计测了一下许蓝的温度，三十七度九。

"吃得下东西吗？"沈问温声问，"先喝粥，然后再吃药，可以吗？"

许蓝虽然毫无食欲，但她知道既然生病了就更得吃东西，不然会好得很慢。只是她手上没什么力气，盯着那个碗，无意识地皱了皱眉。

沈问没说话，舀起一勺粥放在嘴边轻轻吹凉，送到许蓝嘴边。

许蓝张开嘴吃了一口，不烫不凉，温度刚好。

许蓝在心里又感叹了一次，叔叔真是太温柔了。是月光一样的存在，甚至比月光更温柔，在她跌入黑暗的时候，还能拉她一把。

"吃不下的话，要说。"沈问轻轻吹着气，声音温柔。

"嗯，"许蓝声音特别甜，"谢谢哥哥。"

沈问手一顿，用深呼吸掩去刚才一瞬间的慌张，继续喂许蓝吃东西。

"哥哥——"生病的人总会不自觉地黏人，许蓝的声音本来就甜，现在更多的则是嗲。

沈问叹了口气："少说话，喝粥。"

沈问想起顾漠在那年酩酊大醉的时候，拉着自己说："当你因为一个人改变自己某些习惯的时候，你就已经爱上她了。"

再次推开许蓝房间的门时，她已经睡着了。沈问给她掖好被子，轻轻把门带上。

许蓝再睁开眼时，还以为又是一个早上，结果看时间，她只是睡了三个小时。

许蓝摸了一下额头，烧已经退了。她呆了一会儿，记忆停留在自己被开水烫到的时候。

下楼之后，许蓝看到沈问背对着她，炖汤的锅子在咕嘟咕嘟冒泡。

沈问转身，看到许蓝目色清明，明白她已经好了大半，笑了笑："醒了？好点没有？"

"已经没烧了，就是有点饿。"许蓝笑了一声，"晚上有什么好吃的呀？"

"菠萝饭和玉米浓汤，给你养胃。"沈问答。

许蓝点点头："好啊，都听哥——叔叔的。"

还没注意沈问的反应，她自己先一愣。

沈问像是没注意到似的，神色不变："去看电视吧，或者找鱼鱼聊天。"

许蓝走到门口把那个之前没拿的袋子拿了，打开一看，是一套新衣服。简单的粉紫格子衬衫套装，还配了个同色系的格纹发圈。

许蓝用发圈把头发绑成马尾辫，换上了那套衣服。

窗外的天色暗下来。

沈问把饭菜搁置在桌上，抬眸，刚好撞见许蓝下楼："等会儿收拾一下，我送你去哥哥家里。"

许蓝抬眸，眼神变得委屈。

沈问跟她讲道理："没嫌你烦，也不是赶你，但是叔叔毕竟是个男人，你一个单身女孩子住在这里，不太合适。"

他当然不想许蓝走，但是理智告诉他，这样不合适。

许蓝点点头："等会儿我就给我哥打电话，叔叔别生气。"

"没生气。"沈问下意识摸了一下她的头，"别多想。"

"对了，"许蓝嚼完一口沙拉，"叔叔平时喜欢下象棋吗？我看到客厅茶几上摆着象棋。"

"是母亲留给我的。"沈问担心这个字眼会不会刺激到许蓝。

许蓝一脸羡慕："我走之前，想跟叔叔下盘棋。我不是很厉害，反正每次跟我哥下棋都会输。但我就想碰一碰，看看用妈妈送的东西是什么样的感觉。"

她说得太过轻松，以至于沈问都觉得难过。

沈问抬手覆住许蓝的眼睛。就像那天在 KTV 一样，他想保护她，不想让她哭。但今天，沈问却对她说："想哭就哭，在叔叔这儿，想怎么来就怎么来。"

许蓝眼睛酸酸的，最后还是云淡风轻地笑了笑，抬手握住沈问的手腕："叔叔，我没事。我吃饱了，想下棋。"

在摆棋子时，许蓝打量着沈问的手，忽然问："叔叔，有没有人跟你说过，你的手很像钢琴家。"

沈问如实道："有过。"

许蓝还未动棋子，手机忽然响了——是林榭。许蓝接起："哥，你回家了吗？"

沈问起身欲走，许蓝却一把抓住他的袖子，把他拉回了原位。

"许蓝，"林榭站在蓝岸湖墅底楼，面色阴沉，"你在哪儿？"

许蓝一听林榭的语气不对，试探道："蓝臻跟你说了？"

"别提那个人。"林榭皱眉，一字一顿，"给你三秒，告诉我你在哪儿。"

许蓝听出自家哥哥生气了，赶紧报了地址。

她走到玄关处，低头时愣了一下。印象里脏得不像话的板鞋，现在却干干净净。要不是侧边有鱼鱼给她做的刺绣装饰，许蓝还以为是新鞋——也不知道沈问是什么时候给她擦的。

许蓝默默系好鞋带，发誓这是今天最后一次叹气：怎么会有这么温柔的人啊。

林榭的越野车停在复式公寓区门口，一副很冷淡的模样，主动伸出手："林榭。"

"沈问。林先生你好。"沈问和林榭简单握了一下手，对许蓝笑着说了声"再见"。

在车上，许蓝打开手机，偷偷把沈问的备注从"沈叔叔"改成了"沈问"。好像直念姓名，会更温柔些呢。

林榭把车熄火之后，坐在车里没动，一身低气压："出事了不来哥哥家里，也不去鱼鱼家，为什么到他家？"

许蓝自知做得不对，低下头放轻声音："是我一定要去的，他今天还跟我说，我住在他家里不合适，一定要我给你打电话呢。"

"我是在生气，你为什么受了委屈要瞒着我们。如果我没有自己知道这件事，你是不是就不说了？"林榭叹了口气，一字一顿，"我说过一万次了，我帮理不帮亲——何况也没牵扯到我爸。"

许蓝沉默不语。

"决定搬出去？"

许蓝点头。

"行，我给你预约个搬家公司。"林榭面无表情地看了许蓝一眼心想，这个让人操心的妹妹这辈子大概都甩不掉，只能一直关照了。

许蓝倒在林榭家的大沙发上，打了个大大的哈欠："爽。"

伸懒腰的时候，许蓝的袖子滑上去一小段，露出裹着纱布的手臂。

林榭蹙了蹙眉："手臂怎么样？"

许蓝慢半拍才反应过来："这个啊，早无所谓了。"

林榭开了罐啤酒，沉默了一会儿，开口道："有的事情我管不了你，你自己有主见。我身为你哥，就管点我能管的。比如，你之后住哪儿？"

"不能住你这儿吗？"许蓝莫名其妙，"你嫌弃我？这屋子你每天平均能待满三小时吗？"

"我当然嫌弃了。"林榭把易拉罐放进垃圾篓，"我有洁癖，你生活习惯太差了。"

"那我先去鱼鱼家住几天，再慢慢找房子。"她言语里带了点威胁，"我要跟鱼鱼说你嫌弃她——毕竟她生活习惯比我好不了多少。"

林榭冷笑一声："你和她比？"

许蓝换了个话题攻击："你看你家这么多烟，小心得肺癌。"

"管得挺多。"林榭冷冷道，"下个月二十岁了，小屁孩。"

"队长，您居然还记得。"许蓝一愣，"我自己都不记得了。"

林榭叹了一口气："看在你无家可归的可怜劲儿上，我提前把生日礼物给你。"

许蓝一拍沙发："天地良心，你亲妹妹的生日礼物，居然还得靠可怜换来。"

"少说话，爱要不要。"林榭走进卧室，出来时，手里拿着张卡，"礼物。"

这是张房卡。

"早就想让你别住那儿了。"林榭移开目光，"这次，主要是哥哥的问题。"

"别往自己身上揽责任。"许蓝不满，"要是没你，我可能会成为九年义务教育的漏网之鱼。"

"别抬举我。"林榭懒得理她，"双层的复式公寓，不算大，但空间都绰绰有余。

门锁密码是门牌号加上你生日。"林榭淡淡道，"刚巧，地址就在你刚刚离开的地方。"

许蓝张了张嘴："沈问那儿？"

"离DIM大厦近，地段好，出门买东西也方便。"林榭没理会她的问题，"接下来也快放暑假了，你除了拍照也还要准备实习，不要顾此失彼。"

次日一早。

林榭第三次在许蓝房间门口催促："快点。早饭给你热了两遍，知道事不过三吗？"

"老顽固。"许蓝翻了个白眼，随便在衣柜里抓了件白色长T恤和藏蓝背带裤，一把拉开房门，"哥，你是去相亲吗？搬个家而已，还打领带。"

"少说点话，赶紧洗完脸去吃早饭。"

"哦。"许蓝睡眼惺忪地挪到洗手间，"对了，你跟鱼鱼说了几点去接她？"

"九点。"林榭倚在门上，"给你二十分钟。洗漱吃饭化妆。"

"做个人吧林队长，从这边开过去，二十分钟也能到了。"许蓝比了个"二"，"剩下的二十分钟，咱们干吗？"

林榭沉默。

两人到鱼鱼家时刚好九点，鱼鱼是在两人眼皮底下从家里走出来的。

"林榭哥好。好久不见。"鱼鱼笑道。

"嗯。"林榭应了一声。

"鱼鱼，你今天晚上就返校？"

"是啊，"鱼鱼也有些苦恼，"因为明天一早，院里临时有节很重要的课，我得回去听。"

"那等会儿让我哥送你去高铁站。"许蓝笑了笑，"刚好顺路。"

鱼鱼还没答话，林榭说："行。本来让你抽空来帮许蓝搬家就很不好意思了。"

许蓝难以置信地看着他，最后用只能自己听见的声音骂了一句："不是人。"

搬家公司要下午才到，许蓝、鱼鱼在房间收拾，林榭就倚在楼梯口，盯着那个熟悉的窗台点了根烟，然后又把烟掐灭了。

七年前，扎着低马尾辫的小屁孩就坐在这儿，跟他说了一声"有个当刑警的哥哥很酷"。

搬家公司的人准点来到，配合着一块儿搬东西，林榭充分发挥了平时在刑警队的指挥作用，效率高了不少。

等东西全搬到复式公寓楼门口时，太阳已经落山了。许蓝跟林榭和鱼鱼道别，关上了公寓的门。

轻奢的风格，大理石瓷砖明净温馨，主打色是暖米棕、奶油白和樱花粉。

底楼一进门右侧是开放式的厨房，往里走是客厅，宽敞明亮，采光好，落地窗视野开阔。外面带着一个大约五十平方米的小院子，此时开着一些红色的玫瑰花。

许蓝走了神：沈问家的花园，我都还没去看过呢。

楼梯是木质的，圆柱形的扶手摸起来质感很好，上楼直接是开放式书房。卧室与衣帽间相连，房间朝南。

许蓝倒在床上，感觉从没像今天这么舒服过。其实就在几个小时前，许蓝看着自己那个空了的房间，心里还是有些落寞。

不过，这种突如其来的感觉，一会儿就在许蓝脑海中消失了。

越野车行驶在街道上。

鱼鱼把窗户打开，五月的风有些燥热，远处的地平线散发着橙光。

等红绿灯时，街灯的光落在鱼鱼身上，林榭看着她："你有事要问？"

鱼鱼不可思议地转过头："林队长，每次你使用超能力的时候，能打个预防针吗？"

"嗯，我尽量。"林榭笑了笑，"你问吧。"

林队长平时总是一副看着就是精英的模样，站姿笔挺目光冷厉，少言且雷厉风行，不管加不加班都很凶，刑警队没人不怕他。鱼鱼和许蓝一样，对情感方面的认知总是迟钝些，一般不会去在意细节，所以也看不出林榭这点细小的变化。

从林榭的角度看，她的睫毛像是在闪光。

鱼鱼斟酌了一下，声音轻轻的："懒懒她昨天跟我说，她妈妈突然回家了，然后两个人吵了一架，她就出来了。我看到她手臂上的纱布了。她为什么受伤了？我知道她不想让我问，但我还是想知道。"

"嗯。"林榭踩下油门，一手扶着方向盘，"的确是蓝臻做的。许蓝本来也没和我说，是我自己知道的。"

鱼鱼心里难受，靠着座椅向外看。

"蓝臻对她影响太大了。"林榭语气有些变化，"现在搬出来正好，以后就遇不到了。"

"不管怎样那都是她妈妈,懒懒肯定特别难过。"鱼鱼看着窗外那些来来往往的车,"许叔叔怎么样了?"

"一直没什么动静,但是脸色越来越差了。"林榭不无担心,"有亲人陪伴的话,醒来的概率会大一些,但许蓝一直都跨不过心里那道坎。七年了,只是在拖时间而已。"

鱼鱼倒吸一口凉气:"林榭哥——"

"她总要面对的。"林榭看着她,"人迟早得自己长大。"

鱼鱼噤了声。林榭转移了话题:"那个沈问,你了解多少?"

"没怎么见过,不过懒懒跟他见过挺多回的。"鱼鱼关了窗,收回视线,"我觉得他挺好的,对懒懒好,待人也温和有礼貌。"

林榭拐了个弯:"这点也没什么好担心她的,她反正不会被骗,要坑也是她坑别人。"

"不过,懒懒之前跟我说的三个择偶标准,沈问现在已经满足两个了。"

"哪两个?"林榭挑眉。

"第一个嘛,就是——"鱼鱼刚要说出口,尴尬地看向林榭,"第一个就跳过吧。"

林榭皱起眉。鱼鱼没多想:"懒懒的第二个要求是会做饭。沈问做饭很好吃,懒懒亲口夸的,我很少见她这么夸人。"

"她还有一个条件是什么?"

"可能是因为她喜欢网上的一个小众音乐人,才有的这一条。"鱼鱼直了直身子,"琴师 W 你知道吧?那首'Rose Dance'还挺火的,不过他一直不露面,而且自那首歌以后就没发过作品了。所以懒懒的择偶标准第三条,是最好会弹钢琴。不过,既然加了'最好'这两个字,就说明这第三条可有可无。"

鱼鱼搓搓手,似乎已经想象出了沈问和许蓝在一起的场景。

"沈问多少岁了?"林榭看向鱼鱼。

"二十八。"鱼鱼揉揉太阳穴,"不过懒懒她对这方面真的很迟钝,我都已经暗示得很明显了,她居然还在强调这是个叔叔。"

林榭突然问:"如果是你,你会喜欢沈问那样的人吗?"

"不会。"鱼鱼很果断,"温柔型可不是我的菜。"

林榭还想开口说句什么,但高铁站到了。他提上鱼鱼的行李陪她一块儿进了站:"你等我一下。"

没多久,林榭回来,手上挂着个纸袋子:"奶茶,路上喝。"

常温，半糖，抹茶口味，加珍珠。是她平时爱喝的。

她觉得惊讶，虽然林榭平时看起来冷冰冰的，但偏偏能分辨出许蓝和她身上的香水味一个是玫瑰一个是甜橙，连她换了个不一样的口红色号，他都能看出来。

鱼鱼吸着奶茶，满足地笑了：其实，林榭哥这点还真挺好的。咱们家懒懒，幸亏还有个好哥哥。

许蓝今晚要返校，五月中旬的时候会再来北市拍摄。

她随意地用夹子缩起了长发，几缕碎发贴在脖颈和锁骨处，因为刚刚洗过脸，发尾还是湿漉漉的。

她忽然想起，还没问沈问住哪一栋。立即放下了手里的吐司，给沈问发消息：叔叔，我搬到你的小区了，我在 A 区 110。

等了好久，沈问也没回复。

许蓝叹了口气：叔叔工作好忙啊。

她盯着眼前杂乱无章的摆设，想到沈问平时一个人住，收拾家里肯定很麻烦。可他看起来做家务毫不费力，家里也干净整齐。不像她……光是卧室，就乱得不成样子。

沈问在医院忙了一上午，终于得空看手机消息时，迅速在一堆工作信息中挑出了许蓝的头像。

他盯着许蓝的消息，确定自己没看错。

沈问输入自己的门牌号，又把那些数字删去，最后回了句：我马上回去。

许蓝刚化了个淡妆，便收到了沈问的消息。于是换了件橘粉色的长袖衬衫，再把沈问送的项链戴上，踩上板鞋，开了门出去。

同一时间，沈问把门打开。

"叔叔你——住我对门啊？"许蓝呆愣了好几秒。

"嗯。"沈问指了指自己的门牌号，"我住 109。"

许蓝几乎没思考，就立即跑到了沈问跟前，言语里不带任何矜持："叔叔，你要不要考虑一下，管管我的伙食问题？"

许蓝眨着眼睛，一脸期待。

"不考虑。"沈问笑道，"当然可以管。"

少女自来熟，神采飞扬地跑进屋，一阵花香拂过。

她乖乖坐到了高脚凳上，专心致志地等饭。

沈问在锅里倒入葱花和洋葱丁，又放了一小块黄油进去。

许蓝闲不下来，开始扯东扯西："叔叔工作那么忙，怎么有空学做饭的呀？"

"家里人教的。"沈问把炒好的米饭定形，然后开始打鸡蛋液。

"也是妈妈教的吗？"许蓝咬着手指，轻声问道。

"嗯，"沈问脸上的表情很柔和，"是她。"

"真好。"许蓝笑道，"我好像都能想象到阿姨是多么好的人了。"

沈问莞尔，并未回答这话。他将半熟的鸡蛋液折叠锁边，形成一个很漂亮的弧度，然后盖在刚才的炒饭上。一刀划开，里面的蛋液流出来，鲜香扑鼻。

许蓝低头舀了一勺蛋包饭，开心得像只吃到胡萝卜的小兔子，眼里都是小星星。

少女的头发很随意地绾着，低头时有几根发丝落下来，遮在细长锁骨上。锁骨之间的凹陷处，恰好垂着那枚吊坠，一晃一晃，悠悠地闪烁。

"叔叔，蹭饭能包月吗？"许蓝看着沈问，给出了至高评价，"比我哥做的还好吃。"

沈问笑："当然可以，什么时候返校？"

"今晚八点半的车票。"许蓝嘴巴塞得满满的，"叔叔下午有事吗？"

"我下午休息。家里整理完了吗？如果需要的话，叔叔可以来帮忙。"

许蓝欣喜："叔叔要来帮我？"

"可以。"沈问看着她的模样，忍俊不禁，"好好吃饭。"

许蓝抢着洗碗，沈问不拦她，径自在客厅打开电脑。

许蓝自言自语："怎么有长得这么好看的哥哥啊。"

不对，叔叔，是叔叔。

许蓝拍拍额头。她手上还沾着水，这一拍，额上的碎发都湿了些。

沈问原本在看论文，手机却忽然响起。

他以为是顾漠或阮遇，却未曾想到，联系人的名字是沈彦。

沈问接起，不等对方说话，便开口道："我要进手术室了，有什么之后再说。"他将通话摁断，盯着手机屏上那个来电号码，久久地沉默。他闭了下眼睛，该来的还是要来。

许蓝把门打开，给沈问拿来家居拖鞋。

卧室这类地方，沈问是不好进去的，于是他主动提出整理书房。许蓝给沈问倒了杯绿茶。平时她不喝茶，这还是她搬家前特意买的。

大约一小时后，许蓝打着哈欠从卧室走出来，看到书房，愣住了。

书房像是重新装修了一遍似的，地面上锃亮，已经没有纸箱和任何灰尘，书架上干干净净整整齐齐地放着各类书籍，还是按内容和大小分类整理的。

她走下楼梯，沈问正在整理客厅的摆件，很专注的模样。

许蓝站在楼梯中间，就那样看着背对她的沈问，心情莫名地好起来。

沈问回眸，站起身子："理完了？"

许蓝因为站在台阶上，比沈问稍微高了几厘米，她低头看着沈问，注意力集中在他漆黑的睫毛上。

她说："想把上次没下的棋下完。"

"好吧。"沈问无奈，"客厅先不整理了？"

"不用了，反正我也不常住。"许蓝说着往下走了一步，因为步子急，忽然一脚踩空。

她下意识地身体后仰，让自己不要朝前倒，沈问的第一反应是去抓她的手臂。许蓝瘦，往后倒也没什么分量，故而沈问轻轻一拉，许蓝就向他靠了过来。沈问抬起左手，托住许蓝的头，右手抓着她的胳膊，勉强扶着许蓝在原地站稳。

那一瞬间，浓烈的玫瑰花香气猛地袭来，沈问有点恍惚，但手没松开。

许蓝额头在沈问肩膀上碰了一下，不禁"哎呀"了一声。

沈问赶紧问："疼不疼？"

许蓝摇摇头。

沈问非常自然地松开她的手："走吧。"

然而，两人的棋只下了十分钟就结束了。

"怎么比和我哥下的时候输得还快？"许蓝耍了小脾气，"我不玩了。"

"懒懒。"沈问也不恼，温和道，"要来叔叔的花园里坐坐吗？"

沈问的声音很低，宛如一阵温柔的清风。许蓝每次听见他用这种语气讲话，烦躁和不安都会瞬间消失了。

沈问的花园，会是什么样的呢？许蓝觉得，必定得是种着金银花、枸杞等这种养生且能泡茶的植物。而且沈问这么会做饭，那儿估计还有小白菜、胡萝卜、土豆、葱姜蒜等。

可看到沈问的花园时，她怀疑自己穿越到了吻你花园。

花园里，纯白的栅栏和桌椅摆放整齐，大理石路面蜿蜒曲折。偌大的草坪上有小雏菊星星点点地散落，秋千在草坪上随风晃动。

初夏的微风正好，天色渐晚，阳光也淡。繁花和绿荫都未缺席，风吹过树叶，宛如有人喁喁细语。

沈问站在将落的太阳下，干净耀眼。因为是温柔的人，他的花园也是温热的，柔和的。

"叔叔的花园居然这么好看。"许蓝跑过去嗅了嗅花丛，悄悄亲吻了其中一朵玫瑰花。

角落还放着个木质的尖顶小房子，许蓝问："那个是给小狗狗住的吗？"

"嗯，"沈问插着兜，"是顾漠买的，他说就算不养宠物，花园也得放个窝，因为好看。"

"是挺好看。"许蓝忍俊不禁，"叔叔不考虑养只小狗狗吗？多可爱啊。"

"懒懒喜欢养宠物？"

"我很喜欢狗狗。"许蓝垂下眸，"但我养不好，从小到大我养什么死什么。"

"如果能养得好，你会养什么狗？"

"金毛吧，金毛的眼神很温和，我喜欢温柔的狗狗。名字还可以叫芝士。"许蓝说着就笑起来，仿佛自己已经有了那样一只小狗。

沈问发现听许蓝说话能解忧，特别是她发自内心笑起来的时候。

"不过我是养不好的，狗狗那么好，可不能栽在我手里。"许蓝失笑，"叔叔，我能坐那个秋千椅吗？"

"去吧。"沈问声音温柔。

许蓝坐上去，两条腿不安分地晃悠，她靠在靠背上道："其实，我以前养过宠物的。"

"嗯。"沈问没问，耐心地等待着许蓝说下去。

许蓝语气开始有些懒散："是荷兰猪，我哥给我买的，我特别喜欢。"

"可惜被蓝臻从楼上扔了下去。"许蓝垂眸，"她还说，都怪我，它们是因为我死的。"

"懒懒——"

"我知道不是，我不傻。"许蓝笑笑，"我们家情况很好看出来的，就是蓝臻带着我，嫁给了林宿。林宿有个儿子，也就是我现在的哥。"

"那——"沈问斟酌了一下，"为什么不跟爸爸走呢？"

许蓝眼眶一下子就红了，但她只是打了个哈欠，懒懒地说："走不了。"

沈问看着她："走不了？"

"对，走不了。"许蓝笑了一声，直视前方，"不说我爸爸了，我想听听阿姨的事情。"

沈问安静了一会儿，像是在斟酌该从哪儿说起。可他开口的第一句话，就让许蓝怀疑人生。

沈问说："她叫丁曼。"

许蓝被自己的口水呛到："丁曼？"

沈问有些惊讶："你知道她？"

"那个，我先确认一下啊，"许蓝有些紧张，"你说的是，一位钢琴家吗？"

沈问莞尔："是，她是我的母亲。"

这个消息对许蓝来说，就跟陨石撞地球一样，她花了好久才缓过来。

许蓝自己并不会弹钢琴，但许砚还在她身边的时候，非常喜欢听钢琴曲，最喜欢的就是丁曼的曲子。许蓝对丁曼其实不甚了解，也不知道她多大年纪，但因为许砚，便对她产生了好感。

许蓝叹了口气："她最近还好吗？"

"她已经过世很久了。"

许蓝愣住，眼神有些迷茫。

"她经常做慈善，参加义演，对我的一切决定都很支持。我父亲性格强势，但很听我母亲的话。"沈问很轻地笑了，"其实，我和家里也几乎没联系了。"

这在许蓝意料之外。

"顾漠可能跟你说过，我的家乡在南市，不过我很久没再回去看过。现在算算，居然过去十年了。我以为自己记得很多和她有关的事，但现在想来，好像也就是我之前跟你说过的那些，再无其他。"

许蓝仰起脸，眼里像是映了花火："晚霞出来了。沈先生，一起看落日吧。"

沈问一愣。这一次，她没有叫他叔叔。

许蓝用胳膊肘轻轻碰了一下沈问："想什么呢？"

沈问回过神："我还真没怎么看过落日。"

"我知道啊，你起得早，总能看见日出。"许蓝跳下秋千，笑容甜美，"所以，今天带你看日落。"

晚霞像是喝醉了酒，明明方才天际还是浅黄色，阳光淡淡，但还不过半小时，粉紫色和橙红色就开始晕染天际。

许蓝仰望着晚霞，脸在霞光的照射下发着光亮。

沈问平时经常看日出，一半时间是因为生物钟，还有一半原因，是他总遇到突发情况要做手术，结束时经常是凌晨四五点。他会习惯性地等一等日出，看着地平线慢慢变亮。那种感觉，让他觉得自己是在看到新的生命。

很久以后，当沈问独自一人看日落的时候，突然深刻地意识到，这天的日落或许并没有那么好看。但因为有许蓝，当时的日落才显得那么浪漫。

此刻，花园里都是玫瑰的香气，一时间沈问甚至分不清，这是许蓝身上的气息，还是因为正逢花期，花开得太盛。

天气越来越热。南市大学的梧桐大道郁郁葱葱，每片叶子都因为强光的反射而熠熠闪烁。

天蓝得像海洋，自习室里有可乐冒泡的声响。

学生会办公室，许蓝一个人坐在办公室，统计上一次志愿活动的时长。

"懒懒，有学姐找！"鱼鱼拿着一杯香草星冰乐，匆匆忙忙跑进办公室，"大三的梁霜学姐，你应该记得吧？我之前跟你说过她，平时虽然话不多，但是挺照顾我的。她不是学生会的，不方便直接进来，你现在有空吗？"

"你们院的学姐，找我干什么？"许蓝莫名其妙。

鱼鱼一脸生无可恋："估计从今天开始，会陆续有我们院设计系大三的人来找你。"

许蓝若有所思："难道我有设计天赋，但我不知道，你们都知道？"

"我真服了你的脑子。"鱼鱼拉起她往外走，"你当你微博那十万粉丝是假人吗？"

其实对于微博，许蓝都没放什么精力在上面。微博上很多找到她的摄影师都以为她是职业模特，还有不少人找她做直播，甚至有星探找过她，只是许蓝都拒绝了。

梁霜站在电梯口，手上拿着一个纸袋，周身散着生人勿近的气场。她拿出一杯咖啡递给许蓝："听鱼鱼说你晚上不吃饭，我给你带了这个。"

许蓝和梁霜之前没说过话，两人不是一个院，很难搭得上边。不过鱼鱼给许蓝看过梁霜做的衣服，其精致程度让许蓝印象深刻。所以，今天再亲眼见到梁霜，许蓝终于完善了对她的第一印象：自律、少言、能力强、身材好。

梁霜撩了一下侧分刘海："我做了一件衣服，你愿不愿意当模特？"

南市大学美院每年都会办服装设计展，院里设计系的同学会拿出自己最新的作品和模特一起走台。学校礼仪队是高个子女生聚集地，一般设计系的同学都会找礼仪队的同学当模特。

许蓝笑笑："我记得礼仪队的女生平均身高有一米七六。"

梁霜喝了口咖啡："身高都是次要的，许蓝，你现在有空吗？我想带你去看看我的作品，可能你看了，就能做出决定。"

两人走至美院的工作室，梁霜带许蓝经过一件件用防尘布罩着的设计作品，来到一个角落。梁霜把布帘撤走，露出那件礼服。

白色的礼帽，上面搭着半透明红色轻纱，长度一直遮到模特锁骨的位置，轻纱之上，有玫瑰和细小绿叶点缀。

礼服是抹胸的款式，布料以绸缎为主，外层有着和礼帽同样花纹的轻纱，那轻纱一直拖到裙尾处。

"我给这件作品起名为'仲春情诗'，"梁霜满意地抱着双臂，"驾驭这件礼服，需要的不是身高，而是介于成熟和少女感之间的气质。我也是第一次尝试这样的风格，这件礼服有许多配饰还没搬过来。如果你想看，我可以现在就去取。"

"很好听，"许蓝说，"我想试试。"

北市。一辆红白撞色的跑车掀起一阵风，停在医院门口。顾漠从车上走下来，哼着小曲儿进了楼。

阮遇刚换了便服，抬眼就看见顾漠，笑了："顾帅？稀客啊，来找沈问？"

"好久不见，待会儿一起去打球。"顾漠指了指办公室。

"今天就不去了。"阮遇笑笑，"你们好好玩儿吧。沈问今天做了两台手术，真不一定有精力。"

顾漠连门都没敲，直接推门而入。

沈问穿着白大褂，语气平淡："你来干什么？"

"我来医院，除了找你，还能干什么？"顾漠关上门，吊儿郎当地走近，"我刚碰上阮遇，他说你今天做手术了，没力气跟我打球。"

"我的确去不了。"沈问起身换衣服，"我有事跟你说。"

中餐厅包间。顾漠难得见沈问这副表情："出什么事了？"

"我爸联系我了。"

"沈彦啊，"顾漠直呼其名，"我先前还以为他真能放任你一辈子当医生呢，现在看来是不可能了。"

"他不是要我回去。"沈问迟疑了一下，"他安排我下周去见一个人。"

顾漠没听懂："我认识吗？"

"我都不认识。"沈问无奈。

顾漠反应过来后，笑得胸膛一起一伏："你要去相亲！"

"别笑了，"沈问捏捏鼻梁，"他的意思大概就是定下这个人了。当年他和我母亲也是家长定的，或许他觉得这是最好的选择。"

"你又不是他。"顾漠知道丁曼的事，微微皱了眉，"不管怎样，出于礼貌，你得去吧？"

"对。"沈问闭了闭眼睛，"我是在想，怎么和那位苏小姐说明情况。"

"如果是我就直说，毕竟人家伤不伤心不关我的事。"顾漠一脸不解，"我一直都是这样拒绝别人的，但你看吧，我桃花从来没少过。再不行，你就跟她说自己有女朋友，把小懒懒照片拿给她看——"

"这个不行。"沈问立马否决。

顾漠跷起腿："行，不能带上咱们无辜的小懒懒。不过，还有别的办法。"

"比如？"沈问抬眼。

"我陪你去。"顾漠一脸轻松，"靠我的人格魅力吸引她，让她把兴趣转移到我身上。"

沈问："……"

晚上，顾漠把沈问要相亲的事情告诉了许蓝。让女生吃醋这种事，他一向得心应手。

许蓝没回，顾漠又发了具体的时间地点，以提高事情的真实性。然而许蓝就回复了一个字：好。

顾漠挠挠耳后，差点忘了，这小孩儿不是一般人。

没等顾漠想好怎么回复，许蓝接着说：叔叔毕竟到年纪了，可以理解。

顾漠拿着手机，看着那句"到年纪了"，沧桑感瞬间油然而生。

此时，许蓝盯着手机屏幕，"啧"了一声。

鱼鱼正在画画，抬起头问："怎么了？"

许蓝没提顾漠的名字，只是说："沈问要去相亲。"

听到沈问要去相亲，她的第一反应就是烦躁。

手机又振动了两下，还是顾漠的消息：沈问一点都不想去，家里人给安排的。

许蓝非常满意地看向鱼鱼："我觉得，有必要拯救一下沈叔叔。"

"什么意思？"鱼鱼来了兴致。

"这个相亲是家里人安排的，沈叔叔不想去。"许蓝嘿嘿一笑，"我们一起回北市吧。"

"你打算怎么帮你的沈叔叔？"

"那太简单了。"许蓝挑了下眉，"你看过那么多电视剧，应该想得到。"

接下来的一周，许蓝都很忙。

一是马上期末，要准备复习和考试；二来，学生会有各项事务要忙；三来，为了梁霜的邀请，许蓝还会去学校礼仪队观摩他们的台步课程。

梁霜做的礼服许蓝已经试过了，的确很适合她，连码数都刚刚好。

等期末结束，她就是准大三的学生了。而且她六月生日，她和沈问之间的年龄差，马上又会缩小一岁。

沈问相亲当天，许蓝和鱼鱼吃了饭，就往顾漠之前说的地点赶去。

"你家沈叔叔的相亲对象，会是什么样的人啊？"鱼鱼走在街上，一脸好奇，"沈问他爸也真是的，都什么年代了，还指定自己儿子娶个不熟悉的女人。"

许蓝一顿："我只说了他要去相亲，这些细节，我可没有说。"

鱼鱼顿觉尴尬："这不是我想进一步了解敌情，所以就帮你去问了下细节嘛。"

许蓝失语，一脸恨铁不成钢："别跟顾漠有太多交集，我已经跟你说过很多遍了。"

鱼鱼抓紧许蓝的手："懒懒你要相信我，我就多问了几句，没说不该说的！我发誓，我绝对不会喜欢顾漠的。"

咖啡店内。

顾漠已经喝完了半杯咖啡，反而越来越犯困。他打了个哈欠，笑道："沈问，你这相亲对象，是不是看不上你，直接不来了啊？"

"那样最好。"沈问无奈地叹了口气，看了一眼时间。距离约定好的时间，还有五分钟。

他穿着一身黑西装，领带是酒红色的，也就是许蓝送的那条。

沈问按照许蓝喜欢吃的口味，点了华夫饼、冰激凌、巧克力慕斯和一杯冰美式咖啡。

顾漠无意间看向窗外，努了努嘴："沈问，是那个吧。一看，就是个温室里的大小姐。"

苏筱踩着十厘米的高跟鞋，穿着小香风套装，款款走进店里。

顾漠只看了一眼，就笑了，凑近沈问耳边道："沈彦的眼光可以啊，这传说中的苏小姐还挺好看的。"

还没等顾漠说完，沈问便站起了身。

"是沈先生吧？"苏筱走到两人面前，大方地伸出手，"我是苏筱。"

"你好，我是沈问。这位是——"

沈问转过头，顾漠才慢吞吞从位子上站起来："顾漠，久仰苏小姐。"

"你好。"苏筱看了一眼顾漠，"很早就听说过，DIM的顾总和沈先生是挚友，果然名不虚传，连相亲都在一起啊。"

苏筱看了一眼桌面上精致的茶点，笑了笑："沈先生果然如传闻中的一样，是个没谈过恋爱的人啊。"

沈问没说话，用眼神示意她继续说下去。

顾漠轻轻在底下用膝盖碰了碰沈问的腿，在手机上缓慢打出两个字：难搞。

沈问看了一眼他的手机，面无表情。

苏筱端起咖啡轻轻抿了一口："咖啡就够了。其他的东西热量太高，我又不是小孩子，还吃这些。不过，相信沈先生下次肯定就记住了，也不用我再提醒。"

沈问失笑："抱歉。"

顾漠继续打字：她居然说咱们小懒懒不自律，这女人不能深交。

苏筱叹气："吃什么，喝什么都是小事，我们还是直接聊正事吧，沈先生。"

"我就开门见山了。"苏筱放下咖啡杯，"沈叔叔的意思，你也知道了，我们双方的条件都很不错，以后结了婚也不会因为财产或是三观不同这样的事情吵架，会很和睦。而且，我听沈叔叔说，你现在还不太想继承家里的产业，依旧想做医生。这点我可以理解，男人有自己的追求是好事，心还不够定也正常。只是，希望沈先生不要让我等太长时间。"

沈问深呼吸："苏小姐，恕我直言，你有没有想过，我们双方互相还不了解，草率地在一起，其实是不负责的行为。"

"这怎么能说是不负责呢？"苏筱笑了一声，"沈先生，你可能不知道，我对你来说可能还是个陌生人，但你对我来说，已经是非常重要的人了。"

沈问还没表态，顾漠嘴角就抽了一下："哈？"

苏筱假装没听见顾漠的话，认真地看着沈问的眼睛："我非常了解你，你的经历，你的爱好，我都研究过，我不会让你失望的。我已经仰慕你很久了，你的生活，我很了解。先结婚再谈恋爱的例子，这个年代有很多，再说我们两个都是高学历、有背景的人才，没有人会觉得我们不合适的。"

顾漠在内心冲她翻了几个大白眼：你可真是个人才。

沈问并未反驳，温和地笑了笑："苏小姐，抱歉，恐怕真的有人会觉得不合适。"

这时候，顾漠的手机不合时宜地响起了提示音。是许蓝发来消息：顾帅，我来拯救你们了。

两人走进咖啡店时，沈问要比许蓝更先一步找到对方。

许蓝实在过于出众了，白色的镂空打底衫外，是黑色的吊带裙。头发依旧是黑长直的模样，眼睛亮得像是玻璃球，皮肤白皙容貌漂亮，引得人纷纷扭头看去。

沈问不明白，许蓝怎么会出现在这儿。

许蓝在下一刻也找到了沈问，她看向此刻背对着自己的苏筱，与沈问匆匆地进行了一个眼神对视，就义无反顾地冲过来，大喊了一声："爸爸！"

苏筱被吓了一跳："谁？"

所有人都愣住了。许蓝站在众人眼前，一本正经地拉着沈问的手，诚恳道："爸爸，我不想要后妈！"

苏筱咳了两声："你在喊谁？"

"他啊。"许蓝指指沈问，一脸无辜，"阿姨，您不知道吗？沈问是我爸爸啊。"

鱼鱼真想让时间倒流。这和她想的场面有点不太一样。

苏筱一脸震惊地看着许蓝："开什么玩笑，你多大了？"

"现在的小孩都早熟。"许蓝在沈问身边坐下，眼神无辜得要命，还不忘朝沈问眨两下眼睛，"爸爸。"

苏筱只能看着沈问，想让他给个说法。

面对这个温文尔雅、举手投足都散发着礼貌的好看男人，她忽然不知道该如何开口了。

如果这些都是真的，那真是人不可貌相。

苏筱站起身："不好意思，我还有点事，得先走了。"她刚迈出一步，又回过头来，"我们两家的事情，还需要再商议。"

沈问克制地点了点头："苏小姐慢走，给你添麻烦了。"

看着苏筱略显慌乱的背影彻底消失在视线里，顾漠第一个没绷住，捂脸大笑。

许蓝骄傲地看向沈问："叔叔，不用谢。"

"谢还是要谢的。"沈问被她气笑了，"你怎么知道我在这儿？"

这问题刚问完，他就有了答案，转头看向顾漠，叹了口气："真有你们的，不知道她回去会怎么讲。"

"你放心，她那种大小姐，是不可能把自己看上一个渣男的事情传出去的，所以她只会说，和你聊完性格不合适，相信我。"顾漠拍拍沈问的肩膀，挑了下眉，"放心吧，我都经历过好几次了。"

三人全部沉默。

"不管怎么说，我和小懒懒还有鱼鱼，今天都算是帮了你大忙了，是不是？"

沈问扶额："是。"

"说吧，打算怎么犒劳我们？"顾漠碰瓷碰得十分得心应手，就好像今天自己真的帮了沈问特别大的忙一样。

许蓝也一脸期待地看着沈问。

"去我家吃饭吧。"沈问理了理领带，起身道，"现在三点，时间刚好。"

来到沈问家门口，顾漠看了眼对门："够近的啊。"

"又不是我买的房子。"沈问面色如常地开了门。

事实证明，"厨房杀手"即使不碰锅，只打下手，也会使效率降低。最后，她们俩识趣地把厨房交给沈问和顾漠，到花园里玩去了。

"明天我要去一趟 DIM，不过我跟顾漠申请了，先陪你去吻你花园。"鱼鱼靠着许蓝，眼睛放光，"你明天要拍双人刊，我得去见见世面。"

许蓝心道：希望你不是因为顾漠也要去现场，才想也去"见见世面"的。

不过，她最后也只是"嗯"了一声，盯着花园的玫瑰花丛发呆。

次日下午一点，许蓝和鱼鱼一身轻便衣服出门，一起上了沈问的车。

沈问递给两人自己刚榨好的果汁："叔叔今天有些事情要忙，等会儿可能不能陪你很久。"

"我们俩其实可以自己去。"

沈问笑了笑："送还是要送的，毕竟咱们懒懒是小公主。"

鱼鱼伏在她耳边道："你们要不要这样啊，我还在呢。"

黑色私家车停在吻你花园门口，天光正亮，门口的花也开到最盛。五月份是花开的好时节，吹来的随便一阵风都是浓香。

陈鹿拿着相机蹲在门口，一边喝着水，一边回看之前的照片。见到许蓝和鱼鱼，她抹了一把头上的汗："好久不见啊二位小美女，姐姐想死你们了。"

等许蓝快化完妆的时候，陈鹿走进来道："懒懒，和你搭档的人要换，飞机延误了，来不了了。"

许蓝点点头："我都可以。"

陈鹿松了口气："刚好洛盏姐在，她愿意来救场。等会儿先拍你个人的，等她来了化完妆，再拍你们俩双人的。"

许蓝乖巧地点头，鱼鱼则捂住了嘴："洛盏？她好几次都是 DIM 期刊的封面人物。"

陈鹿颔首："嗯，不过其实她和顾帅关系一直不太好——嘘，你们可别说出去，哎呀我这守不住秘密的嘴……"

鱼鱼眨眨眼睛："怎么了？"

"这个我还真不知道。"陈鹿耸耸肩，"我们都不是知情人，但这两人一见面，气氛就变得特别尴尬。"

鱼鱼揣测："会不会是……"

陈鹿摇摇头："他们并没有过情侣关系，他们互相看对方不爽，好像在逃避什么事情一样。别看顾帅平时吊儿郎当的，一到工作上就正经得不行，我们也不奢望了解他那么深。"

许蓝化完了妆，换上衣服出来，刚好撞见进门的沈问和顾漠。

顾漠毫不吝惜地夸赞："很漂亮。"

今天要拍摄的是田园复古风格，很适合许蓝。听陈鹿说，这期设计稿还是顾帅亲自监工的，过程极其漫长，可见其用心程度。

许蓝还没说什么，就听到门外有人走近的声音。

身高一米七八的洛盏走起路来十分有气场，她先朝许蓝招了招手，唇角微微扬起："初次见面，我是洛盏。"

洛盏笑起来倒是挺亲和的，和杂志上看到的不一样。鱼鱼就像见到偶像了一样，站在原地一动不动。

洛盏已经当模特很久了，时常会参加国内外的走秀，在 DIM 的模特里也算是元老级人物，毕竟 DIM 创立的时间并不长。她好像跟顾漠同岁，早年还传出有个双胞胎妹妹，后来她亲自澄清，并没有此事。

有人喊了一声："鹿姐，洛盏姐来了。"

顾漠知道后面有人，刚一转身，突然一怔。

洛盏神色自若，打了声招呼。沈问礼貌地点了点头。

顾漠盯着陈鹿："下次，临时换人这种事，要提前跟我讲。我是 DIM 的老大，还是你？"

洛盏毫不吝惜自己的白眼。平常临时换人拍摄，都不需要特意跟顾漠说。顾漠从来懒得管这种事，他只要陈鹿能给出好的成片就可以。但是今天这场合，陈鹿只能吃个哑巴亏。

"鱼鱼。"顾漠突然喊了一声，"你今天不是要去 DIM 吗？跟我一起走。"

"啊，好！我来了。"鱼鱼跟许蓝对视一眼，朝陈鹿招招手道别。

顾漠坐到驾驶位上，眼神恢复了平时一贯的随意，但脸色却还是阴沉的。

顾漠看着鱼鱼那副样子，笑了笑："被我吓到了？"

鱼鱼对这种场合的处理熟练度远远不及许蓝。面对顾漠的发问，她都不知道该说什么，感觉自己干什么都不太对。

"行了，不逗你了。"顾漠发动汽车，"对 DIM 了解多少？"

鱼鱼如实说了，顾漠很满意地点点头："年纪不大，做事倒挺有经验。最近有新设计吗？"

"这段时间把以前有想法，但是没仔细画完的设计初稿都重新做了一遍，也参考了一些 DIM 往期作品的设计理念，还问了我们院学姐的意见。"鱼鱼吐了口气，"质量应该还可以的，我都带来了。"

顾漠在红绿灯前停下，认真地看了她一眼："如果愿意的话，你暑假里的实习，可以一直在 DIM。DIM 的设计师比较年轻，你也可以在轻松的氛围里，学到很多东西。等你以后毕业，DIM 随时欢迎你来工作。"

"当然，你年纪还小，我只是提供一个建议，并且向你表示诚意。"顾漠悠闲地开着车，"毕竟整个DIM都听我的。"

"我愿意。"鱼鱼轻声道。

顾漠挑了下眉，看了她一眼："这么快就答应了？不再考虑考虑？"

"嗯，我不考虑其他的了。"鱼鱼用力地点着头，"懒懒也知道，DIM是我一直很喜欢的公司，真没想到我可以进入这家公司实习。在我的印象里，我应该再努力好几年，才能到这样的地方来工作的。"

顾漠轻笑："咱们鱼鱼已经很厉害了，以后肯定能成为DIM顶尖的设计师，我有信心。"

鱼鱼抬起右手，悄悄捏了捏耳垂，小声道："谢谢顾总。"

她偷偷看着顾漠的侧脸，他的长发今天半扎着，眉眼深邃勾人。

"不在公司的时候不用这么叫我，太正式了。不过，我还是得给你提前打个预防针，"顾漠道，"我在公司对工作要求很严格，和私下里不太一样，别被我吓到。"

他笑了笑："毕竟，咱们鱼鱼看起来有点胆小。"

顾漠把跑车停在DIM大楼的地下停车场："电梯上去直接到第九层，我都提早交代好了，会有一位叫书禾的前辈带着你做事。放心去吧，别紧张。"

"谢谢……顾漠。"鱼鱼不好意思地笑了笑。

顾漠靠着车，朝她挥了一下手。

傍晚，沈问去接许蓝。

他一进门，就看见许蓝跟洛盏坐在吻你花园的院子里一起喝代餐奶昔，俨然是已经混熟的模样。她总是能让别人很快喜欢上她。

他站在围墙下，血红色的蔷薇爬满墙壁，重重地垂落下来。沈问站在那儿，刚巧碰上日落时分，好看得有些刺眼。

其实许蓝早就看到他了，但装作不知道。一般她都是一见着人就打招呼的，但她看不清自己的想法。

"洛盏姐好有趣，和我特别合得来。"回到车上，许蓝还一直在说今天拍摄的事情，顺手从包里摸出了一袋软糖。

沈问忽然想起了什么，开口道："懒懒，叔叔想起来一件事，想给你提个醒。顾漠在的时候，记得不要在他面前吃荔枝味的棒棒糖。"

虽然许蓝对于顾漠这个诡异特性有些惊诧，但还是立即答应了下来。

"不是棒棒糖，应该就没关系。"沈问的手扶在方向盘上，指节屈起，腕骨分明。他坐得很直，故而许蓝偏过视线，甚至能看见他的白衬衫下隐隐约约的脊梁骨。

男人穿衬衫时，气质稳重而干净，但那一小截脊梁线条映入眼帘时，许蓝竟察觉到一丝莫名的性感。

最近，沈问只要一离她近一点，她好像就会想点其他的。

许蓝从初中开始就和林榭待在一起，自以为已经对帅哥免疫了，即便是见到顾漠那种男人，她都没什么兴趣。可是，沈问似乎成为了那个例外。一眼就能让人心生安全感，不自知地想要去靠近。

私家车停在家门口好一会儿，直到沈问唤她名字，她才回过神。

"晚上想吃点什么吗？"沈问在她转身前开口询问。

"我喝过陈鹿给的代餐奶昔，今天就不蹭饭了……叔叔再见！"许蓝跑到自己家门前，按了两次指纹都没识别成功，最后慌慌张张地输入密码，逃似的冲进了家门。

她靠在门后，一下一下喘着气，甚至能感受到自己的心在怦怦跳。

许蓝提醒自己定心凝神，打开电脑开始做专业课作业。

专心写论文之前，她思来想去，还是给鱼鱼发了个消息：沈问说，别在顾漠面前吃荔枝味的棒棒糖。别问我为什么，问就是不知道。

鱼鱼：奇了怪了！今天带我的负责人也跟我说了，DIM 的公司规定是不能在办公室吃糖。

鱼鱼越想越好奇：顾漠为什么会定下这样的规矩？

她忍住心思，没去翻看顾漠的朋友圈——因为看了也没什么用，顾漠的朋友圈是三天可见，无论翻多少遍，也就只有那么一点。

想着想着，有点饿了，她决定去趟便利店。在货架上扫了一圈，视线停留在荔枝味的起泡酒前，思量着这个口味要不要拿。

最后她拿了——反正顾漠也不会看见。

易拉罐装的酒在购物袋里相互碰撞，发出声响。她走在街上，随手开了一罐。气压在开罐的那一刻，带着甜蜜的水汽尽数迸溅出来，让人感觉很舒畅。

她突然不想回家了，一个人走在街上还挺舒服。

街道都是灯火通明的，越往北走，灯光越暗——居然到了吻你花园附近。这个路口，往左走是许蓝和沈问的公寓，往右就是吻你花园。

鱼鱼鬼使神差地选择了右边的路。吻你花园一片漆黑，院门口的血红色蔷薇虽然盛开着，但在漆黑的夜幕下几乎看不见，只能听见簌簌的风声，有时候风会吹掉几片蔷薇的花瓣。

她无意识地走近，余光瞥见吻你花园的大门似乎开着一条缝。她试着把门一推——开了！

草坪都是黑漆漆的，院子里没有一点光。等鱼鱼适应些光线后，依稀看得见白色的栅栏、桌椅，还有白色的秋千。当她发现草坪中央还有其他白色东西时，吓了一大跳，朝后退了一步。

穿着一身白色，枕着手，躺在漆黑草丛里的是顾漠。

顾漠睁开眼坐起身，盯着鱼鱼看了很久，才笑了一声："真是你啊。"说完，他往嘴里放了棵草尖，又躺了下去。

看顾漠没有拒绝的意思，鱼鱼索性就直接坐在了他身边："我出来买酒，顺便散步。"

顾漠闭着眼，前额的卷发有些许挡住眼睛。那一瞬间，鱼鱼有种想伸手给他拨一下头发的冲动。

顾漠在这个时候再次坐起身来，一条腿支起："就在这里喝？介意我一起吗？"

鱼鱼有些紧张，赶紧把塑料袋递给他："你自己拿吧。"

顾漠拿了一罐打开，一口气灌了半罐下去。

"顾，顾漠。"鱼鱼看着他，"你怎么在这里啊？"

顾漠笑了："和你差不多，随便走走就到了。"

鱼鱼为了缓解尴尬，又喝了一口。入口片刻，她才反应过来，是荔枝味的。

"鱼鱼，"顾漠的嗓音有些哑，"荔枝味的酒，能给我吗？"

鱼鱼咬着唇，有些紧张地伸出手臂："我喝过一口，介，介意吗？"

顾漠没说话，只是接过那个易拉罐，很小心地尝了一口。他忽然叹了一口气，闭上眼睛："好多年了。"

这和平时的顾漠太不一样了，鱼鱼莫名揪心。

"什么？"她的声音也轻下来。

"想起一个故人，不过我们很久没见面了。所以就感叹一下，时间过得真快啊。"他饶有兴致地撑着下巴，直勾勾地盯着她，"看着你的样子，我还挺羡慕的，年轻啊。"

鱼鱼立马认真起来："你和沈问都看起来特别年轻，真的。"

顾漠笑了一声："现在这样多舒服啊，没人管我的坏习惯，又有那么多人爱我，自由自在的，什么都有。"

鱼鱼有点没听懂这几句话，她不知道，顾漠的最后一句话，其实没有说完。

完整的句子是：什么都有，却唯独没有了你。

市公安局。

"林队！"江晖猛敲林榭办公室的门，没得到应允就匆匆推门而入，头顶上还翘着撮头发，"近期那个案子刚结，我让兄弟们今天别加班了，都早点走。"

林榭抽着烟，被迫从翻看案宗的状态中抽离出来。

江晖凑到林榭跟前："林队，您赏个脸，跟大家一块儿去吃夜宵吧。"

这个季节尤其适合吃夜宵，大家都穿得随意，唯独坐在中心的那个人，一副不食人间烟火的样子。林榭唯一与这群人相似的点，大概就是抽烟——不过公安局没几个人不抽烟，刑警队更是全员离不开烟。

虽然是林榭请客，但他并不参与点菜和唠嗑，纯属是来撑场面的。

江晖大大咧咧地点完菜，随口问了一句："林队，还要加点什么吗？"

这句话是肯定要问的，相当于结案的时候走流程，但每每遇到这种情况，林榭都是一句"不用"。

"等一下。"林榭抽过烟，嗓音微微有些哑，"有螺蛳粉吗？"

服务员应了一声，忙问："要几份？"

全员忽然寂静，十几双眼睛同时扫过来，直勾勾地盯着林榭。

林榭不紧不慢："要吃的报个数。"

大家机械地自主报数，林榭注意到大家的脸色似乎不好，便问："怎么了？"

江晖心想：他居然还问我们怎么了？难道不是应该我们问他怎么了吗？

"林队，我错了。"江晖叹了口气，"我给你类比一下啊。就比如咱们吃的平民食物某天忽然被皇帝钦点了，那种受宠若惊，又有些害怕的心理，林队，共情一下？"

"我妹妹喜欢。"林榭淡淡道。

大家恍然大悟，都默认为林榭说的是许蓝，顺便回忆起他们上次见到古灵精怪又漂亮的许妹妹是什么时候，又有人说很想念许妹妹和他们打闹的样子……

林榭冷冷地抬眸："酒还没喝呢，就醉成这样？"

大家赶紧闭嘴。螺蛳粉熟悉的味道弥散在空气里。只见他们的林队处变不惊地拿过一碗，礼貌地跟服务员说了声"谢谢"，刚夹起一块腐竹，动作又一顿："看着我干什么？"

大家赶紧埋头苦吃。

忽然，林榭抬头，捕捉到远处匆匆路过的一个身影，他起身道："你们先吃。账结过了。"林榭看了一眼手机上的时间，"回去早点睡觉，第二天不许迟到。"

大家还没来得及说"林队再见"，林榭已经消失在了他们的视线范围内。

林榭快步走着，距离鱼鱼很近时，又放慢脚步。鱼鱼的短发被微风吹起，偶尔偏头看向两侧的小店面。

终于，她在一家人比较少的店里坐下来。她背对着林榭，一个人默默扯掉起泡酒的拉环。

林榭走过去，轻声道："鱼鱼。"

鱼鱼一惊："林榭哥？你怎么在这儿呀，好巧。"

"队里下班，和几个同事出来吃夜宵。你呢？"林榭在她对面坐下，看了一眼那罐蓝白色包装的酒，"这个点，怎么一个人在这里？"

"刚刚去便利店囤粮，"鱼鱼拿出一罐酒递给林榭，"要吗？"

"我不喝，等会儿得开车送你，你也少喝点。"林榭淡淡道。

鱼鱼突然吸了吸鼻子，笑道："林榭哥，你刚刚吃了什么？"

林榭一愣，有些无措。

"你吃螺蛳粉了？林榭哥，你也喜欢吃这个啊！"鱼鱼捂着嘴笑，"每次我在家吃这个，懒懒都想打我。"

"我是第一次吃，同事偏要推荐。"林榭闭了闭眼睛，"别喝了，我送你回家。"

"现在几点了？"

林榭看了一眼手表："快要一点了。"

鱼鱼点点头："那是有点晚了，明天我还要去 DIM 画画呢。"

林榭微微一怔："你实习在那儿？"

"嗯。"鱼鱼点点头，"我能学到很多东西。"

"那就好好学。"林榭语气不变，"跟我走。"

鱼鱼其实很困了，越野车内部又宽敞舒适，林榭给她调整了座位，她过没多久就靠着椅背睡着了。

林榭暗暗庆幸自己没有喝酒。到了她家门口，林榭没舍得直接叫醒她。

鱼鱼前额的刘海有点挡眼睛，林榭伸手温柔地给她拨开，嘴角也不自知地勾了一下。

"是傻瓜吗？像个孩子似的。"林榭轻笑。

第二天一早，许蓝猛地从床上坐起来，满脸惊诧："我哥去吃螺蛳粉了？"

鱼鱼点点头："是啊。"

许蓝难以置信地扶着额头。

"昨晚刚好偶遇，"鱼鱼叹息，"我还耽误了林榭哥的睡觉时间，足足在他车上睡了一个多小时才醒过来——懒懒，你哥真的太能熬了，凌晨三点都不困。"

许蓝心道：也不看看是谁睡在他旁边，他能困吗？

"刑警队的人都这样，"许蓝拿着手机下床，"但也的确是他最能熬，不过他们随时都能找到地方补觉，没什么大事——你现在要去公司了？"

"嗯，"鱼鱼打了个大大的哈欠，"早知道昨晚不这么熬了。"

"悠着点，以后加班的日子还长呢。"

许蓝懒洋洋地打了个哈欠，她刚接了陈鹿的电话，又跟鱼鱼聊了很久，实在累了。她终于得空给自己泡了个芝士味的泡面，还没吃一口，林榭的电话就打了过来。

"鱼鱼起床了？"林榭问。

"嗯，听说你昨天去吃螺蛳粉了。"许蓝笑着叹气，"怎么回事，见色忘义，为爱放下身段啊。"

林榭懒得理她："鱼鱼昨天喝酒了，她没有不舒服吧？"

许蓝把脸贴在冰凉的桌面上，强行压着烦躁："你担心她就自己去问嘛！你倒是快点追啊，我明明可以帮你说好话，你偏不要，还让我别管。现在人家都快喜欢别人了，我求求你长点心吧。"

"好好说话，"林榭无奈地叹了口气，"你这次什么时候回学校？"

"大后天回。"许蓝眼珠一转，换了个语气，"现在我和对门关系可好了，沈叔叔做饭超级好吃，你要不要一起？"

"啪嗒"一声，林榭挂了电话。

许蓝笑了一声，随便点开了一档综艺。

节目上，嘉宾一脸无奈地跟主持人开玩笑说："我才二十八，居然被大学生叫了'叔叔'。"

许蓝沉默。她突然想到沈问一直被自己叫"叔叔"，会不会也很委屈。但他脾气那么好，一定是照顾到自己的心情，就一直不说出来。毕竟人家的长相一点也不像个叔叔。

许蓝烦躁地朝后抓了抓头发，觉得自己这点是做得不太对。

开始明明只是在开玩笑，到后面怎么就习惯了呢。不行，得跟沈叔叔说清楚。

只是，许蓝在心里模拟了一下叫沈问"哥哥"的场景，觉得有点肉麻。感觉这么叫，好像有点暧昧。可同样是"哥哥"这两个字，她对着林榭那张臭脸叫一百遍，都感觉没什么肉麻的。

许蓝想到了一件很能表现诚意的事。

她点开沈问的对话框：叔叔中午在家吗？

沈问刚查房回来，手都没来得及洗，看见许蓝的消息后，看了一下院里目前的繁忙程度，迟疑地回复：可能没办法在。

许蓝舔了下嘴唇：我下午两点去拍摄。

沈问回复：我会送你的。

许蓝赶紧一个电话打过去："叔……叔叔我不是这个意思，我就是问你一下中午在不在家。我离吻你花园不远，可以自己去。我也知道你平时很忙，你不用总是送我。"

沈问失笑："怎么解释得这么急？我中午的确比较忙，但两点前我还是可以回来的。"

"那么，"许蓝有点开心，"叔叔能不能，先不要吃午饭？"

"好。"沈问朝外面的护士打了个手势，示意自己马上来。

许蓝挂了电话，开始上网搜索食谱，最后发现只有蛋炒饭适合她。看样子，做这个应该不至于发生重大"厨房事故"。许蓝按步骤，毛手毛脚地准备好不同的食材，她告诉自己，切食材的时候一定要小心，千万不能弄伤手。

结果在打开金针菇的塑料包装盒时，直接被塑料盒边划伤了手指。

"厨房杀手"的称号不是吹的，她光是刨个土豆就弄湿了地面——在她眼里，土豆仿佛是长了腿，一到她手里就往地上跑，拿都拿不住。

不仅如此，菜下到锅里面时，溅起来好多油星，烫到了许蓝的胳膊。她打了好多次鸡蛋，碗里才没有蛋壳。又试了很久，她才勉强剥掉番茄的外皮。

出锅的时候，许蓝尝了一下，味道还是很好的。她把蛋炒饭小心地装在保温桶里面，用牛皮纸袋打包好。

沈问刚停好车，就看见对门一道白色的纤瘦身影跑出来，手里还拎着个纸袋子。

许蓝坐上车，系好安全带，直勾勾地盯着沈问的眼睛。一双杏眼一眨一眨的，睫毛扑闪，像是小扇子。

"我以后叫你哥哥吧。"

气氛突然凝固。

许蓝把手上的牛皮纸袋递过去："哥哥，给你的。"

沈问认真地看着她："出什么事了？"

许蓝咬着下唇："没事，只是我突然觉得，叫你'叔叔'不太好，怕你伤心。这个给你的，拿好，你的午餐。"

沈问蹙眉："怎么又弄伤了？"他打开侧边抽屉，取出创可贴，"左手无名指。"

许蓝迟疑地展开手，发现刚才被塑料盒划开的伤口还挺长挺深的。现在被沈问这么一说，好像越来越疼了，她不禁屈了屈手指。

沈问替她包扎好："其他地方有被油溅到吗？做饭这种事情，以后还是交给我。小孩儿负责吃就行。"

沈问的意思大概是，他永远觉得自己是个不成熟的小孩儿。许蓝淡淡地应了一声，心里很不是滋味，甚至有些委屈。

"哥哥，"许蓝咬着嘴唇，"可是，我不想当小孩儿。"

沈问一怔。她不知道，这样的语气对于任何一个异性，都有巨大的杀伤力。

许蓝准备拍摄时，才发现沈问依旧等在一边，她有些惊讶。

陈鹿夸赞："手上的配饰很漂亮啊，好像之前没见过。"

造型师打了个响指："之前没用过这款，但看懒懒手臂上烫伤了，我就弄个花瓣手环上去，没想到这么好看。"

陈鹿"哎呀"了一声："懒懒，自己一个人在家做饭要当心啊。"

许蓝含糊地答应了一声，不敢去看沈问的眼睛。沈问无奈，在心里默默发誓，不会再让许蓝一个人进厨房了。

许蓝再次坐进沈问车里的时候，天已经黑了。

沈问沉声道："手上的烫伤好点了吗？"

许蓝看着他："我真没事，当时用凉水冲过很长时间，一点也不疼。"

沈问闭了闭眼睛，很慢地叹了一口气："没事就好。"

每次沈问闭上眼的那一刹那，许蓝都感觉像在看一幅画。

为什么世界上，会有这样矜贵又温柔的人存在呢？

"哥哥，我回去之后的那个周末，你有空吗？"

"有。"沈问的回答很直接。

他不会像多数人那样，先问"什么事"，再根据这件事对他的吸引程度来决定自己"是否有空"，而是直接回答"有"。

当然，这么回答的根本因素，是因为那个人叫许蓝。

"不问是什么事吗？"许蓝笑笑。

"有空就是有空，想做什么？"沈问靠着座椅，手扶方向盘，安静地坐在车里。

周围很静谧，吻你花园的灯还亮着，大概是陈鹿和工作人员还在忙。四下无人，只有他们两个人在对视。

"鱼鱼她有一个很厉害的学姐，叫梁霜。她邀请我参加走秀，时间就是下周末的晚上。虽然是学校的活动，但规模挺大的，而且是凭票入场。这是我第一次走 T 台，鱼鱼不需要票，所以除去我哥，还剩下两张。如果可以的话，我想请你和顾漠去看。不知道你们有没有空？"许蓝眨眨眼，"学校旁边还有夜市可以逛，考虑一下？"

沈问轻笑："我会去的。顾漠等会儿我来联系，不过他不一定能来。"

"真的？"许蓝睁大眼睛，"你一定会来吗？"

"嗯。"沈问笑了，眼睛里有星光映照。

"稍稍剧透一下，"许蓝朝沈问凑过去一点，沈问觉得带着侵略性的花香席卷而来，"梁霜学姐做的那件衣服，名字叫'仲春情诗'哟。"

沈问微笑。

许蓝伸了个懒腰："我一开始还以为是琴师 W 的那个琴师呢，后来看到表单才发现我想错了。"

"先闭会儿眼睛养养神吧，晚上堵车，到家还得些时间。"

沈问轻点车载屏幕，放了一首钢琴曲，刚好是"Rose Dance"。

许蓝听话地闭上眼睛，沈问贴心地把钢琴曲的音量调小。他在等红绿灯的时候，偏过头去看不知道什么时候睡着的许蓝。

昏黄的灯光覆盖上她的睫毛，在眼睛下方打上一层纤长而毛茸茸的阴影。呼吸声平稳而有序，看起来好乖。

沈问微微地勾起嘴角。他不知道的是，许蓝此时的心跳，跳得不比他慢。

即使面上风平浪静，但心底的确是有什么东西在悄悄冒出来。

这样的情绪不同于烦躁，许蓝怎么压也压不下去。她左手无名指的伤口被创可贴包着，早就不疼了，反倒是痒丝丝的，像她此刻的心一样。

第五章

约一周后。

没课的下午，许蓝安安静静地在做题，楼下传来重重的关门声，随后是鱼鱼匆匆上楼的脚步声，伴随着激动的声音："懒懒！快来看 DIM 最新的期刊！"

鱼鱼扔过来一本杂志，封面是洛盏的单人页。

许蓝只看了一眼就笑了："洛盏姐真上镜。"

"重点在扉页！别厚此薄彼！"鱼鱼翻了个白眼，把许蓝手里的杂志翻了一页，巨大的标题印在上方——"DIM·LAZY"。

一整张扉页，许蓝坐，洛盏站，两人气质不同，同框却莫名和谐。照片的下面，有小字标注洛盏和许蓝的姓名。

许蓝挑了下眉："挺好看的。"

毕竟是非专业模特，就算她只是当杂志某页中间的插图都不算委屈。但顾漠却直接安排许蓝和洛盏的这张双人照当了杂志扉页，可见他对许蓝的重视。

不得不说，许蓝的确有那个能力。许蓝的衣裙色系是奶油黄，虽然是粉橘色调的妆容，透露出的却不是可爱。她端着茶杯，在桌面上撑着脑袋，眼神无所谓地看着镜头之外的地方，宛若一个对一切都淡漠，慵懒地来参加茶会的大小姐，令人不得不关注她。

而且，洛盏虽然是名模，气场却没有把许蓝压住。两人在这帧镜头上，做到了极致的平衡。

"懒懒你看 DIM 的官方微博了吗？官博提到了你，你粉丝又多了好多呢。"

鱼鱼兴奋道。

许蓝尴尬地笑了一声："我把消息通知都关了，在学习呢。而且，还有一个小时我就得出发去彩排。"

北市，DIM。

顾漠在办公室的单人沙发上坐着喝咖啡，手边是最新的 DIM 杂志，翻开在扉页的那一页。

手机开着扬声器，顾漠懒洋洋道："我够意思吧，给你家小孩儿放前面了。"

沈问轻笑："别套近乎，她本身就值得。"

"嗯，"顾漠认真地看着那些照片，"你说得对，她是值得。"

傍晚的校门口。

许蓝和鱼鱼在跟校保安聊天，她们跟保安都很熟，不过，许蓝明显心不在焉。

"懒懒，你先回去吃点东西吧，我来等沈问和林榭哥就好。"鱼鱼放低声音，"你再不去就真的来不及了，现在过去都不一定能领到工作餐。我是不急，但你可别饿着了啊，等会儿你可是要走 T 台的。"

"没事。"许蓝穿着简单的黑白衬衫裙，手里拿着入场券。

林榭和沈问都会来，顾漠没空，许蓝最后把多出来的那张票给了傅绅——当然，是傅绅自己来要的，并非许蓝主动。但人家既然开了口，也不可能不给他。

许蓝让林榭和沈问直接买同一趟车票过来就好了，谁知林榭淡淡道："我开车来。"

许蓝无奈，又去问沈问今天怎么来，得到的竟是同样的回答。

她无奈：不就是来玩一个晚上吗？两个男人还特意自驾过来，多累啊。

随后，黑色的私家车先映入眼帘，许蓝猛地站起身来，朝那个方向跑去。

"哥哥，车可以开进去，进门右转就是停车场。"许蓝喘着气，趴在沈问的车窗上。

沈问说："上车。"

鱼鱼上气接不接下气地赶过来："我在这儿等你哥，懒懒你快去吧，不然真要来不及了。"

时间的确紧张，许蓝就先和沈问进了校门。

梁霜的电话打过来："学妹你在哪儿呢？化妆师在等你。"

"不好意思学姐，我马上来。"许蓝一手持着电话，一手牵起沈问的袖子，"哥哥快跟我走，你怎么来得这么晚啊。"

"对不起，处理了些急事。"

许蓝反而有点不好意思："吃饭了吗？"

"吃过了。懒懒直接去后台吧，叔叔能找得到位置。"

"你找得到？"许蓝把票递给沈问，"礼堂还挺绕的。"

"叔叔以前来过。"沈问轻笑，"我在南市的家离这儿不远。"

"好，找不到的话打我电话。"许蓝边跑，边回眸调皮地做了个打电话的手势，"哥哥等会儿见！"

沈问莞尔，朝她挥了挥手。

许蓝对沈问的称呼从"叔叔"到"哥哥"转变得很自然，但沈问每次听到许蓝叫"哥哥"，脊背都会有点麻。沈问是懂得克制的人，做什么事情都讲究一个得体，唯独许蓝叫声"哥哥"，他就差点乱了方寸。

沈问盯着手里的那张入场券，轻笑了一声，往礼堂方向走去。

走秀的开始时间是晚上八点。

"我哥到了？"许蓝化好妆站起来，准备去换衣服。

"早就到了，"鱼鱼笑着道，"我还陪他在食堂吃了螺蛳粉呢。"

梁霜走过来，看着许蓝的妆容很满意："我带你去换衣服。"

"上台前可能会临时有些紧张，到时候深呼吸就好。"梁霜理解地笑笑，"对了，我看你好像没吃盒饭，是在食堂吃过了吗？"

"我一点儿也不饿。"

梁霜叹气："我不是担心走台，我是担心你的身体，不吃晚饭对胃不好。"

梁霜带许蓝进了更衣室，"仲春情诗"其实严格来说不是礼服，而是婚纱。外观看着轻盈飘逸，其实穿起来很麻烦，里里外外有六层。

"高跟鞋就穿六厘米的吧，不需要太高。"梁霜对比了一下高度，提出建议。

"没问题，"许蓝笑笑，"我都听学姐的。"

许蓝从更衣室里走出来的时候，鱼鱼好几秒都没说话。

鱼鱼："懒爷，您出道吧，求您了。"

梁霜莞尔："是漂亮的。"

"那就好。"许蓝对着镜子，再理了理鬓角的碎发，"鱼鱼，快去观众区找林榭吧，别和我哥分开了，到时候不好集合。"

走台的形式很有特色，设计师与模特会一起走。

梁霜踩着高跟鞋，英气逼人，身着一席自己设计的米白色西装。虽然她比许蓝高出很多，但完全不会抢了许蓝的风头，只会锦上添花。

毕竟许蓝的脸，被很多人说过像是建模做出来的，真想抢风头也很难做到。

橙黄色的聚光灯散发着热量，灼热地打在纯白色 T 台上。

许蓝承认，上台前是会有些紧张。

梁霜牵着她的手，感受到了微微的手汗，莞尔一笑："等上台就轻松了，不用担心，我相信你。"

沈问在台下，专注地盯着 T 台中央。

一对一对的模特和设计师走出来，随着主持人的解说和气氛组的烘托，观众呼声越来越高，场面也一步步到了高潮。

许蓝的紧张感越来越淡，随之而来的是……眩晕。

不好。许蓝心道：不该连颗糖都不吃的。

梁霜捕捉到许蓝微妙的表情，微微俯身："怎么了，是不是不舒服？"

许蓝勉强地挤出一个笑："我能坚持走完，学姐放心。"

这不仅是她自己的第一次走台，更是梁霜学姐的心血。无论如何，她要对梁霜学姐负责。

"下一组，服装设计系梁霜的作品'仲春情诗'，模特是新闻系的许蓝——"

两人还没走出来，现场就已经出现了爆发式的尖叫。

沈问注意到旁边坐着的男生情绪尤其高涨，一边喊一边录像。

沈问暗笑：看来，咱们懒懒的人气真的很高啊。

"傅绅你注意点行不行，我耳朵都要聋了！"右边女生笑着拍了一下那个男生，"你快搞得全校都知道你喜欢许蓝了。"

傅绅耸肩："全校知道也挺好啊，我不介意，就是怕许蓝不舒服。"

沈问听到这话，不禁看了一眼那个叫傅绅的少年。刚才没注意，现在一看，少年样貌极好，站姿挺拔，气质亦是不凡。

沈问视线回到舞台中央，酒红色的幕布，此刻缓缓拉开。

先映入眼帘的，是白色西装的梁霜。然后，是身着玫瑰婚纱的许蓝。

两人刚出场的那一瞬间，光影调整为白色，整个舞台忽然暗了一下，聚光灯全打在两人身上。随后，橙黄色光芒再度亮起，人群的头顶上，突然飘下大量玫瑰花瓣！

全场观众脸皮发麻。

花瓣洋洋洒洒地落下，落在许蓝走过的路上。她走得很慢，并且每走过一步，身后都有鲜花盛开。巨大的红色裙摆后，铺满了玫瑰花。

婚纱的外层是和礼帽上同样花纹和材质的酒红色轻纱，那层长长的纱一直拖到柔软的裙尾处，和玫瑰花瓣相映衬。

许蓝的脖子上有一条玫瑰吊坠项链。她的步伐轻盈，气质介于少女和成熟女性之间，明明笑容甜美，却又有些生人勿近的气场。

梁霜扮演了一个绅士的角色，摊开右手，掌心向上，而许蓝的左手轻轻搭在上面，宛若一位公主。不，她就是公主，无论是台上还是台下，她都是最骄傲最自信的那位。

走到 T 台的最前方，两人没有像之前走场的那些设计师和模特那样，单纯地面朝观众摆个造型，而是突然面对面。梁霜一个绅士步后退，右手反转两下，微笑着鞠了一躬，朝许蓝伸出手。许蓝莞尔一笑，同时两手提起裙摆，右脚足尖微微点地，面朝着梁霜，轻轻颔首。

场下的观众对于这个姿势都熟悉得不能再熟悉，尖叫声此起彼伏。

许蓝从头至尾都是笑着的，她的身上有光芒万丈，身后有鲜花灿烂，周围有掌声环绕。

沈问认真地看着舞台上的许蓝，心里都是骄傲。

下场后，一群人直接围了上来，后台乱糟糟的。

许蓝换上原来的衬衫裙和低跟的玛丽珍鞋，往之前和鱼鱼他们约好的地方走去。她头晕得不行，想着等会儿得先买包糖再去夜市。

许蓝走到后门的时候，大家都已经在了。她刚走下台阶几步，腿就一软，眼看就要摔倒在台阶上。

在这种时候，她脑海里忽然闪过一句话："叔叔又不是接不住你。"

下一秒，许蓝稳稳地被沈问扶住。温热的气息扑面而来，他的声音温和沉稳："不舒服？"

许蓝站稳，将眼睛缓缓睁开，发现眼前还是黑的。她晃了晃脑袋，视线依旧没有清明。

"可能低血糖犯了。"许蓝咬唇，站直身体，"先去买包糖吧。"

林榭蹙眉："平时都随身带糖，好习惯丢哪儿去了。"

"没事，我有。"沈问从口袋里拿出两颗单独包装的果汁糖，撕开包装后，放到许蓝手心里。

许蓝一愣，但没有多想，把那两颗糖吃了。

鱼鱼担忧道："好一点了吗？"

"我没事了。"许蓝笑笑。

等四人到夜市的时候才发觉，他们低估了今年夜市的繁华程度。放眼望去，人海毫无边际。

鱼鱼踮起脚："我们相互可得看紧点，千万别走丢了。"

结果一语成谶，他们一进入人潮，才不到十分钟，就立马濒临被挤散的境况。

许蓝慌忙间，抓住了那个离她最近的人的手。等到视野开阔了一些，人潮变得没那么拥挤，许蓝发现她牵着的人是沈问。

这是第一次，那么用力地，没有缝隙地，紧紧抓着他的手。

"哥哥，看到鱼鱼和我哥了吗？"许蓝没松开，抬眸看着沈问。

沈问朝两边看了看："没找到。我打个电话问问。"

其实，许蓝有那么一瞬间，觉得就这样两个人也不错。

她被自己这个想法吓了一跳，偷偷看了一眼沈问，用平常的语气掩饰自己的窘迫，自然地松开手，往口袋里摸手机："我来打吧。"

沈问的手指在许蓝离开的时候，几不可察地屈了屈。

与此同时——

"怎么样？"林榭皱着眉，扶着鱼鱼，"还能走吗？"

鱼鱼忍着痛，试着站起来，"嘶"了一声，又蹲了下去："好像不能。"

刚才有个男生撞到了鱼鱼的肩，鱼鱼没站稳，摔在了地上。

林榭蹲下身体，心疼地看着鱼鱼脚踝处红肿的地方："我送你回去。"

"先跟懒懒说一声吧。"鱼鱼叹了口气，"好可惜，这夜市一年就这么一次的。"

"差不多的夜市有很多，什么时候想去都可以，不差这一次。"林榭淡淡道，"不急，先送你。"

"你误会了，我不是说我可惜，而是林榭哥你。"鱼鱼纠正，"我不逛夜市完全没事呀，只是，这个夜市真的很好玩，林榭哥，你好不容易有一次机会来看看，还被我搅黄了，真是对不起。"

林榭盯着她，笑了一声："鱼鱼，我看起来像是对这个很感兴趣吗？"

若非她在，他怎会来。

"上来，我背你。"

"我自己走吧。"鱼鱼倒吸一口凉气，这可是林队长的背啊，咱们普通老百姓不敢上！

林榭叹了一口气："扶你走效率太低了，快点。"

林榭背起她，气都不带喘一下："明明和许蓝差不多，都没什么分量。"

这时，他口袋里的手机振动起来。

林榭淡淡道："你帮我接一下，手机在裤子口袋。"

鱼鱼从贴着林榭腿的口袋摸下去，莫名其妙地，耳根有点烧。

终于摸到了手机，鱼鱼按下接听："懒懒？"

此时他们已经走出了一段路程，夜市在他们身后，周围的环境也没有那么吵了，倒是许蓝那边很吵。

"我脚扭伤了，林榭哥送我回去，"鱼鱼叹了口气，"你们玩吧。"

"我哥肯定很生气吧。"许蓝想到林榭的臭脸。

"你真了解他，"鱼鱼悄悄看了一下林榭瘦削的脸，"刚刚差点把别人吓哭。"

鱼鱼挂了电话，周遭变得更安静了。

林榭轻笑："我有那么可怕吗？"

鱼鱼笑着说："林队长多威严呀，谁不害怕呢。"

"那你呢？"林榭声音放缓。

"我肯定不怕呀。"鱼鱼爽朗地笑。

林榭开了车门，扶着她坐好："我们回家。"

许蓝挂了电话后，看向沈问："鱼鱼受伤了，我哥送她回去，所以……现在只有懒懒能带你玩转夜市了，"她歪了一下脑袋，"不知道哥哥愿意不愿意？"

沈问愣了一下，随即温柔地笑了："那，就麻烦咱们懒懒了。"

"第一站！章鱼小丸子！"许蓝瞬间来了兴致，牵起沈问的手腕就往前面跑，"我想吃好久了！"

许蓝站在摊位前面，眼睛直勾勾地看着面前一颗颗整齐排列的章鱼丸子，要了双倍美乃滋和番茄酱。

热乎乎的章鱼小丸子被盛在船形的小纸托里，粒粒饱满，上面还撒着满满当当的海苔片和木鱼花，香浓软糯。

许蓝叉起一个章鱼丸放到嘴里，一脸幸福："哥哥真的不吃？"

沈问笑道："咱们懒懒吃就好了。"

"吃一个嘛。"许蓝嚼完嘴里的，又用竹签叉起一颗，抬起手送到沈问嘴边，"就尝一个嘛，哥哥。"

沈问无可奈何，吃掉了那个许蓝送到嘴边的章鱼丸。

"好吃吧？"许蓝一动不动盯着他，"每次夜市，就数这个最好吃了！"

"好吃。"沈问看许蓝欢乐的模样，跳起来特别像只小兔子，可爱得不行。

那双眼睛啊，看多了会陷进去。可沈问不知道，许蓝也是这么想的，以至于她不敢盯着沈问的棕色眼眸看太久，就转移了视线。

"哥哥你看！"许蓝指着游戏区，"那边好多人。"

"去试试看。"沈问牵住许蓝，拨开人群。

"小姑娘，我好像见过你。"摊位上的大爷笑了，"去年也来过？"

"爷爷这都记得啊。"许蓝惊讶。

"我也不是谁都记得，你去年连着买了三十个球，最后只扔进去三个，生气的样子特别像我小孙女，我才记着的。"大爷哈哈大笑。

许蓝看向沈问："你可不许笑我，要是换个射击类的游戏，我一枪一个准。"

"好，不笑。"沈问看着许蓝那个争强好胜的样子，忍不住摸了下她的头，"咱们懒懒随便扔，实在不行就叔叔来。"

许蓝不相信地看了他一眼，毕竟沈问看起来可不是会玩这个的人。

许蓝试着投了两个，都没进，她不气馁地扔完了接下来的八个，最后只进了一个。周围看热闹的人越来越多。

许蓝懊恼："我一用力球就弹出来，力气用轻了又扔不进筐里。"

大爷哈哈大笑："别气嘛，爷爷送你个小东西。"

许蓝虽然不服气，但是大爷递过来的车载挂件还挺可爱。

"谢谢爷爷，我喜欢小老虎。"

"这是只生气的小兔子啊！"大爷笑得更大声了，"你看它是不是有点像你？扔不进球，气得脸红。"

许蓝尴尬地看着手里那个挂件："哪里像我了啊……"

沈问轻笑："真的，有点像。"

"这样啊，那么……"许蓝笑着转身，双手举到他眼前，"就送给哥哥了！挂在你车上，这样，懒懒就每天都陪着你啦！"

沈问笑了："好啊。"

许蓝一怔，连忙改口："我说笑的，这个挂你车上也太奇怪了，我就随口一说。"

"我觉得挺好的。"沈问别开目光，"有没有特别想要的？"

"什么？"许蓝没懂他在说什么。

"记得你喜欢打游戏。"沈问扫视着货架上的礼物，俯下身问，"那个耳机想不想要？"

许蓝顺着沈问手指的方向一看，货摊上面有个大大的招牌，上面写着"特等奖 猫耳头戴式耳机 投中九球即送"。

许蓝歪了歪脑袋："爷爷，这个奖品是不是从来没动过啊。"

"是啊，哪有人能扔进去那么多。这可是名牌，放这儿镇场子的。"大爷笑呵呵的，"小姑娘，你男朋友要不要试试？"

"啊，"许蓝有点尴尬，"不是！"

"那我试试吧。"沈问礼貌地笑了笑。

许蓝悄悄凑近他耳边："这个扔不进的，要不我们还是走吧。"

周围看客起哄："试试看呗！"

大家看热闹不嫌事大，还有几人认识许蓝："懒爷，这位帅哥是谁啊，不是我们学校的吧？"

许蓝咬着下唇，解释道："是我哥哥。"

沈问轻笑："让我试试吧。"

"好吧。"许蓝耳根有点烫，从大爷手里接过球递给沈问，"哥哥试一下。"

沈问拿着球轻轻一扔，球打着旋儿轻轻擦到塑料桶的边缘，然后贴着桶的周围一圈一圈慢慢地转了进去，轻轻落在桶的底部，一点都没回弹。

许蓝愣了。大爷也愣了，随即反应过来：被这小伙子发现门道了，局势不妙。

不过就算掌握要领，也很难一直进的。大爷如此安慰着自己。

沈问却一投一个准。在大家惊叹帅哥玩游戏真稳的时候，许蓝心里十分懊恼——自己怎么连这个方法都没想到呢！

但是，自己就算想到了，也未必有沈问的能力，可以把力度控制得这么好。沈问手上的力道就像是经过专业训练似的，稳且准，手一点也不抖。

真不像个平时坐在 DIM 办公室敲电脑的人。许蓝心想。

耳边传来一阵赞叹之声，原来是沈问已经扔完了八个球，全中了。手边还剩下两个球，再扔进一个就能领取特等奖了。

大爷其实急得要命，但眼神里又有些期待，想看沈问接下来能否投中。

沈问后退一步，把剩下的球递给许蓝："再试试看。"

许蓝一怔："我来？"

"嗯，你来吧。"沈问认真地看着她，"咱们懒懒那么聪明，肯定会进的。"

许蓝接过球，其实她也觉得自己可以，但还是问了一句："那我要是两个都没进怎么办？"

沈问没答，只是轻笑："扔吧。"

"那我扔咯。"许蓝学着刚刚沈问的姿势，轻轻地把球扔了出去。

结果力道轻了，球磕在桶的边缘，没进去。

观众开始起哄："最后一次机会，再试试！"

许蓝咬紧下唇看着沈问："要不你来？"

她在心里拍了拍额头：许蓝，快醒醒，这可不像你。

沈问俯下身，声音低而温柔："懒懒，听我说。眼睛看着木桶边缘向里的位置，手上再用力一点点，刚刚已经很好了，真的就差一点。"

沈问说话的声音耐心且温和，许蓝听到他这样说，内心莫名其妙就安稳了许多。

许蓝吐了口气，眼睛看着目标，轻轻一丢。小球顺着边缘，顺利地滑了进去，稳稳落在木桶底部。

在周围人的惊叹声中，大爷心服口服地把耳机取下来："小姑娘，耳机给你！你男朋友真的太厉害了！"

许蓝吐了吐舌头："是哥哥啦……谢谢爷爷。"

沈问莞尔："走了。"

许蓝点点头，一边走，一边又发现，人潮都在往一个方向涌。她发现有一个摊位，人多到根本看不见里面是什么，里三圈外三圈的，似乎是在看什么热闹。

沈问听到有人在叫喊，好像有傅绅的名字。

"我想起来了，是现场游戏挑战赛，之前傅绅学长还拉我报名组队参加呢。不过我更想和你们逛夜市，拒绝了。"许蓝笑笑，"过去看看，傅绅学长打游戏也不错的。"

又是这个名字。沈问没说什么，跟许蓝往前走。

两人一走近就能看到那条巨大的横幅，上面写着：南市大学夜市 5V5 现场挑战赛。

许蓝看着这尴尬的宣传条幅，解释道："这不是我们学校官方办的活动，是自发的，不然老师不会允许宣传语这么蠢……"

沈问轻笑："如果我和你哥不来，你和鱼鱼是不是都会报名参加这个？"

"会啊，干吗不参加？"许蓝笑道，"有一项技能的时候，就要抓住机会利用好它，在有限的时间内发挥它该有的作用嘛。"

许蓝就是这样，她是总在发光的女孩子，在所有人眼里都很优秀，像是无所不能一般。那么，这样优秀的她在难过的时候，又是谁来保护她呢？沈问垂眸。

人群中传来加油助威的呐喊，还有各种讨论的声音。

"傅绅注意点蓝条，回程回程，别浪！"

"对面小姐姐操作太牛了吧……"

"唉，感觉对面要赢了。"

沈问顺着她的目光看过去，那个叫傅绅的男生摘下耳机，揉了揉太阳穴，表情不太好。

的确，就是那个刚刚看走秀时，站在他身边呼喊的少年。

对面像是外语学院的，有一个化着烟熏妆的女生，看起来很有实力的样子。

傅绅回头看了一眼，一眼就找到了人群中的许蓝，用不小的声音喊道："许蓝！要不要来一局？可以中途换人的。"

许蓝有些为难，看了沈问一眼。

沈问："懒懒想打吗？"

许蓝承认："说实话有点想，你看比分，我们院就快输了。"

"那就去吧。"沈问拍拍她的肩膀。

许蓝得到支持，没有再犹豫，毅然决然地走向游戏桌。

起哄声瞬间跃上了一个小高潮。一来，或许是因为许蓝坐在傅绅身边；二来，对面那位烟熏妆的外院女生，曾经公开表示过对许蓝行事作风的不满——这件事情，南市大学的学生几乎都知道。

因为平时她们两人在路上遇见，都是不打招呼的，所以大家更觉得这两个女生关系不好。

许蓝默默叹了口气：不打招呼，是因为不熟啊。

不过，事情她还是能看得清楚的，对面这位女同学，的确是不太喜欢她。这不，许蓝刚坐下，对面那位就毫不留情地翻了个白眼。

"哪个区啊。"许蓝退了刚刚同学的号，"我都可以。"

"你喜欢的区。"傅绅笑笑，"祖安。"

一局开了，全场开始进入白热化阶段。

许蓝按下语音键，声音清晰地从耳机里传出去。

"收到。"傅绅笑着，打游戏听许蓝指挥真的很舒服，抛开其他因素，许蓝的确很强，让人不禁好奇，她平时的好成绩都是怎么来的。

几乎是在一瞬间，大家都还没反应过来，耳机里就响起了第一滴血的提示。

沈问认真地看着游戏界面，这个游戏他虽然不玩，但阮遇会玩，所以他懂一些皮毛，知道基本规则。

对面不淡定了。这一局的时长比前面任何一局都要短，比分变成二比二，平局了。

下一局开始前，许蓝忽然懒洋洋地打了个哈欠，伸完懒腰后，脸孔转向傅绅，用不大不小的声音道："这局我认真打。"

众人："……"

意思就是，刚刚那局把大家带飞的模样，是她随便打打的?

许蓝也不是光爱嘴上说说，接下来，她的确身体力行地完美诠释了什么叫"认真打"。

游戏结束，许蓝摘下耳机，朝对面致意，然后对队员们说："学长学姐，我先走啦。"

傅绅开口："赢了的队伍有免费火锅，一起去吧。"

"今天不行，我哥哥还在等我呢。"许蓝朝傅绅抱歉地笑了笑，离开位子，走到沈问身边，"我们走吧。"

傅绅和沈问对视。两个男人之间的对视，有时候女生是看不懂的。

即便沈问现在戴着夜视镜，傅绅还是一眼认了出来，这是当时坐在他身边看走秀的沈问。

他之前偶然见过许蓝的哥哥林榭，那就说明，眼前的沈问并不是许蓝的亲哥。这个人，是突然出现在许蓝身边的。

傅绅盯着沈问的眼睛，沈问隔着眼镜也看向他。傅绅只是微微一笑，就好像说了千言万语。

眼前这两个人明明相互不认识，但气氛莫名有些微妙起来。

许蓝感受到气氛的变化，她抬起指尖，扯了扯沈问的袖子。

沈问低下头去看她，刚刚眼底的淡漠一扫而空，温声道："好。"

两人拨开重重人群，身后依旧是热烈的欢呼声。沈问和许蓝默契地加快脚步，很快就把这些喧闹声甩在后面，顿觉耳根清净。

路过卖糖画的小摊，看出许蓝特别馋，沈问给她买了一只糖兔子。

画糖画的大妈笑呵呵地看着许蓝，宛如在看自家女儿似的："小姑娘真漂亮啊，男朋友也帅。"

许蓝轻声解释道："是哥哥啦。"

虽然话语不变，但声音已经比刚刚跟大爷解释的时候要轻多了。

许蓝咬掉糖兔子的一只耳朵，感觉小腿隐隐发酸："我快走不动了。"

沈问想起来，许蓝晚上踩了那么久高跟鞋，应该特别累了。

"累的话，我背你好了。"

"欸？"许蓝一怔，"不用了，我自己走。"

沈问蹲下身："没事，上来吧，小孩儿。"

许蓝鼓着腮帮子："我再说一遍，我虚岁马上就二十一了，哥哥你知道吗？"

"哥哥知道。"沈问莞尔，"快点，我们早点回家休息。哥哥背你一段，以后就不喊你小孩儿了。"

许蓝听到沈问自称哥哥的时候，心里是真的开心。因为这样的称呼，对目前他们的年龄差来说，才最贴切。而且单论沈问的长相，说是她的学长也不过分。

"那我上来了啊。"许蓝跨踌，"其实，我有点沉。"

沈问轻笑："快点。"

许蓝趴在沈问背上，下巴搁在沈问头顶柔软的发上。

沈问的背很宽阔，背人也很稳，许蓝想起来之前他有提过，自己会经常和顾漠去打球。他的头发很自然地三七开，头顶的发也是软软的，干燥又温暖。

在旁人看来，这样的姿势真的很暧昧。

一个长相英俊的男人，在夜市的过道上，背着正在吃糖画的少女，很难不让人想到些什么。况且这两个人颜值超高，身材也好，许蓝还是校园里的风云人物，一路上有许多是南市大学的学生，看见许蓝，无一不回头。

只是，许蓝说了是哥哥，那就是哥哥。

"嗡嗡——"许蓝的手机忽然振了振，她看了一眼，是不太熟悉的一个学姐发来的照片。

照片上，是许蓝刚刚打游戏的模样。

面对着高清的镜头，许蓝的颜值十分能"打"，皮肤细腻雪白得像瓷器一般，刚好拍的是侧脸，长睫毛都拍得根根分明。

她今天走秀，脸上的妆本来就浓，关键是还戴着耳机坐在电脑前，一下子就让照片有了反差感。

许蓝默默点了保存，又一键转发给了沈问。

学姐在微信上问道：学妹，这几张照片，我可以发出去当活动宣传照吗？

许蓝回复：好，学姐辛苦了。

结果，学姐又发了条消息：学妹，和你一起来的是你哥哥吗？

这下许蓝明白这位学姐是要干什么了。很明显，她的照片就是个幌子。

许蓝叹了一口气，迅速回复。

沈问略微侧过头："怎么了？"

许蓝叹了口气："有个学姐问我要你的微信。"

"帮我推掉了？"沈问轻笑，"怎么拒绝的？"

"我说，"许蓝犹豫了片刻，还是说了实情，"我说哥哥离婚带俩娃。"

沈问："也可以。"

在这不久前，林榭把车开到了许蓝和鱼鱼住的别墅。

他把鱼鱼抱到沙发上，道："坐着等我，别动。"

鱼鱼点点头。林榭像是在自己家里似的，不用鱼鱼指路，就找到了医药箱。

他悉心给鱼鱼处理好擦伤，在伤口处裹了层纱布，又拿来冰袋，敷在她脚踝处肿起来的地方："当心些，动的话容易疼。"

"谢谢林榭哥。"鱼鱼想起来，小的时候她和许蓝要是在外面和别人打了架，林榭也都是这样很有耐心地帮她们处理的——尽管脸上有些不耐烦。

不过，今天林榭的脸上并没有任何不耐烦。

鱼鱼不自觉地笑了一下。林榭对任何人表情的微妙变化都很敏感，抬起眼，与她对视："在笑什么？"

"也没什么，我就是忽然想到以前了。"鱼鱼有点不好意思，"林榭哥好像有很久没帮我和懒懒处理伤口了。"

"因为你们长大了。"林榭扶着冰袋，笑了一声，"不是小孩子了，也就不会随随便便打架了。当时我挺郁闷的，心想自己的妹妹怎么这么皮，还很麻烦。结果不仅是她，她的好朋友也很麻烦。"

"林榭哥，你没真的嫌我们麻烦吧。"鱼鱼善意地笑笑，"你一直都是这样的人，虽然口是心非，但很善良，也很温柔的。"

林榭动作一僵。他垂下眼："鱼鱼，你先自己扶一下。"

鱼鱼接过冰袋："怎么了？"

"给你做饭。"林榭往厨房方向走。

此时，林榭盯着冰箱里的东西，蹙起了眉。这两个女孩子，平时都吃些什么不健康的东西。唯一看得过去的，就是冰箱里好歹有几棵生菜，以及厨房的各类调料还算齐全。

最后，林榭拿了包方便面的面饼，扔掉了里面原有的调料包，给鱼鱼做了个健康版的麻酱拌面，接着又给鱼鱼拌了一个生菜。

鱼鱼默默感叹，许蓝的择偶标准里有一条是会做饭，这个技能的确对她们这种人来说很重要。她开始反省，自己的择偶标准可不能只有长得帅了，也得会做饭才行。

林榭给鱼鱼收拾了碗筷，看了眼手机："我得走了，鱼鱼。等会儿许蓝回来了，记得给我发个信息。"

"我会转告她的。"鱼鱼很乖地回答，"她一回来，信息保准到你手上。"

林榭直勾勾地盯着她，深深地叹了口气："我是说她回来以后，你，给我发个信息。"

鱼鱼明白了，林榭肯定是想到许蓝和沈问单独在外面，生气了，所以连报告回家这种事，今天都要她来代替许蓝。

"林榭哥，你别担心，沈问绝对是个好人。"鱼鱼真诚道，"懒懒已经很久没依赖过谁了，但她对沈问的确是有感情的。所以别生她气啦。"

林榭别过头："我没有生她的气。"

"好的。"鱼鱼笑了。

她不知道，林榭的目的，纯粹就是让她主动给他发消息而已。

少顷，越野车的车轮碾过路面，声音渐渐远去。

沈问送许蓝回家之前，她又去到章鱼烧的摊位，给鱼鱼带了一份吃的。

许蓝坐上副驾驶位，目瞪口呆地看着沈问把那个小兔子挂在了后视镜下面。

许蓝嘴角抽搐了一下："哥哥，你不嫌丑吗？"

"挺可爱的啊，跟咱们懒懒像着呢。"沈问微笑。

"不像，我明明要好看多了。"许蓝转过身盯着沈问，"你好好看看，我是不是好看很多？"

沈问偏过头，静静地看着她。

许蓝和他才对视了一秒，就主动转过了头："回家。"

她感觉耳根可能红了，但又不好意思伸手去摸。

"住哪儿？"沈问看着许蓝有点慌张的样子想笑，但是照顾到懒懒的自尊心，他忍住了。

许蓝说了自己别墅的住址，沈问听到后又确认了一次，然后叹了口气："我也住那儿。我在南市有房子，只是很久没回去过了。"

沈问发动汽车，驾车平稳地驶在公路上。南市的街道远远没有北市繁华，微微开点窗，吹进来的风都是清爽的。

"这么巧，又在一个小区啊。"随后许蓝忽然想起来，她和鱼鱼对门那户，一直都没见人住过，但的确是装修好的，也有人定期来打扫卫生，打理花园。

不会又……许蓝嘴角抽搐了一下。

这个猜测，在沈问开进别墅区后，得到了证实。

沈问在自己家门口停下车，指了指那栋全区最大、灯光昏暗的房子："那户就是我家，懒懒，你家在哪儿？"

许蓝仰着头靠在座椅上，无力地指了指对面那户。

其实，这片别墅群都是沈彦的产业。

沈问知道自己总有一天不会再是医生，因为自己姓沈——再怎么样，也不能因为那一年丁曼的一句话，就真的再也不管家里。

沈问这样的人，永远不会只为了自己而活。

沈问之前把手机静音了，目送许蓝进家门后，他发现阮遇居然给自己打了十几个电话。

这个时候的阮遇应该在医院，沈问担心是医院出了什么大事，立即给他回了电话："出什么事了？"

"你早干吗去了？"阮遇头疼，"你猜猜，今天谁来医院了？"

"谁？"

阮遇无可奈何："你爹！"

"他来干什么？"

"沈问，我真服了你了，那是你爹，又不是我爹。"阮遇叹了口气，"总之，你爹在医院没找着你，就来问我你去哪儿了。我说你有要紧事请假了，其他的我一概不知道。他问，我只管摇头。所以，你爹自己没找你？"

"没有。"沈问再次检查了一下手机，未接来电只有阮遇的，微信里也都是正常的工作消息，沈彦并未找他。

"那你爹必然是生气了。"阮遇摇摇头，在心底已经偷偷摸摸给沈问上了三炷香，"说说看，你哪天请假不好，偏偏就是今天。估计……就是因为之前相亲那事儿。"

沈问估计也是这个原因，能让沈彦气得直接跑来医院找他的事情，大抵也只有这一件。

"鱼鱼，我回来啦！"许蓝拿着章鱼丸回到家，"脚怎么样，好点没有？"

"还有点疼，不过已经没事了。"鱼鱼笑道，"你哥给我做了吃的，我都好久没吃到林榭哥做的菜了。"

"这样啊。"许蓝看了看周围，"我哥去宾馆住了？他怎么不留下？"

"他直接回去了。"鱼鱼叹了口气，"他也太忙了。"

"老男人一个，当然忙了。"许蓝把章鱼丸拆开，给她喂了一个，又顺手塞了一个到自己嘴里。

"林榭比沈问还小三岁呢。"鱼鱼不满道，"哪里老啊。"

许蓝嘴里嚼着好吃的，口齿不清："沈问比他帅，可以忽略年龄。"言语里透着些不加掩饰的小骄傲。

鱼鱼直奔主题："懒懒，你喜欢沈问吗？"

许蓝错愕，脑海里飞速闪过这段时间来和沈问的每一次接触。

明明是异地，却好像一直在见面。每一次都温柔，每一次都记得。

感觉跟沈问借充电宝的日子就在昨天，但其实他们认识快要两个月了吗？原来时间过得这么快。

许蓝垂眸，想到刚才沈问背着她的时候，自己和沈问贴得很近。她当时听到心跳声了，很确切也很明显，那是她的心脏在有力地跳动。

许蓝承认，自己早就心动了。她喜欢沈问的温柔，沈问的眉眼和轮廓，沈问身上好闻的味道，沈问的声音，还有沈问给她的安全感……那不是普通朋友之间的好感，因为单纯的好感无法构成心动的必要条件，而心跳是心动的外放效果。

人一生会对许多东西心动，心动不等于爱，但至少一定包含着喜欢。

"鱼鱼。"许蓝拍了拍自己的脑袋，"我好像喜欢上沈问了。之后该怎么办啊？我没谈过恋爱，要我主动，有点难。"

虽然从小到大许蓝被表白过无数次，也练就了一身拒绝的本领，甚至在婉拒他人这件事上都已经练就了一组套话公式……但每次拒绝别人时，她还是会感到抱歉。

男女感情这方面，的确是许蓝的短板。

午夜时分，许蓝坐在屋檐上看星星。

今晚夜色很美。星星不多，月色朦胧，晚风温柔，天色也是深蓝的。

许蓝看着对面的那栋别墅，一不小心笑出了声。

原来，突然明确自己的心意，是这么开心的一件事。那种感觉，就好像……全世界都知道，是谁在心动了。

第
六
章

早八点。

沈问坐在沙发上看书，电话响起来，是沈彦。

"我来医院找你的事情，阮遇应该跟你说了。"沈彦虽心里有怒意，但只是叹了口气。

他并不是易怒的人，平时没什么架子，更不常对身边的人生气。

"你现在人在哪儿？"

"我在南市。"沈问看了一眼窗外，光线明净，阳光灿然。

"南市？你没事突然回去干什么？"沈彦接过秘书洛阳端来的药，泰然地喝了一口，"你有很多年没回去了？"

"我等会儿想去看看母亲。"沈问的声音依然是温和的，"爸，找我什么事？"

"我找你，除了苏筱的事也没有其他了。我就是想当面问问你，你们两个在那天到底发生了什么事？"

沈彦对这件事还是很在意的，他自认为给沈问挑选的结婚对象，任何方面都跟沈问合适到不能再合适。只是万万没想到，苏家那老头子打电话来说，自家女儿觉得和沈问聊不来，反悔了，不想结这个婚了。

具体是哪方面不合适，哪里谈不来，苏筱怎么也不肯说，还把自己关在房间里不出来了。

"苏筱是个好姑娘，而且她之前就很喜欢你，怎么会突然觉得不合适呢？我虽然和你不常见面，但也还算了解你，你不会给人留下不好的印象。"

"苏小姐的事情，我很抱歉。"沈问顿了一下，"但是爸，我也觉得我们两个不太合适。"

"不合适也要说清楚，哪儿不合适？你们两个，无论是学历、家庭、样貌，都是很搭的。我知道现在时代已经变了，你可能不能理解爸爸的做法，但是听长辈的肯定没错，当年我也是……"一提到当年，沈彦沉默了一会儿。沈问也噤了声，没再说话。

沈彦喝完了洛阳端来的药，长长地叹了一口气，沉声道："沈问，我的年龄也不小了，天下的父母没一个会希望自己的孩子过得不好……我也一样。沈问，你记好，我只有你一个儿子，什么都会留给你，什么也都只能留给你，或者说必须留给你，你明白吗？"

沈问知道，沈彦已经不仅仅是在说相亲的事情，还有另一件更重要的事。

"我明白，爸。"沈问莞尔，"我答应您，我会回来的，只是不是现在。我希望您能再给我一些时间，让我把目前的事情处理好。"

沈彦又何尝不想让沈问一直做想做的事情，可是他实在没有办法。

想到此处，沈彦欲言又止："儿子，你妈妈——"

"我明白，您不用自责。"沈问接过沈彦的话，"我妈的遗愿，您已经做到了。说话算话，我完成了自己的梦想。至于其他的，都是我个人的决定，您不必担心。"

沈问是那样明事理的人，既然肩上有不得不挑的担子，那就得放下现在所在乎的。

沈彦沉默许久，才想起来手中的空碗一直被自己托着。

瓷碗"咔嗒"一声被放在茶几上，这声音在空荡荡的房间里，十分明显。

沈彦一直不满沈问自小便总是提起的从医道路，丁曼却一直支持沈问，让他选择他想要的，而不是家庭想让他选择的。

这样的支持，一直持续到了她生命的尽头。

夫妻两人一直都和和睦睦，唯独为这件事吵过一架。当时丁曼急得吐了血，沈彦的态度立即便软下来，好言好语地哄了她许久。

丁曼当年的遗愿，就是沈彦不要再干扰沈问的选择，让他可以去做他想做的事。但是沈家的产业是祖祖辈辈拼了命打下来的，由不得他说放就放。这不是沈问一个人的事情，他并非寻常家庭，可以有那样多自由选择的权利。

沈问不久前在电视里见到沈彦，面色比以前差了很多，想必是日夜操劳导致的。那毕竟是他的父亲，也是他一直尊敬的人，沈问不想让他失望。

"对了爸，我已经有喜欢的人了，所以婚姻的事情，我想自己考虑。"

这件事完全出乎沈彦的意料，他难以置信地问："当真？"

他想，那姑娘想必是沈问医院里的同行。

"真的。"沈问嘴角忍不住微微上扬，"我很喜欢她。"

"那，你们进行到哪一步了？"沈彦怎么样都是个长辈，对儿女的终身大事关心至极，"那姑娘家里是做什么的？年龄多大了？家务大小事能不能操持？家庭条件怎么样？是不是本地人？"

沈问无奈："还不到说这些的时候。对了爸，您什么时候再到我们医院做个检查吧。"

"什么意思？"沈彦不满起来，"我是老了，但我身体可还没坏呢！"

"不是，"沈问无奈，"定期检查而已，没觉得您身体不好。况且，您现在不就在北市吗？我马上回来，到时候亲自带您去，顺便和您吃个饭。我们很久没有见面了，我也想见一见您。"

大家庭的孩子，在亲情这方面，大抵总是和别的孩子不太一样。

因为事业太过忙碌，着家的时间少之又少，沈问小时候，几乎都是丁曼在陪伴着他。沈问和沈彦之间，在相互交流的时候，总是客气到不像父子。

"不了，我今晚就离开这里。"沈彦不等沈问再回答，立刻挂了电话。

洛阳敲门，沈彦让他进来："我的事，没跟沈问说吧？"

洛阳鞠了个躬："沈总放心，绝对没有泄露出去。只是……这么大的事情，真的不跟他说吗？"

沈彦挥挥手："说什么？我还能活个几年呢，这种小事就先别让他担心了，等他准备好回来接手公司再说吧。到时候，我教不动，还得你多带带他。"

洛阳虽然不赞同，但也只能应下："是，沈总。"

"东西都准备好了？下午出发去机场，别忘带东西。"沈彦吐了口气，"洛阳啊，你跟我也挺多年了，年纪也不大。我走之后，好好帮助沈问那小子，他人聪明，上手肯定会很快。"

"沈总！您别这么说，您一定会长命百岁的。"洛阳蹙眉。

沈彦笑着叹了口气："不说这个。算算年纪，你也不比我儿子大多少，以后的事情，就真的拜托你了。"

他闭上眼睛："走吧，推我去花园里吹吹风……玫瑰这个时候开了吧？小曼以前最喜欢种玫瑰了，在家里的花园里种得满满的，一到这个季节，玫瑰花开得哪里都是，当时我还嫌那味道呛。现在，倒是常常回忆起来。"

洛阳沉默地推着沈彦的轮椅，慢慢走出门。

现在还是早晨，沈问推开门，看了一眼对门。整栋别墅看起来都安安静静的，小孩儿大概还在睡懒觉。

他到花店买了一束花，然后驱车开往郊外，到了一片风水极佳且周遭幽静的墓园。

沿着熟悉又陌生的小路，沈问一直走到墓园最僻静的一个角落。他轻轻跪在丁曼的墓前，把花放在祭台上，然后用手指拂去照片上薄薄的一层灰。

照片上的女人，生着一双温柔的眼睛，长长的远山眉，气质像极了古代的女词人。

沈问轻轻地说："妈，我回来看您了。"

"今年的清明节我没有来，医院太忙，对不起。不过，您应该见到我爸了，他每一年都来好几趟，大概您也不会觉得太孤单。"沈问看向自己那束新鲜的花，旁边还有一束已经枯萎的玫瑰花，大概就是之前沈彦送来的。

丁曼最爱玫瑰，沈彦也从不带菊花来看她。

"清明那天有一项很紧急的手术，托您的福，人救过来了，还恢复得很快，现在已经出院了。"沈问轻轻地笑了，"您放心吧，我完成了梦想，救了很多人的命。我觉得不是他们口中所谓的英雄，但我真的很快乐。谢谢您当年那么支持我，不然我可能没有这个机会。

"我真的非常喜欢学医，也在这个领域得到了我想要的。

"不过，爸年纪大了，我也决定要回去了。对，是我自己想回去接手家里的产业，爸没和我说什么重话，他一直记得您的嘱托。

"他是全天下最爱您的人，真的。

"妈，我现在也有我所爱的人了。下一次，我争取带她来见您。

"您要是见到她，也一定会喜欢她的，我保证。

"她和我之前所想过的伴侣的模样完全不同，我以为自己会跟我父亲一样，喜欢如您一般温婉大方的人，但她性子张扬，古灵精怪，有时候……甚至还有些麻烦。

"她热情勇敢，敢想敢做，而且非常善良。

"她其实特别可爱，就连生日也很可爱。她出生在六一儿童节，明天就到了。

"同时，她也是非常需要保护的一个小孩儿。她家里关系比较复杂，遇到不好的事情，总是想一个人自己担着，也不和别人说。特别坚强，更让人心疼。

"对了，她的父亲很喜欢您的钢琴曲。您看，是不是很巧，也很有缘分？

"妈，我真的好想保护她，就像父亲一辈子都在保护您那样。"

照片上，丁曼目光温柔，好像已经给了他回应。

沈问的眼睛长得和丁曼非常相像，看人的时候，目光都是温和的，没有攻击性。

丁曼和沈彦结婚很早，沈问聪明，他上学的时候连着跳了两级，高考那年才十六岁。所以，丁曼去世的时候，其实连四十岁都不到。她消逝在了最美的年纪，如同圣洁的莲花，凋零后依旧留下美丽的香气。

照片上的丁曼，脸孔上几乎看不出岁月的痕迹，仿佛是个大姐姐一般，笑起来温温柔柔的。一眼看上去，会让人联想到三月的春风。

沈问陪丁曼说了很久的话，离开墓园的时候，已经过了中午。

他坐在车里，打开备注为"懒懒"的对话框："懒懒，起来了吗？"

许蓝回了一条语音："我又不是猪。"

接着又是一条："刚刚去你家敲门，没人，我和鱼鱼就先去外面吃饭了。我想，你应该在外面忙什么事情，就没发消息。哥哥，你现在回来了吗？"

沈问回复："我下午有事，大概很难回来，懒懒现在在家？"

沈问下午要去一趟许蓝的学校，这是他刚刚想到的事情，需要立马付诸行动，不然就来不及了。

"嗯，我在家呢。那哥哥记得吃饭，早点回来啊。"许蓝发的是语音，声音甜甜的。

"好。"沈问言简意赅地回复，看向后视镜上垂挂着的那只黄澄澄的小兔子。兔子脸上是生气的表情，但是很可爱。

"我回来之后，想和你商量一件事。"

许蓝对着手机屏幕愣了一下。鱼鱼凑过来，看热闹不嫌事大："哟！"

许蓝象征性地打了她一下，随后咬着唇，回复："好。"

因为沈问的这句话，许蓝一下午都心不在焉的，同时，心里又有一点点期待。

"我认得你。"梁霜喝了一口冷萃咖啡，"你是许蓝的哥哥？"

"我不是她哥哥。"沈问莞尔，"你应该看出来了。"

"一看就不是，大家也不知道你真傻还是假傻。"梁霜嗤笑，直勾勾地盯着沈问，"你还挺厉害的，和许蓝认识不久，亲友票就让你得了一张，傅绅那张还是自己向许蓝讨来的呢。"

沈问眼眸微动："傅绅这个名字，出场率还挺高。"

"那当然，"梁霜一脸理所当然的表情，"系草，成绩好，会打球，性格也好，学校里很多女生都喜欢。不过傅绅只喜欢许蓝，这件事很多人都知道。"

"不说题外话了，找我干什么？"梁霜看了一眼窗外。

沈问说明了来意。梁霜眉毛一抬："你这牌出得倒新奇，我也想不到，自己的期末作业，某天还能被拿去给他人做嫁衣。"

她耸了耸肩："不过，给你也无妨。"

沈问刚要开口，便被梁霜打断："停，用不着跟我讲价钱。我还正愁找不到方法感谢许蓝帮我，这可不是便宜你，不过是我想送她罢了。"

说完她意味不明地抿起嘴角："沈先生，许蓝可不好搞定，你加油。"

说完，她站起身："跟我走吧，去设计室拿衣服。"

沈问拿着那套礼服离开之前，梁霜突然叫住他："沈先生，你会做饭吗？"

"会。"沈问不解，"怎么了？"

梁霜没回答他这个问题，继续问道："沈先生可会弹钢琴？"

沈问回以询问的目光。

梁霜笑了："沈先生，你应该不关注咱们学校的论坛。之前，许蓝的择偶标准被公开了。虽然不知道这套择偶标准是怎么得来的，但上个月有很多男生开始学做饭了。"

沈问眼眸微动："我知道了，谢谢。"

"不客气。"梁霜搭着手臂，"我也挺好奇的，什么样的男人能追到许蓝。我倒是不确定你行不行，但你可以试一下，我拭目以待。"

沈问颔首："谢谢你。"

沈问走出许蓝的学校，时间居然已经五点半了。之前梁霜在自习，沈问不敢冒昧打扰，所以等了许久才见到她。

他路过学校里的便利店，鬼使神差地走进去买了几袋软糖。回到车上，打开南市大学的学校论坛，往前翻了许久，终于找到了一则匿名帖子，标题是——

《震惊全校！据知情人士透露，校花的择偶标准居然是它！》

沈问一噎。虽然标题像极了营销文，但是点击量、收藏量很高，点赞和评论的人也很多。

沈问点开正文，花里胡哨的文案前面，又是一串大大的副标题——

《女神的择偶标准只有三条，多少男生看见第一条，就被迫认输了？》

沈问笑着叹了口气往下滑，发帖人是匿名的，整篇文章的正文其实字数也很少——

第一条，身高和颜值比她哥哥高。（许蓝的哥哥一米八五，颜值自行体会吧。）

第二条，一定要会做饭。（当然不能只是会，最好是米其林三星大厨的水准，因为许蓝的哥哥已经很会做饭了。）

第三条，会弹钢琴。（许蓝最喜欢的钢琴曲是琴师 W 的 "Rose Dance"。）

总结：放弃吧，你追不到许蓝。

沈问不禁笑出了声，他看见许多评论都在感叹，怪不得自己追不到许蓝。

还有人评论，也不知道哪个大神符合这种变态的标准。更多的回复则表示，平时连见一面许蓝都难，还追什么追呢。

当然，也有许多人质疑这条帖子的真实性，还有人认为匿名发帖人就是许蓝自己。

沈问关掉评论区，将软糖放在车上的抽屉里，以防许蓝低血糖犯的时候没糖吃。

给许蓝发了个消息：晚上吃了什么？

鱼鱼已经出门和同学吃火锅了，现在家里就许蓝一个人。

沈问看着后视镜上那只小兔子，笑了一下："我马上回来，在家等我。"

许蓝此刻穿着件宽宽松松的条纹衬衫，坐在沙发上看英文期刊。

她什么大场面没见过，真要紧张，也就是靠学习来缓解——大概这就是学霸的自我修养。可她到底是个有血有肉的人，看着看着，思绪依旧忍不住飘到沈问身上。而她的心理活动才刚刚开始，就被门铃声打断了。

手机嗡嗡振动，沈问发来消息：我在门口。

许蓝飞速踩上拖鞋，小跑到玄关处。

她深呼吸了好几次，终于开了门，对上一双璀璨星目。即便隔着夜视眼镜，沈问的眼睛也是永远温柔的。

许蓝咳了一声："哥哥要进来吗？"

"不了，"沈问莞尔，"一句话的事。"

沈问俯下身，视线尽量做到与她齐平："我早上接了个电话，是我爸打来的。"

"是不是上次相亲的事情？"许蓝咬紧下唇，紧张起来。

许蓝现在回忆起当天的事情，满心都是后悔——当时的确没有考虑到后果会怎样，只一心想着把眼前的女人赶走。

"没事儿，"沈问被她这个慌乱的模样逗乐了，"我爸就是担心我，这么好的相亲对象都不要，会不会孤独终老。"

"怎么可能！喜欢哥哥的人，肯定很多。"许蓝认真掰着手指，道，"年纪不大，会照顾人，条件又好，会做饭，还长得很好看……"

"这样啊。"沈问笑了，"那哥哥得跟你商量件事。"

许蓝抬起玻璃珠般漆黑的眸，隔着镜片，对上那双温柔到骨子里的棕瞳。

"哥哥你说。"

沈问抬手摘下夜视镜，又凑近一点："哥哥追你行不行？"

心要跳出来了——许蓝听到这句话的时候，第一反应是这个。

她无意识地朝后退了半步："啊？"

"咱们懒懒刚刚说了，哥哥年纪也不大，条件又好。"沈问轻笑，"所以哥哥想追你，懒懒看看行不行？"

"给个机会，许小姐。"沈问声音低下来。

许蓝脑子已经放空了。

"明天早上八点半，开门就能见到我。"沈问直起身，"起得来吗？再晚开过去就来不及了。"

"去哪儿啊？"许蓝眨眨眼。

"去给小公主过生日的地方。"沈问轻笑，"那哥哥走了。晚安。"

直到自己关门的那一瞬间，许蓝的脑袋依旧是蒙的。

她刚刚这是……被表白了？不对不对，沈问只是说要追她。

那，四舍五入不也就是表白了吗？

许蓝窝到沙发上，听见自己扑通扑通的心跳声，好明显。她下意识地摸了摸自己的耳垂——是烫的。

鱼鱼回来的时候，许蓝刚洗完澡，正慵懒地靠在沙发上看英语单词。只是，她其实看不太进去，嘴角似有似无地翘起，又被她强行压下去。

许蓝关上手机，拿了个抱枕抱在怀里："我明天要出门。"

"我知道啊，你不是说要去自习室吗？"鱼鱼装作不知情，"某人说，要用无尽的知识填满她空虚的生日，对不对？"

许蓝叹了口气："沈问说要追我，我一点准备都没有。我……很难追的！"

鱼鱼笑了一声，点开林榭的对话框，悄悄打了个小报告。

此时，江晖正一脸不可思议地看着林榭。

他刚刚在看卷宗，这个时间点，他的手机永远是静音状态。而刚才，林队的手机居然响了！更难以置信的是，林榭还一秒把手机拿了起来，认认真真地回复！

完了，江晖想。他的林队，被人勾了魂了。

鱼鱼洗完澡时，许蓝正在挑衣服。

床上堆了好多裙子，可许蓝对着穿衣镜一件件比对，就是选不出来。她苦恼地往床上一躺。

明天一开门，就能见到沈问，这是目前最明确的事。另一件明确的事情，是她喜欢沈问，恰巧沈问也喜欢她。

双向的暗恋和奔赴，坦荡且有意义。

"Rose Dance"的手机铃声准点响起，许蓝直接从床上坐了起来。

她化好妆，又卷完鬓边的碎发后，她从饰品柜里取出了那条玫瑰项链，小心翼翼地戴上。

她的锁骨本身形状就漂亮，那枚红色的玫瑰吊坠就刚好落在锁骨的正中心。

许蓝踩着拖鞋下楼，看见客厅的茶几上堆了一堆大小各异的礼物盒。她家里的茶几其实挺大的，但依旧放不下所有礼物，好些都堆在地上。

应该就是昨天晚上，鱼鱼一个人在楼下时悄悄打包放好的。许蓝认得出来，这每一个盒子的包装上，都有鱼鱼亲笔画的手绘图。

她走过去，随便拆了一个盒子，里面除了礼物，还掉出来一张明信片。

不同的盒子，里面都有一张不同的明信片，上面写着不同的话。

她看着那些五彩斑斓的盒子，在客厅堆成了小山。其实，许蓝都没注意过，原来自己的购物车里居然有这么多东西。

她垂下眸，盯着手上那一张生日卡片。

这么多的贺卡，鱼鱼到底是从什么时候开始准备的呢？

她轻轻叹了口气。

身边温柔的人，其实从来不止沈问一个啊。她何尝不能算是一直被温柔包围的女孩子呢？

许蓝换上小高跟，在手提包里装上出门必备的物品，看了一眼时间。

她肚子已经有点饿了，但是，现在还不到跟沈问约定的时间，估计沈问还没出门。

"懒懒，你现在就走吗？"鱼鱼的声音从楼上传过来，随后是下楼梯的踢踏声。

"你怎么醒了？"许蓝抬眸。

鱼鱼靠在楼梯边上，莞尔一笑："总得送我家宝贝懒懒出门。"

许蓝莫名有点想哭。她不知道这股奇怪的情绪是从哪里来的，明明鱼鱼只是下个楼，跟她正常得不能再正常地打个招呼而已。

明明自己只是拆了几个礼物，看了几句鱼鱼写的真心话而已。

许蓝跟她拥抱了一下，然后推开房门。一眼，就看到沈问。

许蓝怔住。他靠在黑色的私家车上，垂眸看着手机，头发自然地三七分。身上穿着白色衬衫和西裤，打着一条酒红色领带。

听到开门声后，沈问抬起头，棕色的眼温柔明朗。而她，依旧是明眸善睐，嫣然一笑。

一如他们在北市时，初见的模样。只是这一次，他们的定位不再相同。

曾经许蓝叫他"叔叔"，沈问叫她"小孩儿"。

现在，沈问叫她"懒懒"，许蓝叫他"哥哥"。

而在不久的将来，许蓝知道，自己大概会明目张胆地称眼前的这个人为男朋友。

许蓝蹦蹦跳跳地出门，来到沈问跟前，抬起下巴："哥哥这么早啊。"

"等咱们懒懒，当然要早一点。"沈问笑道，"上车吧。"

许蓝扣上安全带后，沈问递给她一个瓷白色的早餐盒："早餐。"

他的声音如微风拂叶，差点让许蓝走了神。

餐盒里装着胡椒土豆泥、小份的水果沙拉、一碗虾仁蒸蛋，还有两小片粗粮面包。虽然看着多，但每一份都是小小的，低脂健康。

许蓝再次对沈问"没有前任"这件事产生了怀疑——虽然她知道，沈问不会骗自己。

"做这么精致。"许蓝舀了一勺虾仁蒸蛋放进嘴巴里。

"慢慢吃，今天出发时间比预期早，我会开得慢一点。"沈问微笑。

许蓝的视线看向后视镜上的小兔子，不禁笑出了声音："怎么真的挂着了？别人要是看到，问这是哪儿来的，到时候你怎么回答？"

这样与自身形象格格不入的挂件，大抵沈问对别人很难解释，为什么自己要挂着它。

"如实回答啊。"沈问开车很稳，许蓝几乎感受不到颠簸，吃早餐也不用担心洒了。

"怎么个如实法？"许蓝追问。

"我家小孩儿送的。"沈问淡淡道。

他的声音好像雨前的月光，亲和、坦然、温柔，就像在说"今晚月色真美"一样。

沈问说完这话，一点都没感觉有什么，仍旧是很稳地在开车，也没去看许蓝有什么表情。

许蓝差点被虾给噎住，感觉自己的耳根有点烧。过了许久，她才说了一声："哦，那也行吧。"

她闭上眼，深呼吸：温柔的人说起情话来，果真也挺要命的。

两个小时后。

许蓝半梦半醒间，睁开眼，看着眼前那座粉蓝色的城堡，惊喜道："是这儿？"

"我问了鱼鱼，她说你一直很想来，但是很忙，总抽不出空。"沈问低笑，"今天刚好，天气不错，人也少。"

许蓝皱眉："人少？不可能啊，今天儿童节，这儿肯定人满为患的。"

结果她定睛一看："欸？好像真的不多。"

沈问停好车："咱们走吧。"

许蓝不知道的是，今天人少，不过是因为某位阔少提前安排人员限流了。

顾漠对于这件事能笑一年，他在事后感叹道："没想到啊，咱们如此正经的沈教授，有一天也能做出这种不人道的事。"

沈问对此很坦然："没什么比我家小孩儿更重要。"

只要是个女孩子，看到城堡就沦陷，许蓝也一样，不过她面上依旧比较镇定："哥哥，我要那个粉红色的气球。拍照好看。"

许蓝戴着粉紫色小兔子的头箍，在购物街"扫荡"了一圈，拿着仙女棒形状的糖果，对沈问歪了歪脑袋："哥哥，你看我可不可爱？"

沈问拿着相机，无奈地笑了："可爱。"

许蓝是个不认生的，她朝四周看了看，拉住一位戴着小熊头箍的女孩："姐姐你好，请问能给我和哥哥拍张照吗？"

身旁的女孩看了许蓝一眼，先是一愣，随后看向沈问，脸突然就红了："好。"

许蓝从沈问手里接过相机，递到那个女孩手里。

女孩特别害羞地瞟着沈问，一边用手示意："再靠近一点点，那位哥哥，你蹲下来一点吧，你真的好高啊……你们都好高！"

"咔嚓！"女孩把相机递给许蓝："妹妹，你看看这几张行不行？"

说实话，虽然光看脸，女孩绝对比许蓝年纪大。但许蓝一米七二，女孩顶多一米六出头，她叫许蓝"妹妹"的时候，倒是有些不好意思。

"很好看呀，谢谢姐姐帮忙。"许蓝笑得很漂亮。女孩做了一下心理建设，鼓起勇气，问道："请问，妹妹你是不是那个叫许蓝的模特？我好像在 DIM 的杂志上见过你。"

许蓝一愣："我是。"

"我能跟你合张影吗？"那位姐姐兴致很高，"我特别喜欢你和洛盏，DIM 的每期期刊我都会看，因为我也是设计专业的。"

许蓝笑了："没问题。哥哥，帮我们俩拍张照片吧。"

"能用你们这个相机拍吗？"小姐姐害羞起来，"我的手机像素不太行，拍完，你再发给我好吗？"

许蓝当然答应，加了女孩微信，说等自己把照片导出来之后就发给她。

女孩连连致谢，走的时候，还红着脸对沈问说了一声"哥哥再见"。

沈问笑了："咱们懒懒越来越有名了，出去玩都能被认出来。"

"是不是有点危机感了？"许蓝看了他一眼，扬起下颌，"不过，那可不关我的事。"

事实证明，不仅是沈问有危机感，许蓝也有。

在游乐场的一整天下来，除去有许多粉丝认出了许蓝，要求合影，许蓝已经数不清有多少女生明目张胆地看沈问了。

许蓝是个玩心重的，在游乐场一整天都没感觉累。

不过，她能这样玩，还得归功于某位哥哥提早做足了攻略。许蓝是路痴，一整天就只知道跟着沈问走。

当她欢快地朝前奔跑时，从后面看，那两条腿又长又细，露出的一截小腿形状好看，像是刚捞出水面的白藕。

渐渐地，天色将暗。

花灯巡游结束后，马上就是烟火表演。

许蓝牵起沈问的袖子："哥哥，我们快去城堡下面占位置。"

"哥哥带你去个地方。"沈问却停在原地不动，"在那里看烟火，会更美。"

"什么地方？"许蓝一怔。

还没等她反应过来，沈问反扣住她的手，坐上了一辆南瓜形状的马车。

沈问的手一直没松开，许蓝也没说话。

约莫二十分钟后，就在游乐场度假区附近，灯光通明的独栋小楼映入眼帘。

小楼的整体色调是白金色，花园里泳池、秋千椅、透明滑梯、桌椅，应有尽有。

"走，上楼。"沈问牵着她下车，穿过一层的粉白桌椅和绿植装饰，踏上纵横交错的悬浮楼梯，来到顶楼的露台上。

露台宽敞无人，亮着白金色的星星灯。

沈问逆着光，指向不远处的城堡："懒懒你看，这里是不是看得更仔细？"

许蓝问了一个非常不合时宜的问题："这么大一栋民宿，为什么没有人啊？"

沈问无奈，被她逗笑了："我家的。"

许蓝抿了抿嘴唇："哦……"

远处的喧闹声，不知在什么时候，渐渐平息。

沈问闭了闭眼睛："许小姐，一起看烟火吗？"

许蓝尚未回应，漆黑的暮色就瞬间被金色烟火点亮。

那些烟花从散着微光的花火，渐渐变大，变亮，开满整片夜幕。细碎的火星接二连三地落下来，在许蓝的眼眸里点亮，再炸开。

那些金色烟火像是刚刚苏醒的灵魂，炽烈的太阳也无法与之争辉。但是沈问眼里的她，更美。

此刻，许蓝正眨也不眨地盯着远处的烟花，眼尾亮晶晶的。等光渐渐淡下来，那些微弱的彩光映在许蓝侧脸上，沈问忽觉岁月静好。

"懒懒，等我一下。"

片刻后，沈问推来一辆小餐车。精致小巧的蛋糕上，点着粉金色的蜡烛。

他的声音温柔，像是火花放出的细小微光，暖而不灼。

"许个愿吧懒懒，二十岁生日快乐。"

许蓝很配合地闭上眼睛，认真地许了愿，然后吹灭蜡烛。

沈问很认真地看着她："切蛋糕了，小公主。"

"懒懒，"沈问看着许蓝切蛋糕，顿了顿，"在二十岁的生日愿望实现之前，哥哥要先帮你完成十九岁的生日愿望。"

"啊？"许蓝眨眨眼，都没反应过来，"什么？"

沈问牵起她的手，走到一个房间里。典雅的弧形窗棂旁，放置着一架白色的三角钢琴，钢琴上有一束玫瑰花。

许蓝眼眸微动。沈问坐到钢琴面前，吐了一口气。

"你喜欢的'Rose Dance'，其实是我母亲还未来得及公之于众的作品，原名就是《玫瑰之舞》。我把它稍作改编，变成了'Rose Dance'。"

许蓝一愣："你是琴师 W！"

她想起来，就在沈问送给她项链的那天，当自己无意间脱口而出"我十九岁的生日愿望是能见到琴师 W"时……沈问的表情，是什么样的呢？

她当时没有注意，现在也想不起来。

沈问笑了："我是。所以我那天才会说，一定会遇见的。"

许蓝难以置信地捂上嘴，等听完沈问弹奏一整首"Rose Dance"后，她很久没有说话。

"怎么了，是不像吗？"沈问有些苦恼，"可能，是我太久没弹了。"

"没有。"许蓝深呼吸，目前只能先憋出这两个字。

她只是喉头有些发紧，莫名地想哭。

"我就是觉得好幸运啊，"许蓝朝眼睛扇了扇风，"不过是在路上随便捡了个人，刚好就是自己想见的人。"

许蓝说出这句话后，又笑出了声："哥哥，我的运气真好。"

多幸运，我喜欢的琴师 W，就是沈问啊。

沈问盯着她，心里默默道：不，是我运气好。

晚上十点，游乐场正式打烊。

这里离北市更近，两人索性回了北市。

"来哥哥的花园里坐坐吗？"沈问坐在车里看着她，"有礼物要送给咱们懒懒。"

"还有礼物？"许蓝惊讶，"今天那些，不都是吗？"

"是吗？"沈问笑了，"哥哥忘记了。"

"不耽误咱们懒懒的时间，就一会儿。"沈问熄了火，声音温柔，"保证咱们小公主十二点前到家。"

"我现在就已经到家了，"许蓝没忍住，噗地笑出了声，指指一旁的门，"对门不就是。"

花园里，玫瑰散着浓香，枝叶随风窸窸窣窣响动。

"懒懒，闭一下眼睛，"沈问说，"是个惊喜。"

许蓝听话地闭上眼。

深蓝色的夜空下，晚风拂面。沈问身上有淡淡的绿茶味，好闻又干净，许蓝感到很安全。

"懒懒，睁眼。"

许蓝慢慢抬起眼皮，眼前的男人举着一只鼻尖湿漉漉的小狗："喜欢不喜欢？"

太温柔了。许蓝想，他怎么能这么温柔啊。

小金毛轻轻吠了一声，像是在催促她：快说喜欢呀。

许蓝笑了，眉眼弯弯："好可爱，我喜欢。"

"名字听你的，就叫芝士。"沈问拇指挠了挠芝士的下巴，"不会照顾小狗也没事，芝士就养在我这里，我会照顾。你就在对门，每天都可以来和芝士玩。我家门锁的密码是六个一，你随时来，我不在家也没事。"

许蓝垂眸笑了："哥哥，密码就这么告诉我了，小心我来偷你家东西。"

她把小金毛接过来，小心翼翼地抱在手里。芝士好小，好软，好可爱，才刚刚一个多月的样子，身上的毛都是白金色的。

"哥哥也没什么能给你偷的，要真的有的话，"沈问微微顿了一下，换了种语气，"那就只剩一颗真心了。"

许蓝承认，刚刚自己是被撩到了。但是，她会反撩。

"哥哥应该不会介意，懒懒趁着生日，稍微任性一下吧？"

"不是过生日，咱们懒懒也可以任性。"沈问莞尔。

"这样啊。"许蓝若有所思，把芝士小心地放在草坪上。

小金毛脚一沾地面，就飞奔到别处去了。

她凑到沈问耳边，轻笑着吹了口气，牙齿好像快要碰到沈问的耳朵，但最后没有碰到，只留下潮湿的水汽："稍微占下哥哥便宜吧，明天晚上，想吃哥哥做的火锅。"

沈问心底的火一下子烧了起来，只是面上依旧波澜不惊。

头疼，小孩儿哪里学来的这些东西。

次日，许蓝睡醒时打开手机，看见了沈问早上七点发的消息：我下午五点回来，醒了之后去门口，那里有梁霜给你的生日礼物。

许蓝立即穿上拖鞋下了楼，连脸都没洗，就打开了门。

门口放着一个雾粉色的磨砂面袋子，拎着沉甸甸的。许蓝把袋子打开，里面是一个挺大的礼盒。

她有些疑惑。梁霜学姐和她不算熟，怎么也会送礼物？而且，又为什么会在沈问那里？

许蓝小心翼翼地把盒子打开——嫣红色的纱织布料，玫瑰碎叶的图案点缀其间。居然是那件名为"仲春情诗"的裙子。

许蓝把衣服展开，里面掉出来一张牛皮纸卡片。她捡拾起来看，卡片上字迹隽秀有风骨，一看就是练过字的。

"祝懒懒永远保持童心和梦想。"

许蓝一怔。她好像现在才突然明白，很久以前沈问说的那句"在叔叔这里，你可以永远是小孩儿"是什么意思了。

当时的她，误解了沈问的意思，还以为是沈问在嫌弃她年纪小不懂事，做事幼稚无理。

那个时候，她心里挺不是滋味的。

许蓝也才领会到，或许自己在很久之前，就已经开始喜欢沈问了。只是，她长这么大，从未喜欢过谁，故而在这方面有些后知后觉。

许蓝拿起手机，点开沈问的对话框：梁霜学姐给我的礼物，为什么在你那边？

一直到十一点左右，沈问才回复：本来是想找她买下来的，不过她说直接送给你了。

许蓝憋着笑：原来是这样啊——哥哥很忙嘛，现在才回。

沈问输入：工作时间，手机不怎么随身带。

沈问用眼神示意前台的护士先等一等，继续在对话框里打字：下午没事的话，可以去找芝士。芝士太小，才两个月不到，所以有挺多东西不能吃。你去的话，记得给它盆里加点牛奶。

中午，许蓝穿了件防晒衣，去便利店买了心心念念的咸蛋黄爆浆鸡排饭团，边吃边往回走，并在路上搜索"两个月大的狗狗吃什么比较好"。

北市六月的天气开始逐渐炎热起来，街道上的玻璃因为太阳的照射而反着光，闪闪地灼人。树叶不动，此时没什么风。

许蓝放下手机，心道：还好查询了资料，才知道两个月的狗狗不能吃肉。不然，她还想分一半饭团里的鸡排给芝士吃呢，现在只好作罢。

许蓝站在A区109的门口，看着门上的密码锁，愣了一会儿，还是没去摁密码，而是看向侧面的花园栅栏。

她看了一眼自己的穿着，心想：还好穿了运动鞋。

这个时间点，中午艳阳高照，又是工作日，周围很安静，没什么人。

许蓝不矮，栅栏并不比她高出多少。她踩着白色木头网格的空隙，轻轻一跃，就翻了过去，颇有林队长的风范。

落地的时候，许蓝整了整衣服，开始思索自己是不是脑子有什么问题。有密码的大门不走，锁着的花园却要翻进来。

这个问题思索不到两秒，就被一声轻吠给打断了。

一团白金色从玫瑰花丛里蹿了出来，飞速移到许蓝的脚下，跳起来扒拉许蓝的衣角，还响亮地吠了一声："汪！"

许蓝把芝士抱起来："是不是想姐姐了呀，小芝士。"

芝士明显是刚刚跑得急，此刻粉色的舌头歪着吐在外面，不停地哈着气。

它的黑色眼珠就跟黑曜石似的，白金色的毛柔软顺滑，泛着健康的光泽，在许蓝眼里可爱得不行。

芝士身上一点不好闻的味道都没有，沈问给它洗过澡，闻起来居然有一点茶叶的香。但大约是它在玫瑰花丛里肆意滚过的缘故，这股茶香中间，还混着那么一点点花香味。

许蓝抱着芝士走到它的豪华小木屋旁边，地上的狗粮没吃完，牛奶倒是舔干净了。

许蓝碰了一下芝士湿漉漉的鼻子："等着，姐姐去给你拿牛奶。"

这时候，许蓝再次叹了口气。

她原本不去按密码，就是为了不进沈问的家，直接找芝士玩。但现在要拿牛奶的话，还是得进屋。

许蓝在后门脱了鞋，抱着芝士进屋，打开冰箱，拿出鲜牛奶。

她怕它肠胃不好，所以一直等着鲜牛奶放到了常温，才给它倒了小半盆。

芝士开心地舔着牛奶，许蓝蹲下身，一边顺它的毛一边笑道："姐姐去拿一下电脑，马上再过来陪你。"

说着，她轻松一跃，又从原来翻进来的地方，翻了出去。

芝士低低地从喉咙里发出呼噜声，像是在思考为什么许蓝不从大门走，偏要翻栅栏。

沈问中午从外面回到办公室时，阮遇正跷着二郎腿，在他办公桌旁看书。

阮遇伸了个懒腰，打着哈欠："难得沈医生会那么早去食堂吃饭，害得我浪费了宝贵的午休时间，在这儿好等。"

"跟你学的。"沈问抽走他手里的《解剖学》，"阮医生有话直说，来干什么？"

"不跟你兜圈子，纯粹来问问你家小孩儿的情况。"阮遇笑道，"石穗喊我问的。我上次和她说了，说你有个喜欢的小孩儿，她就一直心心念念的，生怕你孤独终老。况且，你这人吧，要是我们不问，你根本不可能主动说。"

沈问动作一顿："其实，我在想，怎么跟许蓝说我是医生。"

"你脑子出什么问题了？"阮遇被沈问这番话整蒙了，"到现在，人家还不知道你是干什么的？"

"我不是故意骗她，只是之前顾漠说我是他的合伙人，这件事你也知道。"沈问喝了口茶，"我早就想和许蓝说清楚，但是我发现，她好像很不喜欢医院。"

"不喜欢医院？"阮遇皱眉，"什么意思？不喜欢到什么程度？"

"之前她发烧，我说去医院看看，她怎么都不去。而且，她看起来很害怕，似乎是医院有什么让她恐惧的东西一样。"沈问垂下眸，"我不知道怎么说。"

阮遇"啧"了一声："太难得了。第一次见你有这样的时候，真想拍张照记录下来。"

沈问蹙眉，看了他一眼："我认真的。"

"我也认真的。"阮遇直起身，两手插兜，"我的意思是，你必须早点问清楚，并且把这事儿说清楚。她害怕医院，很有可能是以前在医院出过什么事，使得她对去医院这件事产生了强烈的心理抵触。我是心理医生，一听你这么描述，就有这种感觉。但是，毕竟我到现在一来没见过她，二来没和她说过话，总不能盲目推测什么其他的。"

"嗯，我也是这么想的。"沈问沉吟。

"所以，现在人家跟你是什么情况？"阮遇看着他，"我猜猜，你表白了，人家没反应？"

"也不是没反应。"沈问想到这个，嘴角不自觉上扬，"她年纪还小，总得给小孩儿一点时间。毕竟，我年纪大了，上回人家还叫我爸爸。"

"别提了！"阮遇一想到这事儿就笑出声来，"苏筱也算是北市有名的千金，你家小孩儿也真能搅和！"

阮遇轻笑："我走了，跟我老婆汇报完情况，也该会诊下午的病人了。哦对了，你抽屉里的糖我带走了一包，看你买得挺多——这把年纪了，吃什么糖啊，好好保养身体才是。"

沈问一噎。

沈问回家的时候，许蓝正坐在花园的秋千上。

她的膝盖上边架着笔记本电脑，身侧趴着已经熟睡的芝士。又是落日时分，许蓝化着淡妆，坐在那处的模样慵懒好看。秋千椅上有遮阳棚，细细的阴影在她脸上浮动交错。

晚霞像是给绿油油的草坪打下了一层柔光滤镜，清风拂过草尖，叶上水珠聚而又散。

许蓝正在很认真地盯着电脑，所以都没有注意到沈问回来了。

沈问看她在认真学习，便没去打扰，径直走进厨房，把火锅的食材拿出来。

许蓝合上电脑时，学习时封闭的其他感官终于打开。她几乎是立即捕捉到了厨房的动静，轻手轻脚地从秋千椅子上下来，没打扰到芝士。

许蓝在后门处换上拖鞋，走进屋，看见了沈问。

番茄味的锅底汤正咕嘟咕嘟冒着香气，许蓝轻轻叫了他一声："哥哥。"

"嗯，"沈问回过头，"火锅想在哪里吃？"

"在花园里吧，现在也没什么蚊虫。"许蓝想了想，试探道，"我有什么可以帮忙的吗？"

"有啊，"沈问轻笑，"过来帮忙尝一下，这个奶茶好喝不好喝。"

许蓝连忙小跑过去，接过沈问盛出来的一小盏奶茶，低头喝了一口，眼睛弯起来。

"好喝，和陈鹿姐姐以前做的奶昔有点像。"

"这个也是陈鹿教的，"沈问莞尔，"其他就没什么事情了，懒懒去花园里和芝士一起等着吃饭就行了。"

"那趁这个时间，我导一下照片吧，"许蓝打了个哈欠，"我还没把合照发给那个姐姐呢。"

"去吧。什么时候饿了，就说一声。"

许蓝在客厅拿了相机，蹦蹦跳跳回了花园，把里面的视频和照片都导进电脑里。

许蓝认真地把她和那个姐姐的合照修了一下，用微信发给了对方。又找到自己和沈问的合照，仔细地保存了下来。

她看着那些合照，只能用四个字来形容：赏心悦目。

此刻，鱼鱼在去北市的高铁上，叹了口气。

"列车已到北市站，请旅客们有序下车……"乘务员的声音自播报器中传来，鱼鱼起身拎上包，出站后伸手拦了一辆出租车："去 DIM 大厦。"

几个小时前，在 DIM 一直带她工作的前辈书禾发了一条朋友圈：近期工作量巨大，疯狂加班。开心的是顾总说今晚请吃夜宵，瞬间工作有了动力，毕竟我的人生目标就是设计和吃！

鱼鱼看到后，几乎是立刻动身，连行李都没收拾就直接化妆出门了。

还好今天是工作日，高铁的余票多。

到了 DIM 大厦之后，鱼鱼在电梯打开之前，还整理了一下额前薄薄的空气刘海，然后非常自然地跟正在工作的大家打了招呼。

书禾惊讶地起身："鱼鱼？你今天不是在学校吗？"

"是啊，"鱼鱼在自己的位置上放下包，"刚好陪朋友回北市一趟，我又没什么事儿，就想来看看，有没有地方可以帮上大家的忙。"

"有啊！我们最近可忙了，今晚肯定得加班，你来可有大用处。"书禾拍拍她的肩膀，"不过太巧了，今晚你要留下来吗？"

"留下来？"鱼鱼明知故问。

"嗯，如果和我们一起加班的话，顾帅会请吃夜宵哟。"书禾双手合十，"感谢顾帅老大，不仅加班费高，还有免费夜宵，好人一生平安。"

"真的？"鱼鱼笑了，"那我就算是为了美食也得留下来啊，顾总不会介意加双筷子吧？"

"说什么呢，顾帅请客的宗旨一直是五个字——人越多越好！不说了，我们赶紧工作吧，顾帅他可不喜欢我们在工作时间聊天。"书禾瞄了一眼顾漠的办公室，低下声音，"平时要是我说这么多话，顾帅都得警告了……今天应该是看到你来了，不想对年纪轻轻的大学生这么凶吧。"

鱼鱼也低下声音："书姐姐，你也刚大学毕业没两年。不过，顾帅看得见我来了吗？"

她看向不远处顾漠的办公室，顾漠也没出来过，大概不知道自己来了。

"他的办公室玻璃是单向的，我们这里他看得清清楚楚，只是我们看不见他罢了。"书禾道，"不说了，画图。"

鱼鱼心想：这点倒是和林榭哥一样，是个单向玻璃爱好者——林榭连车窗都是单向玻璃的，极其保护隐私。

她简单看了一下书禾的工作任务，开始在电脑前面忙起来。

顾漠喝完一杯黑咖啡，瞟了鱼鱼一眼。看她一直沉浸在自己的世界里，一直都没分心，他也就没说什么。

而离 DIM 大厦不远的地方，此刻沈问的花园里，许蓝正坐在白色的椅子上。

"芝士要多大才能吃其他的啊，"许蓝有点失落地看着草坪上撒欢奔跑的那一小团白金色，"现在它只能吃牛奶泡狗粮，我都替它憋屈。"

"咱们懒懒还做功课了。"沈问给她夹了一根刚刚一直夹不起来的粉皮，"快了，三个月以后就能啃骨头。"

"这么快？"许蓝眼睛亮亮的，低头去看它，"小芝士，再等一个多月，你就能吃好吃的肉骨头啦。"

许蓝对芝士说话的时候模样过于天真，周身都有朦胧的光。

因为吃了东西，少女的口红已经掉了，只剩下呈淡粉的天然唇色。明明很纯的一张脸，可眼尾下的那颗小小的红痣，又在明晃晃地勾人。

芋圆奶茶被倒在玻璃杯里，杯底与桌面相碰撞的时候发出清脆的声响。

"嗡嗡……"许蓝放在椅子后面的手机振动起来。

是之前在游乐场遇见的姐姐发来的消息："谢谢懒懒的照片，我可以发微博吗？"

许蓝刚回了个"好"，对方就又发过来一条消息："冒昧地问一下，懒懒的哥哥，有女朋友吗？"

许蓝眯起眼睛。对方又发过来一条："如果没有，请问方便给我个联系方式吗？我憋了好久，现在说出来还是觉得有点不好意思。抱歉，哈哈。"

许蓝舔了下嘴唇。

——哥哥，你真是到哪儿都给人留下深刻印象啊。

她抬起头："哥哥，你还记不记得昨天在游乐场，那个给我们拍照的姐姐长什么样？"

沈问一怔："忘了。"

"那大概没戏。"许蓝佯装遗憾地叹了一口气，无奈道，"人家问我要你的微信，我在想，如果你还对人家有印象，就给过去。"

沈问没理会，兀自给她夹菜："吃年糕。"

"那我帮你随便找个借口推掉了啊。"

许蓝低头默默输入：他其实是我男朋友。

对方：天哪，对不起！

许蓝回复：没事儿。下一个更好。

对方：谢谢……

许蓝满意地结束了聊天，哼着小曲儿蘸了牛肉酱，把年糕吃掉。

"有一个问题，我想问很久了，"许蓝咽下年糕，"火锅料这么多种，你是怎么从那么多材料里，挑出了我平时爱吃哪些的？

"顾漠请客吃火锅的那次，顺便记了一下。"沈问很自然地给她加了勺酱，"少说话，多吃。等你放暑假了，顾漠安排的工作量会很大，到时候你和鱼鱼的压力也会随之变大。"

"嗯。对了，明天我一早就回学校。"许蓝说，"已经是期末复习周了，再不早点回去，学分绩点第一名不保。"

"几点？我送你。"

"不用啦，你要上班呢。"许蓝微笑，"我可不想占用哥哥的工作时间，毕竟懒懒很独立的，又不是小孩儿。我自己打车去高铁站就行，不用你再送我。"

沈问轻笑："咱们懒懒最独立了。"

他的声音低下来，声音带着一种专属于他的，很沉稳的温柔："但哥哥还是想宠你。"

许蓝咽了口唾沫。

这人说情话之前，能不能打个预防针啊！印象里，之前他也不是这个样子的啊！

她清了清嗓子："哥哥注意点，我不是你女朋友。"

许蓝吃掉一块麻酱肥牛："我饱了。"

"再在这里坐会儿，还是回去收拾明天出门的东西？"沈问看了一眼地上，芝士不知道什么时候，已经睡着了。

"两个都不选。"许蓝站起身，伸了个懒腰，"还是那句话，蹭饭的人得洗碗。"

沈问温和地笑了："乖。"

他那一个"乖"字的语气真的是让她酥到了骨子里，尾调是轻的，调子是柔的。

许蓝脸皮发热，赶紧蹲下把芝士抱起来送回木头房子里，留给沈问一个潇洒的背影。

晚上睡前，许蓝窝在床上，把那几张合照发给了沈问。

哎，颜值高的人，合照看着就是舒适。

许蓝默默夸着自己，然后把其中一张设置成了微信上她跟沈问的聊天背景图。

那张照片并不是那几张合照里她最好看的一张，却是许蓝最喜欢的——因为这张照片，是沈问和她靠得最近的一张。

两人靠在一起，都面朝着镜头，许蓝笑得尤其开心，露出八颗白白的牙齿。

沈问这样的人啊，就是越发靠近，越让人想靠近。

是那种能给人安全感，并且很有魅力的人。

沈问收到了那几张照片，默默保存下来后，回了她一个"晚安"。他把其中的一张，两人靠得最近的照片，一键设置成了微信聊天背景图。

她把照片都在电脑做了备份，才安心睡下。

夜宵摊。

鱼鱼没记错的话，这家店就是上回她和林榭偶遇的店。

在一群人中间，鱼鱼虽说年龄最小，但酒量却是顶好的，连经常喝酒的书禾都甘拜下风，端起酒杯道："鱼鱼大大，小的敬您。"

每每顾漠请客吃夜宵，大家都能尽兴。餐桌上，各色烧烤应有尽有，也有当季各种口味的小龙虾，啤酒和汽水不限量。

顾漠坐在鱼鱼对面，夜宵摊用的都是大圆桌，两个人虽然正对着，距离却是最远的。

顾漠喝酒厉害，不在公司工作的时候，又是那副轻佻又随意的状态，这是鱼鱼觉得他最有魅力的样子。

只是这份随意背后，看起来有无限的孤独。

鱼鱼有心想去碰触，可顾漠一直把距离拉得很远，让她觉得完全没有机会靠近。

偶尔，两人的眼神触碰，鱼鱼总是目光停留得更久的那一个。而顾漠每每碰到她的目光，就总是若无其事地别开目光，不给她任何眼神。

鱼鱼总是很天真地认为，自从上次两人一起喝过酒，又散过步，距离总会近那么一点点的，总不可能和原先一样。

可顾漠依旧离她很遥远，因为和所有人都亲近，所以滋生了更大的遥不可及。

"林队啊，那个是不是咱妹妹的闺密？"江晖吃着烤韭菜，满口喷香地用胳膊肘顶了顶林榭，"是的吧，就是鱼鱼，我不会认错的。"

林榭回过头去，隔着三桌的地方，鱼鱼也是跟他们警队一样坐的大圆桌，估计是和朋友在一起。然而林队长 5.3 的视力，一下子就捕捉到了对面的顾漠。

什么时候回的北市？许蓝回北市的时候，是告诉了林榭的。但林榭确定，许蓝说过鱼鱼没回来。

林榭心里翻江倒海，但面上依旧冷淡如常。

他把位子挪远了些，和江晖隔开一段距离："是她。吃你的，别碰我。"

江晖撇了撇嘴："林队，您别嫌弃我呀。我就是觉得，这得是多天赐良缘的事情，能让我们在又一次加班出来吃夜宵时，恰巧又碰到她，是吧？"

"闭嘴。"林榭冷冷道。

江晖像条被主人踢了一脚的大黄狗，立即变安静了。

林榭皱眉。他听闻过 DIM 总裁顾漠的风流韵事，主观上不太喜欢顾漠——即便顾漠在工作方面能力很出众，而且刑警也不会单凭主观就去判定人的好坏。

那处传来起哄的声音。最后一轮酒桌游戏上，是鱼鱼抽到了要说真心话的签。

玩完这一轮，大家就要散了，因为已经吃了很久。

书禾是公司的八卦分子，提的问题既俗套又让人百听不厌。

"鱼鱼，请问你最近的一次心动，是对谁？"

鱼鱼喝了酒，听到这个问题，脸一下子有点烧。她不像许蓝很会掩饰情绪，一被戳中心里的什么事，眼神就会不自觉地闪烁。

大家开始起哄："不会就在现场吧——"

"反正最后一局，玩完就走了，大家喝醉了，明早谁也不记得。那不如，来点爆炸性的新闻吧鱼鱼——"

鱼鱼忙摆手："没有没有！不在现场！"

大家呼声更响了："那是场外的谁？说出他的名字，就算鱼鱼你过关了——"

林榭站起身："你们吃。"

江晖与众人抬起头："欸？"

林榭拨开人群，三步并作两步走到鱼鱼身后："不好意思，人我先带回家了。"

鱼鱼错愕地看向他："林榭哥？"

身上散着甜橙香气的女孩，此刻眼眸有些迷离。她酒喝得有点多了，脸颊也红扑扑的，泛着红晕。

林榭跟大家说了声"抱歉"："不好意思，我是她哥。她该回家了。"

顾漠幽幽地开口："有人来接也好，我们本来就要散了。"

他轻笑着饮尽杯中酒，将杯口朝下："大家也放过大学生吧，人家脸皮薄，别给你们一欺负过头了，之后就不愿意来实习了。"

虽然这话是对大家说的，可他的眼睛从头到尾盯着林榭。

"如果鱼鱼不来DIM，那我不是吃大亏了？"那双桃花眼轻轻弯了弯，简单的话语，也说得像特意在撩人。但偏偏这样的撩人，顾漠做来又很自然。

林榭亦直勾勾地盯着他："那鱼鱼我就先带走了。"

顾漠举起手："开慢点，她喝多了。"

顾漠都开口了，其他员工也纷纷向眼前这个男人挥了挥手。

虽然不认识，但大家都觉得，鱼鱼的哥哥貌似不太好惹。男人周身散发着冷意，还有一种业界精英的气质，让人出于本能地想尊敬。

林榭把发蒙的鱼鱼塞进车里，"砰"的一声关上车门："回许蓝那儿还是回自己家？"

"自己家。"鱼鱼声音弱下来，"懒懒……我还没跟她说我回来了。"

"特意回来，为了什么？"林榭很平稳地开着车，声音没有温度，"以后别这样了。"

"林榭哥，我已经二十岁了，有自己做决定的权利，也没必要什么都告诉你。"鱼鱼莫名有些生气，"我刚刚其实不想走的，那只是一个游戏而已。我们马上就结束了，原本我可以和同事一起回家，你不该替我做决定。"

"既然马上就结束了，早走晚走，不是一样？"林榭在红绿灯路口刹车，一字一顿，"毕竟是晚上，你又是女孩子，不方便。"

鱼鱼没再说话，林榭也没有。终于在开进小区的时候，鱼鱼忽然"啧"了一声，道："懒懒在外面通宵，也没见你这样管过。"

林榭猛地踩了刹车。男人的眼神冰凉至极，"啪"一声解了安全带，直勾勾地盯着她，铺天盖地的压迫感也随之袭来。

"虞鱼。"林榭叫了她的大名，"你现在大了，能耐了，跟我顶嘴。"

鱼鱼的气势瞬间弱了下来："哦……"

这样的林榭，才是真的林榭，他对谁都是强硬的，谁都该听他的。

鱼鱼觉得自己或许真的喝多了，她不懂刚刚自己是在耍什么酒疯，又为什么要对林榭用这种不满的语气说话。

之前，林榭的确是对她温柔了几次，但这份温柔又不是专门对她的，她不该这么说话。

"对不起，林榭哥。"鱼鱼的声音很低，还带着些因为喝酒而产生的哑意，"我错了。"

长久的缄默之后，林榭很长地叹了口气。

"你走吧，回去好好睡一觉。"林榭道，"是我做错了，不该不问你的意见，在那么多人面前直接带你走。"

鱼鱼蓦地抬头："啊？"

"还不快去。"林榭别过头，"下车，已经到你家了。"

鱼鱼下车后，一直目送林榭的车离开，头脑还是不太清醒。

夜风有些凉，她很快到了家。她没去深究刚刚的事情经过，只是有些震惊。

林榭居然会道歉。而且，是为这样的事道歉。

鱼鱼合上双眼，她今天太累了，也没法再分心去思考，只想早早睡觉。

次日许蓝起床的时候，跟沈问打了招呼。

沈问再三确认许蓝真的不需要他送，这才嘱咐许蓝路上注意安全，到了高铁站要给他发消息。

"还有，早餐在门口，小公主记得开门签收。"

许蓝盯着手机笑了好一会儿，欢快地跑下楼开门。

门口依旧放着一个粉色的纸袋，里面有咸口的豆花、鸡胸肉生菜鸡蛋三明治，还有一罐蓝莓果粒酸奶。

在高铁上，许蓝把在游乐场的照片发上了微博，回复了几个热门评论，稍微眯了一会儿。

等她上了南市的出租车，再点开微博，发现很多消息。

起因是之前有人当天在游乐场拍了一张沈问的侧脸照片，发了一条找人的微博，说想知道这个小哥哥的联系方式。

评论里都是清一色的"坐等"，直到刚才许蓝发了微博后，有人在那条找人的微博下面，甩了一张沈问和许蓝并排走的背影照，并且同时艾特了许蓝和顾漠。

不仅如此，那人还附赠了一条评论："这是 DIM 的模特小姐姐，那个是小姐姐的男朋友！"

许蓝："……"

与此同时，顾漠也在网上看到了这条动态，随手就转给了沈问。

沈问："……"

许蓝刚发的游乐场照片，下面的评论也渐渐从"懒懒好漂亮""从 DIM 官博来的的""和谁去的呀"变成了"什么时候官宣""懒懒真的谈恋爱了吗""求小哥哥正脸照"……

顾漠在办公室优优哉哉地看着 DIM 的曝光度呈直线往上蹿，看季度报表的时候，还没忘记顺口埋怨一顿沈问："速度在哪儿？沈问你行不行啊，舆论都这样帮你了，结果还不是没搞定咱们小懒懒。"

"在忙。"沈问回复。

许蓝学校的学生还嫌事情不够大，蹭了一波热度，把许蓝之前在大学里身穿裙子走秀的视频也放到了微博上。

当天，同城热度最高的，就是 ID 为"许懒懒"的用户了。

评论区清一色是整整齐齐排列的一句话："你们就说吧，咱们南市大学的校花，是不是顶美！"

鱼鱼的电话在第二天早上打了过来："懒懒，你从床上起来没啊！快看你在微博的推广，你火啦！"

许蓝打了个哈欠，推开门："我都到家了，你人呢？"

"什么？"鱼鱼明显一愣，"你回南市了？你就在北市待两天啊。"

"马上期末考试了宝贝，我虽然成绩好，但也得复习啊。"许蓝轻笑，"等放暑假就有很多时间了——所以，您人呢。"

"嗯……懒懒，我要是说了，你可别生气。"鱼鱼闭了闭眼睛，"我昨天刚回北市，DIM 那边有很重要的工作……"

许蓝眯起眼睛："哦，没你不行是吧。才这么一会儿，你就变成DIM的主力了？"她心里已经隐隐约约有了些猜测，语气也不善起来。

"是真的很急，我就想去帮帮忙……"鱼鱼吐吐舌头，"先不说这个了。你现在那条微博很火，然后那个纪鸾就又在下面拉帮结派，说你修图过分，还说你人和照片长得不一样。我气不过，开了个小号骂她。"

许蓝笑出了声："能让网红画手专门开小号去对骂，她也挺厉害的。不过，她是谁？"

鱼鱼一噎："你不认识？"

"有点耳熟。"

鱼鱼欲哭无泪："就是外语学院那个一直看不太惯你的女生啊，大家一直都爱编派说你俩关系不好，想起来了吗？好像她也会玩游戏，夜市那天她也在现场比赛，人家不就坐在你对面？"

"哦。"许蓝如梦初醒，"是夜市那位啊。我知道她不太看得惯我，傅绅跟我讲过她的名字，不过我没放心上，光认得脸了。"

许蓝也是现在才发现，自己一直认得纪鸾的脸，却不知道她的名字。她笑笑："长得是挺好看的，而且她没说错，我每张照片都会修图。不过都什么年代了，还不让给自己照片润色一下吗。再说，我人和照片的确是长得不一样——我真人更好看些。"

"你怎么还夸她好看呀！明明你素颜都比她化妆好看。"鱼鱼气道，"那，懒懒你先在家复习吧，我继续工作了。我的时间还算多，不用做那么多作业，期末论文也都弄得差不多了，过两天我再回来。"

"嗯，"许蓝其实没睡够，又打了个哈欠，但理智告诉她绝对不能睡，"那我刷题去了。"

"等一下！"鱼鱼突然打住，"问你个事儿，关于你哥的。"

"哟，居然问起林榭了。快让我听听，是什么麻烦事儿。"许蓝挑了下眉。

"就是……"鱼鱼感觉问出来有点奇怪，"我想问问，你哥有跟你道过歉吗？"

"噗。"许蓝无奈，"这不是废话嘛。"

"啊？"鱼鱼心里说不上来是什么滋味，"很多次吗？"

许蓝失笑："什么很多次，我的意思是说，这个问题没有意义，因为林榭怎么可能会跟我道歉？一来，他从来不做错事，都是在帮我善后；二来，平时也没人敢接受他的道歉，他那么高高在上的一个人，要是真做错了事，大概也只有默默弥补，不会主动开口说自己错了的。"

"哦，我就随便问问，我挂了。"鱼鱼不等许蓝再说一句话，直接挂断了手机。

她在茶水间里，对着咖啡机长长地舒了一口气。

书禾走过来，拍拍她的肩膀："喝咖啡吗？我给你冲，我手艺可好了。"

"我还是喝橙汁吧，谢谢书姐姐。"鱼鱼笑了，"也没什么，和懒懒打了个电话，打累了。"

"许蓝啊，"书禾露出羡慕的表情，"我还没见过她呢，你和那么漂亮的人是闺密，好幸福哟。"

"嗯，懒懒特别好。"鱼鱼笑道。同时她心里也有些小小的自卑，自己和许蓝相比，好像有些平庸。

"有时候感觉生活也挺奇妙的，虽然这个工作累是真的累，但我会接触到非常多特别优秀的人，比如顾帅、洛盏、许蓝，还有你，鱼鱼。"书禾很真诚地笑着，"你比我见到的任何一个人，都要优秀。"

"啊？"鱼鱼听到这话，有些猝不及防，瞬间脸红，"怎么会呢！我哪里优秀，我浑身上下能找出来的优点，大概只有会画画和设计。"

书禾摇摇头："错了，大错特错。"

"你画画和设计的天赋很高，但这只是你成为网红画手鱼鱼酱的基础。而你之所以会有那么多的粉丝，是由你乐观积极的个性，和粉丝互动时礼貌的态度，对每件作品认真完成的态度，还有会打游戏……这一系列的因素组成的。你这样的人，才最受大家欢迎呢，千万不要妄自菲薄。"

"许蓝的确优秀，但鱼鱼和她玩得好，也一定是因为相配。俗话说得好，差不多优秀的人才能玩到一块儿，并且长久，是不是呢？"书禾歪歪脑袋，把橙汁递给她。

"鱼鱼，来一下办公室。"顾漠推开门，敲了敲办公室一侧的玻璃。

"想让你帮帮忙，以观众的眼光看一下，这几个风格，哪个比较适合许蓝。"顾漠交给她三份服装设计稿，"这是陈鹿挑的，等你们考完试，许蓝会和洛盏再次搭档。上次的作品反响很好，所以这次想来点不一样的。"

鱼鱼看见第三份是自己的设计："先排除我这个吧，这份我当时画的时候就没多想，现在看看，它和懒懒原本的风格就相近，再拍就没什么意思了。"

顾漠挑了下眉："行，那这个我去安排给别的模特。"

鱼鱼饶有兴致地看着那套国风："DIM的风格，现在也开始往国风靠拢了吗？"

顾漠就着马克杯喝了口咖啡，"嗯"了一声："之前DIM的确从不涉猎，但今年国风很火，而且这几样红白色系的仙鹤配饰图，都是书禾设计的。"他盯着鱼鱼的脸色，轻笑了一声，"看起来，许蓝可以拍这个？她以前拍过？"

"不是，"鱼鱼沉默片刻，"虽然懒懒很久以前还会弹古琴，照理说是可以拍的，但是，那个时候她的气质和现在不一样。现在的懒懒身上现代感比较重，这个可能不太合适。然后我个人建议，不要拍国风，拍这套。"

她指着另一组："这组名为'窒息'的设计，她可以拍。"

顾漠微微蹙眉："为什么不拍国风？许蓝既然还有古琴基础，到时候古琴一摆，干冰的烟雾一吹，她什么动作都不摆，就已经出片了。"

"不行。"鱼鱼叹了口气，"相信我，真不行，出于一些私人原因，如果要放乐器，一定不能是古琴，许蓝会拒绝的。"

"为什么？"顾漠声音轻下来，"古琴是最适合这组设计的，很应景啊。"

鱼鱼没接这句话，把另一组推到他面前，"窒息这一组，懒懒真的可以拍，原本她的气质就介于清纯和性感之间，而且之前没有尝试过这种类型，可以让她突破一下。"

"行。"顾漠没再追问下去，"这套是谁的设计，你看得出来吗？"

"谁？"

"我。"

鱼鱼一怔，良久之后，她咬了咬唇："很好看。"

"那就这套了，我让陈鹿安排一下，争取早些看见样衣。"顾漠松了口气，起身面向玻璃窗，眺望远景，"麻烦你了，去工作吧。最近DIM挺忙的，还习惯吗？"

"嗯，我可以的。"鱼鱼认真地点点头，"美院比其他院的期末任务要少一些，像懒懒这段时间就很忙，但我还可以。"

鱼鱼跟顾漠打了招呼后，就回了办公区域。不过自从她和顾漠说完话后，一直到中午都有点走神，书禾喊她去食堂吃牛排，她都没有反应。

直到书禾推了推鱼鱼，鱼鱼才如梦初醒道："啊，我今天早上吃得有点饱，中午吃不下了，就不去食堂了。"

"那我帮你带个水果。"书禾拍拍她的肩，"今早有点心不在焉哟，没什么事儿吧？"

"嗯，没事儿，谢谢书姐姐关心，我会好好工作的。"等目送书禾和其他设计师走了之后，鱼鱼趴在桌面上，长长地叹了口气。

以前，性子温和清贵的许砚，是会弹古琴的。

许蓝和鱼鱼很小的时候，蓝臻总不在家，许砚会在家里弹古琴。

古琴的节奏很慢，鱼鱼和许蓝都是急性子，但听着古琴的音调，会莫名感觉舒服，心也能安静下来许多。

许蓝跟着许砚学过一点基础，加上她本来就聪明，上手也就很快。

那个时候，会古琴的人少之又少。所以鱼鱼就一直觉得，许叔叔真是她见过的最厉害的人，又会治病救人，还善于修身养性。

许砚是温软的，像涓涓细流，有种出尘的气质。

许蓝那时候还小，是很容易被周遭环境感染的，故而即便天性活泼闹腾，听着许砚的琴声，她也会变得耐心起来。

鱼鱼很想哭。因为，许蓝原本也是可以温柔到极致的人。

历史上，钟子期身死，俞伯牙摔琴，是千古佳话。但许砚出事后，蓝臻当着大家的面摔琴，实实在在是打碎了许蓝好不容易建立起来的一身温柔。

那些温柔碎了一地，拼也拼不起来，这让她不得不用傲气和张扬来武装自己。

那天许蓝跟鱼鱼说："没了就没了，我不疼。"

许蓝明明也可以温柔的。可是蓝臻把许蓝的温柔尽数夺走，她没有得到多少幸福，便也不想让许砚的女儿许蓝多好过。

鱼鱼总是疑惑，蓝臻明明是许蓝的生母，为什么会那么恨她呢？

许蓝看到医院恐惧，见着医生就眩晕，看见和许砚有关的一切，她都容易受刺激。

脑子好乱。

鱼鱼很烦闷地挠了挠短发，索性打开电脑画图，强行让自己不要去想这些没用的东西。不知不觉，鱼鱼脑海里又浮现出顾漠手绘的那组名为"窒息"的服装设计图。这是鱼鱼第一次近距离且直观地感受到顾漠的实力。他不仅仅是一个商人，更是一位艺术家。

那张设计稿，从每一处的细节到整体，都散发着独特的孤冷气质。

那是一种无法用语言道明的感觉，能做的大概也只有崇拜和学习。

六月的最后一个星期，许蓝结束了期末考试，和鱼鱼一起回了北市。

陈鹿按着许蓝的报社实习日程表，插空地为她安排拍摄。沈问则和之前一样，负责接送，也就是子虚乌有但大名鼎鼎的"沈经纪人"。

七月初，许蓝和洛盏又登上期刊，大获好评。

某个晚上，鱼鱼独自到便利店买零食，在货架后遇到了顾漠。他小心翼翼地拿了所有荔枝味的棒棒糖，一并打包带走。

其实鱼鱼是想打招呼的，但她开口之前，发现今天的顾漠，很不一样。他好像没有打理自己，卷发凌乱地散在脖子后面，连嘴角的胡荏儿都没有刮，有些沉闷和阴郁。

鱼鱼盯着他离开的背影，抬脚跟了上去。

路过红绿灯时，绿灯的时长已经不够鱼鱼过马路，可她还是义无反顾地迈出了那一步。

这条路通向的地点，似乎又是吻你花园。路越走越偏，越来越暗，直到顾漠在栅栏门口站定，微微偏过头，沉下声音道："你来干什么？"

"和上一次一样，"鱼鱼朝后退了小半步，垂下眸，低声道，"就，纯粹偶遇。"

"小朋友，你的演技过于拙劣了。"顾漠转过身，鱼鱼这才发现他叼了根烟。

那头妖冶的卷发在顾漠吐出的烟雾里朦朦胧胧，看不真切，他显得比平时更加性感。

鱼鱼吸吸鼻子：烟味好浓。

她差些被呛到，但还是忍着没有打喷嚏。

顾漠已经很久没有抽烟了，平时在 DIM 他会保持办公室的干净无异味，公司也有规定不能抽烟。

鱼鱼感觉这样的他，有些陌生。但是，她仍旧好喜欢他，无论哪个方面。

那是一种控制不住且毫无缘由的感情，她自己都想不通，为什么会因为一次见面而喜欢上一个人，还喜欢到现在。

明明只是萍水相逢，可偏偏后来又不停地遇见，若这不是天意，又是什么呢？鱼鱼不懂。

顾漠把烟随手在墙上摁灭，拆了一根棒棒糖，丢进嘴里。

"我作为过来人，现在是在劝你。"顾漠的声音有些含混，却让鱼鱼脊背发冷，"收起你那些小女生的心思，别白白浪费自己的青春。"

鱼鱼错愕。她想不明白，顾漠为什么态度突然有了这么大的转变，毕竟平时他可不会这样。

"顾漠，我——"鱼鱼拼命地眨眼，把马上就要溢出来的眼泪憋回去，"我真的，没有想要什么，我也没有多想什么，我知道你不喜欢我。"

"虽然这样说有点冒昧，但在 KTV 第一次遇见你的那天，我就喜欢你了，一直到现在。为了在 DIM 留的时间更长，我特别努力地画画和学习，和你一起喝了一次酒，我就开心了好几天。你送我上车的那个时候，语气和动作好温柔，为了和你吃一顿夜宵，我可以从南市特地赶来北市工作……"鱼鱼越说越激动，喉咙越发哽咽，"顾漠，你可不可以试着喜欢我一下？"

那一刻，顾漠的桃花眼里的情感纷繁交错，可终究归于平静。

他嘴角勾了一下，还是那副平时爱撩人的表情，可说出来的话却毫无温度："不能。"

简简单单的两个字，就把鱼鱼的感情判了死刑。

"温柔？谁本来是不温柔的呢。"顾漠很悲哀地笑了一下，"鱼鱼，我告诉你。世上爱而不得的又不止你一个，这根本没什么好哭的。若是哭就可以把想要的人留下来，那我情愿天天哭，哭多少次我都愿意。我这人不要脸，我要我的爱人。"

顾漠把口腔里的棒棒糖嚼碎："你有句话说错了，你根本不需要为了留在DIM，那么努力画画和学习。让你来 DIM，是因为我惜才，你有那个能力，我才会邀请你来工作。至于以后，还要不要继续留在 DIM，随你的便。"

"我实话跟你说吧，要不是你是许蓝和沈问的朋友，而且还能为 DIM 服务，"他顿了顿，非常轻佻地笑了一声，"你可能早就不知道丢哪儿去了。"

鱼鱼倒吸了一口凉气，朝后退了几步，声音颤抖："顾漠，你别这样说话，你不是这样的，你不是的。"

他明明是看似轻佻，却会对 KTV 里迷路的陌生女子伸出援手的顾漠，是晚上会很温柔地送女生上出租车的顾漠。

他也很温柔的。

鱼鱼对自己说，现在顾漠说的这些话都是假的，一定是因为他今天心情不好，是因为自己稀里糊涂地对他表了白，让他烦了，他才会说狠话来赶她的。可鱼鱼感觉自己都编不下去了，她也很无奈，毕竟感情这种事最忌讳的，就是自己感动自己，竭尽全力地寻找细枝末节以求得些许安慰。

此刻，她感受到一种很寂寞也很安静的崩溃感。

"别用这种莫名其妙的眼神看着我，"顾漠嗤笑一声，随后皱起眉，"我是什么样的男人，你第一次见我的时候，就该看出来了。"

男人的卷发遮住眼睛，风吹起发尾的时候，有难以形容的冷漠和孤独。

许久以后。当鱼鱼回过神来的时候，发现自己已经蹲在红绿灯下面，哭了很久了。

　　许蓝的电话打过来，鱼鱼吸了吸鼻子，抹了一把脸，接起电话。

　　她本想装作什么也没发生的，可许蓝的声音一传出来，她的心理防线就崩了。

　　"懒懒，我到底该怎么办？我真的好喜欢，好喜欢顾漠，可是，他就是不喜欢我……"

　　许蓝"腾"地从床上坐起来，她听到鱼鱼在电话里哭，比谁都着急："鱼鱼，你在哪儿？我马上来找你！"

　　"别来找我。"鱼鱼抽噎着，"我想一个人静一静。"

　　"不行！赶紧给我地址！"许蓝迅速在睡衣外面套了件衣服，一边跑下楼一边说，"你一个人我不放心，要是你不告诉我自己在哪儿，我现在就打电话给阿姨，让她从公司出来找你。"

　　这样的威胁原本很有用，可鱼鱼哭着掐断了电话，怎么也不愿意告诉许蓝她在哪儿。

　　许蓝骂了一声，踩上运动鞋去拍对面的门："沈问！沈问你快出来！鱼鱼出事了，我们赶紧去找人！"

　　沈问错愕地开门："什么？"

　　"鱼鱼现在一个人在外面，情绪很不好，而且——"许蓝突然哽咽起来，抓着沈问的袖子不放，"她又不说她在哪儿，我怕她出事，你赶紧跟我去找找她，好不好？"

　　"好，你想一下她有哪些可能会去的地方，咱们马上出发。"沈问立即回屋拿了车钥匙，开车和许蓝一起出了公寓。

　　许蓝很快就让自己镇定了下来，把眼泪擦干净，道："让我想想……先去DIM看一下吧，鱼鱼刚刚和顾漠在一起。"

　　沈问眼眸微动，大抵是想到了什么："好。"

　　许蓝生气地打了一下沈问："都怪你的好兄弟！其他女人就算了，怎么还能对鱼鱼不好！"

　　"对了，还有一个办法，我哥！"许蓝一拍额头，给林榭打了个电话，简单讲了事情，当然也没提鱼鱼伤心的原因。

　　刑警队，林榭挂了手机，外套都没拿就朝外走。

其他值夜班的兄弟都震惊了，江晖更是将吃泡面的叉子都掉在了地上："林队，你……这是要下班吗？"

"我等会儿回来。"林榭没多言。

"是什么紧急任务吗？要不要我跟着啊——"江晖在他身后远远道。

林榭朝他打了个手势，江晖会意，坐下继续吃泡面。其余兄弟围上来："小江，林队那是什么意思啊？"

"让我们别多管闲事的意思，"江晖往泡面里又加了个卤蛋，"赶紧的，吃完干活。"

许蓝、沈问两人赶到 DIM 的时候，发现今天晚上根本没人加班，整栋大楼也只有第一层的保安室亮着灯。

保安说今晚没看到谁来，毕竟顾总和鱼鱼他都是认识的，刚才他绝对没见到他们两个。

许蓝手足无措地站在 DIM 大厦门口，虽然她一直在打鱼鱼的电话，可对方一直处于关机状态，根本打不通。

沈问安抚地拍了拍她的肩："没事儿的，鱼鱼不是小孩子，她肯定知道怎么保护好自己，我们要相信她。"

许蓝疲惫极了，可她想不出鱼鱼会去什么地方，于是很无力地把额头抵在沈问的肩膀上，声音哽咽："我知道，可我还是好害怕。"

沈问很心疼地抬起手，掌心覆到她的头顶，轻轻摩挲着："别怕，我在这里陪你。"

这时，林榭的电话突然打了进来。

许蓝连忙接起，能听出对面正喘着粗气："你们回去吧，我找到她了。"

许蓝差点没拿住手机："哥！你在哪里找到她的？"

林榭顿了顿："酒吧。"他看着酒吧里的那个人，推门走进去，"回去早点睡，接下来没你的事儿了。"

许蓝躺在副驾驶座上，闭上眼睛，松了一口气："我跟鱼鱼说过的，谁都可以，顾漠不行，可还是没用。"

沈问沉默良久，开口道："懒懒，我跟顾漠认识有十年了。于他，我无法评判现在他的生活态度是好是坏，但他以前其实也不是这个样子的。"

"我唯一可以确定的是，让鱼鱼放弃吧。"他顿了顿，"顾漠不会再爱上任何一个女孩了，他爱的女孩只有一个，叫作洛柒。"

许蓝睁开眼："洛盏……"

　　"对，她们是姐妹，所以顾漠才会对洛盏那么生分，主要也是因为一看见顾漠，洛盏就会想到洛柒。"沈问叹了口气，抬手掐了掐眉心，"懒懒，给我一些时间，让我想一下……该从哪里开始说。"

第七章

时间追溯到七年前，国外。

顾漠当时作为学院推荐的交换生来到国外深造，和他一起来的，还有隔壁学校的洛柒。

在沈问口中，顾漠与洛柒的第一次见面，是在一家酒吧。

那家酒吧的灯光不像其他店里五颜六色，而是一水儿的白色，打在人身上，明晃晃的，很亮，也很刺眼。

洛柒那天穿着纯黑的吊带长裙，蝴蝶骨的形状明显，皮肤白得像是营养不良。

虽然背影显得很清冷，但从正面看，她长相的攻击性却很强。

她一个人在酒吧，要了一杯血腥玛丽。有男人靠近，她理都不理，似乎只想独处。

二十三岁的顾漠虽然样貌与现在没有多大区别，同样也喜欢抽烟喝酒，但并不喜欢太靠近女人。

他那天看到洛柒面前的血腥玛丽一直没有喝，便好奇地去看女孩的正面。结果发现，洛柒不喝酒的原因，居然是因为嘴里含着一根棒棒糖。

顾漠不禁轻笑，觉得她还挺有意思。

突然，身侧有人拍了拍他的肩膀："今晚约吗？帅哥？"

"不好意思，我只是来找个安静的地方喝酒。"顾漠礼貌地推开女人的手，"抱歉。"

"欲拒还迎的男人，我可不喜欢，"女人扬起一边嘴角，"但你这么漂亮的男人，我可以耐心一些。"

顾漠叹了一口气，即便自己礼貌待人，效果貌似依旧不太理想啊。

"没看出来吗，人家对你不感兴趣。"耳边传来一声轻轻的嗤笑，声音不大，却很有吸引力，"勉强可不太好哟，都是中国人，还是互相尊重吧。"

顾漠错愕地看着洛柒。这个人明明他并不认识，而且看起来还一副淡漠孤傲又与世无争的模样，没想到，居然会直接出言相助。

洛柒开口说话的时候，有甜腻的荔枝味袭来，混合着口气清新剂的清爽，和她本人攻击性的长相碰撞出火花。强烈的反差，使她更加神秘和迷人。

她没有久留，一个人离开了酒吧。

顾漠来不及询问她的名字，只记得她美丽的蝴蝶骨，和那根荔枝味的棒棒糖。

他与洛柒第二次见面，是在雨后霞光之下的教堂前方。

那天的晚霞是粉紫色，顾漠的外套里揣着荔枝味的棒棒糖。这是自那天之后，顾漠就一直有的习惯。

那时候的他，有一种非她不可的天真，相信自己会等来那个拆开糖纸的人。即便，她是谁，她在哪儿，他一无所知。

直到教堂前方，一群和他同校的中国女孩走来。

他看到洛柒的那一瞬间，错愕比欣喜还要多。因为洛柒的模样，和在酒吧那天的打扮大相径庭。她现在穿着简单的白T恤和阔腿牛仔裤，还扎着马尾辫。

他没有犹豫地走过去，问她是否还记得自己。

洛柒盯着他良久，克制地笑了一声，说没有印象。

"没关系。那现在我们认识了，我是顾漠。"顾漠倒是没有失望，他伸出手掌，掌心里放着一根荔枝味的棒棒糖，"这是见面礼，希望你能收下。"

洛柒挑了下眉："谢谢。我叫洛柒。"

她饶有兴致地看了一眼顾漠，拆开糖纸，把糖放进嘴里。

聪明如顾漠，那天却忘了问洛柒要一个联系方式。

他与洛柒的第三次见面，是在夜晚的一个天台。

顾漠独自在天台抽烟，寻找一个设计稿的灵感。

"抽烟很舒服吗？"洛柒的声音，从顾漠身后响起。

顾漠怀疑自己听错了，但还是立即转过了身。看见是她，他很激动，却不知该说什么话。

"我想起来你了，"洛柒嘴里叼着棒棒糖，朝后抓了抓墨黑的长发，"在酒吧很受欢迎的男人。"

"我不常去，"顾漠解释道，"也不会随便跟人走的。"

"我知道，"洛柒笑笑，"看起来，你也不敢。"

顾漠吐了口烟圈，对洛柒的"挑衅"不置可否："可以接受烟味吗？"

"我没抽过，但你抽吧，我不介意。"洛柒叼着棒棒糖，一脸无所谓的模样。

顾漠朝她轻佻地吐了口烟圈，算是对刚才洛柒的"挑衅"反将一军。

洛柒嚼碎棒棒糖："你以为我不会抽吗？"

"你不是不抽烟吗？"顾漠一双桃花眼眯起来，"你会吗？"

洛柒用力向他吹了口荔枝味的气："喏，我也会吐烟圈。"

顾漠愣了愣，随即靠在天台的栏杆上大笑起来。笑完之后，他语气认真起来："其实，我这人还没谈过恋爱。"

"然后呢。"洛柒又向他吹了口气，调戏得明目张胆，"甜不甜？"

"甜，"顾漠前言不搭后语，"我想追你。"

"喜欢我的男生很多的，你要追谁，我可管不着。"洛柒歪了歪脑袋，"友情提示，我很难追，看你表现。"

她说完，叼着棒棒糖就往回走。洛柒看得出来，追顾漠的女生，并不比追她的男生少。

他生得漂亮，性格也好，更懂得怎么用一颗真心爱人。不像她，时而像太阳，时而又像冰霜。

等洛柒发现自己已经爱上顾漠的时候，第一反应就是想逃。

洛柒的手腕上有一道疤，平时她会用手表盖住。那是一道经年累月，因为无数次在同一处切割而形成的伤疤。

洛柒有长达四年的抑郁症病史，她去酒吧那天，其实是想死的。

死在异国他乡，或许就没有人会难过。

但是，她那天阴差阳错遇到了一个人，一个漂亮但不妖艳的男人，一双桃花眼本该显得轻浮浪荡，却满眼干净清澈的男人。

她鬼使神差地替这个男人出了头，尽管可能并不必要。

顾漠是聪明人，他不会发现不了她身上的问题。

洛柒觉得这样的自己不值得，她越来越痛苦，觉得自己没办法给顾漠对等的回应。

他这么爱她，她却总是心怀愧疚。

她自我剖析之后，发现自己似乎一无是处，便认定顾漠深入了解她以后，一定会离开她。

因为，她是这样不堪的一个人，她破碎、偏执，又患得患失。

她又一次试图结束生命时，顾漠跌跌撞撞地把她送到医院，等确定没事之后，抱着洛柒痛哭。

洛柒的面孔没有一丝血色："顾漠，我好痛苦，你放开我吧。"

"我求求你了，洛柒。"顾漠红着眼眶，声音发抖，"我之前从来没怕过什么，但我现在知道害怕了，我怕失去你。"

洛柒浅浅地笑了，很凄美，像是一只破碎的纸蝴蝶，令人怜惜。

顾漠真的太好了，这样好的人却爱她，真是一点也不值当。

"好的。"洛柒的声音很轻，但足以让顾漠听清楚。

顾漠以为这就是结局，便松了一口气。但是，事与愿违。

"我连婚礼上用什么背景音乐都想好了。"顾漠回国后，拉着沈问在酒吧里把自己灌得烂醉，"但我还是输了。她不给我机会。"

许蓝听完，沉默了。

"只是自那以后，顾漠就变了性格。"沈问闭上眼，"他变得随便，因为在他眼里，除了洛柒以外，其他的女人都是一样的。他需要借助这样的生活，去发泄他的情绪——因为他已经没办法再爱其他人了。他知道这样不对，但他控制不了自己。"

"今天是洛柒的忌日。"他的声音听起来也有些累了，"所以，可能他跟鱼鱼说话有些重。身为他的朋友，我替他向鱼鱼道歉。"

"鱼鱼的喜欢没有错，顾漠很好，只是时间不对。"沈问长叹了口气，"今天过后，鱼鱼也该回头了。"

许蓝很不是滋味地"嗯"了一声："哥哥，我想回家了。"

"好，我们回家。"沈问的声音依旧温柔，令许蓝感到安稳许多，"别哭了，再哭我没心思开车，会分心。"

"哥哥，我今天能不能在你那里睡。"许蓝声音很轻，"我不想一个人待着。"

"好，我陪着你，等你睡着我再睡。"

许蓝又突兀地问："抑郁症，是不是很可怕？"

"因人而异。有的人受困于这样的病痛，但总有勇敢的人，会摆脱内心的枷锁，变得更加强大。"沈问轻轻摸了摸她的头，"所以，别怕，一切的苦难，都会过去的。"

酒吧里，当鱼鱼即将喝下那杯血腥玛丽时，一双手握住了她的手腕。

林榭沉声道："换一个。"

她明显地错愕。她没想过自己会被找到，而且，还是被林榭找到。

"林榭哥，你怎么会这个时间在这里呢？"鱼鱼的气息很弱，"是懒懒告诉你的吗？"

林榭不说话："我送你回家，别在这儿了。"

"我不想回家。"鱼鱼用手胡乱地擦去眼泪，"我就想喝酒，林榭哥，别管我了。"

"行啊，不管你。"林榭伸手将那杯酒拉到自己面前，一口气喝了个干净，将那空杯往吧台前一推，对酒保说，"麻烦来十瓶啤酒，还有一杯冰柠檬水。"

"你一定要喝，那我就陪你喝，但不是在这里。"林榭发号施令的时候，总是让人不得不习惯性地顺从。

"跟我走。"林榭扶住鱼鱼的肩膀，"能动的话，自己起来。"

鱼鱼慢吞吞地站了起来。实际上，她现在是很想有个人能陪着她喝酒聊天，那个人若是林榭，她倒是很愿意。

只是，她说不出口罢了。

鱼鱼现在脑子迷迷糊糊的，很麻木地任由林榭抓着自己的手，跟着他向一处走。

这家酒吧处于一栋高层大厦的底楼，楼上是什么样的，鱼鱼没有去过也就不知道。

林榭一手拎着酒，一手牵着她，进了电梯。

到了顶层，电梯门缓缓打开，是个偌大的天台。

"这个天台原本也开着一家店铺，但已经废弃很久了，江晖发现了这里——他的模样，你应该记得，是个话很多、存在感很强的人。"

鱼鱼很轻地"嗯"了一声，走到天台边缘。

两人俯瞰，能将北市金碧辉煌的江岸两边看得很清楚。

夜晚街道上的人密密麻麻如同蝼蚁一般，每个人都步履匆匆，每个人亦互不相干。

林榭单手撬开瓶盖，把啤酒推到她面前，又给自己开了一瓶："不够没事，等会儿让他们送上来。"

鱼鱼猛地往嘴里灌了半瓶酒，眼角还有泪痕："林榭哥，你会不会觉得我好矫情？"

林榭笑："矫情什么，遇上不顺心的事，难过有什么丢人的？"

"但是，我明明知道他对我没意思，可还是忍不住去靠近。忍不住在实习的时候，装作不经意地跟他偶遇，忍不住去办公室，问他那些本可以问同事的问题，忍不住当他一喊我名字，我就开心……"

"我总是在寻找他在意我的细节，长此以往，编得我都快相信这是真的了。"鱼鱼又落下泪来，赶紧仰起头喝了几口酒，伸手揉了揉发红的鼻尖，"但是，他早就回答我了，只是我装作看不见。明明他对别人都来者不拒，却总是对我刻意保持距离，这就是答案啊。"

"我即使知道他是照顾到我是懒懒和沈问的朋友，不想闹得气氛尴尬才跟我保持距离，也还是想让他不要考虑这个，像对待其他女生一样对待我就行了。即便是跟我多说几句话也好，至少，我能跟他离得近一点。"

林榭的眼神没有温度，他静静地说："是吗？"

"是啊，但你肯定不懂。"鱼鱼苦笑，"林榭哥，你又没有喜欢过谁，或者，至少你现在没有喜欢谁。也就是因为你心里都是大爱，大概也不会有像我这样的小爱，我才能这么放心地跟你说这个。"

林榭："……"

"他好像有个很爱的女孩，但是那个女孩最后没有和他在一起。"鱼鱼低下头，"我不知道他以前的事，他也不想告诉我。林榭哥，你说我这几个月是不是像傻瓜一样。"

"我才二十岁，喜欢了一个人短短几个月，就感觉像过了半辈子。"鱼鱼叹了口气，"算了，喜欢的人不喜欢自己是什么感觉，我现在才懂。林榭哥，我希望你永远不要懂。"

林榭垂眼："可我懂。"

"这样吗？"鱼鱼擤了擤鼻涕，"抱歉，我没想到林榭哥你也会爱而不得。"

"没什么可抱歉的，"林榭语气轻下来，"喜欢一个人是自己的事，失去或是拥有，都由不得我一个人来做决定。"

"是啊，他的世界人太多了，我可能挤不进去了。我明知道这样的选择是艰苦的，但还是选择那么做了。"鱼鱼笑了笑，"我就算能感知他的情绪，也没有办法走进他的心。我刚刚想了想，还是觉得不后悔喜欢过他。但是，我和懒懒有个共同点，就是敢作敢当，又敢于放手。林榭哥，喝完这些酒，我就不喜欢顾漠了。"

"别怀疑我，我说真的。"鱼鱼苦笑，"林榭哥，你是不是不信我？"

"我信。"林榭一直在很耐心地听她讲，并默默把酒一瓶一瓶地喝下去，"我知道你能喝，但是别继续喝了，你已经喝了很多了，够了。"

他把冰柠檬水推到鱼鱼面前："这个，更适合你。"

冰水底部有一块很薄的柠檬片，贴在杯底的样子很好看，像是一枚贴在海底的，闪着光泽的硬币。

鱼鱼看着那杯柠檬水，一边喝，一边哭。

她知道的，一厢情愿就容易满盘皆输，再去执着只会更加一败涂地。

以前她也曾有过很多时候，理智上说着自己会放弃，可主观上还是爱他。

这一次，她决定选择理智，也真心希望某一天，有人能打开顾漠的心扉，对得起她现在的及时止损。

"我决定了！"鱼鱼突然拔高音量，放肆地在天台对着外面大喊，"我是一条只有七秒记忆的鱼！我什么都不记得！"

她一个字一个字地呐喊着："我要忘掉那个人！我要变得越来越好，享受自由和无忧！"

林榭笑了，举起酒瓶和她的杯子碰了一下，玻璃与玻璃间碰撞的时候，发出了清脆的声响："敬无忧。"

鱼鱼一饮而尽，放肆地笑："敬无忧！"

林榭喝了酒，不能开车，故而凌晨时分，两人站在路口等出租车。

林榭和鱼鱼再三确认："确定不去许蓝家，回自己家？"

"都这个点了。"鱼鱼低声道。

"她没睡。"林榭道，"她这人有心事的时候，一直睡不着的。"

鱼鱼抬眸，盯着林榭的脸孔，很轻地笑了："林榭哥，你真了解懒懒。我真羡慕她，我怎么身边就没有这样的人。"

"不必羡慕他人。"他顿了顿，"鱼鱼，你可以试着多依靠我一点。"

鱼鱼点点头："谢谢你，林榭哥。今天有你陪着，我真的好多了。"

"那就好。"林榭迎风而立，他身上着一件黑色短袖，手臂肌肉线条明显。

在红绿灯光轮流亮起的路口，鱼鱼看着林榭，忽然感到一瞬间的不真实。

他的声音平稳而有力，不知是不是身份的影响，说出的话总让人无法拒绝："以后，不要再让人担心了。"

"好……"鱼鱼恍了神，一直到上了出租车，视线才渐渐又清明起来。

顾漠躺在吻你花园的草坪上，吃完了一整袋荔枝味的棒棒糖。

他疲惫地打了个哈欠，笑了一声："洛染，你在那里好不好啊？"

"一定很好吧，不管怎么说，都比和我在一起好。"他苦笑，"你若是和我在一起真的开心，又怎么会走。说来说去，都是我不好，没保护好你。"

"吻你花园本就是为你建的，可惜你看不见。"顾漠换了个姿势躺着，身下的草尖刺得他皮肤有些痛。

"我已经很努力了。"顾漠的喉咙沙哑得厉害，刚吃下了太多的糖，那些甜腻的味道让他有了想吐的欲望，"可我还是忘不掉你啊。"

路口"KISS U GARDEN"的灯牌早已经灭了，那块灯牌在风中微微摇晃，与白色墙壁碰撞，发出"吱呀吱呀"的声响。

某小区 A 区 109 户。

许蓝想看一眼芝士有没有睡觉，谁想栅栏刚被打开，那个白金色的毛球就冲了出来，在许蓝脚边转圈圈，一边扒拉她的衣服，迫不及待地想钻进她怀里。

"还没睡呀。"许蓝笑笑，把芝士抱起来，"又重了一点，长得倒是快。"

上周许蓝给芝士喂了一根肉骨头，从那以后，芝士看到她就像看到亲妈似的。

"凌晨了，你早些睡吧。"沈问接过芝士，放在地上。

芝士四脚一落地，就乖乖回了狗屋。许蓝轻笑："它好听话。"

沈问莞尔："去洗漱吧。你进房间之前，我都会在楼下等着。"

等到许蓝湿着头发，沿着楼梯走下来的时候，她看见沈问也换了睡袍，正坐在客厅里盯着电脑屏幕。

他身上好闻的茶叶味道袭来，原本就偏棕的头发在灯光下显得更柔软。

沈问听到她的声音，在昏黄的灯光下，沉声道："洗完了？"

"没找到吹风机。"许蓝有点不好意思，"其实我本来不想洗头的，结果洗澡的时候，忘了把头发扎起来。"

她站在楼梯口，像只不知所措的小白兔。沈问无奈地笑："坐过来，我给你吹。"

他说着，起身去拿吹风机。许蓝"哦"了一声，小步走到沙发上坐了下来。

国际象棋依旧在茶几上，木质的棋子细腻精致。

一个多月前，沈问表白后，两人的关系和以前相比，看似没什么不同，但实际上许蓝自己心里很清楚，她早就已经彻底喜欢上了沈问。

之前她刚考完期末考试的时候，鱼鱼就明里暗里地笑她矫情："喜欢还不答应，不答应还撩别人，懒懒，你说自己是不是渣！"

嘶，渣女肯定是不能算的，但是吧，许蓝这人从小到大就没谈过恋爱，怎么也有些架子，觉得自己不能只短短一个月，就答应做人家女朋友。

许蓝自己跟自己置着气，心想：至少也得两个月！

她对自己暗暗敲定的"两个月"期限非常满意——毕竟要给咱们沈问哥哥留点面子，好歹人家是个帅哥，年纪也大了，自己太久不松口，怕是会让老男人心里受打击。所以，两个月刚刚好。

你看，懒爷我真是聪明得体，善解人意。

沈问把吹风机的温度调得很合适，风是温温的。他的手指抚过许蓝的发根，偶尔会蹭到一点点脸颊的位置，弄得许蓝心里痒丝丝的。

许蓝抠着手指甲，忽然喊他："哥哥。"

沈问听见了，把吹风机的挡位调小了一点："嗯？"

"你是不是追我一个多月了，"许蓝鼓鼓腮帮子，"快两个月了。"

沈问笑了笑："我没算，这么一说是有了。"

"我一直不答应你，哥哥你心里有没有一点点……"许蓝顿了顿，"不平衡。"

"没有啊。"沈问把吹风机关掉，他的声音在夜色里很清晰，也带有些婉转和哑意，"我说过，我是第一次追女生。咱们懒懒考虑多久，我都可以等。"

"那，我要是一直不答应呢？"许蓝抬起下颌，"你也一直等啊？你都好大年纪了。"

"是啊。"沈问叹了口气，语气既无奈，又透着宠溺。

他的手指轻轻顺过许蓝快及腰的黑色长发，道："还能怎么办呢。懒懒也知道，我年龄都这么大了，更没有时间再换个人重新喜欢。"

"你不大的，我刚刚就是开个玩笑。"许蓝喃喃道，"哥哥，你一点都不大，年轻着呢。我们两个一样，都是二十多岁，我们都奔三。"

"咱们懒懒觉得我不大，那就不大吧。"沈问轻笑，指尖离开了许蓝的头顶，"再仔细想想，我的年纪可能是不算太大，但也的确不小。我所求不多，只希望不被嫌弃就好。"

第二天，许蓝睡到自然醒，迷迷糊糊地感觉周遭环境不对。她坐在床头清醒了好一会儿，才想起来，自己现在是在沈问家里。

她踩着拖鞋下楼，发现沈问已经不在家了。

许蓝一点都不意外地，在冰箱上找到了一张便笺条，上面的字迹俊秀好看。

"麦片粥和春卷要自己热一热，牛奶温在锅里，可以直接喝。蛋挞在烤箱里，拿出来的时候别烫着。水果切好了，在水池边上。"

当许蓝咬下那满满一口芝士蛋挞时，突然发现，其实自己已经很久没有在这张餐桌上吃过早餐了。

在这个暑假里，她既要去报社实习，又要拍摄，一直都很忙，和沈问也不是每天都能见上面。

许蓝看了微信，林榭凌晨给她发过消息，说鱼鱼三点才到家，现在应该还在睡觉。

林榭既然开了口，许蓝也不再去打扰鱼鱼，心想：的确该给她些独处时间。

这两人何其了解对方，许蓝和鱼鱼都是受了苦不想说、伤了心亦不想被看见的人。

哪怕对方是最亲近的人，也不想拉着那个人一起难受。

许蓝突然很感动，幸好昨晚有林榭在她身旁。

对于自家亲哥的感情方面，许蓝真的没法凭空去横插一脚。但林榭平时又这么冷，许蓝真担心鱼鱼会一直蒙在鼓里，以为林榭只把她当妹妹。

不过，其实仔细一想昨天的事情，顾漠跟鱼鱼划清界限，也不失为一件好事。

及时止损是成年人的美德，尽管顾漠狠心又花心，但长痛不如短痛，许蓝可不想让鱼鱼变成第二个顾漠。爱而不得，太过痛苦。

许蓝又很难不去想，每次洛盏看到顾漠的心情，到底是怎样的呢？顾漠看见洛盏的心情，又是怎样的呢？

她没法明白，人类的悲欢虽然本就不相通，但她依旧能感觉到痛。

抑郁症真的很可怕，许蓝昨晚明知故问。因为，曾经在许砚出事后不久，她也有过这样的一段时间。那些暗无天日的日子，她不见任何人，独自熬了过来。

沈问说过，人总得勇敢。

许蓝喝着麦片粥，收拾完碗筷后，陪芝士在花园里玩了会儿。

不过没想到的是，她刚回到自己家里，鱼鱼的电话就打了过来。

许蓝赶紧摁下接听键，语气里有些急迫："鱼鱼？"

"我在家呢。"鱼鱼坐在床上，抱着膝盖，"我突然好想吃比萨，懒懒，你去给我买，好不好？"

“好啊，”许蓝连忙答应，“那你在家等着我，我马上就到。”

半个小时后，许蓝出现在了鱼鱼家的门口，熟练地输了密码。

“鱼鱼？”

客厅非常静谧，鱼鱼的爸妈已经很久没有回来了，这里平时也不比蓝岸湖墅热闹。

许蓝看向茶几，上面摆着她和鱼鱼一家三口的合照。

这张合照是很多年前，许蓝来鱼鱼家过新年的时候拍的。照片上的两个女孩笑得没心没肺，身后的男人和女人拥抱着她们俩，仿佛她们俩都是他们的孩子。

她蓦地想到很多年前，在小的时候，鱼鱼对自己说的那些话。

那个时候，许砚还不是植物人，许蓝见到父母的机会不多。单纯如她，只知道爸爸爱她多一点，妈妈则好像不喜欢她。

“懒懒，既然蓝阿姨不要你当女儿，那我妈妈要你，好不好？你实在不开心，就住到我家来，咱们还不稀罕做她的女儿呢。

“长大后，我们肯定会赚好多钱，要是哪天没赚到钱，也不用担心，我带你去我爸的银行抢钱。你放心，我爸爸是行长，我们抢完就跑，他肯定给我们打掩护。”

等又长大一些，约莫是初中的时候，许砚躺在医院里，蓝臻比以前更加病态。

那时候的鱼鱼，常常跟许蓝说：“难过伤心的时候可一定要找我啊，你哥哥不在的话，就更要来找我了。”

“我爸爸妈妈想你了，他们都夸你嘴甜，要你多多来我们家玩。”

“……”

许蓝强迫自己停止回忆，拎着比萨和奶茶上了楼，在卧室顺利找到了正在画画的鱼鱼。

鱼鱼的精神状态看着还可以，但许蓝依旧心疼，不过面上没怎么表现，反倒是故作嫌弃地撇了撇嘴：“饿了吧，小白眼狼，这么久了，才想起来我。”

“怎么还骂我？”鱼鱼反手扔了个靠垫过去，“我刚失恋，需要安慰。”

“失恋你个头，快吃，吃完有事跟你说。”许蓝像在自己家似的席地而坐，支起一张折叠餐桌——这个小桌子两人从小用到大，每次在卧室偷吃东西，都用的是这张小桌。

鱼鱼噘着嘴，恶狠狠咬了一口比萨：“饿死我了，昨晚都没吃东西！懒懒，你要说什么就说好了，我听着呢。”

“那我说了啊。”许蓝略显迟疑地看了她一眼，道，“我也是昨天晚上才知道的，感觉越早跟你说越好。"

鱼鱼有些心不在焉，但眼睛还是看着许蓝："说吧。"

"记得洛盏吧。"许蓝尽量避免提顾漠的名字，"你说过你很喜欢她。"

"嗯，她和顾漠关系很不好。"鱼鱼语气非常自然，"怎么了？"

鱼鱼都主动提了，许蓝也不想再避着了："他们其实不是关系不好，是尴尬。"

她长话短说，把七年前那件事情告诉了鱼鱼。

"所以，他不喜欢别人吃荔枝味的东西。"鱼鱼声音很淡，"怪不得，他上次喝荔枝味的气泡酒，眼睛里像是进了沙子一样。当时我还以为是自己看错了，现在想来，他可能真的流了泪吧。"

鱼鱼的眼眶又红了。许蓝连忙抱了抱她："对不起，我说得有点快。明明知道你心情不好，刚刚还损你。"

"懒懒，我不是难受，真不是。"鱼鱼拍拍许蓝的肩膀，"别担心我，我只是昨天的情绪还没彻底消散，现在已经没事了。"

她吸了一大口奶茶："现在我只想吃东西，太饿了。"

许蓝叹了口气："确定放弃了？"

"嗯。努力过了，就没什么后悔的了。况且，既然他心里一直有人，我又何苦偏要占据那一席之地。"鱼鱼突然笑，"懒懒你说，会不会是玄学的问题啊？你看，光是我们俩的名字就很不搭，我是一条鱼，鱼怎么能在沙漠里生存嘛。"

沙漠里的鱼，只会在干涸的水塘里濒死。但若是回到林中水榭边，便可以来去自如。

许蓝一怔，垂下了眸："不管是不是玄学，反正他都不是什么好人。鱼鱼，我接下来也不想留在DIM了，只要一看见顾漠，我就心烦。"

鱼鱼忽然严肃起来："懒懒，我看得出来，你对DIM本身是很喜欢很满意的，我也一样。"

许蓝看向她，眼眸微动。

"我决定留在DIM实习。"鱼鱼晃了晃她的手，"咱们不能浪费这么好的机会，你想想沈问、陈鹿、洛盏……他们多好啊，你在DIM的这段时间，提升也真的很大。你很热爱拍照，也很享受镜头，我看得出来。至于我，一是舍不得像书姐姐那样的前辈和同事，二来，也是最重要的一点，DIM本身的资源真的很好。"

她竖起三根手指："我保证，我真的是为了自己的前途才留在DIM的，感情上，我已经彻底放弃顾漠了。"

"你想留在那里工作吗？"许蓝声音轻柔起来，"说实话，北市比DIM更好的公司，真的也找不到几家了。而且，去那里工作本来就是你的梦想，想必你也的确会开心。"

"那里是多少画师和设计师的梦想之地，我干吗要为了一点小事和一点面子就放弃呢？爱情相比前途，太微不足道了。"鱼鱼看向窗外，"我这么好的人，才不会在一个地方摔倒两次呢。"

"还有，懒懒你啊，"鱼鱼伸出手指，点了点许蓝的脑门，"还天天担心我呢，有时间赶紧给我担心担心你自己的感情生活吧！"

"知道了。"许蓝笑道，"你能想通，真的太好了。"

一天后，DIM大厦。

鱼鱼发现书禾换了个发色，还挺好看的。她的生活一如往常，渐渐在DIM里认识了更多朋友。

书禾却发现，最近几天，鱼鱼和顾帅之间的气氛有些微妙。但她也说不出是哪种微妙，一定要概括的话，感觉是一种刻意的自然。

书禾看了一眼认真绘图的鱼鱼，回想起刚刚顾漠经过这里时，鱼鱼很自然的那一句"顾总早上好"，以及顾漠身上明显的僵硬。

给她的感觉，为什么这么像……办公室恋情结束了？

鱼鱼的状态还可以，就是顾漠，反倒奇怪了一些。

书禾拍拍自己的脑袋，心里暗道：一定是最近玛丽苏小说看多了，反省反省。

书禾没忍住，突然问了她一句："鱼鱼，你有男朋友吗？"

鱼鱼看向她："啊，我没有。"

"这几天来接你回家的男人好帅啊，那是谁？"书禾渐渐露出了姨母笑，"说实话，是不是男朋友？"

"不是啦。"鱼鱼有点不好意思，"那是懒懒的哥哥。"

"许蓝的哥哥也这么帅啊！"书禾心想，果然自己是输在了基因的起跑线上……但她下一秒脑袋里灵光一闪，又仿佛捕捉到了什么惊天大秘密！

"等一下！"书禾眯起眼睛，"许蓝的哥哥又不是你的哥哥，他来接你，难道还不能说明人家对你有意思？"

鱼鱼瞬间尴尬起来："林榭哥可是精英中的精英，哪里看得上我。书姐姐你真的想多了，他就把我当妹妹而已。"

书禾笑出了声："妹妹？这个词可有点危险啊。你看那些小说里面，有多少人是从哥哥变成男朋友的？"

鱼鱼在沉默的同时，想到了许蓝和沈问。可能，这话还真的挺对。

这时候顾漠忽然从办公室里面走了出来，离开办公区前留下一句："上班时间不要说话。"

"是，顾总。"书禾吐了吐舌头。

鱼鱼没再多说什么，继续沉迷于画图，但同时她脑子里开始琢磨书禾的话。

好像，自己最近和林榭，是走得挺近的。

晚上下班，依旧是林榭来接的鱼鱼。

鱼鱼上车后，想起书禾的话，踌躇片刻，开口问道："林榭哥，你最近忙吗？"

"想问什么？"

"就是……最近你总是来接我回家，我在想会不会影响到你工作。"鱼鱼揪着自己的衣角，"我自己回去也没事的。"

"近期还算空闲。"林榭边开车边道，"而且，我顺路的。"

鱼鱼看着窗外的风景一帧一帧闪过："林榭哥，我请你吃饭吧？反正我家里没人，回去也无聊。"

林榭"嗯"了一声："带你去一家许蓝很喜欢的牛排店吧，想必你也会喜欢。"

两人吃完饭，已经挺晚了。鱼鱼也终究没有成功请林榭吃饭，她跟服务员说结账的时候，服务员微笑地看着她，说林先生早就结过了。

鱼鱼到家后，闲着没事，就给许蓝打了个电话，但对方没接。

过了十几分钟，许蓝终于把电话打了回来："刚刚在和一起实习的人吃饭，手机静音了。今天公司加班，我写了好几份采访大纲，腰都快累断了。"

"我晚上是和林榭哥吃的，就在那家你之前夸过的牛排店。"鱼鱼听她那边有点吵，"懒懒，你还在外面吗？"

"嗯，沈问来接的我。我吃得太饱，想消消食，所以我们现在在走路。"许蓝此刻戴着口罩，"怎么了，有什么事吗？"

这边的路段在施工，空气实在太不好了，两人就在路边小店买了两个一次性口罩戴着。

"既然在街上，就先别打电话了，回去再说。"鱼鱼笑笑，"也不急，走路当心点。"

许蓝挂了电话，趁着沈问不注意，偷偷打开了手机相机。

沈问全身上下好看的地方有很多，手好看，鼻子好看，下颌线好看，但最好看的，就是眼睛。

他戴着口罩，再把夜视镜摘下来的样子，甚至比不戴口罩还要帅。

许蓝的嘴角不自觉上扬，对着沈问的侧脸按下了拍摄键。

说实话，许蓝的演技非常高超，沈问的确看不出来她在偷拍——如果闪光灯没亮的话。

沈问："……"

许蓝："……"

沈问低头看向气急败坏的许蓝，难掩笑意："下次要拍可以说，我又不是不配合。"

许蓝撇了撇嘴："我没想拍，是手机坏了！"

"哦，这样啊。"沈问轻笑，"那我带咱们懒懒去修手机，要不要？"

许蓝气得想打他："沈问！你快给我个台阶下呀！"

沈问笑起来，温柔的眼睛里，仿佛有万条银河在一起闪烁："知道了。"

"那么请问，咱们小公主是否想听一首钢琴曲，缓解一下此刻尴尬的心情呢？"

"知道还不快走，"许蓝加快步子，"事先声明一下，我去你家可不是想听琴师 W 弹琴，只是因为芝士还没吃晚饭，我想去给它送牛奶。"

许蓝在沈问家又耗到了很晚，终于到家后，她边在浴缸里泡澡，边和鱼鱼打电话。

"我第一次见他戴口罩，特别好看！"她把那张照片发给了鱼鱼。

"这样啊，"鱼鱼揶揄，"好看就早点答应人家吧，就你俩这生活状态，和小情侣也没什么两样。"

鱼鱼点开了刚刚许蓝发给她的照片。

嗯，戴口罩是挺帅的，本来沈问的眼睛就好看，这街道的灯光一照，原本棕色的眼睛显得更亮更透明。

而且，这张脸越看越面熟，越看越——等等。

鱼鱼的手一僵，愣住了。

她莫名觉得沈问的样子，好像和以前自己见过的、某个戴着口罩的人的侧脸，完完全全地重叠了。她皱起眉，思绪回到四月份时，她第一次在吻你花园见到沈问的时候。

鱼鱼想起来，自己在那时候好像也有一瞬间觉得，这个人是自己见过的。

只是，那天她的注意力都放在顾漠身上，就没有去细想这件事，记忆也越来越模糊。

她一定在哪里见过沈问。

鱼鱼趴在窗户边上，想了很久也没想起来。晚上的风吹得鱼鱼头疼，她打了个喷嚏，心想：可别又发烧了。

她猛地一个激灵——医院！

就是那天，她感冒发烧，去医院挂水时，遇见一个男人。那个男人，就是沈问。他穿着白大褂，戴着口罩，从她面前经过的那一瞬间，她觉得这铁定是个帅哥。她当时还在电话里对许蓝兴致勃勃地说，医院里有个遮着半张脸也能看出来巨帅的医生，给人的感觉温文尔雅，肯定很宠女朋友。

鱼鱼错愕着，好不容易想起来了被遗忘很久的事情，可她却一点也不开心，甚至一时间连手都不知道往哪儿放。

沈问是医生。鱼鱼竟不知道该哭还是该笑，为什么就偏偏这么巧呢？

明天她和许蓝就要见面，她心里一旦揣着事，没有一次不被许蓝看出来。

懒懒若是知道了，会怎么想？沈问又为什么要隐瞒这件事？

鱼鱼开始给沈问找理由：或许，他只是没找到合适的机会解释。

可是他们那些人啊，根本就不知道懒懒对医院有多恐惧，对医生这个身份，又有怎样强烈的偏执情绪。

那么，懒懒如果知道，还会继续喜欢他吗？鱼鱼没法确定。

她知道，许蓝现在很喜欢沈问。可一旦许蓝知道了真相，她还会像之前一样喜欢他吗？

不行。

鱼鱼叹了口气，暗自决定，在许蓝答应沈问之前，必须要和她说清楚这件事。

为了确认此事，鱼鱼毫不犹豫地拨通了顾漠的电话。可是还没响几声，电话就被顾漠掐断了。

鱼鱼心里的火"噌"一下就上来了，她不死心，又连着给他拨了几个电话。

终于，在她第十次打电话时，顾漠接了起来："不好意思，刚才在开会，实在不方便。"

"……这样啊。"鱼鱼顿觉尴尬，她刚刚还以为顾漠是故意的。

"什么事？"顾漠的声音听着很轻松，好像又回到了他们两人刚认识的时候，轻佻，随意，来者不拒。

鱼鱼有点紧张："顾漠，沈问是医生，对吧？"

顾漠一愣："你是怎么知道的？"

鱼鱼其实挺生气的，但不知者无罪，她不想迁怒于顾漠："我知道了，再见。"

顾漠盯着那条短暂的通话记录，笑了声，把手机屏幕展示给对面的女人看。

"相信我，真不是我女朋友，就是新来的一个实习生，而且脾气还不小。"顾漠摊开手，一脸真诚的模样。

他对面坐着的女人挑了下眉毛："行吧，我刚刚也就是开个玩笑，希望顾总不要介意。继续聊我们的合作吧，我对DIM真的很感兴趣。"

顾漠和她碰了一下酒杯，眼底藏着些彼此都懂的东西："当然，我们边喝边讲。"

"洗耳恭听。"女人笑着，在桌底下蹭了蹭顾漠的腿。

次日。

许蓝正对着镜子梳头发："好不好看？感觉的确是变了很多啊。"

她的发质好，葡萄紫的颜色染上去之后，头发看起来茂密而有光泽。紫色比黑色要多一丝神秘感，许蓝今天化的妆容偏浓，整体看上去，气质比平时要成熟许多。

她今天刚好穿了白色的吊带裙，肤白貌美，造型甚至可以直接去吻你花园拍套写真。

鱼鱼真心地夸赞："好看啊，比黑发更有感觉了。"

"怎么回事，今天你好像心不在焉的，是昨天没睡好吗？"许蓝捕捉到鱼鱼的神情有些紧张，"从见面到现在，你看着都心事重重的。"

鱼鱼的短发稍微长了一点，但还没垂到肩膀，看起来很可爱。

"嗯，我的确有件事情要跟你说。"鱼鱼拉着她出了美发店，两人上街后的回头率几乎是百分百。

虽然葡萄紫的发色很低调，但在今天太阳这么好的情况下，显色度极高，两人又长得好，在人堆里看着愈发出挑。

"我饿了，请你吃饭。"许蓝牵着她手，"有什么事边吃边说，不急的。我知道附近有一家新开的日料店特别赞，陈鹿给我推荐好几次了，就吃那个吧。我们打车过去，现在这个点也不用排队。"

鱼鱼内心叹气："好……"

此时，北市第一人民医院。

"303房无异常。"实习护士跟在石穗后面认真记录着，忍不住说了一句，"石医生，这个病人真的躺了七年都没任何反应吗？太惨了吧。"

石穗用指责的眼神看了她一眼："资料上该有的都有，查房的时候不要带情绪，少说不相干的话。"

"哦……对不起，我下次会注意的。"实习护士看了病床上的许砚一眼，突然一愣，吓得笔都掉在了地上。

她失声道："石医生！他的手指好像动了一下！"

……

实习护士慌慌张张跑出来，刚巧撞上阮遇："阮医生！对不起对不起！"

"没事儿，你这怎么回事啊，在医院里还慌慌张张的。"阮遇看了她一眼，认出她是最近石穗身后的跟班小伊，"小伊，你们石医生呢？"

这小伊被招进医院时笔试成绩很不错，就是实操时慌慌张张的，让石穗头疼。石穗每天都忍不住在下班的时候，跟阮遇倾诉这位实习护士的麻烦。

小伊着急忙慌地整了整护士帽："石医生去联系病人亲属了，303病房的病人刚刚有了一些醒过来的迹象，虽然只有一点点，但说明是有希望的。现在最好就是趁着这段时间，找亲属来跟他说说话，或许有被唤醒的可能。"

"303？"阮遇一愣，又惊又喜，"许医生？"

"啊？"小伊今年刚来医院，不知道这个沉睡七年的病人之前是干什么的，"阮医生，您的意思是，那位叫许砚的病人之前也是医生吗？我不知道，平时也没听人提起过啊。"

的确，关于七年前医院里那场医闹的事情，大家都是默契地闭口不提，没人想提起伤心事。

阮遇朝她挥挥手："没事儿，这个不重要，他真的有醒来的迹象？"

小伊用力点点头："嗯，他手指动了，我和石医生都看到了。"

"许砚的家属……我记得从来没来过，对吧。"阮遇声音低下来，"他的家属，除了妻子，还有其他人吗？"

"他有个女儿啊，我就是很奇怪，为什么他的妻子和女儿都从不来医院看看他呢？他的妻子叫蓝臻，女儿叫许蓝，他女儿还是个小有名气的模特呢。阮医生知道DIM吗？她——"

还没等小伊说完，阮遇骂了一声就往回走。

"阮医生，我还没说完呢——"小伊望着阮遇离开的背影，一拍脑袋，低声悔道，

"啊！我怎么顺口就泄露病人信息了，阮医生肯定是生气了，要去告诉石医生！"

她懊丧地垂下头，心里想着：这个许蓝长得倒是漂亮，自己在 DIM 杂志上见过几次了。可是，若是粉丝知道她连自己的亲生父亲都不来看一眼，肯定会很失望。唉，果然这人再漂亮也没用，若是铁石心肠，也让人完全喜欢不起来啊。

在小伊说出许蓝的名字时，阮遇才恍然大悟，为什么自己听到许蓝的名字会觉得熟悉。

很多年前，当沈问和阮遇都还是大学生的时候，曾经去听过许砚的医学讲座。

沈问也是临床医学专业的，故而是慕名而来认真听讲的。阮遇呢，则主要是来蹭个学分。

那场讲座结束后，沈问特意去往休息室，专门问了许砚几个医学问题，得到了非常细致又耐心的回答。

许砚在当时已经是比较有名气的教授了，面对大学生时也完全没有架子，非常温柔。

沈问是医学系的高才生，无论是长相、性格还是学识方面都很不错，很容易被记住。

等阮遇和沈问到北市第一人民医院实习时，又再次遇见了许砚。

许砚成为了沈问的老师，阮遇也时常能遇到许砚，但或许是因为职业病，他总觉得许砚偶尔给人带来的感觉很奇怪。

但阮遇也没有多留意什么，就先结束了实习，回到学校准备论文答辩。沈问的实习期比他长，故而留在了医院。

没过多久，噩耗就传进了阮遇的耳朵。

许砚成了植物人。而沈问，亲眼看见了许砚被刀子刺穿脊骨的全过程。

后来沈问和阮遇一起被招进北市第一人民医院，阮遇也就是在那时认识了已经从业几年的医生石穗。

最早的时候，阮遇还挺担心沈问的心理状况的，毕竟他沈问眼见着自己敬爱的老师倒在了自己面前。

但沈问比他想象的坚强也成熟许多，自那天后，沈问没有消沉，反而比以前更加努力了，一心试图拯救更多人的生命，尽量让发生在许砚身上的悲剧不再发生。

许砚成为了石穗的病人，信息是保密的，沈问便从未看过。而阮遇也是在与石穗谈天时，无意间扫到过病历一眼，印象不深。

他们只知道，许砚的家人，似乎都不愿意露面。当年医闹的事情，甚至开庭当天都是由律师全权代理，一个家属都没有来现场。

虽然，伤害许砚的人已经得到了应有的惩罚，但这件事情所传达出来的悲剧性，依旧无法在他们心中消散。

许砚当时留下来了一本很厚的笔记本，最后是被沈问收了起来，这么多年都接着在用。

植物人，说得好听些是尚存一息，说难听些，便是不死不活。

许砚一睡就是七年，大家原本不抱什么希望，此刻突然有醒来的迹象，本是好事。

可是，阮遇心里有些慌。或许是心理医生独有的敏锐告诉他，许蓝对医院的恐惧，比沈问所知道的，要多得多。而且她对医生，可能并不会那么好接受，甚至会抗拒。

许蓝的母亲，原来就是蓝臻……

阮遇叹了口气——有的烦恼，他无法对外人道，只能自己承受着。

阮遇揉了揉太阳穴，在办公室里找到了石穗。

石穗刚刚挂掉电话，气得头发都要起静电了："这个许砚的老婆，到底是什么人渣！"

"消消气，消消气。"阮遇拍拍自己老婆的背，"在医院呢，影响不好。"

"不好个屁！"石穗拨了一下斜刘海，"你是没听见，刚刚这个蓝臻是怎么说话的，反正我就只能说三个字：没良心！"

"现在嫁个有钱人就了不起了，开口就是问我们又要多少钱，她不知道病人最需要的是亲情和陪伴吗？这么简单的道理，可我跟她居然完全讲不通！电话打了三次不接，打第四次的时候她说自己在忙，有事找秘书。好不容易通过秘书联系上了她，结果我刚把话说了一半，她就直接挂断了，像是害怕许砚醒过来似的！"

阮遇身体一僵。

石穗没注意到阮遇细小的表情变化，只是越说越气，讲到口干舌燥时，气鼓鼓地把桌上的水喝了个干净，然后把玻璃杯"砰"的一声砸在桌面上。

"我再试试看打许蓝电话。"石穗深呼吸，"希望她没遗传她那个妈的脾气。"

阮遇垂眸，看起来有些心事："嗯。打打看吧，我觉得她会来。"

"为什么？"石穗看了他一眼，语气不满，"别告诉我，是因为你看了我订阅的杂志，觉得她漂亮。"

阮遇顿觉头大："……不是，老婆，你想什么呢。"

"还记得吗？我之前跟你说的，那个沈问喜欢的小孩儿，就是她。"阮遇叹了口气，"她不是不想来看自己的父亲，只是她家庭情况比较特殊，她其实很爱许砚的，但是因为一些其他的问题，不方便来……总之很复杂，但她是个好女孩。你想啊，咱们就算跟许蓝不熟，但至少咱们知道沈问的性子。他喜欢的女孩，肯定不会差的，是不是？"

这下反倒是石穗愣住了，她摸摸下巴，若有所思："世界真小，那我打打她的电话吧。"

日料店的装修风格清新文艺，是许蓝喜欢的样子。

她们按平时的口味，点了炙烤金枪鱼寿司、肥牛滑蛋饭、芝士焗蟹煲、草莓大福等。

等菜上齐，许蓝拍好菜品的照片，咬了一大口草莓大福："到底要和我说什么事？"

鱼鱼揉了揉头发："你等等，让我再组织一下语言，你先吃。"

终于，在许蓝快要吃第三个寿司时，鱼鱼开了口："喀喀，我说了啊。"

"快点儿吧，你看我都快吃饱了。"许蓝腮帮子鼓鼓的，"你就直说好了，懒爷我什么事儿没听过，好事坏事都能接受。"

鱼鱼开口之前，许蓝的手机铃声突然响起。

鱼鱼好不容易建立起来的心理防线又被打破了，她无奈道："……你先接电话吧。"

"那我就先接了啊。"许蓝看来电是个陌生号码，漫不经心道，"应该是广告吧。"

可她听完来电内容后，脸上的表情，逐渐变得凝固。

鱼鱼看着她嘴角的笑意一点一点地收敛，指尖亦颤动着。

"我马上来。"许蓝闭了闭眼睛，又说了一句，"谢谢你。"

她放下手机，整个人趴在桌面上，不断地深呼吸，再吐气。

鱼鱼吓得手足无措，而许蓝突然站起身："我去一趟医院。"

"什么？"鱼鱼第一时间想到的就是许砚出事了，手心的冷汗直往外冒，"怎么了？"

"医生跟我说——"许蓝看着她，脸色煞白，嘴唇动了好几下，却没发出声音。

终于，许蓝说出了那句话，但嗓音干哑。

"他们说，我爸可能会醒。"

鱼鱼恍恍惚惚的，都不知道自己是怎么跟许蓝离开日料店的。

她们没有打车，虽说本来这里离医院也就不远，但按照许蓝的习惯，就算离目的地只有几百米，她也一向是能打车就打车，懒得明明白白。

而现在，她不顾一切地在奔跑着，穿过层层汹涌的人潮。

许蓝是在学校参加一千五百米长跑能拿前三的人，故而鱼鱼追了一会儿就跑不动了，气喘吁吁地蹲在地上撑着膝盖，用尽量大的声音道："懒懒！注意看路啊！"

许蓝虽是听见了，但也没时间去回应鱼鱼，很快她就跑到了医院门口。

许蓝停下步子，盯着医院顶上偌大的牌匾——北市第一人民医院。

或许是跑得太急，又或许是其他原因，她的双腿在发颤。

许蓝抬步，落在第一级台阶上，又像是触电了似的，猛地缩回腿。

后背凉飕飕的，手心里的冷汗根本就无法忽视。

许蓝深呼吸，然后义无反顾地走了进去。进到医院的那一刻，骤然而起的冷风和消毒水味侵袭着她的感官，她战栗了一刻，很快又恢复神色如常的模样。

沈问夹着笔记本刚回到办公室，发现鱼鱼发来了一条消息。

他疑惑地点开，那条信息的内容是：懒懒来了。

沈问蹙了一下眉，并未领会这句话的含义。他刚想问个清楚，下一秒，阮遇就推开了办公室的门，撑在门框上喘着粗气："沈问！你知道了吗？许蓝马上就来了，你做点准备吧。"

沈问一愣："为什么？"

阮遇和鱼鱼说的话如出一辙，但他们两人先前素不相识，怎会如此巧合？

"因为许砚是许蓝的父亲，他可能会醒。"阮遇说。

沈问还没反应过来，鱼鱼的消息又在下一刻赶到："懒懒是许砚的女儿。"

短短的几句话，信息量太大，沈问一时说不出话，脑海里似乎出现了一台无形的时钟，上面的指针迅速倒退，回到多年前，许砚还在的那些时光。

那场讲座，那个笔记本，那场荒唐的医闹。

再到今年，他遇见许蓝，在那个夜晚，看见了许蓝恐惧的眼神。

沈问是何其沉稳的人，他多希望许砚能醒，没人比他自己清楚。但在这本该高兴的时刻，沈问却心乱如麻。

许蓝对医院的恐惧，大抵是与那场医闹有关。其中经过盘根错节，许蓝的过去是怎样的，沈问亦无法得知。

她若是见了他，会如何想，又如何做呢？

阮遇隐隐约约觉着沈问情绪不对，赶紧安慰道："没事儿，沈问你先别多想，等她来了医院，我先帮你看看这小孩儿状态怎么样。要是她看着还行，你再去找她。如果她情绪不好，我看你还是先别蹚这趟浑水，之后再找机会告诉她真相好了。"

沈问的视线停留在那个原属于许砚的笔记本上，沉默了很久。

和许蓝初见的时候，她那么明朗，一本正经地叫自己"叔叔"，还说这是她爸爸教她的。

在花园里，她一脸轻松地告诉自己，她的爸爸走不了，字面意思的走不了。

许蓝发烧的时候，说什么也不愿去医院，在那双清澈的眼睛里，盛满了惊惧和慌张，大抵任谁见了，都无法心安。

沈问心下惶恐，失措和歉疚填满心头。他抬起眼，眸底充满倦怠："不，今天我得告诉她。"

阮遇恨铁不成钢："你何必赶着今日？"

"我不能再骗她了，"沈问缓缓摇头，"一步错步步错，总得有个头。"

许蓝出现在三楼的时候，小伊下巴差点没合拢："啊，是你。"

许蓝点点头，很轻地笑了一下："护士姐姐好，我来找我爸爸。"

她的声音清亮，并且姿态亦是温和有礼，一下子就令人想要亲近。

小伊刚刚其实还在偷偷说她坏话，一见面，却又莫名心疼起这个女孩子来。看她的样子也不像没良心的，可能是真的有什么特殊原因，才一直不来看许砚的吧。

小伊看许蓝需要抬头，因为她的身高只有一米六出头，许蓝今天穿的还是带跟的鞋子，身高直接过了一米七五。

小伊也不敢拖拉，赶紧把登记簿递给了她："在这边签一下名字，我马上带你去，病人在 303 号房。"

许蓝说了声"谢谢"，低头签了名字。

小伊理好表单："跟我来，石医生现在就在病房里面呢。"

石穗看见许蓝的时候，先是惊了一下。

少女身材高挑，腰细腿长，周身却不见傲慢气场，反而温和内敛，像是主动收了锋芒一般，眼底平静如秋水，波澜不惊。

明明是浓妆，唇色却惨淡如霜，发丝亦有些凌乱，胸口还在一起一伏，似是刚刚跑来的。

她莫名觉得这个女孩身上有一种气质，能让人在初见她的一瞬间，就被不自知地吸引。这是和杂志上不一样的、真实的、动态的许蓝。

她在电话里没有推辞，没有犹豫，还记得礼貌地说"谢谢"。她和蓝臻不是一类人。

明明脊梁挺得直，却好像浑身在发抖似的。

石穗毕竟也是三十多岁的人，看到她的时候，就好像看到了曾经年少时手足无措的自己一样。

她让小伊先出去，自己来到许蓝面前，伸出手，将她的一边头发拨到耳后。

做出这个动作，石穗自己也有些震惊。毕竟此人与她素不相识，为什么自己光是盯着那张脸，就感觉那么心疼呢？

许砚住的单人病房是北市第一人民医院里最豪华的，打开门之后是一道走廊，不会直接看到病房里躺着的人。

石穗站在走廊里，叹了口气，轻轻对许蓝说："准备好了吗？"

她提醒道："如果紧张，可以再缓一缓，毕竟，你很久没有见到他了。"

许蓝知道此刻自己颓丧得并不明显，但人是感情动物，是没有办法完美隐藏情绪的。

她点了点头，勉强地笑了一下，闭了闭眼睛："我可以的，谢谢医生。请问，我可以单独留在这里吗？"

石穗沉默片刻，说"好"。她刚刚将门带上，转眼就碰着了阮遇。

阮遇一脸担忧地问："老婆，她怎么样？"

"她才多大呀，哪里藏得住难过。"石穗皱着眉，"我就跟她说几句话，就觉得她是个好孩子，是心里有什么苦都不会说的那种性格。你再想想她那个妈的作风，估计从小到大，对她影响也挺大的。"

石穗叹了口气："人啊，各有各的苦，果然不能只看表面。"

阮遇拍拍妻子的肩："辛苦你了。"

"我不辛苦，倒是你，这个点没病人？还不回办公室去。"石穗说着，朝走廊外看了一眼，"沈问呢，他为什么不来？"

阮遇压了压头发："这个等会儿跟你说，挺麻烦的。总之，先让许蓝一个人待会儿吧。"

而此时此刻，许蓝站在病房内的那条走廊里，一直都没有迈出那一步。

她其实是怕的，即便想往前迈，颤抖的膝盖也不允许她这么做。

她怕这个地方，怕了七年，对医院的恐惧感一点也没有减少。

那些时日，许蓝被蓝臻锁在房间里，哪儿都去不了。

那些流程，对于许蓝来说是陌生的，十来岁的孩子，能指望她做什么呢？

她只知道，她的爸爸没有了。

但到后来，许蓝恢复了自由，却渐渐发现，自己已经不再敢去面对这件事了。

她垂手立于病房内，几次经历深呼吸与吐气，终于找回了自己的勇气，轻轻地开了口："爸爸，我来看你了。"许蓝慢慢地，一步一步地挪过去。

刚迈出第一步的时候，小腿那处麻得她差些跪在地上。许蓝撑着墙，动了动脚踝，下定决心似的，又朝前迈了一大步。

终于，她看到了许砚。

那一瞬间恍如隔世，病床上的人和她记忆里的样子，根本无法重叠。

虽说年少时的记忆已经略有些模糊，但许砚的大致样子她还是记得的。

许砚身形挺拔，肩膀不宽，但至少也是中等身材，绝不是现在病床上这个人的模样。

七年了，靠营养液维持生命的人，脸上没有血色，面容枯槁极为瘦弱，身边放着各种各样的仪器，脸上还盖着氧气罩。

许蓝身体贴着墙壁，倒吸了一口凉气，腿又软了下去。这次她没有成功站直，而是慢慢跪坐在了地上。

压力和恐慌铺天盖地地袭来，周围的气压越来越低，她的呼吸开始变得急促。

她是真的不懂。许砚这么好的人，他明明挽救了那么多条生命，为什么最后会是这样的结局？

他爱的人，不爱他。他救的人，亦不谢他。

他一个人躺在这里，更没有亲人来看他。

可是许蓝做不到，做不到去跟这个人说出哪怕是一句话。

她告诉自己，眼前的这个人还活着，或许还能够醒过来。

她是爸爸啊，是她最爱的人，可是为什么在这样的人面前，她会这么害怕，这么失落？

他明明是她的光，不灼人，却让她冷。

从进医院开始，这里的味道，这里拿着挂号单的病患，还有那些穿着白大褂的人，没有一样让她舒适。

她对这里的一切都太过敏感，以至于眼前不断地出现重影，似乎自己又回到了七年前，看着父亲倒在自己面前。

然后，一个人捂住了她的眼睛，高声喊道："快救人！"

许蓝猛地睁开眼。慢慢地，她调整呼吸，而后捂住了自己的眼睛。

她最终还是没有做到和许砚说话，只是跌跌撞撞地扶着墙，再次躲进走廊的拐角处，让墙壁把病床完全遮挡。

她撑在卫生间的镜子前洗了把脸，看向镜子里面那个憔悴的自己。

许蓝下意识摸了摸口袋，发现没有口红。她叹了口气，告诉自己要镇定，不能失了体面。

许蓝拉开病房的门，又轻轻把房门掩上。

谁知，刚转过身，她看见了一个人——沈问。

许蓝的手还握在病房门的把手上，掌心处传来的凉意正在提醒她，这不是梦，眼前的人，就是沈问。

他为什么在这里？

许蓝朝后退了小半步，却发现退无可退，后脑勺磕到了门上，发出"咚"的声响。

沈问眼底一闪，伸手去扶她。而她条件反射地打掉了他的手，大声道："你别动！"

许蓝的胳膊抵着门框，同一时间，她视线下移，看到了沈问身上的白大褂。

他穿白大褂的样子，可真好看。好看到，许蓝忽然悲哀了起来。她是何其聪明啊，可是太聪明的女人，更容易敏感和痛苦。

"原来你是医生啊。"许蓝没有沉默很久，直勾勾地盯着沈问的眼睛。

那双漂亮的眼睛里，除了温柔，更多的是抱歉。这份抱歉，昭示着她猜测的正确性。

"怪不得这么像。"许蓝失笑，笑里有些苦意，"我就说呢。那天晚上，你半夜出去，我就觉得不对了。"

"许蓝……"沈问指尖一惊，深深地扎进皮肉里。

就在许蓝和蓝臻吵架，住在沈问家的那一晚，沈问在她睡着后，去值夜班。

她的确睡了，但半夜又惊醒过。她害怕地喊沈问的名字，却无人应答。

沈问此时才明白，原来，她早就怀疑过。

沈问的回答很轻："对不起。"

一时间，走廊空荡，除去两人，再无多余人影。

"哪里对不起？"许蓝淡淡地看着地面。

医院里的保洁工作向来都做得极好，北市第一人民医院又是全市条件最好的一家医院，瓷砖亮得能看见沈问的影子。

许蓝就这样盯着沈问的影子，淡淡地说："是我爸的事情，让你感到对不起，还是其他的事情，你觉得对不起我？"

"说啊，"许蓝浅笑，"你哪里对不起我了？"

沈问心中一紧，他想伸手，却又停在空中，不敢往前。

许蓝的声音明明还是好听的，却掩饰不了她的脆弱。

沈问想抱抱她，可是这一次，他的确做错了。

"叮咚——"电梯门打开，鱼鱼刚走出来，就看到在走廊里对视的两人。

鱼鱼懊恼不已，现在的情景，是她最不想看见的一种。

鱼鱼走近时，许蓝别开目光："我们走吧，没事了。"

刚走了一步，她停下脚步，很长地叹了一口气："沈问。"

沈问等着她的话。许蓝不叫他"哥哥"，不叫他"叔叔"，也不叫他"沈先生"了。

他第一次发现，自己的名字被人念出来，是那么陌生，甚至有些凉飕飕的，让人无法心安地去看向那个喊自己名字的人。

"你先别来找我了。"许蓝扔下这句话，拉着鱼鱼的手进了电梯，再也没回过头。

电梯里，许蓝垂着眸不说话，鱼鱼憋不住："懒懒——"

许蓝抬手制止她："我知道，你本来今天要说的就是这个。"

鱼鱼："嗯。"

她好心疼总是一眼把事情看破的许蓝，从小到大许蓝都是这样，根本不需要别人解释，她就已经懂了。

鱼鱼掐着衣角："对不起。"

许蓝轻笑："瞎说什么。对了，我想到还有张新闻选题表没写，得先回去了。"

就这样，悄无声息地避开了话题。

她对人情世故的每一分通透和豁达，都是无尽的失望与伤害换来的。

两人走出医院，夏季多雷阵雨，豆大的雨点突如其来地落下来，打在许蓝的身上，噼里啪啦地响。

眼前人影凌乱，一切都泛着潮气，身上好疼。

许蓝不懂。不过是淋雨，为何一股腥咸冲上喉咙。又为什么，会这么痛。

许砚那天虽有了些动静，但之后宛若石沉水底，再无波澜。

许蓝的生活里少了沈问，似乎也没什么影响，不过就是回到了几个月以前的生活。

因为工作原因，许蓝几乎每周都能见到陈鹿和顾漠，但再也没遇见过沈问。

这天许蓝窝在卧室的懒人沙发上，空调的温度很低，她做完报社主编交给她的任务，百无聊赖地刷着英文期刊。

这时手机响起，是洛盏。

"洛盏姐？"许蓝接起来，有些惊讶。印象中，洛盏没给她打过电话。

洛盏看着对面一脸紧张的陈鹿，笑得顽皮："其实不是我找你，是陈鹿她不好意思。"

对面的陈鹿扶额："怎么还是把我供出来了。"

许蓝一怔："陈鹿怎么了？"

"我这人比较直接，不像某人磨磨叽叽的，想关心你，还要思索再三，多没劲。"洛盏盯着自己的豹纹美甲，心想着明天放假，一定要去做个新的，"你和沈教授是怎么回事？他都几天没来接你了，是个人都能看出不对。"

"这个啊。"许蓝垂下眸，"是我让他别来的。"

"你姐我也快三十岁了，俗话说不听老人言，吃亏在眼前，所以我的话你得听。"洛盏清了清嗓子，"当然，我不老，但好歹比你多吃了几年的盐。"

"我不能说自己有多理解你，但万变不离其宗，就一句老话。过去的事情都过去了，现在我们就事论事。沈问骗了你，他也道过歉了，许蓝你可以跟他冷战，但别把自己困在一个地方出不来行不行？揪着一件事不放，可不是你懒爷的风格。"

许蓝久久没说话，等到她反应过来，发现自己已经咬掉了一块嘴上的死皮，裂口处流出了带着些腥气的血。

陈鹿坐在对面不安地咬着指甲，洛盏把手机递过去："换你继续？"

陈鹿赶紧身体后仰，用气音道："你说你说。"

"顾漠和我妹妹的事情，你应该知道了。"洛盏放轻语气，"你说说，你们这一对对的，都怎么回事？人生那么短暂，偏要给自己找不痛快。顾漠他就是个傻瓜，我也难过，但我不会像他那样，就让自己这么丧着。他这样做等同于二次伤害自己，这让爱他的人怎么能安心？"

许蓝很轻地"嗯"了一声。

"你也一样。"洛盏叹了口气，"既然喜欢沈问，那就好好喜欢。许蓝我问你，和他在一起，和不在一起，哪个比较开心，快乐？你那样通透，我知道的道理，你也一定明白。他之前欺骗了你，的确不对，那咱们就想方设法让他弥补啊。无论如何，还是得听从自己的内心，是不是？"

这些话说得太过文艺，洛盏平时不爱苦口婆心地劝人，这会儿更是觉得手心冒汗，手机发烫。于是她当机立断地把手机丢给了陈鹿。

陈鹿不好直接挂断，只好磕磕绊绊地说："懒懒啊，我们也就是关心你，真不想看你和沈问这个样子，对两人都是一种伤害啊。"

"我知道，谢谢你们。"许蓝声音越来越轻，"我很喜欢他的。"

不只是喜欢，我也真的，在努力向他靠近。

最后那几个字声音太小，小到许蓝自己都要听不见了。但声音再小，她也还是说出来了。

她只是，还需要一点时间。

次日五点，吻你花园。

"可以了懒懒，收工吧。"陈鹿让助理收了打光板，又使唤其他工作人员整理现场。

许蓝把头饰摘了："大家都辛苦了。"

今天她的工作量很大，早上先修改了新闻稿，下午又匆匆赶来拍照，到现在连饭都没吃。

大抵是饿过了头，许蓝到现在也没觉得胃里有什么不适，只是感觉空落落的。

她今天穿了高跟鞋，整个人的线条修长好看，唯一的缺点就是有点累脚。

她揉揉自己酸痛的双腿，又帮工作人员收拾了一下道具才离开。

门口的石阶凹凸不平，这原本是吻你花园特有的设计，但许蓝今天的鞋跟太高，下楼梯的时候就没站稳，崴了一下。

"嘶。"许蓝扶上墙。挺疼的，好在还能走。

陈鹿刚好抬头，看着许蓝一瘸一拐地走出大门，坐上了出租车。

赶得早不如来得巧，陈鹿迅速点开了沈问的聊天框，飞快地输入了几个字，按下发送键。

医院。

阮遇已经到了下班时间，他坐在沈问对面，二郎腿一晃一晃："喂！"

"怎么？"沈问全神贯注地盯着笔记本，连点余光都没给过去。

"我说沈教授！"阮遇气得站了起来，"不是我想特意挑你刺儿，但女孩子说让你不要去找她，你还真就不去找她了？"

沈问这才抬眸，有些不解地看着阮遇："嗯？"

阮遇哭笑不得："不是，你跟我和顾漠在一起相处了这么久，怎么就没学点有用的呢？言外之意！言外之意懂不懂？"

沈问合上笔记本："她是真的不想看见我，我去了，反而平添烦恼。"

"你俩这情况的确特殊，但这都过去快一个月了，许大小姐也该消气了吧！"阮遇真是没想到，他一个已婚男人，居然还要操心这些谈恋爱的事。

"我觉得你还是得上门认真道个歉，然后哄哄人家。"阮遇咕哝道，"人家可才二十岁，又不是和你一样的老年人，不哄怎么行？"

沈问指尖一顿，随后抽了支黑笔，在那个笔记本上记着什么，沉声道："我有分寸。"

手机突然亮了屏，沈问看了一眼陈鹿的信息，随即站起身，把白大褂脱了下来。

阮遇一愣，手背上暴出了小青筋："不是吧沈问，你为了不听我说话，居然要准点下班？"

"这不是听你的，"沈问扣上领带，把夜视镜架在鼻梁上，"要准备准备，去哄我家小孩儿了嘛。"

许蓝到家后，在冰箱里翻来找去都没找到拌面酱，干脆懒得自己下面，决定点个比萨外卖。结果她一看，芝士比萨居然卖完了。

她烦躁地把手机往床上一扔，很安静地崩溃着。

自从她遇见沈问，心底时不时出现的那股烦躁和郁闷便很少再出现了。

可是最近沈问不在，那些消极的情绪又冒了出来。

她避无可避，也不知如何消遣，只好开了瓶气泡酒，"咚咚咚"地往喉咙里灌，试图用冰凉的液体来冲刷心底的烦躁。

她摸摸脚踝，现在已经不疼了，只是有些红，大概没什么事。

许蓝仔细回想起来，她已经好久没吃便利店的咸蛋黄冰皮蛋糕了。

说走就走，许蓝踩了双运动鞋出了门。

她没有卸妆，虽说穿的灰色运动套装还算低调，可那张脸毫无遮掩地出现在街头，即便是深夜，还是会惹得路人忍不住频频回头。

沈问回到家，习惯性地先去看了芝士的盆子，空的，她今天没来。

沈问知道的，其实每天许蓝都会来陪一会儿芝士，还会在芝士的盆子里倒牛奶。

他摸了摸芝士的脑袋，给它加了些小零食。

芝士啃着狗饼干，有些委屈地"嗷呜"了几声，像是在哭诉今天许蓝没有来陪它玩。

沈问盯着芝士吃完东西，照例带它出门遛弯。

不知道为什么，今天芝士有些反常，一直在试图拉扯牵引绳，往小区外的那条路跑。

沈问便遂了它的意愿，带芝士出了小区。

许蓝一整天都没有吃东西，在路上才感觉到胃的空虚。

她来不及因为蛋糕售罄而叹气，点了大份的关东煮和鸡肉饭团，坐在便利店用餐区，不顾形象地大快朵颐。

路过的人时不时朝她这边看两眼，再被她以毫无感情的眼神看回去。

收银员是记得许蓝的，此刻他一边结算金额，一边纳闷着，今天的她为什么又是一个人，还看起来很郁闷的样子。

一对小情侣坐在许蓝后面。许蓝虽然戴着蓝牙耳机，但其实她根本没开音量，只是营造出一副"别看我别理我"的气氛罢了。

身后的小情侣在讲什么，她听得清清楚楚。

女孩："宝宝，你看一下你身后那个女孩子。"

她心道：对于你们来说我貌似只有一个后脑勺，有什么好看的？

那个男生刚有回头的动作，就很快停了下来，并求生欲很强地回答："我干吗看别人，我只看你。"

结果那个女生不依不饶，低下声音说："你看一下嘛，刚刚我拿饮料的时候看到了她的脸，超级漂亮，好像是个模特，我在网上见过她。"

"我又不认识什么网红和模特。"那个男生笑了笑，"今天逛了一天，你也累了，还是多吃点东西吧。"

"你先看一眼嘛！然后你说，我好看，还是她好看？"

许蓝在心里叹了口气：这种问题毫无意义，当然是我好看啊。

当这人的男朋友好累，吃饭时间还得说违心的话。

她不想再多留，吃完了关东煮里最后一口魔芋丝，拿着还未拆开的饭团就站起了身，想着赶紧离开这个有情侣的是非之地。

便利店门口有条流浪狗，被许蓝刚好撞见。她没有犹豫地蹲下身，默默地把饭团拆开，揉碎，放到草丛里面。

她就这样，看着那只很瘦的流浪狗，将饭团吃了个干净，用不太干净的头蹭了蹭自己的腿，表示感谢。

许蓝站久了，脚踝隐隐有些疼。

此刻沈问正牵着芝士漫无目的地行走，不知怎么的，就走到了便利店附近，把许蓝给流浪狗喂饭团的画面，看了个清清楚楚。

芝士一捕捉到许蓝的气息，就立即加足马力往那处撒丫子疯跑。

结果它还没跑两步，被沈问的牵引绳一把拉住，禁锢在原地。

沈问抱起芝士，将手指竖起来"嘘"了一声："等一等，先别吵到她。"

芝士是只有灵性的小金毛犬，虽然心里很急，但还是乖乖听取了自家主人的意见，没再挣扎或者叫出声音。

终于，许蓝站起了身。

沈问刚欲向前走，手腕却被一人拉住。与此同时，许蓝的目光看了过来。

沈问回头，目光落到自己的手腕处。见那人没有反应，沈问不带情绪地将手腕抽了出来。

他确定自己并不认识她，出于礼貌，沈问说："有事吗？"

"先生您好，请问您知道北市中央大街怎么走吗？"那个女人牵手不成功，又拉了拉沈问的袖子，"我第一次来北市，不太熟。"

沈问："……"这熟悉的台词，是怎么回事。

依旧是出于礼貌，他回答了问题。

那个女人谢过沈问，又蹲下身，想摸摸芝士的脑袋。芝士不太给面子，头一扭，给躲了。

呵呵。许蓝心道：狗都知道避嫌，你却不懂。

"它好乖呀。"女人笑笑。

许蓝："……"她从没见过这样给自己找台阶下的人，这是自己跟自己演上了吗？

在许蓝意料之中，女人起身后，询问沈问是否方便给一个微信号。

许蓝没好气地翻了个白眼，不顾脚踝的酸疼，直接与他们两人擦肩而过。

攻击性很强的玫瑰味，让那个女人明显愣了一下，回头看了许蓝一眼。

沈问说："抱歉，我有女朋友了。"

芝士叫得响亮极了："汪！"

不能再浪费时间，沈问牵着芝士，向许蓝离开的方向走去："懒懒，等一下。"

许蓝没理沈问，在路边拦了辆车。或许是走得太急，她钻进车里的同时脚踝一疼，一个不小心，又崴了一下。

许蓝轻哼一声，但没有犹豫，"砰"一声关上了车门。

"嘶。"坐进车后，她朝自己的脚踝处看了看，发现那处肿起来了，看起来情况不妙。

除了烦躁，她心里还有莫名其妙的委屈。

许蓝生气不哭，流血不哭，可委屈的时候，眼泪就止不住地要掉下来。

许蓝胡乱地抹了一把眼角，闭目养神。

原本路程就短，没几分钟，出租车就到了目的地。许蓝忍着痛走到玄关，踢掉鞋子就扑到了沙发上。

沈问摁门铃时，许蓝坐在沙发上都快睡着了。门铃的声音在原本安静的氛围里显得很突兀，她迷迷糊糊地揉了揉眼睛，连问都没问是谁就开了门。

看清来人后，她大脑反应了一下，浑身一个激灵，猛地退后两步，伸手就想把门关上。

可沈问的手轻轻往门前一挡，许蓝的动作就停了。

"……你干吗啊。"许蓝脸上莫名有些烧，她捏着门把手，进退两难。

一时间，脚踝处隐隐约约的麻和疼，又再次涌了上来。

"来给你擦药，门打开。"沈问温声道。

月亮已经出来了，光打在男人身后，为他周身镀上了一层朦胧的光晕。清清淡淡的茶叶香气，氤氲进许蓝的鼻腔。

"我不要。"许蓝赌气，"我说了让你不要来找我，你是听不懂人话吗？"

"再不来，我家小孩儿要委屈了。"沈问俯下身，"对不起，让你受伤了。"

他垂下眸："很疼吧？"

许蓝的眼泪，突然就掉了下来。啪嗒啪嗒，如细雨连珠，一颗颗砸在地上。

从小到大的每一次受伤，林榭都是一边给她擦药一边骂她，从来没有问过她是不是很疼。

许蓝真的好想得到一个人的偏爱和独宠，可是因为太怕再次失去，所以才一直装作坚强。

"怎么哭了。"沈问皱眉，"让哥哥进去，行不行？"

"不行。"许蓝声音绵软，她抽噎着的模样，像极了一只委屈的小白兔，让人心生怜爱，"我不疼，你走吧，我就想一个人待着。"

她挥动没什么力气的拳头，把沈问往外推："让你不要来，你就听我的，不要来就好了……啊！"

她还没说完，就被沈问拦腰一把抱起，半强硬地丢在了柔软的沙发上。

沙发底下有弹簧，许蓝一屁股坐下去，还颠了两下。

"坐好。"男人的声音沉稳有力，第一次在温柔里加了些不容反驳的意思。

许蓝傻掉了。刚刚，沈问他对我做了什么？

许蓝太轻了，沈问抱起来的时候，心里忍不住发了疼。

之前好生喂养了那么长的一段日子，怎么就没长点肉。

沈问皱着眉，把医药箱里的冰袋拿了出来，一手握住许蓝的脚踝，一贴一放，确保她不被冰袋冻伤。

许蓝的脚踝很细，沈问手掌宽大，一圈便能握住。

脚踝外侧的凸起明显，沈问的手碰到那处时，许蓝隐隐约约觉得有些痒，但并未挣脱。

"之前已经崴到了，就不该再出门。"

许蓝没问他是怎么知道自己崴脚的，这种事情她一联系就能猜到，于是不咸不淡地回应着："哦，你又知道了。"

说到一半，她突然又"嘶"了一声，好看的眉头皱起来，很痛苦的样子。

沈问动作一顿，扶着她脚踝的力道松了松："疼了？对不起，我轻点。"

他好温柔。温柔到许蓝的疼痛感瞬间消了大半，满腔的烦躁亦瞬间消散，只是眼角挂着不小心溢出的泪花。

"怎么又哭了。"沈问心疼，"这么疼吗？"他忽然就慌乱起来。

许蓝无意识地将脚踝往前伸了伸，似乎被沈问那样握着很舒服。

"不是。"许蓝垂眸，纤长的眼睫毛上沾着水滴。

客厅的灯没有开，她的泪亮晶晶的，在暗色的房间里似有若无地闪烁。

眼下那一颗小红痣，似乎也有情绪。

她的声音像兔子似的，几乎听不见。

"哥哥，"她问，"你干吗对我这么好？"

此时许蓝的眼尾和鼻尖都是红的，一双杏眼里亦溢满了湿漉漉的水光，前额的发丝被汗沾湿，贴在两旁的脸颊上。

那个样子的她，让沈问心都快化了。

"别哭了，懒懒。"沈问心疼地用指尖抹去她的眼泪，声音低哑，"不怕咱们懒懒笑话，我……也是第一次喜欢上一个人。"

"对不起，我错了，我会改的。"沈问垂下眼。

室内的光线很暗，许蓝眼眶通红地看向沈问，依稀能辨别沈问的睫毛在他脸孔上打下的细碎阴影，还有那眼睛里的一点光。

"哥哥。"许蓝红着眼睛，"以后别再骗我了。"

"是哥哥的错。"沈问的手贴着她的脚踝，"以后不会了，我保证。"

"还有，"许蓝抽噎着，声音软而委屈，"哥哥，能不能别对其他女孩子那么好，能不能不要对她们笑，也不要跟她们靠得太近。"

沈问听到那声"哥哥"，像是被什么东西刺激了般，不断地调整着呼吸。

后面许蓝的那些话，他听得模糊，却是立即下意识地应了声"好"。

"我记住了。"沈问捧着许蓝的脸，直勾勾地盯着那双清澈的杏眼，语气认真，一字一顿，"我什么都听咱们懒懒的。"

"只要咱们懒懒不哭，什么都好说。"沈问叹息，"你一哭，真是要我命了。"

许蓝知道，这样的她并不真实。

她这分明是在无理取闹，怎么能这样任性，让沈问去改变自己的习惯呢。

她害怕起来，怕沈问会生气，又怕失去好不容易得来的这一份宠爱。

沈问这个人，从样貌性格，到处事态度，都是最好的那一个。他的温柔和体贴是确定的，不是软绵绵的；是笃定专注的，而非左右逢源的。

他强大而温和，这是许蓝没有的东西。沈问待人处事都极为和善，亦非常有自己的底线与标准，像是月光下的泉水，时静时动。

她会害怕温柔的人，因为这样的人太好。一旦失去，那般痛苦，她再清楚不过。

所以，她需要用很长一段时间想明白，到底要不要试试看。

"哥哥，我真的喜欢你。"许蓝的眼泪一颗接着一颗往下掉，滴在沈问的手背上，"就算你是医生也没有关系。我会努力克服的，你不要担心。"

沈问心里酸酸的，只能很轻地说一声"好"。

明明是他的错啊，是他让许蓝那么难过，可许蓝还记得要安慰他，让他不要担心。

"哥哥，你不能不要我。"许蓝抬手擦了擦眼泪，"谁都可以不要我，但你不能。"

"不会的。"沈问心都快碎了，他现在才明白，许蓝原来是那么努力地想要奔赴到自己身边。而他却武断地认为，自己若是不主动来哄，许蓝便不会再和他有任何交集。

"你要发誓。"许蓝渐渐朝沈问靠近，两人的鼻尖渐渐靠拢。

"我发誓。我不会离开许蓝，一直陪在她身边，直到她亲口说不需要我为止。"沈问握住她的手。

许蓝的手指很长，但手并不大，沈问一只手就能包住。

"沈问，我悄悄告诉你一个秘密吧。"许蓝轻轻地说，"以前，我是想过要死的。"

许蓝低下头："很多人都对我说，世上除了父母，没有人会永远爱你。可是在我身上，除了父母，谁都可能永远爱我。活着太累了，我想过好多次要死的。但是我想到自己还有很多风景没有看，有很多朋友可以相见，鱼鱼和我哥有在认真爱我。我不会游泳，但还能去海边吹风，去森林里散步，感受穿过云层的光照在身上，温热，真实。"

沈问心疼地抓紧她的手："对不起。"

"我早就没事了。"许蓝笑了笑，"便利店的新品，我得每一个都品尝到。而且沈问你看，我有一身的优点和本领，老天还是很偏爱我的。"

"爸爸说过，活着要有光，他就是我的光。光还在，没有灭，所以我要好好生活，活得很漂亮，很好看。"

"但这些不是我最想说的。"许蓝盯着沈问的眼睛，"我最想说的是，我的选择是对的。因为，我这样活着，然后就遇到你了。"

她眨眨眼睛："这就是证据。"

沈问温柔地看着她，轻轻开口："许蓝。"

"我爱你，所以你不需要非常懂事，也不需要样样都是第一名，更不需要隐藏自己的不安和脾气，害怕心里的偏执和烦躁。你要是愿意，可以一直跟我任性。

"因为，我只偏爱你一个。

"许蓝，你很勇敢，正直，善良，值得世间一切最好的爱。所以，为了这么好的你，我也在一点一点地改变自己，想让自己更值得被你喜欢。所以你更要珍惜这样的自己，然后走向正在慢慢改变的我。如果累了，那就在原地等，就算是后退也没有关系。因为我会走向你，不，奔向你。

"不过这些，也不是我最想说的。"

沈问垂眸，沉默了片刻。等他再抬起眼时，眼里闪烁着万千星辰，许蓝再也无法视而不见。

"你听到了吗？许蓝，我其实是在说，我会永远爱你。"

许蓝浑身一颤。

"怎么了？"

许蓝摇摇头，声音略有哑意："没，没事。"

她该如何说，沈问刚刚说着那些话，掌心又一直贴着她的脚踝，这样的动作和氛围，竟让她有些动了情。

如此不合时宜的动情，让她口干舌燥，并心下羞愤。想法一旦滋生，便难免心浮气躁，面红耳赤。

"我想睡了。"许蓝缩回瘦白的脚，不安分地踩着地毯，"你走吧。"

"那我走了？"沈问再三确定，"明天……可以再见面吗？"

许蓝点头："可以。"

沈问离开后，她如释重负地躺在床上，心烦意乱。而她亦不知道，沈问回到家后，又是怎样一番意乱情迷。

她和他，都在悄无声息中，暗暗动了情。

第八章

　　许蓝拉开窗帘，光刚刚照进房间的时候有些刺眼，她抬手挡了挡。

　　晨间的空气清爽，院子里的玫瑰开得正好。她脚踝处的伤已经好了，这是第一次她和沈问以确定的男女朋友的关系出门。

　　许蓝穿戴完毕，推开门的那一刻，沈问也推开了自己家的门。

　　她小跑过去，踮起脚尖，搂住沈问的脖子："早上好！"

　　"早。"沈问扶着许蓝的后脑，在她的头发上亲了一下，"我做了早餐，一起吃吗？"

　　沈问是个注意细节的人，许蓝化了妆，他就不会去亲她的额头。

　　"当然乐意至极！"

　　芝士就坐在餐桌底下，许蓝开心地把它举了起来，用指尖挠着它的下巴。芝士在许蓝怀里舒服极了，嘴里"呼噜呼噜"地发出声音。

　　许蓝叹了口气："都怪海洋馆不允许带宠物，不然也带你去玩。"

　　沈问做的早餐很丰盛。二人吃完早餐，一起出门时阳光正好，一切都好像回到了初相见的那天。

　　说起来，许蓝之前和鱼鱼来过一次北市海洋馆，她对里面的海豚表演印象尤其深刻。

　　不过这一次，让许蓝印象更深刻的不再是海豚表演，而是沈问的知识面。

　　在全景海底通道里，随便她指向哪一条鱼，沈问都能很明确地说出它的学名。

许蓝难掩震惊："你一个学医的，为什么还懂这些？"

沈问捏了捏她的掌心，没有隐瞒："小的时候常来海洋馆，母亲喜欢这些，她懂得多。"

"真好。"许蓝笑笑，刚在内心悄悄夸了夸丁女士和自家男朋友的记性，下一秒，裙角就被某个不明物体扯了一下。许蓝一愣，向后看去，没看见人。

"姐姐，能不能帮我问一下这个哥哥，那个鱼叫什么名字呀？"

许蓝低头，这才看见身下那个圆滚滚的脑袋。

那是个看上去还在上幼儿园的小男孩，因为是周末，海洋馆里有很多小朋友。

许蓝自认为有小孩恐惧症，曾经她和鱼鱼到市局找林榭蹭食堂的饭，局长五岁的女儿刚好也在，拉着两个姐姐不放手。

自从那天以后，许蓝好像有很久没再去过公安局，生怕又遇上小孩子。

不过，目前这种简单的情况，许蓝还是能应付的。

她蹲下身，视线与小男孩齐平："小朋友，你的妈妈呢？"

"妈妈在那边。"小男孩指了指不远处的一个女人，女人朝许蓝莞尔一笑，点了点头。

小男孩睁着圆溜溜的眼睛："我想问问这个鱼叫什么，可我妈妈不懂，说这边的哥哥跟姐姐应该懂，让我自己来问。"

"这样啊。"许蓝保持着蹲在地上的姿势，又学刚刚小男孩的模样，扯了扯沈问的袖子，一双杏眼无辜地看着他，咬唇道，"哥哥，小孩儿好想知道，那个鱼叫什么名字呢？"

沈问的喉结动了一下："蝠鲼。"

"哦，这样呀。"许蓝知道自己这个角度好看，故意又咬了下嘴唇，让嫣红的那处变得亮晶晶的。

她转向小男孩，摸了摸他的头："是蝠鲼哟。你说，哥哥是不是很厉害？"

那个小男孩很用力地点点头："厉害！而且，哥哥好帅！姐姐也漂亮！"

"你也很帅气呀。"许蓝眼睛弯成月牙形，声音里有说不出的甜，"去找妈妈吧。"

目送小男孩离去，许蓝想站起来，没想到刚刚蹲久了，腿麻，一下子没站起来，眼前还黑了一下。她蹲了回去，嘴角向下，很委屈地再扯了扯沈问的袖子。

"哥哥，小孩儿站不起来了。"

沈问轻轻地叹了口气，亦蹲下身体，一手托着她的腰，将她提了起来："平时要少蹲着，要不要吃糖？"

许蓝摇摇头，盯着沈问的喉结，笑得花枝乱颤，像是发现了什么不得了的事情一般："哥哥，刚刚我看见了，你有悄悄咽口水哟。"

沈问看着她："少说话。"

"说说还不行？"许蓝挑了下眉，继续放话，手上动作更是大胆，直接摸上了沈问的喉结，"我之前都没注意，哥哥的喉结这么好看。"

沈问一把按住许蓝作乱的手，反手扣住她纤瘦的手腕，一把把她拉进了最近的楼梯间。

他右手撑在墙上，将许蓝禁锢在拐角处。

许蓝向后缩了缩："别生气嘛。"

沈问的眼底意味不明，他沉声道："懒懒，海洋馆是公共场合，没事别勾我。"

许蓝此刻贴着墙，后背冰冰凉凉的，倒是挺舒服。

她看着沈问的眉眼，不禁"扑哧"一声笑了出来，眼珠狡黠地转了转："我这不是刚跟小孩儿打了交道，比较累，所以找点事情让自己开心开心嘛。"

沈问凑近她："不喜欢小孩儿？"

许蓝眼睛看向别处："小孩儿最烦了，除了自己的，我都不喜欢。"

"我倒是喜欢得很。"沈问的气息在她耳边，像是要烧起来，"特别是我家小孩儿。"

许蓝又想到了新的使坏方法，装模作样地掰起手指来："可是哥哥，就算你很喜欢小孩儿，那也要先等我大学毕业，再工作个一两年……你还得等好久，才能有个小孩儿。"

沈问"啧"了一声，后背渗了薄汗："许蓝。"

许蓝完全没有停下来的意思："哎呀，那你到时候都三十多岁了，岂不是老来得子？"

沈问猛地捏住她的下巴，越过浅尝辄止的亲吻，直接撬开了她牙齿冠，让两人的距离从正数变为负数。

许蓝睁大双眼，很快又紧紧闭上，手上半推半就地扯着沈问的衣衫，将沈问的衬衣揉皱。

耳畔听见的都是水声，许蓝腰腹发了软，腿上也渐渐没了力气，整个人往下跌，又被沈问一把掐住腰，按在墙上动弹不得。

她没想到这回撩过头了——这可是她的初吻啊。

沈问一向能忍耐，这么久以来都把她保护得很好。

但他毕竟是她的男朋友，她肆无忌惮地撩拨，总是忽略了很重要的一件事——沈问是个二十八岁的男人。

许蓝指尖颤抖着，沈问刚松开她，她便像是脱了水的鱼一般不停喘气。

可她不知道自己喘气的声音更能激发人的欲火，沈问不等她缓过来，便又掐着她的下巴，加深了他的吻。

那样的吻，让许蓝快要窒息，但是又不想被放开。那是一种很矛盾的欢愉。

许蓝在接受那个吻时，眼睛悄悄地睁开了一条缝隙。

男人的眼睛离她好近，薄薄的眼皮上，睫毛浓密像扇，眉目漂亮得难以用语言形容。

他的气息与她交融着，楼梯间的气温明明是凉的，却让许蓝身上越来越热。

沈问松开她的下巴，转为托着她的头，指头插进她暗紫色的发丝里，挠得她头皮发痒，整个人都软成一摊水。

终于两人唇齿分离，银丝拉扯。

沈问侧过脸，吻了她的耳朵："忘了说一件事。"

男人依旧托着她的头，气息近在咫尺。

许蓝慌乱道："什么？"

沈问控制了很久，才没再亲上去："新的发色，很漂亮。"

"我知道。"许蓝忽然反客为主，两手向上，搭在沈问肩膀两侧，将他拉近。

"这么漂亮的话，哥哥是不是很想亲？"

沈问眸底一暗。不等他动作，许蓝再次主动吻了上去。

……

海豚表演开始了，两人牵手坐在观众席上。

许蓝对着镜子补完了口红，凳子都还没坐热，就被节目主持人主动点了名："和海豚互动的项目，我想邀请两位观众上场——那对坐在中间的情侣，可以吗？对，就是正在补口红的那位女生。"

许蓝牵着沈问上台的时候，全场的欢呼声瞬间提高了。

等两人进行完互动游戏，许蓝拿着纪念品坐回观众席时，听见后面有女生在讲："那个好像是DIM的模特许蓝，我不会看错的！"

沈问也听到了，悄悄捏了捏她的手："还看吗？"

许蓝笑着叹了口气："不看了，私奔吧哥哥。"

说走就走，两人从表演馆后门溜了出去。

他们在外面吃了饭，私家车驶回公寓的时候，天色已经完全暗了下来。

沈问把许蓝的安全带解掉："回家早点睡，不要熬夜。"

他戴着夜视镜，前额的刘海有些长，许蓝伸手给他拨了拨，然后把他的眼镜摘掉。

"等等，还有件事情没做。"

"什么？"此刻车内的照明灯自动暗了下来，月光温柔而清冷，两人视线都变得蒙眬起来。车窗半开着，虫鸣和清风拂过树叶的声音十分明显。

沈问的半张脸在阴影里，显得轮廓更加立体。

"接吻吗哥哥？"许蓝手搭上沈问的肩，身体凑过去。不等沈问反应，许蓝便咬了他的唇。

盛夏已至，深情亦到。

"尝到爱情滋味的男人，就是不一样啊。"顾漠打进一球，抬手蹭了蹭额角，"到你了。"

"怎么不一样了。"沈问球杆轻轻一推，六号球进洞。

"看你嘴角勾好几次了，我还能看不出来？"顾漠"嘶"了一声，心里估计下一球难进，埋怨道，"这就不够兄弟了吧，沈问，你都恋爱了，打球也不让让我。"

"这之间有什么关系？"沈问轻笑，"赶紧结束，再过半小时，我要去接她。"

"半小时你就走？"顾漠收起球杆，往桌上一靠，"不过也能理解，咱们家小懒懒的魅力那么大，你心心念念也是正常的。"

"问你个事。"顾漠低下声音，"少儿不宜的事情，做了没？"

"你当我是你？"沈问头大，"人家还是小孩儿呢。"

"小个屁，"顾漠嗤笑，"再把人家当小孩儿，咱们小懒懒第一个不愿意。"

顾漠双臂交叠，抱在胸口："不过，你当我问的什么？人家小懒懒二十岁了，总不会不让你亲一口吧？"

沈问："一边去。"

"不说这个，跟你打听点其他的。"顾漠手指绕着发丝，"小懒懒以后真不走模特的路？真就一点想法都没有？"

沈问"嗯"了一声："这个问题我们讨论过，相比之下，她很喜欢在报社工作。"

顾漠揉了揉头发："她现在越来越火了，我就是觉得可惜。"

"我和她去海洋馆的时候，她也有被粉丝认出来。不过，选择权在她自己手里，我们也没法干预她的决定。"

"她真的挺适合当职业模特的。"顾漠晃着身子，"沈问，感谢我吧，给你送了个宝贝。"

沈问懒得理他："走了。"

"这不还没到半小时吗！"顾漠大叫，"真是重色轻友的家伙！"

他盯着表盘上的时间算了一下，距离今晚的午夜狂欢派对，还有整整七个小时。

顾漠吹了声口哨，当机立断叫了两个身材火辣的妞来，陪他继续打斯诺克。

报社大门口。

许蓝刚出门，就看见了沈问的车停在马路边。

"你怎么每次都这么早，我就没等过你。"许蓝系上安全带。

"回家吃饭。"沈问笑笑，"给你煲了玉米排骨汤。"

"对了，跟你说个事儿。"许蓝说，"我要提前十五天返校。之前太忙就把这事儿给忘了，今天才想起来。"

她嘴角耷拉下去："也就是大后天。"

沈问一愣："这么早。"

不过，他也很快就反应了过来："是不是学生干部都要提早返校？"

"哥哥还记得啊。"许蓝轻笑，"我和鱼鱼都留任了学生会分管主席，开学的事情可多了。"

"我从来没想过，有一天我也得经历异地恋。"许蓝叹了口气。

"我会定时去看你的。"沈问安抚地摸了摸许蓝的头，"在学校里，随时可以和我打电话。"

许蓝噘着嘴："我可忙了，到学校后你少打扰我。"其实她知道，沈问平时比她还忙。

沈问微笑："咱们懒懒若是不主动联系我，那我只能给她不停打电话了。"

许蓝抠着手指甲："我每个月大概会回来两三次，吻你花园那儿工作不少。"

八月上旬，日落时分的云都像是热的，风少得可怜。

许蓝身上的玫瑰味道攻击性极强，沈问吸了吸鼻子，道"我在开车，别靠近我。"

"靠一靠都不行啊？"许蓝故意又往沈问那儿凑近了些，"哥哥开车技术这么好，原来还会怕被打扰。"

沈问只是勾了勾嘴角，没说话。

晚上许蓝在沈问家吃了饭，赖着不走，偏要在这儿洗个澡再回去。沈问拗不过她，便随她去。

许蓝洗完澡，套了件沈问的黑色衬衫。

衣服罩在她身上十分宽松，下摆一直垂到了大腿中部的位置。衬衫最上面的扣子没有扣，露出一点点锁骨。

她的皮肤本来就白，穿黑色衣服的时候，颜色的对比更是明显。

许蓝在沈问面前转了一圈，大腿根部要露不露："好看吗？"

沈问别开眼睛："下次再翻我衣柜的时候，记得先说一声，我好准备一下。"

许蓝没听懂："嗯？为什么？"

沈问轻笑："怕被咱们懒懒翻出什么不好的东西。"

许蓝的耳根"噌"一下红了。但她嘴上不依不饶，仍旧装作没事般："小事情，大家都是成年人，我懂。"

许蓝说完，佯装镇定地打了个哈欠："我看会儿电视，哥哥赶紧洗澡去吧。"

她一身黑色衬衣飘飘然，两条长腿露在外面，坐到了沙发上。

样子虽然云淡风轻，但那双耳朵红得极明显，让人无法不注意到。

突然，她想到了一件事。

"哥哥。"许蓝眼睛发亮，"我想起一件，很久以前的事情。"

沈问闻言，止步看向她："什么事？"

"哥哥，你记不记得有一次，你一天换了两身衣服。"许蓝眼里尽是狡黠，"我当时不过是在这里睡了一觉，哥哥换什么衣服？"

沈问："……"

"砰"的一声，沈问关上了浴室的门。许蓝坐回柔软的沙发上，心里舒服了。

电视她没什么心情去看，索性在沈问家里胡乱走，溜进了主卧。

沈问的房间很宽敞，巨大的三角钢琴摆在窗边，也一点不显拥挤。

许蓝能想象到，小时候的沈问坐在丁曼旁边，一点一点用手指敲出音符的幸福感，也能想象到丁曼慈爱的眼神。她好羡慕。

许蓝视线一转，注意到写字台上的牛皮笔记本。

很厚，看起来已经用了很久。并且，非常眼熟。

别人的东西不该乱看，即便是男朋友的也不行。可是这次，她鬼使神差地翻开了扉页。

看见"许砚"二字，她瞬间失了神。

果然，这就是许砚曾用过的那一个笔记本，在她早已不清晰的记忆里，出现过许多次。

她一页页往下翻，到某一页时，字迹突然改变，笔锋更加苍劲有力。

她一下子没拿住，笔记本"啪嗒"掉在了地上。

风吹过，笔记本翻到最后一页。许蓝一愣。

笔记本那么厚，中间还有很多页没用，最后一页为什么有字？

她蹲在地上，看向那最后一页——

喜欢吃辣，但是很自律，吃得很少。

爱吃火锅，喜欢甜玉米、粉皮、芝士虾球、肥牛卷。

爱吃的蘸料是麻酱和油碟。

喜欢便利店的零食，因为低血糖，会随身带糖。

酒量很好，但不能让她多喝，毕竟伤身。

游戏打得很棒。

喜欢玫瑰花。

善良，热情，见义勇为，但还是个很需要保护的小孩儿。

不会做饭，喜欢芝士和咖喱，不爱吃姜蒜。

不太会照顾自己，所以要更花心思爱她。

把许蓝少了的那几年爱，用一辈子补回来。

……

上面的句子很多，并且看得出是不同时候写的，大概是每隔几天都要补充几句。

字迹最新的那一行写着："许蓝，一定会有人明目张胆又深情地爱你。现在，我来了。"

一个厚厚的笔记本，从前往后翻，是医学笔记和排班表。从后往前翻，一切都和许蓝有关。

许蓝抱着笔记本，纸张贴着胸口，她听到自己的心脏怦怦跳。

原来，我们早在很多年前，就有了联系。

在返校日之前，鱼鱼遭遇了画手最不想遇到的事——非法盗图售卖，无版权批量印刷。

鱼鱼因为方便粉丝存图，发布的很多作品都是无水印的，因此也导致了维权的麻烦。

她开始还不知道，是有粉丝不停私信她，让她看看另一个画手的微博，她才发现了此事。

许蓝迅速联系了林榭，想问他借个靠谱的律师来处理这次的事情。可万万没想到，林队长亲自上阵，追查了对方的 IP 地址。在锁定身份后，又清查了对方的消费记录，核实了非法获利的金额。

许蓝和鱼鱼不过是睡了一觉，林队长已经把大多事情做完了。

"让鱼鱼放宽心，其余的都交给我。"林榭只给许蓝发了这么一句话。

这两天他没有外勤，却一直在往外跑，搞得江晖和众人云里雾里的。

没几天，著作权维权流程就全部走完，赔偿金打到了鱼鱼的账户上。

鱼鱼看着银行卡上的余额，流下了感动的泪水："懒懒，林榭哥也太好了吧，以后侵权这种好事，麻烦给我来一打成吗？"

许蓝敲了敲她的后脑勺："去你的，你想累死我亲哥？"

"不不不！"鱼鱼连忙求饶，"我十一假期肯定请林榭哥吃饭，行不行？"

许蓝默默收回手，满意道："这才对嘛。"

鱼鱼闭上眼睛：不得不说，被人护在身后的感觉，真的很好。

以前哪次出了事，都是她和许蓝一起扛。没有人像林榭哥这样，不需要她做任何事，完完全全地把她护在身后，用行动告诉她"有我在，别担心"。

他不挑明，但她感觉得到。鱼鱼脑海里不禁浮现出林榭和她在一起的一幕幕。

九月底，南市大学。

下午一点，许蓝在操场上拿着手机："哥哥，你到了没啊。"

今天开校运会，许蓝是学校代表，在主席台报幕。

下午，她亦是参赛成员，此时身后正别着号码为 172 的序号牌。这号码倒是挺贴合许蓝，刚好她的身高也是一米七二。

女子一千五百米的长跑比赛，现在就快检录了。其实大三学生对于运动会已经不太热情了，许蓝也根本没想参加。怪就怪在其他人太热情，硬是"好心"给她留了个参赛名额。

许蓝这个人，要么就不做，做的话都会努力成为最好的那个。半个月以来，她天天晚上去操场跑五圈，速度和耐力都比之前更好了，就是人也跟着瘦了一圈。

傅绅给许蓝秩序册的时候顺便告诉了她，和她相邻赛道上的女生是外语学院的纪鸢。许蓝又愣了几秒，才想起来这纪鸢是谁。

沈问正在路上："懒懒，你还有多久比赛？"

"哦。"许蓝看了一眼正在跑三千米的傅绅,"马上就到我了,大概二十分钟后。"

"不一定能赶上。"沈问说,"对不起,今早事情有些多。"

"没事儿。"许蓝笑笑,"我没在意这个,你能来我就很开心,不是为了让你看我跑步,是我想和你待在一起。这几天我可闲了,最多做两个采访。"

"我尽快。"

许蓝检录的时候,听到有女生在议论说纪鸢身体不舒服,退赛了。

枪响的那一刻,许蓝飞速冲了出去,不到半分钟就与其他人拉开了距离。

她比赛不单靠实力,还会打心理战,把大多数力气全放在前面两圈上,等拉开的距离足够大,第二名在心里就会自动把目标变成"保住第二名"。

跑第三圈时,许蓝保持着匀速。到最后大半圈时,她拼尽全力冲刺。

最后第一到手,但情况不妙,许蓝越过终点线后,眼前一片漆黑。鱼鱼立刻冲到了许蓝身边,给她递了糖果。

沈问进了校园,在树下站定,低头发消息:"我到了。"

纪鸢脸色煞白,一脸不甘心地越过栅栏,盯着操场内侧。蓦然回首间,她看到一个人。只片刻入眼,就再难忘怀。男人身着衬衫和西裤,身形颀长,发色在阳光下愈发显得淡,气质温和清隽。

纪鸢鬼使神差地朝那棵树的方向走了几步,站在距离沈问几米远的地方。

"我见过你,哥哥。"纪鸢说完,又朝前走了两步。

沈问看向她,认出来,这是夜市上的那个女生。当时她看许蓝的眼神不太和善,所以沈问才记住了她的模样。

沈问后退半步,拉开距离:"你好,有事?"

"没什么。"纪鸢捂着肚子,模样有些虚弱,"我就是觉得眼熟,你是许蓝的哥哥吧?"

沈问并未多做解释:"我在等她。"

"不仅是在夜市上,许蓝走秀那天,我也看见你了。"纪鸢听出他话里的冷淡,但这不妨碍她继续搭讪,"一开始,我以为你是我们学校的。但又觉得不对,如果你也是南市大学的学生,我怎么可能没见过你?之前——"

"哥哥!"少女甜美的声音从远处传来。

沈问抬眼,看到正向自己跑来的许蓝,莞尔一笑。

那样的沈问,在纪鸢眼里,像是覆了层光影的滤镜。他笑起来时,眼尾会微微上挑,特别温柔。

许蓝刚想跟沈问炫耀自己拿了金牌，却发现纪鸢站在一边，她愣了愣："纪鸢？"

纪鸢瞬间就没了好脾气："叫我干什么？"

许蓝好脾气地说："没什么。"她挽住沈问的胳膊，"哥哥，我们走吧。"

她不想在纪鸢面前提自己长跑第一的事情，因为没有必要。

"等一等！"

许蓝微微偏头："怎么了？"

"哥哥，你叫什么名字？"纪鸢咬住下嘴唇，指指沈问，"许蓝，我想认识一下你哥。你不会这么小气，连旁人问一下你哥的名字都不愿意吧？"

沈问不悦，刚欲开口，许蓝便先一步答了她。

"沈问。"许蓝淡淡道，"还有，身体不舒服就不要穿短裙了，容易着凉。一次退赛，还想有第二次吗？"

纪鸢怔在原地，还没反应过来，许蓝和沈问就已经离开了她的视线。

纪鸢低低地笑了一声，默念："沈、问。"

这个名字被念出来的时候，嘴角会上扬。

"为什么不跟她说我是你男朋友？"走出一定距离后，沈问温声问道。

"她今天身体不舒服，我不想多打扰她。"许蓝淡淡道，"她好像看上你了，我要是刚刚当面说你是我男朋友，她会很难受的。"

沈问有些诧异。

"我可不是关心她啊，"许蓝忙加了一句，"我们俩根本不熟，但我知道她嘴巴不干净。她要是难受了，肯定会轮番问候一遍我的祖宗十八代，我可不想被她时时刻刻咒来咒去的，多一事还不如少一事。"

"不说她了。"许蓝摇摇他的胳膊，"快陪我去便利店买吃的！哥哥，别的女孩子结束比赛都有男朋友在跑道终点接着，还有亲亲抱抱举高高呢。我刚刚拿了第一名，却什么都没有，我好可怜。"

沈问看了一眼周围的环境，俯身亲吻了许蓝的额头。

许蓝还没反应过来，就被沈问打横抱起。她吓了一跳，条件反射地搂住他的脖子。

沈问抱着她，继续向前走："现在，咱们懒懒也有了。"

许蓝平时脸皮厚，这种时候却难逃害羞。她把头靠在沈问的肩窝，撒娇道："哥哥……会有人看见的。"

"那就看见好了。"沈问笑笑，"女朋友跑步累了，我抱一下怎么了。"

许蓝的脑袋搁在沈问肩膀上，嘴角悄悄上扬。一向低调的沈哥哥，在这件事情上，还是很高调的嘛。

夜晚。

因为沈问来了，鱼鱼很主动地出去玩了，没和许蓝黏在一起。

此时，许蓝正在她的对门兼对象家里："哥哥，你一个人来了，芝士怎么办？"

"能怎么办？它也来了。"沈问笑，"就在花园里睡觉呢。"

许蓝闻言，立即跑进了后花园。果然，芝士正伏在绿油油的草坪上，脊背一起一伏。

许蓝身上的味道太明显，它动了动鼻子，迷迷糊糊睁开眼，还没清醒就扑向许蓝。

许蓝抱着它进屋："哥哥，你明天什么时候走呀。"

"刚来，就赶我？"沈问笑着，"我留两天。"

"这么久？"许蓝惊讶，"医院不是很忙的吗？"

"明天你们学校有我的讲座。"沈问低头，擦着夜视镜，"来听沈教授讲课吗？可以蹭学术类积分。"

他的语气温柔，同时还带有一点试探。

阮遇之前跟沈问提过，可以带许蓝慢慢脱敏，接触一些跟医疗相关的东西。

半晌后，许蓝轻轻答道："如果今天晚上哥哥给我做减脂餐的话，我明天就一定去。"

沈问莞尔："点单吧，女朋友。"

一小时后，被喂饱后的许蓝满足地窝在沙发上，芝士趴在她肚皮上，睡得安然。

次日。

沈问站在落地穿衣镜前，整理着领带。

他很少穿这样正式的西装，白衬衫扎在西装裤里，腿长得要逆天了。

许蓝抱着芝士站在不远处，"咕咚"一声咽了下口水。

沈问回头看许蓝，许蓝的第一反应是想摸摸自己有没有脸红。

"等会儿你上台的时候，还要穿这个外套吗？"许蓝故作镇定，指了指沈问手上搭着的那件西装外套，"会很热的吧。"

"礼堂有空调，没事。"沈问轻笑，"倒是你，吊带裙，要不要带件外套？"

许蓝才懒得带，赶紧催沈问出发。沈问看了一眼腕表："是该走了，鱼鱼要一起去吗？"

"她昨晚出去玩了，现在还在睡觉。"许蓝笑笑，"这个点，我本来也在睡懒觉。哥哥你看，我为了听你的讲座，都早起了呢。"

"是不是得有点奖励？"许蓝向前一步，扯住沈问的领带往自己这边拉，蜻蜓点水地一吻。

"剩下的，等你讲座结束再说。"许蓝松开领带，又打量了沈问一眼，松了口气，"幸好，衣服没皱。"

沈问无奈，任凭自家女朋友闹腾。

黑色的私家车驶进学校的地下停车场，许蓝在沈问帮自己开门的那一瞬间，承认自己真的有被帅到。

沈问身上的高级定制正装剪裁合适，袖口露出的一截手腕极为白皙，矜贵得令人不忍直视。

许蓝盯着沈问的腿，长长地叹了口气：好像是比自己的长。

"礼堂正门还没开，我先去准备室。"沈问牵着许蓝，"你要和我一起去吗？"

许蓝摇摇头："我不去，等会儿我就是混在一群医学院学生中间的小透明，你坐得那么高，肯定找不到我。"

"不会的。"沈问轻笑，"我女朋友很好找。"

许蓝吐吐舌头："哦。"

和沈问分开后，许蓝独自去了便利店，居然在用餐区看到了傅绅："学长？"

傅绅拿着杯喝的，也有些惊讶："许蓝？你今天还有比赛吗？"

"没有，"许蓝笑笑，"学长有比赛吗？"

傅绅摇摇头："我也没有，不过听医学院说学校来了一位年轻教授，只要去听讲座就有学分可以拿。"

"挺巧的，我也要去那个讲座。"许蓝付了钱，"估计人不少。"

傅绅起身："我和你一起去吧，早些占座。"

许蓝点点头："好。"

会场内果然人山人海，座无虚席。巨大的屏幕上，详细介绍了沈问的学历背景，只是没有放沈问的照片。

许蓝鼓鼓腮帮子："原来他这么厉害啊。"

傅绅点点头："二十八岁就能当上副教授的没几个，不知道他长什么样子，会不会和传闻中的一样，是个秃头。"

"……"她尴尬地咳了一下，"学长，其实你们见过面。"

傅绅一愣："什么？"

"就是先前在夜市，和我一起来的那个哥哥。"许蓝咬紧下唇。

傅绅难以置信："我记得你哥的样子，他不长这样啊。"

许蓝顿了顿，垂眸："对，他不是我哥。"

傅绅没再问下去。他早该猜到的，当时自己和沈问对视时，他就明确感受到了属于他们之间的磁场——情敌的磁场。

傅绅低笑："怪不得你会来听医学讲座。"

许蓝点点头，没有说话。

没等多久，会场就渐渐安静了下来。

沈问迈步上台，在演讲席前坐下。周围全都是医学院的学生，其实许蓝心里还是有些慌的。

她不断地在心里跟自己讲：看沈问，看沈问，看沈问。

在沈问刚出场的时候，就有人拿出了手机拍照，台下也渐渐骚动起来。

"这是教授？原谅我之前联想的人物形象……"

"啊，这不是我的理想型吗？竟然才二十八岁，我是不是有机会……"

"甭管有没有机会，实践才是真理，等会儿我陪你去问个联系方式！"

许蓝听着这些话，有些尴尬。不过下一刻，莫大的自豪感便油然而生了：这是我男朋友啊。

"等等，我们俩前面这个是许蓝？"

"好像是，但她不是新闻与传媒学院的吗……"

许蓝："……"

医学类的东西许蓝一窍不通，若是只听内容，肯定会想睡觉。

但沈问这个人坐在那儿，举手投足皆是文雅清贵，语速亦不紧不慢，模样太引人注目，让许蓝不得不一直看着他。

礼堂的空调有点冷，许蓝不禁打了个哆嗦。与此同时，台上的沈问顿了顿，目光似乎往她这边看了一眼。

讲座很精彩，结束之后，掌声经久不息。

许蓝站起身，朝傅绅挥挥手："学长，我先走一步了。"

傅绅点点头，忽然说："许蓝，要一直开心啊。"

许蓝一愣，随即笑了："好，学长你也是。"

许蓝匆匆走了安全通道下去，直达地下停车场。在楼梯间的转角处，她突然被一双手按住，直接抵在了墙上。

男人身上的气息很熟悉，许蓝盯着那双好看的眼，笑了："不是说好，在车上等我嘛。"

"地下停车场那么大，怕你找不到。"沈问没等许蓝有所反应，便吻了上去。

楼梯间静悄悄的，没人。

唇齿相交的声音，还有不知从哪里冒出来的水声，一点点侵入许蓝的耳膜。

沈问其实也很惊讶，自己居然会因为许蓝身边的那个人而吃醋。

"冷……"许蓝肩胛骨露在外面，背后贴着白墙。

沈问松开许蓝，把自己的外套披在她肩上。

许蓝才刚缓过来，声音有些哑："哥哥，你怎么总爱在楼梯间……"

她话还未说完，沈问就又俯下身，加深了刚才的吻。

他的吻带着侵略性，好像在宣示主权一样——她是属于我的，别人不能靠近。

许蓝揪着他的衣角，眉头紧紧蹙着，不自知地发出呜咽声。她喘不过气，身体朝后仰，想要挣脱开桎梏。

沈问却不依她，索取的力度反增不减，舌尖一点点地深入。

许蓝又恼又羞，心里骂道：什么时候不能亲，偏要选这里……

但是，她又不得不羞耻地承认，被沈问揽着亲，让她感觉到了舒服和依恋。

她抬手胡乱地抓着，碰到男人腰线的时候，像是触电般收回了手。

沈问脊背发麻，声音泛着哑意："小孩儿，有些地方，不能乱碰。"

许蓝惊慌失措："不好意思。"

"可是，明明是你先亲我的。"许蓝噘起嘴，"你看看我嘴是不是红了？沈问你个坏人，居然咬我。"

沈问喘了口气，并未多言，打横抱起许蓝就往停车场走。他很快找到了位置，打开车的后门，将许蓝塞了进去。

少女身形纤瘦，骨架小得可怜，让沈问怕极了会磕着或碰着。但少女刚坐到柔软的皮质座位上，竟反客为主，拉着沈问的领带，让他向自己的身体靠近。

沈问揽着许蓝吻了很久，直到许蓝的手不安分地往他身上摸去，被他一把扣住："不许动。"

沈问重重地喘了口粗气："在后面待着，别说话，我要开车。"

许蓝低骂了一声：什么人啊，撩到一半，跑了。

许蓝在后座安静了一会儿，闲得无聊，打开手机翻了翻学校论坛，却发现论坛炸了。

最新的那条帖子，标题如下——

《震惊！学校新来的年轻教授，居然是……》

许蓝："……"

她一直不明白，学校论坛的帖子为什么每次都搞得这么像营销号。

而且，这篇文章非常火，点击量已经超过了之前关于她择偶标准的那一条帖子。她一点都不惊讶地看到了沈问讲课的高清照片，并且默默点了保存。这照片角度找得并没有多好，但这个男人实在太好看，怎么拍都好看。

车子到了别墅门口，许蓝还沉浸在那条帖子里。

在评论区，她收获了好多张沈问的高清照片，心里懊恼不已：刚刚怎么就只光顾着看，忘记拍照了呢。

沈问打开后座车门，许蓝刚想起身出去，却被他摁在原地："别动。"

随后，男人将车门带上。

车里明明打着冷空调，气温却逐渐上升。

沈问没再多言，十指扣着许蓝的手，将她整个人抵在玻璃窗上，低头去吻她。

车内空间很大，许蓝整个人都被沈问宽阔的身躯覆盖着，耳边都是亲吻声。

沈问的亲吻越来越深，许蓝被迫仰起头迎合。沈问的身体侵略性地往下压，膝盖抵在许蓝的腰侧，一手托住许蓝的后脑勺。

许蓝纤长的睫毛上沾着泪水，心脏像是快要跳出来一般。她的手轻轻抵着沈问的胸口，感受着他炽热的心跳。

沈问前额的碎发垂下来，有些许挡住了眼睛。许蓝被吻得眼神迷离，但还是下意识伸出指尖，替沈问拨了一下挡眼的头发。

许蓝的手指冰凉，她的指甲有些长了，因为在学校上课经常要做笔记，她就没有做美甲。

她的指甲盖很圆润，指尖还泛着点点的粉红色。

被亲吻的时间太久，许蓝整个人发着软，也不再有力气迎合，任凭男人索取。

许蓝在逐渐加深的吻中，尝到一丝不安。可她觉得肯定是自己想多了，毕竟像沈问这样的男人，又为何而不安呢。

嘴唇酥酥麻麻，压迫感越来越强，她已经没有余力再去思考这些。无论怎么躲，沈问都不放手。

许蓝的眼睛渐渐失了焦距，低低地呜咽着。又不知过了多久，沈问才放开她。

他小心翼翼地揽过她柔软的身体，安抚地抚摸着她的头发："对不起，我没忍住。"

许蓝喘着气，声音很轻地开口："哥哥，你到底怎么了？"她确切地感受到了他的反常。

沈问的喉结上下动着："我刚才有一瞬间，突然很想确切地找到，'你属于我'的证据。"

许蓝轻轻"嗯"了一声："为什么呢？"

"哥哥跟你坦白一件事。"沈问顿了顿，"其实也不是说快要三十岁的人，就成熟到什么事情都不会多想，也不会因为小事情而自卑了。"

"嗯？"

"哥哥看到傅绅的时候，也曾羡慕过他。"沈问轻笑。

"啊？"许蓝抬起头，"你羡慕傅绅学长干什么？"

"我看到他……"沈问低声说，"他穿着卫衣向你招手的时候，我有一个瞬间，是慌了神的。"

"他身上的少年感很纯粹，和你的年纪更相近，共同语言或许会更多，看起来朝气蓬勃。我会觉得，自己既不够年轻，也不像顾漠那么会赶潮流，你跟着我……会不会受委屈。"

这个男人温柔，自尊心强，优秀，却依旧会在小事情上吃醋。

许蓝听完他讲这些，忽然眼睛酸酸的。她慢慢直起身，很轻很轻地，贴上他的唇。

沈问闭上眼睛，没有动。

许蓝松开他："刚刚，我已经回答了你的问题。哥哥，你听见了吗？"

"听到了。"沈问揉了揉许蓝的头发，"谢谢你，懒懒。"

此刻，离学校不远的一家中餐厅。

"林榭哥，懒懒知道你来了吗？"鱼鱼放下背包，"我不久前还和她说要请你吃饭的，没想到这么快就见面了。"

林榭"嗯"了一声："我也是有事经过，刚巧，还有文件要你本人再次确认签字。"

他认真道："以后要有强烈的维权意识，这样的事情如果处理不及时，只会越来越难办。"

鱼鱼点点头："放心吧林榭哥，我以后会注意的。"

"对了，林榭哥怎么不问我懒懒现在怎么样？"鱼鱼笑道，"不问关于沈问的事情吗？"

"有什么好问的。"林榭冷笑，"她根本不想我管。我查了沈问的底，既然清清白白，我也就随那人去了。"

鱼鱼吐吐舌头："沈问人很好的，林榭哥你不用担心，懒懒看人很准。"

"我本来就没太在意。"

"可是林榭哥，你去查了沈问的底啊，怎么能说不在意呢？"鱼鱼憋着笑，"这可是刚刚你自己说的。"

林榭立马夹了一筷子菜，放进鱼鱼碗里："吃你的。"

鱼鱼："哦……"

林榭就是这样的人。总是很沉默地关心着旁人，却偏要摆出一副冷冰冰的模样。

外面下雨了，他们走到马路边的公交站下避雨，林榭是由江晖开车送来的，故而得打车。

"林榭哥，你今天要留在南市吗？"鱼鱼抬起头。

林榭和鱼鱼的身高差很大，超过了二十厘米，她每次跟他说话，都觉得脖子有点酸。

她好羡慕懒懒的身高，和大多数男人说话都不必折磨颈椎。

"嗯。"林榭手插着口袋，"酒店就在附近，但要先送你回去。"

雨越下越大，雨水从公交站顶上落下来，渐渐连成一条线。

公交站的前面，低洼处也开始积水。这里有不少和他们一样在等出租车的人，不远处一辆出租车靠近公交站，速度却没有慢下来，车轮碾过柏油马路，溅起分明可见的水花。

车站前的积水颇多，出租车的速度不减，靠近时一个急刹——

林榭迅速把鱼鱼扯到自己怀里，车轮溅起的水花一下子便打湿了他的衣服。

林榭没管自己，只是看着鱼鱼："弄湿了吗？"

当他发现鱼鱼的裤脚还是有些被弄脏的时候，整个人的情绪刹那间便变了。

鱼鱼赶紧扯住他的袖子："没事没事，人家不是故意的。"

她现在更担心的是林榭的衣服，因为林榭有洁癖，衣服脏了对他来说肯定非常难受。

"林榭哥，别送我了，你回去换衣服吧。"鱼鱼咬着下唇，"我可以自己回去。"

林榭皱着眉，看了一眼自己的衣服："行。"

下一秒，林队长的最新命令便下达了："和我一起回酒店，等我换了衣服，再送你。"

不得不说，林队长在某些事情上还真的和许蓝有点像，比如特别执拗于自己的决定。鱼鱼觉得，这样的林榭也挺小孩子气的。但她立即被自己的想法给吓到了：她居然敢觉得林队长孩子气？

林榭倒是不知道她在想什么，带着她到酒店后，径直走进了自己的房间。

鱼鱼没跟着进去，就只是在走廊里等着。过了好一会儿，她也没听见什么动静，故而试探性地喊了一声："林榭哥？"

没回应。鱼鱼觉得奇怪，便轻轻推开门。

她的视线，与林榭隔空碰撞，擦出火花。

林榭手里正拿着刚脱下的衬衫，但还没有来得及换干净的衣服。他身边放着手机，应该是刚打过电话。

尴尬的几秒对视之后，鱼鱼"砰"一声把门关上，捂着脸喊道："林榭哥！对不起！"

她现在满脑子都是林榭上半身的八块腹肌。鱼鱼拍了拍自己的额头，试图让自己清醒点。

不愧是经常训练的林队长，这宽肩窄腰，几乎是黄金比例。

许蓝睡醒的时候，鱼鱼正靠在床边的单人沙发上，盯着手机，神情严肃。

见她醒了，鱼鱼立即扑到床上："十一点了还睡！出大事了！"

"你看论坛。"鱼鱼指尖在屏幕上划动，看到一篇最新的帖子，标题如下——

《震惊！沈教授居然和校花有这样的关系！》

许蓝盯着这个用不烂的标题，陷入沉默。

点进去后，许蓝愣住。帖子里的第一张照片，是以前在夜市的时候，沈问和许蓝不经意的同框照。接着，又是几张昨天沈问在学校演讲的照片。

正文的内容也很短：昨天来的心动教授，居然是许蓝的哥哥？

许蓝皱了皱眉："这种帖子，过几天就没人记得了，没必要在意。"

鱼鱼担忧地看着她："要不我拿小号说一下，那是你男朋友吧？"

"之前就有同学问过他是谁，当时我们没确定关系，我便说他是哥哥。"

许蓝叹了口气，"但现在想想也无所谓，反正大家也很难再见到沈问，不用解释了。"

许蓝突然想起来：自己之前为了拒绝学姐要他微信，是不是还说他离婚带俩娃来着？

许蓝闭上眼，无奈地摇摇头，感叹自己还真是敢说。

今天是运动会的最后一天，许蓝作为学生代表，需要在下午的闭幕式上发表演讲。

沈问今早回了北市，许蓝在家和鱼鱼点了比萨外卖，准备休息会儿再去学校。

殊不知，此刻纪鸢正独自坐在宿舍里，盯着手机里的那些照片，一遍一遍地来回看。

她的鼻子红红的，像是刚哭过。

凭什么，凭什么？她以为沈问和许蓝真的是亲兄妹，也以为自己真的有机会。可她才刚对一个人一见钟情，许蓝就要打破她的梦。

她为什么要撒谎？明明不是她哥哥，却要欺骗别人。

纪鸢明白了：许蓝这样的人，一定是存心跟她过不去，想看她知道真相时难过的样子，才骗她说沈问是哥哥的。

纪鸢在运动会那天，因为退赛而心情不好，便想找个没人的地方静一静。

她那日在地下停车场待了很久，因为停车场实在太安静，故而即便是有一点声音，她都能捕捉到。

楼梯间有轻微动静的时候，纪鸢就听出来那是什么声音了。

好奇心使她躲在一辆宽大的面包车后面，等了很久。当她腿麻脚酸到受不了，决定离开的时候，忽然看到那个令自己一见钟情的男人，正抱着许蓝，从楼梯间走了出来。

许蓝被抱在怀里，耳朵还红红的。男人将她塞进了一辆豪华的私家车，随后车门被关上。四周空旷而安静，纪鸢就在不远处，看着沈问在车的后座上，把许蓝按着亲吻。

她当时按下拍照键的时候，手都在抖，手机也差点掉在地上。他们，原来是情侣啊。

等沈问开着车离开后，纪鸢蹲在原地，哭了很长时间。

凭什么好事都是她许蓝得到，而自己却什么都没有呢？

纪鸢想：不仅是我喜欢的人喜欢她，连我不喜欢的人也喜欢她。我也是好看的女孩子，我成绩也不差，为什么别人总是先看见她，才看到我呢？

纪鸢看着那些照片，心里一狠，点开了学校的论坛。

下午四点，一身学院风制服的许蓝出现在操场高高的看台中央。

少女很难得地扎了高高的马尾辫，气质出众，语速不快不慢，演讲得非常得心应手。

许蓝这样的人，即便是念一篇平平无奇的稿件，也能散发出自信张扬的美。

演讲完毕，许蓝鞠了一躬，去更衣室换回了宽宽松松的运动套装。

趁着人少，许蓝和鱼鱼准备先去食堂吃饭，却发现人不太多的食堂内，有些人一直在看她们。

确切地说，是看许蓝。而且那些眼神里，不是纯粹的好奇和艳羡，而是有些不怀好意和幸灾乐祸。

许蓝莫名其妙，鱼鱼亦然。她们俩没多想，点了饭后，鱼鱼就拿出手机开始刷动态。

突然，她的指尖在屏幕上停留，手里的叉子滑到桌面上。

许蓝笑了："怎么跟我一样，毛手毛脚的。"

说是这么说，她还是第一时间站起来，走到消毒柜拿了新的叉子递给鱼鱼："看什么呢？这么出神。"

鱼鱼牵起许蓝的手就走，低声道："先别吃了，把饭倒了，我们走！"

许蓝一愣，印象里鱼鱼是第一次用如此严肃的眼神看着她，虽然不知道是为什么，但下意识便跟着鱼鱼出了食堂。

鱼鱼拉着许蓝，到了个没人的地方，眉头紧锁："懒懒，快看学校论坛，有不好的事情。"

"又怎么了？"许蓝去扯她的嘴角，"把我家鱼鱼搞得这么愁眉苦脸。"

"这次是真出事了！"鱼鱼面露难色，想到了刚才在食堂里同学们的怪异眼光，抓起许蓝的手，"别在学校了，回家再说。"

晚上，许蓝盘腿窝在沙发上，神情凝重地看着最新的帖子。

标题依旧抢眼，但这次，许蓝觉得不好笑了。

《震惊！校花和教授不仅仅是兄妹！》

帖子不长，但每个字都令人心惊胆战。文案下面的图片，亦是许蓝万万想不到的。

一张，是她披着沈问的衣服，被沈问抱着走向私家车的照片。

照片上，她的长发垂在身后，露出的小腿线条流畅，皮肤雪白……明明是很唯美的姿势，却让许蓝觉得害怕。

下面还有几张照片，更是让许蓝触目惊心。

那是在车后座，沈问吻她的照片。照片拍得很模糊，但透过玻璃，还是能看出她的脸。

许蓝的脸色发白，一时慌了神。她想不明白，是谁看到了这一幕，又拍了照，还在论坛上散布这种谣言。

鱼鱼气得想把手机扔了："这个发帖人就是存心想找你麻烦！"

许蓝蹙着眉："还好，沈问不会闲着没事去刷我们学校论坛，这件事应该暂时不会影响他工作。"

鱼鱼翻了个白眼："许懒懒！你怎么还管他？现在正在学校里并遭受非议的人是你！这种情况是人身攻击和严重侵害隐私，看我不把这个发帖人揪出来！"

许蓝叹了口气："是得好好处理一下这件事，那么——"

"好了，搞定。"鱼鱼伸出手机，屏幕上是那条帖子的转发消息，转发对象是……林榭。

此刻在市公安局刑警队，坐在林榭对面的江晖就算是低着头，都能感受到林榭身上散发出的低气压。

林榭回到办公室，很快就锁定了发帖人的电脑 IP 地址。他盯着电脑屏幕上的身份信息，冷笑一声。

——动谁不好，动我妹妹。

林榭这个人的品性，相处久了的人都知道。他铁面无私是真的，但护短也是真的。他鼠标一点，把得到的信息发给了许蓝和鱼鱼，又复制了所有关于这条帖子的信息，确保所有证据充足且真实。

许蓝的电话很快打了过来，林榭接起，言简意赅："我来解决？"

许蓝开着扬声器："哥，算了吧。"

鱼鱼比谁都急："懒懒！你知道你在干什么吗？纪鸢真的太过分了，就该让林榭哥给她点颜色瞧瞧！"

"许蓝，你是懂法律的，她的做法已经严重损害了你的名誉。"林榭换了只手接电话，皱眉道，"你可以不管这件事，我帮你解决。"

从小到大，许蓝一直是以其人之道还治其人之身的性子，林榭认为这是许蓝身上为数不多的"优点"之一。

她不是什么"圣母"，而是一个会随时为自己反击的战士。

许蓝叹了口气："这件事，我想先试试自己解决。她为什么要这样做，我其实能明白，大家都是女孩子，她心里在想什么，一点也不难猜。"

"她和我一样，快大学毕业了。这事要是真的上升到法律层面，南市大学留不得她，那她以后怎么办？"

"懒懒！你考虑这么多干什么？"鱼鱼急得眼泪都要冒出来了，"是她咎由自取！"

许蓝拍拍她的手背："鱼鱼，你先冷静，听我把话说完。"

林榭眼神冷淡："你怎么解决？许蓝，她罪有应得，不必为她开脱。"

"哥，我可以的。"许蓝靠在鱼鱼身上，真诚道，"有你们帮我，我真的很开心。我向你们保证，我会把受损的名誉找回来，并澄清事实和真相。退一万步讲，如果纪鸢认识不到自己的错误，那该怎么办就怎么办，我也没必要再善良了。"

许蓝笑笑："反正证据都在手上，我找她聊聊又如何？放心吧哥，我会让大家知道，你才是我名正言顺的哥哥的——"

林榭打断她："别跟我贫嘴，我根本不在意这个。你爱认谁当哥哥就认谁去，我嫌你烦。"

许蓝轻笑："知道了。"

挂了电话后，许蓝心底那股郁闷散了不少。

有人站在自己身边和身后的那种感觉，真的不要太好。

"所以懒懒，咱们怎么办？"鱼鱼一头雾水，"真的要直接去找纪鸢吗？她那种人，肯定不会给咱们好脸色。"

"所以要做两手准备啊。"许蓝伸了个懒腰，从柜子里拿出以前林榭送的录音笔。

"我也不是什么好人，她要是冥顽不灵，最后什么下场，也就跟我没关系了。"许蓝打了个哈欠，"先睡一觉再说。明天早点起，跟我一块儿找人去。"

第二天，教学楼主楼内。

下课铃声响起，公选课老师刚走，教室便开始嘈杂起来。

人一个接一个地离开，唯独坐在第一排的纪鸢和她身后转着笔的许蓝没动。

人都差不多走完后，教室又归于寂静。

纪鸢转过身："你干吗？"

许蓝莫名其妙："嗯？我来听课。"

"别装了，我又不傻，"纪鸢"哧"了一声，"你根本没选这个老师的公选课。"

"哇！"许蓝笑了，杏眼弯弯，"你怎么这么关注我，我选什么课你都知道。这可是公选课，什么院的人都有，那么多人你偏偏记住我了。"

她叹了口气："挺惭愧的，我前段时间才刚记住你的名字。"

纪鸢脸上青一阵红一阵："真自恋，不要脸。"

许蓝饶有兴致地看着她："自恋我承认，但我做什么了，让你觉得不要脸？"

纪鸢翻了个白眼："还用我说？"

许蓝挑了下眉，忽然沉下声音："纪鸢，你越界了。"

"什么意思？"纪鸢指尖收紧。

"你知道我在说什么。"许蓝笑笑，"明人不说暗话，你不是一向自诩勇敢吗？怎么，敢做不敢当？"

"你没有证据证明是我做的。"纪鸢的心脏跳得很快，她想伸手去捂心口，但又怕被许蓝笑话，刻意止住了动作。

"已经有了，"许蓝莞尔，"纪鸢，你但凡有点脑子，就该想到发帖不该用自己的电脑，好歹去个网吧。这样，也许能让我哥找得久一点。"

纪鸢猛地抬头，紧张道："什么意思？你哥？"

许蓝扶额："我哥是刑警，锁定你的 IP 地址一点都不难，很容易就能查到帖子是从你们宿舍发出去的。你住的是双人间，舍友跟着导师出校比赛去了，宿舍只剩下你一个人。"

纪鸢眼神冷下来："是我又怎样，错的是你！我承认我讨厌你，我也嫉妒你。"

"看出来了。"许蓝淡淡道，"可你嫉妒我是尽人皆知的事情，你太捧我了，我感激不尽。"

"我就是不明白，凭什么，"纪鸢攥紧拳头，声音也颤抖起来，"凭什么大家都那么喜欢你，所有人都要以你为中心，每次活动都是你站在最中心的位置。我也很努力，可就是没那么多人像站在你身边一样陪着我。我长得不比你差，每学期的绩点分数更不比你低，怎么我总是在你后面呢？"

"更过分的是，你还骗我，骗我说他是你哥哥。"纪鸢眼眶红了，"我第一眼就喜欢他了，可他居然又是你的。"

许蓝静静地看着她，片刻后，忽然笑了。她挠了挠耳后，许久才收住笑意，抬眸望向早已经站起身来的纪鸢，轻轻道："你是谁啊？"

纪鸢愣住。

"你是谁？"许蓝叹了口气，"我需要对你如实相告所有事吗？"

"你！"纪鸢顺手将自己的书包砸向许蓝，却砸偏了。

许蓝依旧坐在原地，她还想说什么，可虚掩的教室门后面突然发出"咔"的声响。

两人同时看过去。

"大家都听见了，"鱼鱼大声道，"纪鸢自己亲口承认的，那条帖子是她发的，并且内容是造谣的，沈问本来就不是许蓝的亲哥哥。"

许蓝没有想到会发生这种局面，倒是出乎她的意料。

另一个熟悉的声音："纪小姐，请注意些你的措辞。"

许蓝惊愕地回眸——林榭？

更令她意想不到的是，林榭的身后，还跟着两个人——沈问和顾漠。

纪鸢愣在原地，浑身颤抖起来，她往后退了两步，腿却撞到了桌角，疼得她面部紧缩。

"沈问……"她只能叫出这个名字，便说不出其他话了。

沈问没看她，只是看向许蓝。

"我来凑凑热闹，勉强撑个门面。"顾漠依旧是吊儿郎当的语气，一点都不把自己当外人，嘴里还叼着根香烟。

林榭脸有点黑，但没说什么。

"听说，有人诽谤我们家的模特，所以我特意来看看，是谁这么大胆子。"顾漠一双桃花眼微挑，装模作样地打量了纪鸢一眼，"小美人儿，你知不知道诽谤造谣是犯法的？"

顾漠这人本就出名，很多同学都知道他的名字。此刻顾漠身边站着的，是之前名声大噪的沈教授。

大家依旧在议论着，直到梁霜的声音打破嘈杂和喧闹。

"我说些话吧。大家都知道，我的'仲春情诗'是邀请许蓝走秀的，而沈教授的事情，我也刚好知道一些。"

梁霜的出现，更是大家完全没料到的。学校里有名的高冷学姐，居然会出现在这种看热闹的地方，还主动站出来说话。

"当时那场走秀结束后，沈教授便联系了我，问他是否能把那条礼裙买下来，送给许蓝当作纪念。所以他们两人的关系，我也算知道得比较早。"

"之前论坛上说沈教授是她哥哥，那些都是无稽之谈。许蓝的哥哥是北市公安局刑侦一大队的队长，也就是这一位。"梁霜看了一眼林榭，微微颔首。

她的目光最终定格在纪鸢身上，居高临下地看着她："学妹，我解释得够清楚了吧？"

一直没有开口的沈问走近，揽住许蓝的肩膀："我们走吧。"

许蓝深呼吸，打算把最后想说的给说明白："纪鸢。你好像，很羡慕别人有很多的朋友。"

纪鸢气得一拳砸在桌子上，眼泪刹那间落了下来："我没有！"

"只有成长为独立的个体，才能收获真心的朋友。你以为的勇敢，不过是在替嫉妒找了个光明正大的借口。这样的勇敢脆弱不堪，就像飞蛾扑火，转瞬即灭。"

"我从不觉得你有必要讨厌我，但你若是执意如此，那我不做干预。"许蓝叹了口气，"纪鸢，校运会那天，我真的想和你好好比一场跑步的，你也一样吧？"

纪鸢流着泪："求你，别再提那一天……"

"一味地关注让自己无法释怀的事情，只会被情绪的旋涡反噬。我们每一个人，都曾站在或璀璨或暗淡的地方。我们都是一样的，不用妄自菲薄。"许蓝深呼吸，"这是很简单的道理，可是很多人都不懂。"

是啊，纪鸢不懂，许蓝她自己，又何尝做到了？

"懒懒。"沈问再叫了一声她的名字。

许蓝看着他，心里的情绪稍微压了压："走吧。"

"等等！"纪鸢喊住她。

许蓝没有回头，亦没有停下脚步。

"对不起！"纪鸢哭着喊道。

许蓝没有回应。

教学楼外。

"好想去便利店，吃个咸蛋黄的冰皮蛋糕。"许蓝看向大家，"一起去吗？"

鱼鱼笑："我们都是识趣的人，才不想打扰你们呢。林榭哥，你也要走了吧？"

林榭看了眼时间："嗯。"

"小懒懒，这种事情下次记得早点找我——找沈问。"顾漠耸肩，不轻不重地摸了一下许蓝的头，"许大小姐啊，既然有男朋友了，这种事情，以后就别一个人担着了。"

沈问莞尔，牵住许蓝的手，温和道："跟我走吧。"

许蓝在便利店用餐区吃着蛋糕，口齿不清道："话说，你们怎么都来了？我的原计划是感动一下反派，再上论坛澄清事实就行了。"

"懒懒，我不想打击你，但这个计划看起来并不可行。"沈问喝了一口咖啡。

许蓝"嗯"了一声，从口袋里掏出一样东西："所以，我准备了录音笔啊。"

其实许蓝还是难过的，谁不想和同学一直和睦共处呢。而且，学校这种地方，传消息的速度非常快，纪鸢……肯定会不好过。

可是没办法，她做错了事，总要付出代价。

纪鸢的名声已经不好了，不管她最后那句道歉是诚心悔过，还是害怕承担责任，许蓝都觉得不重要了。

这件事，就到此为止吧。许蓝默默叹了口气，告诉自己那些都过去了，此刻该专注于眼前的人，那可是沈问呀。

许蓝突然想到了什么，打开微博，编辑了一条图文帖子。

沈问将西柚汁的盖子拧开，放在她面前："喝点果汁，别噎着。懒懒，在看什么呢？"

"哥哥，你快看一下我的微博。"许蓝笑笑。

许蓝的微博粉丝已经突破了二十万，先前六月份发的游乐场视频和图集，有很多人留言问她是和谁一起去的，但许蓝都没有回复。

沈问打开许蓝的微博主页，看见了最新的帖子。咖啡喝到一半，怔住了。

那条微博的文案是：统一回复，男朋友。

配图是上次在游乐场，两人的合照。两人靠得很近，笑得灿烂。

没过多久，接二连三的祝福就出现在了评论区。许蓝翻着评论，撇了撇嘴："怎么这么多人想要你的微博 ID 啊，气死我了。"

沈问轻笑，轻轻弹了一下她的脑袋："气什么，我是你的。"

许蓝没憋住，一秒破功："我知道。"

许蓝看着沈问，忽然叹了口气："哥哥，我突然感觉好幸福啊。"

"我也是，"沈问看着她，"但是以后这种话要少说，会让我很想吻你。"

许蓝："……"

是不是男人谈恋爱后，都会越来越大胆呢？

没过几天，事情的真相就在论坛上发了出来，事件就这样落了幕。

经历过这次事件，许蓝也审视了自己的行事风格，明白了锋芒不可外露，张扬的个性也须偶尔收敛。

不过生活总要继续，按自己的习惯做事，才是最舒适的。

第九章

十一假期，北市。

超市里，许蓝盘着腿坐在购物车里面，拿着一杯冰激凌挖着吃。

她时不时回头，看看身后正推着车的沈问："我不重的吧？"

"推着没什么感觉。"沈问轻笑，"还要什么吃的吗？"

"上面那个蓝色包装的薯片。"许蓝舔掉嘴角沾到的巧克力酱，"你要是觉得重也没办法，反正我是不会下来的。"

沈问被她逗乐了，将薯片给她："知道。看看，还有没有什么没买？"

许蓝看了一眼自己身边，身处零食堆中的感觉着实不错。

她点点头，朝沈问一笑，满意道："没了。"

沈问揉揉她的头发："吃东西，别笑。"

许蓝的头发已经染回了原本的黑色，看着柔软而顺滑。

"朝你笑笑还不行。"许蓝歪着脑袋，"哥哥，不会我对你笑一下，你都想亲我吧？"

"是啊。"沈问俯下身，"所以我想快一点结账回家，就现在。"

许蓝："……"

沈问家的花园里，芝士的身体很有规律地起伏着，正睡得酣甜。

沈问站在穿衣镜前扯松领带，许蓝忽然蹲到了他跟前。他停下手上的动作，任凭那条领带歪歪扭扭地挂在脖子上，笑道："怎么了？"

许蓝坏笑着，拉住他的领带往下扯，蓄意勾引："哥哥刚刚不是在超市里面说，想快点回家亲亲我的吗？"

沈问不说话，也没表态。

许蓝"啧"了一声，有些费力地踮起脚："哥哥，你怎么这么高呢？"

沈问配合地俯下身："现在可以了吗？"

结果少女一秒变妖精，居然偏过头，舔了一下沈问的喉结。沈问脊骨一麻。

许蓝盯着他的脸，一副很无辜的样子："鱼鱼和我说喉结不能乱碰，但哥哥你也没什么反应啊。"

沈问还未有其他动作，许蓝就一把推开了他，光着脚跑出几步远："不许过来！哥哥我错了！"

沈问心底像是有一团火在烧，可看见自己女朋友这副样子，又一点辙都没有，只好叹了口气，道："懒懒，别闹我。"

许蓝在沙发上盘腿坐着，身体一摇一晃："我哪有啊。"

沈问走近，蹲在她面前，放下拖鞋："小孩儿，自己平时要注意些，别总光着脚。"

许蓝鼓鼓腮帮子："我虚岁有二十一，哪儿都不小啊，是吧，哥哥？"

沈问很认真地看着她，叫道："许蓝。"

"嗯？"许蓝低下头。

因为沈问是蹲在她身前的，许蓝坐在沙发上，还比他高出一点点。

"等你毕业，我们就结婚吧。"

沈问的眼神和语气太过认真，许蓝明显愣了一下，而后笑了："之前我不就说过嘛，几年后老来得子的沈先生。刚刚这个，不算是求婚吧？"

"不是。"沈问轻笑，"只是，突然很想告诉你我的设想而已。我真的没想到，这一生能遇见你。"

许蓝怔了许久，在心里回应道：这话应该我说啊。

沈问撑在沙发两侧，许蓝主动地搂住他的脖颈，忽然笑了："怎么老亲我？"

沈问没有回答，动情地献上一个吻。一直到他放开许蓝，才声音沙哑地回答了刚才的问题。

"因为我爱你。"

次日，沈问有一场在其他学校的讲座。许蓝边吃早餐边埋怨："为什么讲座要放在假期里？而且，他们居然愿意牺牲宝贵的假期时间来听讲座！"

沈问无奈地看着少女一口一个迷你小笼包："这么不希望别人来听我的课吗？"

"肯定是人越多越好啊，只是我恨早起。"她叹了口气，"可是没办法呀，我家大人，我得跟着。"

到了会场，许蓝扫视一圈，觉得来的人至少有一半不是医学系的。

她的手背冒出小青筋：这魅力四射的男人，到底之前有过多少次演讲，才能吸引这么多女大学生？

她这次直接挑了个中心位置坐下，没像上次那样坐得比较偏。沈问讲课的时候，果然又有女生在偷拍，许蓝深呼吸，不断地告诉自己：这是我男朋友，别人拍就拍吧。

沈问的演讲很成功，许蓝这次也吸取了上一回的教训，拍了挺多照片的。

不过讲座结束之后，沈问没有立即离场，而是要接受学校的新闻社团采访。

沈问面对提问侃侃而谈的样子，真的很迷人。

许蓝努力地把翘起的嘴角压平，告诫自己：要冷静，要冷静。

问答环节进行到尾声，有名校园记者说："沈教授，我们想最后再问一个私人问题，可以吗？您要是不想回答也可以，但这个问题的确是我们都很关注的。"

沈问颔首："您问，我可以试着回答。"

记者笑了笑："请问，沈教授想几岁结婚呢？"

沈问没有犹豫："三十岁。"

记者明显是被沈问的回答给惊讶到了："为什么这么准确？而且，沈教授您今年应该是二十八岁，时间似乎也已经很近了。"

"因为已经有人选了。"沈问说这句话的时候，没有看摄像机的镜头，而是看向了会场的正中心。

许蓝没有移开视线，笑着迎接他的目光。

次日中午。

"懒懒！"鱼鱼昨晚是和许蓝一起睡的，此刻她在床上跳来跳去，"快起来！我中奖了！两天两夜的温泉度假，包住包玩，而且是四人票。"

许蓝打了个哈欠："沈问他应该没问题，等会儿去对门蹭饭，我跟他提一下。"

"还有一个呢？"许蓝伸了个懒腰，"我哥你看行不行？"

"可以啊，"鱼鱼点点头，"刚好让你哥和你男人交流一下感情……"

许蓝根本不理会鱼鱼后面那半句话，只是懒懒道："行，那等会儿我给我哥打电话。"

第二天一早。

"她们两个睡着了？"林榭开着越野车，目视前方。

沈问坐在副驾驶位上，回头看了一眼："嗯，都睡了。平时她们都爱睡懒觉，今天七点就起床，肯定困。"

林榭笑了一声："这两个家伙，生活习惯都差得要死。沈大教授你那么养生，倒也受得了我妹这作息。"

"挺可爱的。"沈问笑笑，"小孩儿嘛，再大点会懂的。"

"这话可别让许蓝听到，她跟你急。"林榭扶着方向盘，快速地打了个弯。

越野车在温泉度假区停下，沈问先一步下车，到后门取东西。

林榭一脸黑地朝后看了一眼，厉声道："许蓝，起床了。"

鱼鱼先醒，揉着眼睛："林榭哥……到了啊。"

"嗯，"林榭声音缓和下来，"还困的话，回酒店再补补觉。"

而前后两句话都听见的许蓝，此刻选择继续装睡。

四人住的酒店也很对得起他家的招牌，每一间房间都是套房，还自带一个小的温泉池。

酒店自带度假区、地下酒吧、球馆、情侣影院，应有尽有。

四人玩了一整天，一看时间不早了，林榭便赶两个小姑娘去睡觉，自己则和沈问单独散了会儿步，随后一同坐在了中央泳池边的躺椅上。

沈问鼻梁上架着夜视镜，很柔和的模样。

林榭虽然面容冷峻，但女生大多抵挡不住他身上专属于刑警的那种气势。

两个人只是坐在这里五六分钟，就已经有几个女生来要他们的联系方式了。

林榭跷着二郎腿，从口袋里摸出一包烟，给自己点上："抽不抽？"

沈问莞尔："我不抽。不过，我以为你也不抽。我有个朋友，身上的烟味一直很浓，但我没有在你身上闻到。"

林榭一笑："干我们这行的人，没有一个不抽烟的。"

"我倒是不太了解，今日受教了。"沈问推了下眼镜，"你是不是有话要对我说？"

林榭点燃了烟，慢慢地吸了一口，又将打火机塞回口袋。

"其实也没什么，"林榭沉声道，"不过是想再多关照几句。许蓝其实是个挺麻烦的小孩儿，她初中那会儿真的皮，我管都管不住。"

沈问笑笑："我知道。不过，她有脾气是应该的，毕竟没有不带刺的玫瑰。"

夜色已深，林榭手中的烟蒂忽明忽灭，橙红色的光亮在漆黑的环境里十分明显。

他吐了口烟圈，深深地叹了一口气："她有很多年，都过得不好。我不在家的时候，她一个人其实很难。沈先生，你要照顾好她。"

他掐灭烟头，正色道："虽然我很嫌弃她，但她是我的亲妹妹。只要是我管得到的地方，就没人敢亏待她。我干这行久了，身上多少带点痞气。你得给我保证，除非许蓝不要你，不然你不能离开她。"

沈问亦坐直了些，一字一顿："我发誓，许蓝缺少的那些爱，我沈问会用一辈子补回来。"

林榭嘴角一勾："谢了。"

十一点半，房间里熄了灯，许蓝却睡不着。

她轻手轻脚地在黑色吊带裙外面披了件小坎肩，踩着低跟凉鞋，就想出去。

其实按照她们的作息，一般都是半夜才睡。只不过今天玩得实在太累，鱼鱼的精神就有点差。

她迷迷糊糊感觉许蓝在穿衣服，眯着眼睛道："懒懒，你不睡吗？"

"吵醒你了啊。"许蓝站在门口，"我还有点睡不着，想出去散散步，你先睡吧。"

"好，那你注意安全。"鱼鱼在许蓝出去后，撑着精神打开手机，给沈问发了个消息：懒懒睡不着，出去了。

许蓝走着走着，就到了一片灯红酒绿的地带——地下酒吧。

她一个人走了进去，点了杯鸡尾酒。

酒吧里的音乐是布鲁斯风格的，听着还挺舒服。

虽然现在她素面朝天，依旧是美得不像话。那头黑色的长发跟瀑布似的，在昏暗的灯光下，愈发显得迷人。

很快就有男人来搭讪："小姐，我请你喝一杯可以吗？"

许蓝举了举自己手里的杯子："不好意思，喝完这杯，我就去睡觉了。"

"第一次来这儿吗？"男人轻声笑了笑，"你很美。"

"我知道。"许蓝淡淡道，"不过，第一次和第二次来，有什么区别？"

"当然有，"男人晃动着酒杯，杯中葡萄酒泛着粼粼微光，"多来几趟，才知道哪里有趣。"

许蓝挑了挑一边的眉，不置可否。

"这杯我请了，小姐，赏个光吧。"男人诚挚道，"交个朋友，可以吗？"

许蓝没什么表情："我有对象了。"

"没事，我说了，只是交个朋友。"男人伸出手，"对了，还没自我介绍，我是这家温泉酒店的老板，我姓——"

"不好意思，我要带我女朋友走了。"熟悉的声音出现在耳畔，与此同时，许蓝冰凉的胳膊上，忽然搭上一只温热的手，将她往自己身上拉。

沈问身高比老板高出十厘米不止，即便沈问的面孔温和收敛，压迫感依旧铺天盖地席卷而来，让老板不由得向后退了一步。

"失眠了怎么不叫我，让我一顿好找。"沈问揉了揉许蓝的头发，然后在老板目瞪口呆的表情下离开了。

许蓝自知是自己的错误，刚出酒吧就忙道："哥哥，我没乱喝酒，也没交陌生朋友，我只是出来走走。"

"我知道。"沈问俯下身，吻住她的唇，又松开，叹了一口气，"柠檬薄荷味的啊。"

他叹气的声音有些重，近在咫尺的鼻息也是烫的。

许蓝的耳根有点烧，因为沈问刚才的那个叹气……也太性感了。

"哥哥，你还是生气了吗？"

"有一点。"沈问其实并不生气，但确实吃了醋。

他刚才很长时间都没找到许蓝，也是真的很担心她的安全。虽然许蓝非常聪明，随时随地都知道要如何保护自己，但沈问还是会着急。

"那……我再想想办法！"许蓝以迅雷不及掩耳之势，迅速从沈问的衬衣里抽出了房卡，跑到沈问的房间门口刷了一下。

"嘀"的一声过后，许蓝像只小兔子似的，迅速蹿进了套房。

沈问："……"

"还睡不着？"沈问无奈，"你哥已经在房间里睡了，动作轻点。"

"这不是得把我男朋友哄好，我才能安心去睡觉嘛。"许蓝吐吐舌头，坐在套房小院子里的一块石头上，两条白皙细长的腿垂下来，在空中一晃一晃的。

沈问随意地坐在一张躺椅上："那你哄哄看。"

许蓝从石头上跳下来，跳上躺椅，直接跨坐在沈问身上。

沈问眼神一凛。

"哥哥，我问你哟，"许蓝眼珠子一转，"你知不知道一个著名的数学公式，首项加末项乘项数再除以二。哥哥，这是什么公式啊？"

沈问叹气："求和。"

"这就对了嘛！我同意了！"许蓝亲了一口沈问，"既然哥哥都跟我主动求和了，误会解除，我可以去睡觉啦！"

沈问："……"

某个中午，医院附近的咖啡厅。

阮遇往自己的咖啡里加了些黄糖："说说看，你打算什么时候离职？"

沈问动作一顿："还早。至少，今年不会走。"

"我还以为你不会待很久了，毕竟家里催得那么急，"阮遇叹了口气，"刚听你说今年不走，我还庆幸了一下。结果细细一想，发现今年也没剩下多少天了。"

"这么快。"沈问也一怔，"的确，十月都快过半了。"

"沈教授啊，我那么依赖你，你却要离我远去。"阮遇郁闷地撑着脑袋，把搅拌棒往咖啡杯里一扔，"你说说，我好不容易找到个智商和外貌都能与我媲美的医生，结果你居然要转行去做生意。"

阮遇搓搓鼻子："以后我再在北市买房，记得给我打折啊。"

"明年，我也不会太早离开。"沈问垂下眸，"我想再以这样的身份，和许蓝待得久一点。"

"……就为了给她脱敏啊。"阮遇点点头，"也是，你那点心思，也不用我猜。对了，她还是不愿意来医院？"

"嗯。"沈问闭了闭眼睛，"我带她去过两场医学类的讲座，跟我在一起的时候没什么，但我不在，让她跟一群医学生待在一起，就不太行。来医院的话更是不可能，就算我陪着，她也是不愿意的。"

"其实我一直想跟她聊聊天，但我看以她的性子，恐怕难。"阮遇皱眉。

"她不会愿意的。"沈问摇头，"只能慢慢来了。"

手机铃声响起，午休时间快结束了。

"走了。"沈问把咖啡喝完，"一起？"

"我也回去了。"阮遇打了个哈欠，"今晚下班叫上顾帅，咱打个球去吧？"

"我今晚本来就要见他。"沈问笑笑，"不过不是打球，你要不要和我一起去？"

"可以啊，不过是什么事？"

"下班我来找你。"沈问没回答阮遇的问题，先走一步离开咖啡厅。

晚上，沈问换好衣服，给阮遇发了个消息："去停车场，开我的车。"

"行，那我把我车钥匙给石穗。"

没过多久，阮遇出现在了停车场，在沈问车上的副驾驶座上一靠："算算时间，有段时间没去 DIM 看一眼顾帅的高端会所了。"

沈问莞尔："你要是想去，可以天天去。"

"那还是算了，"阮遇太阳穴发胀，"那儿不适合我，商圈的钩心斗角太多了，和他们长期打交道会累。还是医院舒服，不费脑子，还工资高。"

沈问不语。阮遇想起来，沈问也要踏入那个圈子了，赶忙安慰道："你也别难过，接受家里那一堆房地产企业，比当医学教授有前途多了！而且赚得更多，好养你家小孩儿……"

沈问莫名其妙地看了他一眼："我没难过，我挺开心的。"

阮遇："……"

DIM 大门口。

前台经理一直认识沈问和阮遇，见两人来了，立即露出了职业笑容："二位来找顾总啊，楼上请。"

电梯在顶层停下，打开就是包间。

这是顾漠的私人休息室，此刻顾漠正躺在落地窗边的沙发上，优哉游哉地边喝红酒边打电话。

见两人来了，他打了个手势让两人稍等，又跟另一头客套了几句，然后挂了电话。

"哟，阮遇也来了啊，好久不见。"顾漠是个好客的，朝两人举了举杯，"喝点什么？"

"我开车。"沈问说。

"那阮遇陪我喝点。"顾漠倒了半杯酒递给阮遇，两人碰了一下杯。

顾漠绕到办公桌后，单手拉开抽屉，将里面的一沓文件找出来，往沈问跟前一推："喏，你要我帮忙联系的那个设计师，最新的钻戒设计，都在这儿了。"

阮遇骂了一声："沈问！许蓝大学还没毕业呢，你现在就要订戒指了？"

顾漠先开口解释了一番："这位设计师精细，工期时间长，倒也不早。"

沈问笑笑："用来求婚的。"

他低头仔细地翻看那些设计稿，一边换了个话题："这个设计师是不是快退隐了？”

"嗯哼，"顾漠吊儿郎当地应了一声，"前年我还想给DIM拓展一下这方面的业务，当时就联系过他，想签下来给DIM设计钻戒。结果他说，自己年龄大了，不想再干这一行了，五年之内肯定退隐。换句话说，就是想做就做，不想做的话，谁都劝不动。"

"所以是得赶紧，不然到咱们小懒懒毕业，人家都退隐了！不过这设计师年龄其实并不大，还不满五十。估计是赚的钱太多没地儿花，想多玩几年。"顾漠笑了一声，"最近他也就这么几张设计稿，而且都是没有成品的，定了就是全球独一份。沈教授，你要看多久？"

"选好了，"沈问拿出其中一张递给他，"不过，钻石的样式要改，菱形太突兀了。"

顾漠挑眉："以我的眼光来看，这已经很完美了啊。沈大教授眼光够高的啊，所以，你还想要人家怎么改？"

"我想让他把这颗钻石，雕成玫瑰的形状，能做到吗？"沈问修长的手指抵在设计稿上。

"你倒是花样多！"顾漠无奈，第一次以一种看甲方的眼光打量着沈问，"你说，光是手工费，人家就得收你多少？"

"随便多少，我都付得起。"沈问撑着桌角，眼底诚挚，"麻烦顾老板了。"

"行，我去沟通。"顾漠打了个哈欠，"今晚沈问请客吃饭，预祝沈教授求婚成功。"

许蓝刚上完公选课，拿出手机，给沈问发了条语音，声音特意哆了一些："哥哥，我刚下课，和鱼鱼在吃火锅。你在吃饭吗？"

沈问很快回复：和顾漠、阮遇在吃牛排。

一张照片被传送过来，是沈问拍的菜品。

沈问：别吃辣的，还有冰的。

鱼鱼瞥了一眼许蓝的聊天记录，"嚯"了一声："你男人连你生理期都记啊。"

许蓝云淡风轻地"嗯"了一声："记啊，他不是一直都很细心的吗？"

鱼鱼露出不怀好意的笑容："懒懒你实话跟我说，你俩到什么阶段了？"

许蓝面无表情地直视着她："亲过。"

鱼鱼茫然："你们在北市可是住对门！对门啊！"

许蓝真想敲开鱼鱼的脑袋看看里面装的是什么："我们才在一起半年都不到。"

鱼鱼捕捉到信息："那，半年到了呢？"

许蓝伸出一根手指："再说一个字，爷就不吃了。"

鱼鱼赶紧服软："我错了懒爷！"

说是这么说，但许蓝刚从四方形的火锅里捞出一块肥牛肉，就突然开了口："鱼鱼你说，沈问他会不会真的嫌我是个小孩儿啊。"

"怎么可能。"鱼鱼无奈，"他那么喜欢你，不会嫌弃你任何方面的。"

鱼鱼思绪飘远："等你毕业了，他也三十了吧。"

"我知道。"许蓝突然转换话题，"等你毕业，我哥二十七。"

"嗯，怎么突然提林榭？"鱼鱼神色自然地回答。

"就随便提一下啊，毕竟我哥也是我生命中举足轻重的男人之一。"许蓝很淡定，"顺便说一个最近关于我哥的发现。"

"什么？"

许蓝："你喊我哥的大名，喊得很顺口嘛。"

鱼鱼尴尬："这不是时间长了，又不是小时候，我一直叫他哥的话，总觉得怪怪的。毕竟他是你哥，又不是我哥。"

"哦，"许蓝很配合地点头，"所以，他不是你哥。"

言外之意，极其明显。鱼鱼当作没听到，夹了一筷子粉皮扔到许蓝碗里："吃你的牛肉酱拌粉皮去，其他的事情少操心。"

"对了，明早我要回北市拍照。"许蓝突然想起来这回事，"我还没跟沈问说我明天要回去呢。"

"懒懒，你毕业后真的要去当记者吗？"鱼鱼提出建议，"我一个菜鸟设计师还留在DIM努力实习呢，你留在DIM拍照多好啊，又赚钱。我要是有你这身材和脸蛋，我就做专职模特了。"

许蓝摇摇头："我还是想做新闻。"

不过，一想到明天又能见到沈问，许蓝的嘴角也不经意地泛起微笑。

次日傍晚，鱼鱼和许蓝手挽着手，走出了吻你花园。

在门口，两人看见了熟悉的黑色私家车。鱼鱼要回家陪爸妈，于是先走一步。

沈问带许蓝在法式餐厅填饱了肚子，能看出来许蓝是真的饿了，光是餐前酥皮面包就吃了三大块。

回家后，许蓝觉得太撑，想要出门散步消食，沈问自然陪她。

两人走到一家音乐酒吧门口，许蓝突然止步，舔了舔嘴唇："哥哥，我好像很久没有喝过酒了。"

"想喝吗？"沈问往酒吧里看了一眼，似乎环境尚可，便道，"那就喝点吧，但别太多。"

"知道啦。"许蓝眨眨眼睛，伸出一根手指，"就一杯，保证不贪，走啦。"

其实许蓝的主要目的不是喝酒，而是想听歌。

这家酒吧里总有歌手在台上弹唱，她每次来，听到那些歌都觉得很舒服，心情也会愉悦。

两人在离舞台很近的地方坐下，各点了一杯度数不高的酒。

酒吧里的金色光影打在沈问的侧脸上，更显得他眉骨高挑，眼窝深邃。沈问的那双眸子里像是有水光一般，在昏暗的环境里闪烁着。

舞台上比较偏的位置，有一台白色的三角钢琴。

今天主唱的歌手是个外国小伙儿，没有用到钢琴，只是拿着把吉他，很轻地哼唱着。

"哥哥，你是不是很久没有弹新的曲子了？"许蓝盯着那架钢琴，慢吞吞道，"琴师 W 的微博动态下面，每天都有催更的留言呢。"

沈问没想到她还关注这个，微微一怔，轻笑："咱们懒懒还挺关注我。"

"琴师 W 可是我男朋友，我怎么会不关注？"许蓝像是有点小脾气似的看着他，"而且你到现在都没露过脸，我可是很尊重男朋友的，如果上回在微博官宣的时候，直接把琴师 W 的账号发出来，估计影响力得翻不止一倍。"

沈问笑着垂下眼眸，漫不经心地晃着酒杯，忽然抬起眼皮，很认真地看着她："懒懒，你希望我告诉大家，我是琴师 W 吗？"

许蓝沉思："说不上想不想，我觉得公开与否都没什么关系。不过你是个低调的人，若是公开，会打扰到你的生活吧？"

沈问点了点头："其实我最近作了一首曲子，而且刚刚录完，马上会发出去。这是我第一次原创，可能也是最后一次。"

许蓝睁大眼睛："哇！"

那双眼睛好亮，微微张开的嘴唇上水光潋滟，让人不得不想要疼爱。

沈问笑笑："想听吗？"

许蓝用力地点点头："可以吗？"

"那么，女朋友，麻烦帮忙录个像。"沈问起身走向舞台，用标准的英式英语，跟那个正在休息的外国歌手交谈了几句。

许蓝愣住，随即这份惊讶又被狂喜给盖过。

明白沈问要做什么后，许蓝立即点开了相机。

虽然不明白沈问让她录像是为了什么，但她能确定的是，沈问现在要弹琴了，而且是在小酒吧的一方舞台上弹。是专门为了她弹的。

许蓝嘴角微微上扬，摁下了录制按钮。

沈问掀开琴盖，缓缓坐在软凳上。舞台上本就有灯光，他骨节分明的手指按在琴键上，光影错落，尤其好看。

他穿的刚好是白色衬衫和西装长裤，就像是特意来演奏的钢琴师一般。

酒吧的嘈杂声渐渐淡去，钢琴曲的音调渐渐漫开。

许蓝全部的注意力都集中在沈问一个人身上，她的双眸一动不动地盯着台上的男人，将男人敲击琴键的模样尽收眼底。

她之前觉得，没有曲调会比"Rose Dance"的旋律更好听，但现在她可能要改变这种想法了。

她不知道该如何用语言来形容这一首曲子，它并非一种节奏贯穿始终。

前期的旋律清新甜美，像是初到人间的小精灵，充满着懵懂和天真。渐渐地，曲调开始火热张扬，轻快明朗。到了乐曲中间，曲调慢慢沉了下去，听着有些压抑和忧郁，亦有不甘于现状的激情。但最终，沉闷的曲调再次变得细腻柔软，慢慢地延伸着，像是夜晚的湖面，缠绕温柔。

那样的温柔、浪漫和跌宕起伏，是只有沈问才能谱写出来的华章。

曲子结束的时候，许蓝甚至忘记了手里还在录着视频，亦忘记了鼓掌。直到耳边的呼喊声越来越大，熟悉的男人又再次坐回她身边时，她才反应过来，慌忙地按下了结束录制的按钮。

"录好了，给你。"

"谢谢懒懒。"沈问接过手机，"好听吗？"

许蓝点点头，眼底亮晶晶的："回家可以再弹一遍吗？"

"就现在吧。"沈问突然很想吻她，但这里是公共场合，他终究是克制住了，"我们回家。"

A区109室，许蓝轻车熟路地按下密码，门"吱呀"一声打开。

两人进了沈问的卧室，许蓝蹦蹦跳跳着把钢琴的防尘罩打开，兴致勃勃："刚刚我听得恍恍惚惚的，这次我肯定聚精会神认真听。"

一曲毕，她呆坐着，眼睛有点湿。

许蓝慌忙用指尖擦了擦眼角，又吸了吸鼻子："我也不知道是怎么回事，忽然就很感动。"

"沈问，你给这首曲子起名了吗？"许蓝咬了咬嘴唇，"它好浪漫，又好复杂，你会给它起什么名字呢？"

"许蓝。"沈问看着她的眼睛。

"我在。"

沈问忽然很轻地笑了一下："我说，这是曲名。"

许蓝一愣，半晌才明白沈问在说什么。

"沈问，"她不可思议地眨了眨眼，"你给这首曲子，取了这个名字吗？"

"对。"沈问掌心穿过许蓝的头发，扣在许蓝的后颈，轻轻摩挲，将手掌的温度一点一点传到她的皮肤表面，再慢慢地渗透进去，"可以吗？"

以你姓名，冠我新曲。

许蓝想落泪。这么好的你，居然是我的。

她闭上眼，沈问亦动了情，俯身吻上她的唇。那个吻开始很轻，但随着体温上升，沈问不再满足于浅尝辄止，而是一点点地深入探索。

两人的呼吸都渐渐变得粗重，许蓝忽然吃痛地"嗯"了一声，沈问连忙松开："疼了？"

许蓝摇摇头，忽然凑到沈问的面前，在盈盈的月色下，轻轻笑了："没有。"

她的身上很香，气息喷在沈问的耳廓。

"哥哥，我挺舒服的。"许蓝承认，自己原本就是想撩沈问的，但没想到，这回她撩过头了。

"懒懒。"沈问没回，只是叫着她的名字。

光是一个眼神，一个词语，便撩得她脸红心跳。

沈问平时看着温柔稳重，在这样的时刻，他身上烫得骇人，大抵没有人能经得住这样巨大的反差感所带来的撩拨。

沈问这种温柔的男人啊，一旦染上情爱和欲望的颜色，那便不是光"性感"二字就能够形容得了的。

"哥哥，"许蓝腰腹一紧，身下发软，"懒懒不是小孩儿了。"

沈问倒吸一口凉气。她真的不知道，自己脸上此刻的神情是多么的勾人，更是不知道自己的声音有多撩拨。

"我很早就想这么做了。"沈问把许蓝压在床上，膝盖抵着身下的少女。

"怕吗？"沈问吻着许蓝的耳朵。

许蓝很轻地闭了下眼睛："不怕。"

"确定吗？"沈问再三确认，即便欲火焚身，他依旧不想伤害自己的心头肉。

许蓝咽了口唾沫："谁怕谁啊。"这话的第一个字还是挺强硬的，但尾音小得几乎听不见。

事实证明，在这种情况下仍旧嘴硬，绝对是许蓝这辈子做过的最没脑子的事情。

灯早就不知什么时候被关了，沈问滚烫灼热的鼻息喷在许蓝耳后。许蓝耳朵本来就敏感，一碰就红，现在更是烫得像被烧了一般。

"我的懒懒……"沈问咬了一下她的耳廓，嗓音哑得令许蓝脊骨发麻，"现在后悔，还来得及。"

许蓝举起软绵绵的拳头，想去打他，可后背软得跟没骨头似的，根本使不上力气。

沈问吻上她的眼睛。

"许蓝，我会永远爱你。一直到你亲口说，不再需要我再爱你为止。"

夜已渐深。空气里除了清新的茶香、浓烈的玫瑰气息之外，还有些别的味道。

月色朦胧，树影婆娑。

次日中午。

许蓝终于睁开眼，迷迷糊糊地伸出手，摸了摸旁边——空的。

居然没有人！许蓝心里有点冒火。但这点火苗，在下一刻房门被轻轻打开时就偃旗息鼓，消失得无声无息了。

沈问端着杯热牛奶走了进来，见她醒了，便扶着她坐起来："还疼吗？"

这话问得许蓝脸上烧，她索性不去看沈问的眼睛——那双眼睛此刻非常清明，很难不让许蓝联想到昨晚，这双眼睛里盛满其他东西的样子。

"反差"这两个字，本身就是个撩人的词语。

"沈问。"许蓝起床气大得很，语气又委屈得要命，"我一大早起来，旁边居然没人！"

这句"一大早"实属不太贴切，因为现在都已经过了中午了。

"刚刚一直都在,只是想给你热杯牛奶才下楼的。"沈问摸了摸她的脑袋,"咱们懒懒别气,别气。"

"我就气!"许蓝鼓鼓腮帮子,"你没良心!"

沈问深呼吸。他知道她有起床气,现在在闹小脾气罢了。只是,这样的她,真是太可爱了。

"对不起。"沈问诚恳地道歉,"我错了,下次不会了。"

"哦,下不为例……下次?"许蓝浑身一个激灵,忽然面红耳赤。

沈问笑而不语。许蓝终于找着了个台阶自己下:"牛奶给我。"

沈问坐在床边,扶着许蓝的背,喂她喝完了牛奶。

许蓝喝完牛奶,又发愣好久,才终于找回了一些意识。

沈问起身,顺手把许蓝的手机拿给了她:"刚刚鱼鱼给你打过电话,我说你还在睡觉。也不知道是什么事,你给她回一个吧。"

沈问出了卧室,许蓝才拨了鱼鱼的电话。

"许!懒!懒!"鱼鱼的声音差点震翻天花板,"你的电话为什么是沈问接的,而且他还说你没醒!你昨晚是不是在他家睡的?"

"不是啊。"许蓝叹了口气,"是在他床上睡的。"

鱼鱼:"恭喜。"

许蓝无力地倒在床上,及时叫停了鱼鱼兴致勃勃的一系列提问。

"我本来是想问问你,为什么他突然就官宣了,还公开了自己的身份。"鱼鱼笑道,"但看你俩状况,不用你说,我也就明白为什么沈问那么做了。"

许蓝还没清醒:"你在说什么啊?"

"明显是刚起床的人,什么都没发现呢。"鱼鱼叹了口气,"快去看看微博吧,答案都在网上,不需要我再多解释了。"

许蓝来不及浪费时间,直接打开微博。新消息满满当当,而她迅速找到了热点的起源。

琴师W转发了许蓝之前官宣的那条微博,并配文:"谢邀"。

这还不算完,他刚转发完那条官宣的微博,网友们连个赞还没来得及点,沈问又发了另一条微博,内容是昨晚让许蓝帮忙录制的视频,并配文:"新曲《许蓝》。"

最热评论又是鱼鱼的:以你姓名,冠我新曲,这也太浪漫了吧!

顾漠的评论亦在下方:这么多年过去,终于愿意公开身份了,祝贺,恭喜。

这两位的评论一出来，相当于给这件事的真实性打了包票。

网友们纷纷感叹：为什么厉害的人都相互认识啊？

与此同时，南市大学的学校论坛也炸开了锅——

我记得许蓝的手机铃声好像一直是琴师 W 的那首"Rose Dance"，这么说，两个人早就在一起了？

沈问端着吃的进来，见许蓝正在翻评论区看得津津有味，笑道："看到了？"

许蓝瞥了他一眼，眼底似笑非笑："琴师 W 很高调啊。"

"我女朋友都这么高调了，我也不能落下。"沈问小心地把蔬菜燕麦粥吹凉了一些，舀起一勺，喂到许蓝嘴边，"乖，吃点清淡的，把营养补上。"

自琴师 W 公开身份后，短短几个小时，已经有各大音乐厅的负责人联系上了沈问，想为他办个音乐会，但沈问通通婉拒了。

毕竟，他并不想追名逐利，这样做不过是想给许蓝一个公开的身份，给她更多的安全感罢了。

沈问喂许蓝喝完粥，又喂她吃了两个蛋挞。陪她又睡了一会儿后，看时间差不多了，便抱着她去洗漱换衣服。

餐桌上，鱼鱼妈一直在给许蓝夹菜，不一会儿许蓝碗里就堆满了各类的鱼肉虾蟹。

鱼鱼爸突然开口："懒懒啊，你毕业以后，是想继续当模特，还是想做其他的？"

"做新闻。"许蓝没有迟疑，"我觉得做新闻的话，会更有意义一点吧？我从小就想去挖掘一些新闻背后更深入的东西，不想一直停留在事情表面。"

鱼鱼爸点点头："很有想法。一般的女孩子有眼前这么好的资源，大多都不会想再坚持原来选择的东西了。"

每次，只有在鱼鱼家的餐桌上，许蓝才能感觉到自己是某个家庭的一分子。她一直羡慕鱼鱼能有这么好的家庭，也为鱼鱼有这么好的家庭而欣慰。不像她……家庭残缺到连块边角料都不曾剩下。

幸好，现在还有沈问。她每次心情低落的时候，一想到这个人，一切灰暗仿佛就都消散了。

她庆幸拥有了深爱自己的人。

黑色私家车在 A 区 109 和 110 户的过道处停下。

许蓝一声不吭地开了车门，然后拐了个弯跑进了109："我去看看芝士！"

芝士见到许蓝立即飞扑上来，它现在的体形不算小，这一扑的冲击力过大，许蓝没站稳，直接跌在了草地上。

原本特别宽大的木头别墅屋，现在随着芝士的个头渐长，许蓝看着也没那么宽敞了。

沈问倚着花园的栅栏，看向自己可爱的女朋友和活泼的狗，唇角浮现笑意。

许蓝跟芝士玩够了，揉揉它金色的小脑袋，芝士就很乖地往木头别墅里钻——这个时间点还不晚，它并不是要睡觉，但非常识趣地会给自己"爹妈"留下足够的空间。

沈问走过来，递给她半杯热牛奶："喝了助眠。现在玩也玩够了，是不是该回去了？"

"哥哥，我来都来了！"许蓝喝完牛奶，唇上还残留着一层白白的膜，要多可爱就有多多可爱。

她一脸期待地看着沈问："既来之则安之，那我就顺便住一晚吧。哥哥，考不考虑收留一下我这个无家可归的小孩儿？"

沈问无奈："那住吧。你的房间我每天都打扫，干净得很。"

许蓝一听这话，两手立即抬了起来，搂住沈问的脖子，脚下轻轻一跃，像只没皮没脸的小白兔，往沈问身上一挂。

沈问洗漱完，先去客房看了一眼，没人。

再去自己房间，大床上已经团了个小球，很均匀地起伏着。他无奈地站在房门口，静静地看着那个漂亮的人，安稳地沉浸在睡眠中。

他小心地掀起一点被子，轻手轻脚地躺到床上。许蓝睡眠浅，好不容易早早睡着，他不想吵到她。

月光如水，夏末虫鸣。

许蓝的呼吸声并未紊乱，沈问才再抬起手，把穿着吊带睡裙的许蓝慢慢圈在怀里。许蓝又累又困，被沈问圈在怀里的时候也没乱动，呼吸均匀且平稳，此时已经沉沉地睡着了。

沈问亲了亲她的头发，温声道："晚安，懒懒。"

深夜。

沈彦在轮椅上开完了一个线上紧急会议。

刚关了视频和音频，猛地咳出一口鲜血来。

洛阳吓了一跳，赶紧拿来毛巾和温水，半跪在沈彦身侧，话语里不乏紧张："沈总，我几个小时前送到您办公室的药，您是不是忘记喝了？"

沈彦缓了很久，才扶着洛阳的肩膀，道："没忘记，我喝了。不过啊，我身体这副样子，喝药也没用了。"

"沈总！"沈彦于洛阳有恩，洛阳是万万听不得这话的，"您还不跟沈问说实情吗？他到现在还不知道您其实——"

沈彦抬手制止："洛阳，我还没到非要停下工作那么严重的程度。而且沈问他先前让我去做体检，你已经把改过的体检报告发给他了。现在再去跟他说实情，那先前咱们瞒了这么久，岂不是像笑话？"

洛阳眉心蹙起，眼底微动："沈总……我只是觉得您扛下太多了，沈问身为继承人，本就该担起一部分责任啊。"

沈彦摇摇头，叹了口气："他是我的孩子，没有应该不应该的。从小到大，我给他的压力不少，是我对不起这孩子。以前我明明答应了丁曼，不干涉他的选择。但到后来，还是得让他回来。事已至此，我哪能再去催他。我现在这个情况，能再为他拖一点时间，就再拖一点时间吧。病情既然已经无法控制，那他早一点知道和晚一点知道，都是一样的。"

洛阳蹙眉："那您再多交些工作给我，我什么都能做！沈总，您不要太劳累，算洛阳我求您了！我的名字都是您给的，您说什么，我都愿意去做。"

沈彦缓慢地点点头："知道了。"

夜幕时分，沈彦坐在卧室的窗前，久久无法入睡。

"小曼啊，你在那边，过得怎么样？是不是想我了，所以想让我早些去陪你？"沈彦轻笑，"我倒是挺愿意的，就是咱们儿子还年轻，可能要吃点苦头。"

"对了，我给沈问安排的苏家小姐，两人可能是没什么缘分，竟然互相看不上，"沈彦无可奈何地笑了，"你说奇怪不奇怪？咱们当年虽说相互不熟悉，但也没像他们这样，见过第一次面，就不想再见第二次的。"

他叹了口气："现在的年轻人啊，可能在结婚这方面，的确不能再用老办法喽。"

"但好消息是，他有喜欢的姑娘了。"沈彦的眼眸里透出温暖，"小曼你说，那个姑娘是不是和你一样，温婉大方呢？"

"如果是，那就最好了。如果不是呢，那也没什么。"沈彦笑笑，"沈问这孩子的眼光，估计跟我是不太一样的吧。"

"小曼啊，我很怀念你给我弹钢琴的模样。"沈彦仰起头，看着天上朦胧的月亮，"这么多年，沈问和我的关系不冷不热，也从来没有跟我再提起过你。但每年到了那几个日子，他总是比我先去看你。"

沈彦闭上眼睛："他真的长大了，也成熟了。我想，我的确能安心去找你了。"

第二天一早，许蓝一睁眼，映入眼帘的便是男人温柔的脸。

沈问闭着眼，睫毛乌黑而浓密，鸦羽般垂着。偏棕色的头发挡住了眉毛，安安静静的，像是画。

许蓝小心翼翼地伸出一只手，碰了一下沈问的鼻尖。

干燥的，温热的。许蓝又鬼使神差地再碰了一下。

曾经她在电视剧里看到，女主角总是喜欢在早上睡醒的时候，用手碰一碰男主的脸。许蓝先前觉得这样的动作很无聊，但现在看来好像是有些意思的。

沈问慢慢睁开眼，未等许蓝反应，便吻了她的额头："醒了？"

许蓝一愣："你早就醒了？"

她转念一想也对，差点忘了这男人的作息，是早上六点就能自然醒的那种！

沈问轻笑，凑近许蓝耳边，声音让她酥麻："你说呢？"

许蓝顿觉窘迫，把被子往自己头上一盖，整个人藏进被窝里，缩成一团："沈问你出去！我要洗漱！"

沈问知道得给自家小孩儿留个台阶下，便主动下了床："早餐给你做好了，随时出来吃。"

许蓝留给他一声"哼"。

不过二十分钟后，摆盘精致的早餐呈现在眼前，很快消除了许蓝的起床气。

她边嚼着吐司边道："我今天还要去一趟吻你花园，明天下午回学校上课。"

"嗯，我送你。"沈问抬手给她擦了擦嘴角的面包屑，"对了，你还会在DIM留多久？"

"这个啊，"许蓝眼神闪烁了一下，"我已经在思考，什么时候找顾漠谈一谈解约的事情了。毕竟大三了，来回太多对学业不好。所以，我还是回归以前那种想拍就拍，不用赶拍摄通告的日子吧。"

沈问点点头："好，这个你自己做决定，我不干涉。"

许蓝眼珠子转了一圈，忽然把刀叉放下，双手环上沈问的脖颈："哎呀，那咱们哥哥就不能每个月都见到懒懒了呢。"

"我可以去南市看我女朋友啊。"沈问轻笑,"我肯定得尊重我女朋友的选择,谁叫我女朋友这么优秀又有主见呢。"

许蓝皱眉:"我男朋友怎么越来越会说话了?"

"被我女朋友带的。"沈问捏了一下许蓝的鼻子,"快多吃点吧,下午拍摄会很累。"

下午,沈问送许蓝到了吻你花园。

许蓝拍完照片,亦跟陈鹿说了自己的想法。虽然陈鹿很失落,但也还是尊重了许蓝的选择:"反正以后常联系,毕竟有沈问这个人在,我和顾帅、洛盏等等,也不愁见不到你。"

许蓝笑了:"当然没问题。"

晚饭后,沈问和许蓝在江边散步。晚上的气温正在慢慢转凉,秋意渐浓。沈问怕许蓝着凉,给她披了件自己的外套。

走过一道天桥,有手风琴师在路边卖艺,那支曲子的音调很熟悉,好像是……

沈问笑了:"是《许蓝》。"

许蓝若有所思地挑了下眉:"琴师 W 的人气居然这么高,街头艺术家居然也会他的曲子。"

沈问驻足听了一会儿。他站在桥边,松姿鹤骨,有翩翩君子之风。

沈问全神贯注听《许蓝》的模样,好看到许蓝非常想吻他。

江岸离家不远,很快沈问就把车停在了车库里。他刚想顺手为许蓝解开安全带,许蓝却先一步把窗户的遮光帘也都拉上了。

沈问看着她毛手毛脚的样子,觉得有点好笑:"怎么了?"

"有事儿。"许蓝蹙着眉,像是真要做什么正经事一般,"懒懒想给琴师 W 写首情诗,不知道咱们哥哥愿不愿意听。"

沈问轻笑,眼底起了波澜:"要给懒懒拿支笔吗?"

"不,我写情诗不用笔的。"许蓝感觉到皮肤微微地发烧。

许蓝一把扯过他的领带,身体前倾,在他干涩的嘴唇边吹了口气。

沈问眼神一变,揽着她的腰,在许蓝触碰到他之前,先一步吻了下去。

许蓝早已动情,慌乱间两手胡乱地向外推,扯松了沈问的扣子,露出宽阔的胸和结实的肌肉。

公寓区夜深人静，周围一个人也没有。保安的巡逻时间未到，私家车内的隔音效果也很好。细微的嗡嗡声，是车椅背在缓缓降下的证明。

月色透过婆娑的树影倾斜而下，夜晚仍旧如往常般寂静无声。

尽管沈问已经很努力了，无奈许蓝过于拖拉，依旧完美错过了高铁发车的时间。

于是，顺理成章地，沈问担当了临时司机的职务，开车送许蓝去南市。

"开慢点，注意安全。"在高速公路上，许蓝盘腿坐在副座上，心安理得地吃着糖果，"送家里小孩儿上学，最重要的是安全，可不能求快。"

沈问轻笑："嗯，毕竟我以后是老来得子，的确得把小孩儿的安全问题放在第一位。"

许蓝一噎，赶紧把腿放下来，往男朋友嘴里塞了颗糖："跳过这个话题吧。"

"跳过是有前提的。"

"什么？"

"临场检验一下，你有没有认真听我的讲座。"沈问轻笑，"我是 A 型血，你是 AB 型血，我们的孩子有多少种可能的血型？"

许蓝："……"

说实话，她没去记这个知识点，但得感谢林队长从小培养她的过目不忘的能力，她蓝脑海里瞬间就浮现了当时沈问在大屏幕上展示的那张血型图。

于是，答案显而易见。

沈问很满意："好，不提了。"

虽说答题成功了，但许蓝还是总觉得哪里不对劲。

她在车上眯了一会儿，迷迷糊糊再醒来时，发现沈问的车已经停在学校里了。许蓝刚关上车门，又突然再扑了进来，跪在副驾驶座上，搂住沈问的脖颈啃了一口。

"哥哥，不要太想我哟。"许蓝笑得狡黠。

沈问无奈："去吧。"

鱼鱼目前还在北市没回来，闲暇时常去 DIM 帮书禾的忙。

到了晚上，许蓝独自在家，毫无悬念地又失眠了。

许蓝身边只要没人就容易睡不着，她自己早就习惯了，也并不当回事。不过可能是因为从小一起长大，鱼鱼和许蓝心有灵犀，故而许蓝刚爬上屋顶，就收到了鱼鱼的消息。

鱼鱼此时坐在车后座，扒上越野车驾驶位的座椅，把手机屏幕给林榭看："我就说吧，懒懒一个人的时候，是很容易失眠的。"

"我知道。"林榭面无表情，"她一直这样，刚才我也没有不相信你。"

现在已经快十一月，晚上风凉得刺骨。许蓝虽然穿的是长袖长裤，但依旧顶不住这样的冷风。她刚爬下屋顶，就听到楼下有声音。

一瞬间，楼梯间光亮如昼。

许蓝揉揉眼睛，错愕地看着那一张面无表情的冷漠脸，还有不远处鱼鱼的脸。

"你们怎么来了？"许蓝迅速飞奔下楼梯，抱住鱼鱼。

"不想让你一个人呗，"鱼鱼笑笑，"我和你哥都怕咱们懒懒失眠，所以就过来了。"

许蓝鼻子酸酸的，但又不好意思哭："我哪有那么矫情啊。"

"有啊，特别是有男朋友之后，就更矫情了。"鱼鱼打趣道，随后转过身，"林榭，你住下来吧，有客房。"

"不了，我回局里。"林榭看了一眼表，"别聊太晚，明天好好上课。"

林榭离开后，许蓝拿胳膊肘碰了一下鱼鱼："感觉我哥像你家长。"

鱼鱼撇了撇嘴："对你不像吗？"

"肯定不像啊，"许蓝耸肩，"林榭他可没这么关心我，他嫌我烦还来不及。"

"咔嗒！"

只见大门再次被打开，林榭一脸黑地走了进来，咬牙切齿道："托你的福，许蓝，我车没油了，回不去。"

许蓝和鱼鱼四目相对，一起笑了出来："客房欢迎您。"

这下，别墅里一人变三人。

平时万事都留有 B 计划，次次出北市就会备好油，以备不时之需的林队长，在鱼鱼当时紧急的催促下，首次马失前蹄。

睡觉之前，鱼鱼突发奇想，窝在被窝里问许蓝："懒懒，你是不是从来没去过鬼屋？"

"干吗？"许蓝嘴角抽搐了一下，往被子里缩了缩，"明天可是有课的。"

"你那是下午四点的课，之前不是都有空吗？"鱼鱼露出不怀好意的笑容，"我今天刚刚知道，学校附近新开了一家特大鬼屋，如果在规定时间内完成随机任务，就能获得便利店零食不限量供应月卡！就算没有完成任务，也可以抽奖。"

许蓝眼睛一亮，随即又眯起眼睛："随机任务？"

鱼鱼笑笑："懒懒，你这是同意去啦？"

"你觉得我哥会去这种地方？"许蓝面无表情地提出质疑，内心却在替林榭狂喜，心想这是让他们两人促进感情的好机会。

"我明天早上问问他！我要是不行，就你再求求他呗。"鱼鱼满意地闭上眼，"睡觉。"

"行吧。"许蓝装作勉强地点点头，"那就明天问问他。"

次日一早，气氛忽然变得有些紧张。

林榭大清早给两个厨房低能儿做好早餐，打开门准备出去透透气的时候，猝不及防地和沈问打了照面。

林榭："……"

沈问轻笑："什么时候来的？"

"昨晚上，和鱼鱼一起来的。"林榭打量了一番沈问，"沈教授，你别告诉我，昨天你送完许蓝，根本没回北市。"

沈问莞尔："对。"

"许蓝她不知道？"

"我没跟她说，想第二天给她个惊喜。"沈问失笑。

与此同时，许蓝和鱼鱼穿着睡衣，非常没有形象地跑到一楼，看见两个海拔很高的男人站在门口。

许蓝愣住："什么情况？"

鱼鱼打了个哈欠："挺好的，鬼屋是四人一组的，这下咱们不用跟别人拼单了。"

其余三人："……"

鬼屋门口。

"请问四位是两对情侣吗？"售票小哥非常热心，"如果是情侣的话，我跟里面的NPC（非玩家角色）说一下，安排给你们的任务就会比较简单，算是给情侣的福利。"

"是是是，"没等鱼鱼和林榭反应过来，许蓝第一个答应，"都是情侣的话，会怎么个简单法？"

鱼鱼："……"

林榭："……"

"进去你们就知道啦。"售票小哥拿起对讲机说了几句什么，然后递给鱼鱼和许蓝一人一个照明手环，解释道，"时间是一个小时哟，鬼屋比较大，房间也比较多。四人最好不要分散，若分散那只能各自行动啦。路线呈一个闭环状，最后的出口依旧在这里。"

这个鬼屋刚开不久，因为广告效果好，服务态度也好，故而来玩的人很多。

每支队伍都可能会因为鬼屋内的房间互通而遇上别的组，但售票小哥温馨提示过，他们在房间里遇到的陌生人并不一定是别的玩家，更多可能是真人NPC。

许蓝和鱼鱼进门之后，虽然并没有表现出多惊慌，但两人手心都微微冒着汗。

鱼鱼的另一只手抓着林榭的衣角，林榭便任由她牵着，也没有什么进一步的动作，而是把手插在口袋里。

这条走廊除了音乐有点瘆人，倒也没什么特别吓人的地方，目前一切都很正常。走廊很窄，两侧有好几个小房间的门，但是并不能打开，四人只能继续往前走。

忽然许蓝踩到了一块可以下移的木板，不等她叫出声，地面就突然振动起来。四周传来女人鬼魅般的笑声，并且走廊两侧紧闭的房门忽然发出了"咔嗒"的声音，像是锁被打开了一样。

许蓝和鱼鱼头皮一麻，后背发寒。

突然，天花板上方掉下来一具伸着舌头的尸体模型，刚好砸在鱼鱼的头上！

"啊！"鱼鱼反手抓起许蓝就往回跑，闭着眼睛随便打开了一扇门钻进去，然后死死地抱住许蓝，"懒懒！我们出去吧！我不想玩了！"

林榭被她死死地抵在墙上，无奈地举着双手，叹了一口气。他似乎完全没被刚才的尸体模型吓到，声音依旧很平静，还带着些慵懒和磁性："行，咱们出去。"

鱼鱼一愣，抬头对上林榭无奈的目光，眨了眨眼，愣了好一会儿："林榭？"

"嗯。"林榭被鱼鱼松开后，转身试着转了转门把手，"计划有变，好像出不去。"

"啊？"鱼鱼懊恼，"刚才我不该把那扇门推上的，失策了。"

鱼鱼环顾四周，不远处有另一扇门。

说好的四人一组最好不要分散呢？怎么这么快就走两人支线副本了啊！

鱼鱼欲哭无泪："林榭，没有其他办法出去了吗？"

"最近挺横的啊，都不叫哥了。"林榭"啧"了声，声音里带着刑警特有的气势，他将那锁握在手中，前后翻看了一下，"实在不想玩儿也可以，给我根发夹，我把这锁撬了。"

"别！我还想完成任务领月卡呢，中途退出就抽不了奖了。"鱼鱼指了指手上的照明手环，"我才想起来，摁一下这上面的红色按钮，就视为退出了。"

林榭"哦"了一声："那我们朝前走？"

鱼鱼深呼吸，抬手轻轻捏住林榭的衣角："走吧。"

林榭拧开了另一扇门的把手，门很轻松地就被打开了。

门开之后，两人才发现，门上原来有字。开门条件：女生把男生摁在墙上，近距离对视三秒。

鱼鱼："……"

林榭："……"

另一边。

许蓝闷头埋在沈问怀里，声音细若游丝："哥哥，现在周围是什么样的啊？"

沈问叹息："不是很可怕，懒懒，可以试着睁开眼睛。"

刚才场面混乱，两人也不知怎么的，就来到这个密闭的房间了。原本两人进来的门，现在也打不开了，只能从另一扇门那里走。

许蓝深呼吸，努力地朝沈问再靠近了一点，他身上的味道让她感觉安心。

"那我睁眼了啊，你可不许骗我。"

"嗯，睁眼吧。"沈问朝另一扇门上的提示看了一眼，无奈地闭了闭眼睛，"不过，我找到我们的任务了，它比较特殊。"

"什么？"许蓝睁开眼睛，渐渐适应了房间里昏暗的光线。

这个房间主打色是黑色和白色，大概是一个葬礼现场的样子。

许蓝扶着沈问，站直身体后，看见对面那扇门上，赫然贴着一张字条——

贴心的NPC留：情侣任务就简单点吧，女孩子亲一下男朋友，门就会自己开了。

许蓝目瞪口呆。那鱼鱼、林榭那边，不会也……

沈问无奈："懒懒，我们……"

没等他说完，许蓝就踮起脚，把他的领带往下扯，迅速亲了一下自己的男朋友。她眼睛弯弯的，声音甜甜的："好啦。"

全程盯着监控的工作人员老脸一红：早知道不留这个任务了。

即使单身的工作人员的心已破碎，但依旧没忘自己的本职工作，含泪远程打开了门锁。

"走吧。"许蓝拉了拉沈问的手："害羞什么啊哥哥？"

沈问站在原地，不动声音地看着许蓝，"还挺熟练。"

"被男朋友带的。"许蓝哼了一声，头也不回地往门那边走。

不过没走两步，她又很识相地退了回来，可怜巴巴地拽着沈问的衣角："哥哥，还是你走前面吧，我怕。"

沈问对许蓝这副模样是毫无办法的，他无奈地笑了，宠溺道："牵着我别乱走，咱们一起出去。"

最后，林榭鱼鱼，许蓝、沈问，几乎是同一时间出的门。

然而，由于种种原因，时间超出了规定的一小时，因此他们的挑战还是失败了，没法拿到便利店的月卡。

鱼鱼为此感到很受伤。许蓝拍拍她的肩膀："不是还有抽奖吗？说不定有更好的奖品呢。"

售票小哥非常热情地拿出了一个巨大无比的抽奖桶，殷勤道："你们组的表现还是很不错的，不过抽奖机会只有一次，请派手气最好的来哟。"

三个人几乎是同一时间，整整齐齐地朝后退了一大步。

许蓝愣在原地："摸球？"

"对，里面一共有二十个球，不过一等奖的球只有一个哟，而且不排除空奖情况。"

许蓝伸手，摸到了那些磨砂质感的球。一时间，她真不知道该说什么。

这种磨砂质感的球，上面标的数字都是有纹路的。商家也太小看群众了，不知道高手在民间吗？

许蓝不动声音地摸了一会儿，然后取出了那个标号为"01"的球。

售票小哥一脸呆滞："恭喜。"

许蓝笑笑："谢谢便利店的赞助，月卡我们收下了。"

售票小哥看着许蓝，突然灵光一闪："等一下！你是那个模特！我刚刚想起来，我在微博上刷到过你。"

许蓝叹了口气："你不是第一个说我长得像许懒懒的人。"

售票小哥一头雾水："你不是啊？"

许蓝非常入戏，满脸都是懊恼的神情："我平时不太上网，为此还特地去关注了她的微博，看了她的照片，发现自己是真的有点像她！不过，我就是一名普通大学生，哪能和她那种大美女比啊！"

一边站着的三人："……"

那天是十月份的最后一天，天气在渐渐凉下来。

便利店的秋季新品零食上架了，许蓝在 DIM 的拍摄工作渐渐变少，学生会亦没有开学时那么忙了。

许蓝每每回忆起那段时光，依旧觉得这就是她人生中最温柔的一段日子。

是后来她走过人山人海，都不曾再在这寡淡世间能寻到的，最温柔的岁月。

第十章

平常的工作日，医院里静谧安宁，北市的天气越来越冷。

阮遇穿着白大褂，手里拿着几份报告，面色不同往日一般轻松，反而有些沉重。

他已经在这里，和自己的老师聊了快一个小时。

"老师，"阮遇低着头，"我会觉得自己很失败。"

"你知道做心理医生，和做像沈问那样的外科医生，最大的区别是什么吗？"两鬓斑白的老医生喝了一口茶，说话慢悠悠的。

"什么？"

"心。"老医生抚着自己的心口，"你用心去治疗别人，而不是纯粹的医疗技术。人的职业生涯那么长，总会遇上让你无法得心应手的情况，这很正常。你读大学的时候我就说过，你是个有天赋的人，不必妄自菲薄。你从业时间不长，但经验不少，要相信自己。"

"我和您提过的那位病人，她最近不来了。"阮遇也没法跟自己的老师指名道姓说出是哪一位，只能模糊地描述情况，"大概是世事无常，我认识了她的女儿。我发现她女儿身上的一些特质，似乎和她很相似。我主观上认为她的女儿应该知道真相，可职业素养又不允许我将秘密公之于众。时间长了，我发现自己并没有帮到那位病人，故而心生惶恐，觉得自己并不像曾经所想的那样无所不能。"

"正是因为你的这种心理，我才会说，你很有天赋啊。"老医生笑了笑，"能体会他人之苦，并切身为他人着想，是一位心理医生该有的品质。阮遇，你得振作起来，有很多人还需要你去帮助。"

阮遇叹了口气："我会消化情绪的。"

老医生点点头，朝他招了招手："去吧。"

阮遇挠了挠头发，心里依旧乱糟糟的，连路过的护士小伊和他打招呼都没理会。

"你说阮医生怎么了？"小伊对另一个护士悄悄道，"是不是和石医生吵架了？等等，话说石医生呢？"

小伊朝两边张望了一下："下午都没见着。"

"估计查房去了，反正她也没叫你，你就休息会儿嘛。"

三楼长长的走廊里，除了偶尔出现的脚步声，并没有什么不同的声响。一切都照旧，如果303病房内的警报声没有响起。

石穗冲进了病房，随后赶到的，是另外几个医生。

警报声一阵一阵地冲击着人们的耳膜，小伊也很快就位，这是她实习以来第一次遇到突发情况，仿佛能听见自己的太阳穴在跳动。

所有人都没时间紧张，七年过半，其实已经是奇迹了。

但世界是无情的，本就没有那么多奇迹。

"嘀——"

石穗惊恐地看向仪器，心电图变成了一条平直的线。那条线没有任何起伏，散发着诡异的绿光。

时间像是停滞在了那一刻，只剩下心电图机的尖叫声。

石穗不是第一次见到生命在她的眼前消逝，却没有一次像今天这样心如死灰。

许医生是多好的人啊。他温和、善良、宠辱不惊，一辈子救了很多人。不过是那一次没有成功，却付出了这样惨烈的代价。

当天夜晚。

许蓝今天心情都特别好，之前她参与的实习项目获了学校特等奖，傅绅身为项目组长，晚上还请大家吃了饭。

许蓝和鱼鱼都喝了酒，回到家门口时，许蓝觉得自己大概是真的喝多了，不然怎么会看到沈问站在她家门口呢。

"我是不是太久没见着沈问了，"许蓝叹了口气，"都出现幻觉了。"

"好像不是。"鱼鱼一脸蒙，"因为，我也看到了。"

许蓝一怔，随即喜笑颜开地跑去过，在沈问跟前停下，娇声道："哥哥，你怎么来了？"

许蓝两手背在身后，眼底藏不住狡黠："是不是太久没见到，哥哥实在太想我？"

沈问突然很用力地，将她扯到自己怀里紧紧抱住。

一时间许蓝手都不知道往哪儿放，有点错愕。

沈问的呼吸声很重，浑身都散发着一种沉重而没有安全感的气息。他的下巴抵在许蓝的头顶，温暖的手掌覆在她背上，声音很低："许蓝。"

"怎么了？"许蓝温顺地靠在他怀里，"哥哥，你为什么看起来很难过？"

"许砚出事了。"沈问闭了闭眼睛，心一横，说出了真相，"他过世了。"

许蓝脑袋里"嗡"的一下。整个人就像是从火山瞬间掉进了冰窟一样，许蓝战栗起来。

她的双腿发软，忽然站不住脚，身体往下跌。

沈问赶紧扶住她，喊着她的名字："许蓝，许蓝。"

喉咙口像是充了血，眼前天旋地转，许蓝目之所及，忽然就看不清任何东西了。

强烈的钝痛侵蚀着许蓝的神志，她调整呼吸，好不容易说出了一句话："沈问，带我走。"

"现在，就带我去医院。"许蓝声音哑得听不出是她本人，"鱼鱼，你不用跟着，我自己一个人就好。"

鱼鱼欲言又止。沈问递给她一个眼神："放心，我照顾她。"

可是，鱼鱼没办法放心。因为，许蓝的光熄灭了。

许蓝曾经无数次告诉自己，一切都会没事的。但每一次去医院时，那种恐惧和眩晕感，又无时不刻不在暗示着她，她终究逃不掉这一天。

长久地在车上保持同一种坐姿，许蓝浑身都僵硬了，却任凭四肢酸麻，也不想动一动。

血液好像被冰冻了起来，而后便是长久的沉默。

数年来被自己囫囵吞下的情绪，此刻又如野草般疯长，烦躁几乎要漫过悲痛。

许蓝死死咬着嘴唇，唇缝间渗出的红色血液提醒着她，自己还活着。

脑海里又浮现出多年前的一幕。许砚倒在她的眼前，下一刻，她的眼睛被一只温热的手捂住。

等等，那只手是谁的，林榭的吗？不对，林榭当时不在她身边。

嘶……头痛欲裂。

"什么时候？"许蓝从回忆中抽离出来。明明是平常语气，却像是失了灵魂。

"今天下午。"

"通知她了吗？"

沈问很快反应过来，许蓝说的是蓝臻。他沉默了几秒："通知过了，但她没有来。"

许蓝点点头，面无表情："知道了。"

医院门口。

许蓝自己解开安全带，没有犹豫地跳下了车。

沈问紧随其后，许蓝却转过身，定定地看着他："我之前对鱼鱼说了什么，你还记得吗？"

沈问一愣。

"你不用跟着了，"许蓝垂眸，"我自己一个人去。"

沈问蹙眉："不行。"

许蓝轻笑："别这样。"她虽然是笑着的，眸子却一点一点地冷了下来。

她往回两步，伸手抱住沈问："相信我，你就在这里。只要你不走，我就肯定会回来。"

沈问两手紧了紧："那我等你回来。"

那个时候的沈问还不知道，他要等她那么久。

许蓝没想到自己会遇见阮遇，而阮遇说的话更让她惊讶。

阮遇说："你母亲在里面。"

许蓝一怔："谢谢。"

她进门，便看见手里拿着咖啡，坐在铁皮椅子上的蓝臻。她穿着水蓝色的旗袍，面上是清丽的妆，不浓，亦不寡淡，美得惊心动魄。哪个男人见了，或许都会心动。

林宿和林榭都不在，蓝臻身后站着的是律师。

周围静悄悄的，许蓝站在原地，默不作声地看着她的生母。那个女人小口喝着咖啡，好像死去的人跟她没有关系。

蓝臻忽然笑了，视线从咖啡转移到许蓝的身上："我们聊聊。"

"聊什么？"许蓝下意识接话。

可她又觉得本不该接得这么快，心底顿时生起一股无名火。

"遗产分配问题。你应该不是法盲，知道被继承人死去的同时，继承的流程就开始了，"蓝臻摆弄着蓝色美甲上贴的钻石，言语里尽是不屑，"虽然他也没多少财产，但该继承的还是得继承。"

许蓝忍无可忍："你发什么神经？"

蓝臻笑了："少先发制人，发神经的到底是谁，我不过是按规矩办事。"

许蓝心脏发颤。她真的不知道，蓝臻为什么是这个模样。

蓝臻很平静："许蓝，其实一切变成这个样子，都是拜你所赐。"

许蓝气极反笑："别说了，你该去看看医生了。"

"医生？"蓝臻微笑，"我一直在看，只是你不知道。"

"许蓝，"蓝臻将咖啡随手一放，站起身来，"我告诉你一个秘密吧。"

许蓝睨了她一眼，别过脸去。

"你不好奇吗？你是我的孩子，我为什么这么恨你。"蓝臻走近她，漫不经心地冲律师挥了挥手，示意他出门回避，"这个秘密，关于许砚。"

许蓝一愣，她不知道自己眼眶红了。

蓝臻笑了笑，不知不觉已经跟许蓝面对面："这件事，当故事听听就好。信与不信，你自己判断。"

当年蓝臻二十岁的时候，跟现在的许蓝真的很像。

她漂亮，张扬，自信，是全校公认的校花。而且她喜欢医学院的许砚，没有人不知道。

许砚沉静内敛，做事井井有条，把蓝臻迷得五迷三道。

许砚也喜欢她。他家境并不殷实，但他胜在稳妥，谁都说他前途无量。

他接她下课，为她做饭，给她弹琴，还会给她作诗。

许砚到底是什么样的人，外人是看不出来的。因为他太好了，总是温和内敛，平易近人，谁都不会将他与偏执和易怒联系在一起。

当蓝臻渐渐发现许砚内心深处的反差时，并没有什么害怕的感觉，那时候的她，满心满眼都是许砚，天真地认为这不过是他一时的坏脾气。

毕业后，蓝臻晚上常有应酬，因为她性格外向又有美貌，升职很快。他们很快领了证，买下了一座普通的小房子。

可许砚在结婚后，就像是变了一个人一般。他在白天依旧是谦谦君子，回家后却对蓝臻渐生不满。他不想他的妻子总在酒局上被其他人觊觎，他反复地跟蓝臻强调，她是他的。

许砚其实一直知道自己心理是有些问题的，但这么多年了，每次有情绪，他总能压下来，前提是蓝臻听他的话。

面对许砚时不时出现的反常，蓝臻终于开始害怕了。她变得小心翼翼，变得不再高调和张扬，总是尽量在许砚回家之前到家。她失去了许多生意，被上司责骂，被组员议论。

可蓝臻把这些告诉许砚的时候，许砚却很开心。他将卧室的房门锁上，掐着蓝臻的脖子说："要是你能辞职在家，永远躺在这里就好了。"

"许砚！"蓝臻在那个暴风雨的夜晚，跪在地上哭着求他，"你放过我吧，我们离婚吧。"

那天的她衣衫不整，素面朝天，哭得梨花带雨，美得像一朵开败了的昙花。任何一个人，恐怕都难以拒绝她的要求。

"可以啊，我放过你。"许砚笑了。

他笑得很温柔，温柔到蓝臻全身上下都在发抖。

许砚说："前提是，你得为我留下点什么。"

蓝臻怀孕后，许砚帮她辞了工作。

她想过堕胎，可若是想要自由，便不得不留下这个孩子。

然后，许蓝在儿童节顺利出生了。

许蓝不像其他孩子，生下来皱巴巴的像是营养不良，她的眼睛好大，好亮，瞳仁黑白分明，亮晶晶的像颗玻璃珠。

许砚给了许蓝这样的名字，是想让蓝臻永远不要忘了，许蓝是谁，她自己又是谁。他的占有欲如此病态，却对旁人温文尔雅。

可孩子生下来后，许砚只是答应让她以后去做想做的事，却没有答应离婚。他告诉蓝臻，那一本结婚证，是他最后的底线。以后蓝臻想做什么就做什么，唯独离婚不行，否则他不介意两败俱伤。

其实蓝臻不怕两败俱伤，可许蓝只有那么小。那是她身上掉下的一块肉，怀胎十月生下的孩子，孩子和自己那么像，她又怎么忍心。她对许蓝的厌恶和恨意的确远远超出了爱，但那份微小的爱无论多么渺茫，它都确确实实地存在着。

所以许蓝自记事起，就是许砚在陪她，印象里那是个温柔又谦恭的人，是她成长过程中最重要的人。而身为生母的蓝臻，从来没有正眼看过她，哪怕是一天。

许蓝从小就觉得，蓝臻看她的眼神很奇怪。像是恨她，又像是害怕她，总之没有什么喜欢可言。

蓝臻在重新工作后，性情也随之大变。她再也没有了往日的善良和温婉，生意上应酬越来越多，她变得冷漠、贪财、精明。

没有变化的，大抵只有那张倾国倾城的脸。

许砚被人刺穿脊骨的那天，蓝臻其实也有一瞬间是心疼的。毕竟夫妻一场，她曾深深地爱过他。不过那个时候，她更多的还是舒坦。

这个男人，终于离开了她的世界。她的新生活也终于真正开始了。

她很快和之前应酬过多次的单身王老五林宿发展了关系，一定程度上都算单身的俊男靓女，吃个饭喝个酒，感情就来了，结婚也是顺理成章。

林宿多金帅气，虽然脾气大多时候不太好，却唯独对蓝臻深情。

蓝臻并不想跟年龄尚小的许蓝解释什么，反正她也不会相信。

许蓝是她的女儿，可也正是许蓝的存在，时时刻刻提醒着她，自己曾被许砚折磨成了什么样。

她对这个女儿的感情很矛盾，但最终她选择了两个人一起恨。

蓝臻坐回了凳子上，盯着许蓝煞白的脸，笑得花枝乱颤。

"你身上流淌着的那种容易烦躁不安的基因，根本不是我身上的，"蓝臻点了一根烟，轻轻吹了一口，"是许砚身上的。"

"医院好像不允许抽烟，"蓝臻想了想，把烟摁在椅子上摁灭了，"还是不抽了。"

许蓝呼吸困难："你别说话！"

"凭什么不能说？我不过是把事实告诉你。"蓝臻目光冷下来。

"你撒谎，不可能。"许蓝眼睛充血，"都是你编的。"

"许蓝，一直编故事的人，偶尔也爱说真话。"蓝臻叹了口气，"比如你，比如我。现在我们母女俩更像了，你和我一样，都得深刻地记住这件事。"

"闭嘴！"许蓝失声喊道。她捂住耳朵，膝盖发软，一时支撑不住，跪在了蓝臻面前。

"他的温柔是假的，他的爱也是病态的。"蓝臻冷冷道，"我被他害了半生，一辈子都不能走出那一晚的阴影，你要我如何释怀，又怎么释怀？"

许蓝的心脏艰难地跳动着，像极了曾经被蓝臻砸毁的那把古琴上，一根快要断的弦。

她的眼前忽明忽暗，口腔里尽是让她恶心的味道。

荒谬。许砚是施暴者，蓝臻是受害者。

她终于明白，为什么自己一身的优点，在蓝臻眼里什么都不是。

她五脏六腑都像是错位了，喉头似乎被什么东西堵住了，难以喘气。

痛！那是一种根本无法描述的绝望，许蓝泪腺生来发达，此刻泪水像是决堤之水。

有人告诉你，你从记事起就供在心头的光，其实是灰暗的。又再告诉你，一直对你冷漠的，那个不爱你的人，其实也是受害者。

太过荒唐！可这又能怪谁呢？许蓝思来想去，好像又没有人可以怪罪。

许蓝没有看见的是，蓝臻那双本镶满了钻的美甲，不知什么时候，已经全断了。

那天晚上，许蓝拿着被剪掉一角的身份证，蹲在便利店门口很久。

沈问站在大雨中，接到了洛阳的电话。

"沈问！求求您快来一趟南市吧！沈总快撑不住了！"

雷声大作。冥冥之中，自有天意。

沈问的手机掉在地上，世界像是被撕裂了。

沈彦和他就像是最熟悉的陌生人，但无论如何那都是至亲，他也万万不能接受这样突如其来的离别。

暴雨如注，沈问临走前给阮遇发了消息："我爸出事了，替我照顾好许蓝。"

阮遇当时只是回了一个"好"字，但在接下来长久的时间里，他真的做了这件事。

沈问到医院时，先看见的是洛阳。

"我爸怎么样？"沈问的脸色苍白，从干涩的唇上亦能看出他的疲惫。

"情况不妙，现在还在 ICU 病房，没有脱离生命危险。"洛阳满脸愁容。

"他的身体很差，为什么我不知道？"沈问觉得荒唐又无奈。

"是沈总不让我们跟您说的，其实若按照医嘱，沈总好好休息，是不会出现这种情况的。可沈总太投入工作了，什么事都要自己盯着……"

沈问深呼吸，那些字就像是刺，一点点往他心脏上扎："我是医生，自己的父亲身体不好，我却被瞒着。你们之前给我的那份体检报告，是不是根本不是他的？"

"沈总都是为了你啊……"洛阳已眼眶发红，他跟着沈彦多年，一直忠心耿耿，沈总变成这个样子，他认为自己也难辞其咎。

"夫人的遗愿，沈总一直记得。他从未觉得你在忤逆他，也从未想要干涉你的选择。沈总知道自己病重时，便知道你不得不回来。可沈总认为这样是对不起你们母子俩的，所以才一拖再拖，想为你再多争取一些做自己的时间。

"沈总知道，你是那么有责任心的一个人，若是知道他的病情，肯定会直接抛下现在的一切去帮助公司，照顾沈总。沈总不想看到你这样，他希望你自愿接受来自家庭的责任，而不是被动地承担。"

"你们真是糊涂！"沈问很长地叹了口气，但事已至此，已经难以挽回。

沈问注意到洛阳脸上的胡茬儿，好像已经几天没刮了。他们上次见面，不过是几个月前，可洛阳当时意气风发，远不像现在这般疲劳。

这几个月，他们都是怎么过的？

沈问第一次觉得，他肩膀上的担子，比他想象的要重得多。多年来，他肩负的都是陌生人的生死，最后却连自己身边的人都没照顾好。因为母亲病逝，他一意孤行地行医救人，却忘了每个人都有与生俱来的责任。

他姓沈，既然从小受到了这个家族的恩惠，那成人之后就也得担起相应的责任。

老天对每个人都是公平的。二十八岁，是不是有些晚？

沈问手指屈了屈，看向 ICU 病房里的沈彦。那已经不是他记忆中的沈彦了。

病床边上是他熟悉的仪器，那些仪器给他的感觉，从未像此刻这般触目惊心。

床边还有一架轮椅，看着已经用了很长一段时间。为什么他身为医者，竟一点都没有察觉？

沈问知道，在这种情况下一定要保持镇定，可是他的心在颤。脑海中一片混沌，他只能努力克制情绪。

千里之外，还有一个他世界上最爱的人，可是自古以来事情都难以两全，沈问选择了站在家庭这一边，先把另一边暂时放下。他像是掉进了死海里，沉不下去，喉咙里尽是苦和涩。

沈彦一直撑到了沈问来的那一刻。

这是一个人抛开身份和责任，单单身为一个父亲所做出的，最后的倔强。

沈彦最后死在沈问的面前，一如十年前，丁曼死在沈问眼前。

沈彦早把一切打点完毕，洛阳也会尽自己一切能力，帮助沈问在本属于他的位置上坐稳。

铺天盖地的公文，虎视眈眈的对手，无穷无尽的压力。他没有时间悲伤，情绪必须见好就收。太多的事情在等着沈问，他一刻都没法停下。

从此他穿上黑西装，世上再无沈教授。

那天许蓝淋着雨回到原地，却发现沈问不在。

多重的刺激在一瞬间涌上心头，她猛烈地咳嗽几下，发现掌心里落了血。眼前一片混沌，她再也支撑不住身体，直挺挺地倒了下去。

再次醒来的时候，许蓝发现自己躺在一个房间里，身上是蓝白条纹的病号服。她的面前，坐着似乎已经等待很久的阮遇。

她在阮遇的搀扶下勉强坐起来，良久之后才憋出一句："有水吗？"

阮遇点点头："我给你倒。"

"你低血糖犯了，晕倒在医院外面。"阮遇解释道。其实他还有半句话没说，就是他已经了解到，许蓝曾有过抑郁症病史。

"谢谢。"许蓝声音很轻，眼神却一直看着地上。

"吃得下东西吗？"阮遇声音温和。

不说还好，他这样一提，许蓝顿时感觉胃里翻江倒海："吃不下。"

那个"下"字还没来得及说完，她便踉跄地从床上滚了下来，顾不上眼前的漆黑和发软的双腿，扶着病房的墙壁，冲到卫生间里干呕。

呕完，她看向镜子里面部凹陷的自己，已经是满面泪痕。

阮遇能理解，她知道真相后，受到的刺激太大，一时半会儿走不出来也是正常的。

许蓝除了崩溃，还有无尽的烦躁。她不明白这个男人为什么一直在她跟前，如果可以的话，希望他能滚出去。

"我想自己待着。"许蓝洗了把脸，打开卫生间的移动门，平静地说，"你可以出去吗？"

"行。"阮遇亦语气平平。

"等一下。"许蓝叫住他，"我想喝酒。"

阮遇还是那个语气："也行。"

"对了，阮遇，"许蓝颤着声音，"我妈……蓝臻，她是你的病人吗？"

阮遇沉默片刻，说："以前是。"

许蓝闭上眼睛："谢谢，我知道了。"

许砚的后事，阮遇没和她提。虽然迟早要让她正视这件事，躲避和哭泣都不是办法，但至少现在这个时间不太合适。

给许蓝提供了酒水后，阮遇主动退出了房间。

顾漠发来消息："我也去南市了，沈问那边挺麻烦的，他现在连回个消息的时间都没有，我去看看他。许蓝那边，拜托你了。"

阮遇依旧是回了个"好"。

顾漠其实还收到了另一个消息，那位国外的珠宝大师说，玫瑰钻戒快要打造好了。可是，现在谁都无暇再管这个。

许蓝把自己关在房间里三天三夜，谁都没见。鱼鱼很多次都想去砸门，却被林榭一次又一次地拦住。

林榭攥着鱼鱼的手腕，意识到自己太过用力后，又立马松开："对不起。"

许蓝吃不下东西，睡觉也总是做噩梦，唯一的消遣便是喝酒。

干呕已经是常态，但吐出来的大多是胃酸、胆汁和啤酒。

睡觉总是伴随着耳鸣，有一回她又梦见了许砚倒在自己面前的那一瞬，醒来后一摸身上，浑身上下湿了一大片。

某天早上，许蓝干呕时，终于呕出了血。估计是消化道出血，小腹钻心疼，疼痛蔓延至肋骨处，让她站都站不起来。

全身上下都在痛，许蓝不知道这是她独处的第几天，不过身上似乎烫了起来。

她发烧了。在许蓝神志不清的时候，门突然被打开了。

许蓝烦得不行，刚想开口让来者滚出去，却发现自己的喉咙发不出声音。

"啪！"一声，许蓝脸上被泼了一杯冰水。

"到底怎么回事？就这点真相，你就撑不过去了？"蓝臻手里拿着玻璃杯，站在许蓝跟前，"他怎么教你的？区区小事，就把自己弄成这个人不人鬼不鬼的样子！我恨了他这么多年，有让自己狼狈过吗？"

"这么多年，你们所有人都站在许砚的视角悄悄审判我，根本没人知道我的可悲。我浑身上下最后的善良，早就都留给你了，你知不知道？许蓝啊许蓝，若不是你那样爱他，我根本不会吝惜名声，我一定要告发他的恶行！"

蓝臻一步步走近，将玻璃杯丢在病床上，发出闷响。

"所有人说我趋炎附势，道德败坏，却没人怀念曾经的我。许蓝，我以为你和以前的我是一样的，肆意张扬，敢爱敢恨。但我现在发现，真是一代不如一代！"

蓝臻气得浑身颤抖："别摆出这副全世界都对不起你的样子，身体和心灵都受了糟践的是我！你若是我的女儿，现在就不该是这个模样！"

许蓝满脸潮湿，不知道是水还是泪。蓝臻盯着她的眼睛，忽然伸出手，想试着摸一摸她的脸。

这是她的女儿啊。

"你别碰她！"林榭满身戾气地冲了进来，狠狠瞪着蓝臻。

蓝臻吓了一跳，朝后退了几步。林榭一把扶起许蓝的身体，眉目间都是阴云。

许蓝迷迷糊糊间，好像看到林榭的嘴唇在动，不过具体在说什么，她听不清。

迷离之际，她还看见了鱼鱼通红的眼和脸颊上的泪水。她好想给鱼鱼擦眼泪，但手上没有力气。

她再次晕厥的前一秒，听到一句话。

那句话温暖，柔软，深入人心。一定是个极温柔的人，才能说出这样的话吧。

林榭抱着她说："哥哥带你回家。"

后来，沈问回来了，许蓝却消失了。

他慌乱地打了无数通电话，终于有一次打通。可那一头的许蓝，已经不再是从前的模样。

"沈问，"许蓝的声音听着尤其疲惫，"你别再来找我了。"

"懒懒，你听我说，"沈问喉头发紧，"那天我不得不走，我能和你解释。"

"我不爱你了。"许蓝打断他。

沈问如坠冰窟。他试图让气氛不那么紧张："懒懒，这种事情不能开玩笑，你不要骗我。"

许蓝轻轻地笑了出来："骗你？沈问，我骗过那么多人，但我从未骗过你。"

"要说骗，从一开始的相遇，你就在骗我。"许蓝叹息，"沈问，我才是被骗的那一个。"

"懒懒，你别走。"沈问用力攥紧手机，"不是的，我们的相遇不是那一天，是很久以前。"

多年以前，于一荒唐之地，我们早已相逢。

阴差阳错，未曾相互留下名姓。

只记得你当日泪眼婆娑，而我伸手挡住了你的目光。

多年后在阳光之下重逢，却以为只是初次相见。

"我不在乎到底是哪一天，"许蓝无心再说下去，"沈问，你曾经说过，会一直在我身边，直到我不再需要你为止。"

"那就是现在了，"她淡淡地说着，"我不需要了。我想一个人待很久，你最好不要等我。"

后来，阮遇再见到沈问，两人已不再是同种身份。沈问穿着黑色西装，而阮遇依旧套着白大褂，一如往常模样。

"她在哪儿？"沈问沉下声音问阮遇，"她人在哪儿？"

"不知道。"阮遇很轻地摇了摇头，"你要等她吗？"

沈问无力笑了一声："我还有其他选择吗？"

沈问伸向口袋，指尖触碰到那枚钻戒。这枚戒指是为她打造的，这辈子也只有她能戴。

许蓝一个人坐在窗台上抽烟，看落日一点一点融进地平线。

她第一次抽烟，就好像上了瘾。

沈问。我现在和你一样，也能看见日出了。

我再也没办法睡到日上三竿，总是在凌晨时分就惊醒。我需要吃药，我变得不像以前那般有那样多的欲望，不过愿望也有，大概就是不想让你看见颓废的我。

那年盛夏，许蓝毕业了。

毕业舞会上，她穿着红色舞裙，长发卷成大波浪，妖媚动人。

她接受了傅绅的邀请，和他跳了一支热烈的舞。

"许蓝，你告诉我，我有机会吗？"傅绅家境优越，毕业后接手了家里的传媒公司，还给学校捐了钱。

他渐渐褪去了学生的青涩，华尔兹也跳得很好。

许蓝笑笑："傅绅，追你的女孩儿那么多，没必要吊在我这一棵树上。"

她后退一步，牵着傅绅的手转圈，裙摆飞扬。

"可我乐意。"傅绅搂着她的腰，眼神认真，"你相信吗？我一直在暗恋你，比所有人都要久。"

"我信啊。"许蓝依旧是浅浅地笑着，她的身体向后倒，重量全都搁在傅绅的臂弯上。

全场的目光都聚集在他们身上，却没有人知道他们在聊些什么。

"可我现在已经没有这种心思了。"许蓝弯起眼睛，可惜眼底空洞。

"那我就等。"一支舞结束，傅绅鞠了一躬，吻了许蓝的手背。

他笑了笑："我还年轻，才二十三岁，我等得起。"

许蓝听见这话，突然倒吸了一口气，差些没站稳。好在她及时调整了呼吸，慢吞吞道："是啊，我们都还年轻，一切都是未知数。"

毕业舞会结束后，她回到公寓，匆忙地倒出两颗药，没有喝水，便匆忙地咽了下去。

额间冒着冷汗，偏偏阮遇又打来电话。

许蓝按了接听键，阮遇听见她不稳定的呼吸声，蹙了眉："吃药了？"

许蓝吐了口气："阮遇，你打电话真会找时间，我怀疑你在我家装了监控。"

"许蓝啊，"阮遇的声音很轻，"毕业快乐。"

然后，他又重复了一遍："许蓝，毕业快乐。"

第一句是他说的，第二句，是他在替沈问说。

"谢谢，我想睡觉了。"

"晚安。"阮遇挂了电话。

石穗在他旁边，一脸愁容："她还是不好吗？"

阮遇安抚地拍了拍妻子的肩膀："别想太多了，她会坚强的。"

许蓝没有开灯，她坐在冰凉的地板上。

她最近习惯看书入睡，阮遇说这是很好的助眠方法，反正能不吃药就不要吃。

虽然许蓝觉得这没什么用，但又不想辜负阮遇的一片好心，她也就买了很多小说。

今天她拆了本新书，打开扉页，上面写着一行字。

"熬过黑暗的孤独长夜，你便能触碰属于你的黎明。"

她愣了片刻，"啪"的一声把这本书甩到了地上。

她毕业后不久，鱼鱼正式和林榭在一起了。鱼鱼在 DIM 的实习期结束后，谢绝了顾漠、书禾等人的挽留，去了另一家条件差不多、发展空间还很大的设计公司。

许蓝因为有丰富的新闻工作经验，根本不需要像别的毕业生一样到处投简历，来找她的传媒公司不计其数。最后她去了北市一家非常有名的传媒公司，也一直独居在林榭后来给她找的高层公寓，没有回原来住的地方看过，也没有再联系过蓝臻。

许蓝把微博注销了，ID为"许懒懒"的模特从此消失了，取而代之的是另一个崭新的、被官方认证的微博号。

微博名字很简单，就是许蓝。简介亦只有两个字：记者。

从大二就开始积累的实践经验、一流的社交水平、灵活的应变能力、张扬惹眼的外貌，加上她又一直敢说、敢问、敢写、敢做，于是，她很快在业内得到了两极分化的评价。

有人爱她实力出众、坦坦荡荡，有人恨她挖得太过、知道太多。

而许蓝二十岁那年在北市发生的一切，关于沈问、顾漠、书禾、陈鹿、吻你花园、芝士……那些都好像是一场梦，渐渐地淡出了她的生活。

但也没有完全淡出。她依旧喜欢吃便利店的零食，某次她抱着气泡酒和冰皮蛋糕去结账，便利店的收银小哥突然和她说："怎么好久没看见你男朋友了？"

许蓝愣了一下，又笑了："嗯，是挺久没看见他了。"

收银员察觉到不对劲，试探地问："你们最近好吗？"

许蓝想了一下，答道："我和他，都好。"

——不是我们好，是我和他各自都安好。

不过，阮遇倒是一直在她身边。

许蓝只有一个要求，就是阮遇要守口如瓶，不能告诉沈问，有关自己的一切。

或许沈问和许蓝的缘分不止于此，但又好像没那么容易再续前缘。

阮遇觉得，以沈问的脑子，很可能早就知道了许蓝和自己有联系，只是不主动问而已。

两年的时间，沈问彻底脱胎换骨，变成了和医生气质完全不搭边的人。他的温柔藏在了西装之下，而非似曾经一样，显露在白衣之上。

他的目光稳、准、狠，像是生来就在名利场里摸爬滚打着长大的人。

洛阳虽是帮了他不少，但更多的时候，还是靠他自己挺过来的。

沈问有想过换个住处，比如清静又不会被邻居打扰的高层公寓。但是搬家公司的人一来，芝士就从花园里冲出来狂吠不止。最后，沈问礼貌地把搬家公司的人送走了。

微博上曾经因这件事而闹得不小，因为两人的粉丝都看不懂他们是在干什么。

不过，那些不被回应的问题，在风起云涌的网络时代，很快便被新的话题给压了过去。

高调的模特变成了幕后记者，爱弹钢琴的医生变成了公司老总。

两年，的确可以改变一个人，抽筋剥皮，脱胎换骨。

可就算抽筋剥皮，脱胎换骨。

心之所往，依旧是同一方向。

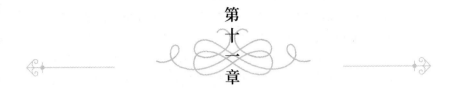

第十一章

许蓝二十二岁那年的冬天。

苏筱关上车门，坐在副驾驶位上笑了笑："没想到兜兜转转，咱们又见面了。"

沈问没有接她的话："苏小姐回去早点休息，天色也不早了。"

两年前的那场相亲，终究是以不了了之告终，两人之后就没再见过面。直到今天，两人因为应酬再次相遇。苏筱变得成熟许多，当年自以为是的模样也几乎看不到了。

两年到底能改变多少人，又能让一个人改变多少呢。

苏筱盯着车上的挂件，嘴角扬起："沈先生好品味啊，喜欢小老虎娃娃？这么有童趣。"

沈问看了一眼那个摇摇晃晃的小兔子挂件。他并不想去解释，这不是老虎，只是一只生气的小兔子。

苏筱想伸手去碰，沈问抬手："不好意思。"

她一愣，惊叹："这么宝贝？"

沈问沉默。路灯的光映照在他的脸上，窗户半开，耳边有风声猎猎。

"嗯，"他淡淡地答，"小孩儿玩游戏赢的。"

苏筱试探道："前女友吗？"

沈问愣了下："不算。"

他好像被甩了，又好像没有。她主动断开了一切联系，后来他自然也能找到她的消息，却没有打扰。

与其说是他在等，不如说他是押上了自己的光阴，进行着一场没有尽头的赌博。

他并不惧怕这场赌博没有尽头，却害怕许蓝过得不好。

先前，他几次差点就控制不住自己。知道许砚的事的时候，知道许蓝身体状况的时候……他都想要直接奔到她身边。

可他亦明白，阮遇、鱼鱼、林榭，都会代替他照顾她。他要是亲自找上去，只会让她害怕。他明白许蓝需要时间静一静，不管她需要多少年，他都可以等。

"对了，两年多前的事，咱们好像没摊开来说过啊。"苏筱朝后理了理卷发，靠在椅背上笑，"你们还真是能闹，害得我好气！"

"苏小姐都知道了？"

苏筱"哧"了一声："她也算是个名人，我要查，总归能查到。不过那个时候，她看起来还不是你女朋友。"

沈问握在方向盘上的手紧了紧："那个时候我就喜欢她，所以想要告诉你实情。只是没想到局面会变成那样，我向你道歉。"

"别跟我来这套。"苏筱得意地展示了一下手上的订婚戒指，"看见没？还好你当时没娶我，不然我就遇不到伏程了！"

"恭喜苏小姐，"沈问莞尔，"请帖我早就收到了，只是不知道当天我有没有空。苏小姐放心，到时我就算人不到，份子钱也准到。"

"沈先生还是那么周到。"苏筱吐了口气，"虽然说难听点，我们俩是商业联姻，可我们也是真的互相喜欢。他现在人在国外，不然我哪会让你送我回家？"

"看得出来，你们很相爱。"沈问停下了车，"苏小姐，再会。"

"婚礼得来啊。"苏筱跟他打过招呼后，下了车。

沈问在等红绿灯的时候，盯着那只摇晃的小兔子挂件许久。

小兔子背后，有个小拉链。里面，放着一枚戒指。

沈问到家后，芝士立即扑了上来。沈问脱下大衣，屋里打开的暖空调让他舒适不少。

芝士吃了几块狗饼干，就作势要往外跑，沈问无奈："这么晚了，还要出去？"

芝士猛摇尾巴，沈问便开了门。芝士飞一样地蹿出去，滚到了对门的花园里。

许蓝搬走后，沈问总去打理她的小花园，在里面种各式各样的花。最多便是红玫瑰。

芝士没过多久就跑了回来，嘴里还叼着个方块状的物体。

沈问没戴夜视镜，芝士跑近后，他才渐渐认出那是一个方形的首饰盒。

首饰盒上沾着很多泥，沈问一边吹气，一边拿手轻拍。他发现自己的手有点抖。

那条玫瑰项链静静地躺在盒子里，不同于盒子的脏污，它干净纯粹，一尘不染。许蓝亲手把它埋在了花园里，而芝士嗅到了气味，把这个盒子又从土里刨了出来。

沈问自嘲似的笑了一声，指尖轻轻拂过那颗玫瑰吊坠："还真埋了。"

芝士抬起一只爪子搭上他的膝盖，低低地呜咽，像是在安慰自己的主人。

过年前的最后一个工作日，许蓝在车内检查了一下妆容，进入大厦，按下了电梯按钮。

这次的采访，公司全权交给了她一人负责。只是许蓝没想到，这次要见的会是苏筱。

她来不及多想，电梯门已经打开。

见许蓝来了，苏筱跟助理使了个眼色，助理立马退出了房间。

"苏小姐好，我是——"

"少客套，我时间很紧，问完就结束了。"苏筱扬着下巴，目光从许蓝的身上，转移到自己跟前的椅子上。

许蓝没多言，在苏筱对面坐下："感谢苏小姐的配合，那我们直接就开始吧，不会耽误您很长时间。"

苏筱饶有兴致地打量了一下她："快三年没见了，你比以前还漂亮。"

"苏小姐还记得我。"许蓝神态自若，"之前的事我该道歉，对不起。"

苏筱抬手制止："停，这话我前不久刚听到过。"

"前段时间和沈问应酬，他送我回家的时候，也这么说。"苏筱朝许蓝眨眨眼。

许蓝若有所思："是沈先生啊。"

"你倒是很有意思，那样的谎言也编得出来，亏我当时还相信。不过，后来又是怎么回事？好好的，却要突然分开。"

许蓝眼睫颤了颤："都是陈年旧事，不必再提。"

咖啡"啪"一下被苏筱放在桌面上，她直勾勾地盯着许蓝："我老了，搞不懂你这种小年轻成天在想什么。但是许蓝，你够狠的啊。沈问跟我同岁，你要耗着他多久？"

许蓝脸色稍变："我没让他等。"

"沈问现在也是个翻手为云覆手为雨的大人物了，你怎么没去采访他？"苏筱没再继续前面的话题，盯着对面漂亮的女人，"他现在可和以前不一样了，有的是采访价值。"

"苏小姐，我们能开始我们的采访了吗？"许蓝拿着记事本的手在微微颤抖。

苏筱目光向下瞟了一眼，笑了："没问题。"

许蓝的问题都很直接，且直击重点，苏筱第一次觉得被采访一点也不累。

采访结束，许蓝站起身："谢谢苏小姐的配合。"说着，她就要走。

苏筱叫住她："我要结婚了。"

许蓝一怔："和谁？"

苏筱笑了："伏程，那位石油贸易大亨。"她眯起眼睛，"许蓝，我看到你松了口气，你刚刚在想什么？"

许蓝微微颔首："没什么，祝苏小姐新婚快乐。"

"我不要口头祝福那套虚的，来点实际的。"苏筱拿出请帖，递到许蓝面前，"我也是三十岁之前把自己嫁出去的成功女人了，来参加我的婚礼吧。"

许蓝莞尔，收下请帖："谢谢，我会来的。"

许蓝疲惫地回到公寓。她洗了点水果，坐到窗台上吃。

落日沉默地融进地平线，余晖把北市的楼房都染成了橙红色。

车厘子汁水太多，沾到了她的衣服上。许蓝皱皱眉，抹了一把领口，黑紫色的汁液晕染开。

一滴硕大的眼泪落在放水果的碟子里，和车厘子上沾着的清水融为一体。

这些年，她不是没有见过沈问。

他很有名，颇有当年沈彦从商的风范，目光独到，行事果断，亦不会去在背后使什么偏激的手段，业内风评很好。

许蓝再也没有看到他穿风衣的样子，他的身上好像永远是西装。

许蓝曾经以为，沈问寻常温柔至极，在手术台上救死扶伤；顾漠生活花天酒地，在商场上叱咤风云；林榭对任何人都寡言冷傲，一门心思追捕逃犯……都是显而易见的事情。但后来她才知晓，沈问在商场上也能一手遮天，林榭在鱼鱼身边时亦能温柔至极，而顾漠也曾想承受一切风雨，只为保护一个女孩。

所以这人啊，各有各的反差和天命，没有一个人活在这世上容易。

新年夜，北市空了半座城。

沈问和顾漠拎着大包小包的东西进门，看到阮遇在石穗旁边打下手的样子，不禁笑了。

"我来帮忙？"沈问走近。

阮遇头都不抬："不用，你们看电视去吧。"

石穗赶他："你也出去吧，越弄越乱！"

"我得跟你待在一起。"阮遇很认真地看着石穗，"毕竟你只有十岁。"

石穗白了他一眼："我名字的谐音，你还要嘲笑多少年？"

夫妻两人边打闹边做饭，开饭时，《春晚》都开始了。一桌子人围着火锅碰杯，石穗却给自己倒了橙汁。

顾漠挑眉："嫂子平时不是千杯不醉吗？"

石穗清了清嗓子："我怀孕了。"

全场安静。

阮遇眨了眨眼，突然站了起来："你说什么？"

"好话不说两遍。"石穗把火锅里的拉面捞到自己碗里，"没听清楚算了。"

顾漠开心地拍手："小孩儿什么的最好玩了！我第一个报名当干爹！"

沈问听到那句"小孩儿"，筷子一顿。

"我拒绝。"阮遇立即护住石穗的肚子，"你得把我孩子带成什么样？或者，你能不能当个只买奶粉不带娃的干爹？"

顾漠差点摔筷子："阮遇！我——"

"在孩子面前管住自己的嘴，注意点用词。"沈问叹气，"这样的干爹，是不太能让人放心。"

因为石穗是孕妇，沈问和顾漠没有留太晚就告辞了。

街道上没有几家店还开着，路过酒吧，顾漠挑了下眉："喝点去？"

"行。"沈问戴着夜视镜，北市天冷，他说话时出现的白气在路灯下清晰可见。

酒被倒入杯中的时候凉飕飕的，入口却灼热。

沈问酒量很好，也很少喝醉，但应酬太多，已经很少有像现在这样和朋友喝酒的时间。

"没想到阮遇都要当爹了。"顾漠摇摇头。

"之前石穗身体不好，阮遇这么多年来悉心照顾，这也是他该有的。"沈问盯着舞台上弹唱的歌手，把杯中剩下的酒一饮而尽。

顾漠叹息一声："挺羡慕他的。既早结婚，又能和自己心爱的人在一块儿，现在还有孩子，真圆满啊。"

"我也想这样。"顾漠自嘲地笑了一声，看向沈问。

"今天可是大年初一，沈问你说——"顾漠摇晃着酒杯，"小懒懒现在在干什么呢？"

沈问垂眸："这么叫，她要不高兴的。"

"要是她生气了，跑过来打我，我还挺开心的。"顾漠失笑。

沈问闭上眼睛"我今天才发现。我和她，从认识到分开，都没有一起过一次年。"

"她比我孤单。"沈问很沉重地吐了口气，"她比我孤单啊。"

鱼鱼家。

鱼鱼的父母和其他长辈，林榭、鱼鱼还有许蓝都在。

餐桌上各色菜肴丰富，也很热闹。长辈都认识许蓝，也爱和她聊天，一家人被她逗得哈哈大笑，欢喜不已。

不管是在哪儿，许蓝只要是在人多的地方，总能如鱼得水。

过年这段时间，传媒公司放了假，许蓝就住在鱼鱼家里。她不允许自己有空闲下来的时间，逼着自己无暇去想其他事情。

晚上，鱼鱼在她身边睡着了，许蓝睁开眼睛，又想起了自己见到苏筱的那天。

苏筱和谁订婚，自己明明早就知道，她还帮同事改过相关报道。可当苏筱提到沈问，又说自己要结婚的时候，许蓝的心跳还是漏了一拍，脱口而出就问她和谁结婚。自己怎么这么蠢啊。

鱼鱼翻了个身，向她那边挪了挪："你是不是没睡着？"

许蓝叹气："我以为你睡着了。"

"怎么可能，过年七天乐，我每天都可精神啦！"

"你和我哥的事情，是不是也就借着这次见面，定下来了？"许蓝笑了，"我哥那么好，肯定能让你家人满意。"

"也没有那么快，我和他才在一起多久。"鱼鱼掰着手指，"我算算，一、二、三……"

"别数了，在我眼里，你们早就在一起了。"许蓝戳戳鱼鱼的手臂，"你们加油，我等着当干妈。"

"听听，说的什么话！"鱼鱼笑着打了她一下，"我才多大，你忍心吗？"

这一年，许蓝二十三岁。

沈问三十一岁了，依旧没有结婚。

许蓝时常凌晨惊醒，背着他一个人偷偷看了无数次日出。

沈问时常凌晨结束会议，来不及等太阳升起便匆匆睡去，在高楼大厦里看了无数次日落。

草坪婚礼开始前的四个小时。

"怎么回事？"婚礼策划人拿着对讲机忙前忙后，"伴娘团和伴郎团不都是早早定好的吗？你现在跟我说少了一位？"

那头不知道说了什么，她把策划案猛地砸在草地上，就差踩上两脚了："什么叫少的是一对？伴郎伴娘一起私奔了啊？"

发火归发火，事情还得解决。

婚礼策划人头疼地看着现场，心想真不愧是有钱人，一个草坪婚礼场地能占北市这寸土寸金的地方这么大面积，跟不要钱似的。

"我去找苏小姐，其余的别再出岔子了！"策划人气愤地摁灭了对讲机的电源，往化妆间匆匆跑去。

造型师正在给苏筱做妆发，数米长的婚纱裙尾上镶满了各色细碎的钻石。

策划人一进来，差点被闪瞎眼。

"苏小姐。"

苏筱将视线分给她："什么事？快点说，别影响我心情。"

策划人花了一秒钟时间思考应该"快点说"还是"别影响她心情"，最后决定快点说："伴郎伴娘团，各有一人突然无法出席。"

苏筱挑了下眉："挺好的。"

策划人冷汗直冒。

"之前跟我保证得胸有成竹，现在又是怎么回事？"苏筱打了个哈欠。

"这……"

"还不快点去找替补，在这儿跟我废什么话！"苏筱拔高音量，叫来助理，"我不希望婚礼出现任何差错。一个小时，不，半个小时之内，找到合适的替补！"

助理和策划人接下紧急任务，刚要出门，苏筱又抬起手："等等。"

两人同时转身："苏小姐还有什么吩咐？"

苏筱嘴角勾了勾："不用找了，我已经有人选了。"

苏筱助理来电话的时候，许蓝正在化妆。

她放下黑色的眉笔，看向亮起的屏幕。听清楚来人的身份及来意之后，许蓝微微瞪大眼睛："我？"

得到肯定的答复后，许蓝叹了口气："行，我没问题。"

许蓝耸了耸肩，心道：哪有结婚还找比自己好看的人当伴娘的，蠢。

另一边，沈问正在路上。

有陌生号码来电，他抬起骨节分明的手，摁了下蓝牙耳机的接听键。

对面助理说了一大通，沈问听明白后便答应了："能帮到苏小姐，我很荣幸。"

助理对这两位感激不尽，差点就在电话那头哭出来了。苏小姐是个难伺候的，现在危机终于解除，助理的饭碗也总算是保住了。

沈问出现后，策划人万万没想到真把大名鼎鼎的沈总给请来了："沈总，您来当伴郎吗？"

沈问微微鞠躬示意："需要走个过场吗？"

"不用沈总，我跟您说一下要做的事情就行了！"

沈问看着策划人紧张的样子，莞尔一笑："好的，我明白了。对了，跟我交接的伴娘在哪儿？"

"还没来呢，在路上。"

沈问微微蹙眉："伴郎团和伴娘团不都应该是最早到的吗？"

"沈总您有所不知，跟您交接的伴娘跟您一样，也是苏小姐拜托临时救场的朋友……我先带您去换衣服？"

虽说沈问态度谦和，比苏筱和伏程不知道好伺候多少倍，但无论如何，他的身份在那里摆着，谁都不敢没大没小。

各大媒体都来到了现场，社会名流也纷纷到来，见证这一对璧人喜结连理。

之前公布的伴郎团名单里并没有沈问，故而大家也不知道他在和策划人聊些什么。一直到沈问换了衣服，大家才发现他身上居然是伴郎服，会场顿时更加喧闹起来。

与此同时，许蓝到了现场，跟着苏筱的助理走小道进了化妆间。她只是随意地朝会场内一瞥，就再也挪不动步子，也移不开视线了。

沈问来了。他的头发打理得很服帖，阳光淡淡地落下来，显得他发色更浅。肩膀似是比之前更宽阔了些，可以看出常年坚持锻炼的痕迹。

助理轻声催促："许小姐，去换衣服吧。"

许蓝暗自诧异，她真的没想到，沈问这样的大忙人，也会来参加婚礼。

不过，这是苏筱和伏程的婚礼，似乎来了不少名流和精英，沈问来了也是正常的。

许蓝换上伴娘服，踩着高跟鞋，看着落地镜里的自己。

小礼服很精致，裙尾很轻，长度刚好垂到纤瘦的脚踝上方；腰围有一段玫瑰金的细腰带做装饰，方形领口的设计，让她的一字形锁骨展露无遗。

"衣服很合适呢。"助理站在一边，"许小姐，您是伴娘团的首位，到时需要和伴郎团的首位做一个戒指的交接，再一起上台把戒指给苏小姐和伏先生。"

"伴娘团和伴郎团的首位，与其他伴郎伴娘的装束略有不同。比如您身上的这条腰带，别的伴娘服上没有。那位与您搭档的伴郎，西服上有一枚玫瑰金的胸针。"

许蓝点头："明白了，我应该要先去跟那位伴郎排练一遍吧？"

"不用了，苏小姐说，你们两个都是她信得过的人，肯定能配合得很好。"

许蓝说"好"，可转身看清来人后，当场愣住。她欣喜道："陈鹿？"

陈鹿朝她张开双臂，来了一个大大的拥抱："好久不见。"

陈鹿站在许蓝身后的时候，许蓝感觉自己又像是回到了十九岁的那个春天。

陈鹿看她眼神有些发愣，笑了一声："你怎么不问，造型师怎么是我？"

"这样的场合，各界人士都会来，你是知名摄影师，又会化妆、造型，来了也不稀奇。"

"你倒机灵。"陈鹿笑笑，一脸轻松，"见到他了？"

"嗯，"许蓝也知道她说的是谁，懒得装模作样，"挺帅的。"

"沈问一直帅啊。"陈鹿笑，"大家都围着他呢，众星捧月。"

"花边小新闻不少。"许蓝莞尔。

"人家有不少绯闻都是你同事写的吧。"

许蓝无奈："咱们跳过这个话题吧。"

"行，都依你。"陈鹿把一支玫瑰金的水钻发簪插在许蓝鬓边，朝后退了一步，眼里都是欣赏之意，"真漂亮。"

许蓝的头发全部梳到右侧，蜈蚣辫松松软软地垂在肩头，那只发簪简直是神来之笔，将她的脸衬得愈发精致。她的皮肤白得近乎透明，发色又是浓郁到极致的黑。

许蓝对着镜子抬起下颌的时候，陈鹿说不出是什么感觉。就是美，纯粹的美。

其他伴娘都是苏筱的好朋友，年龄自然比许蓝大一些，但清一色都是DIM的粉丝，也认识许蓝，更知道许蓝和沈问当年的二三事。

大家都是识趣的，虽然没人主动提沈问，只是言语间包含了些"蠢蠢欲动"的气息。

许蓝扫视周围，奇怪的是并未看见沈问，倒是看见了顾漠。他留了些胡茬儿，比以前看着更成熟。

终于，伴郎伴娘团要候场了。

璀璨的灯光照射下来，许蓝抬眸看向对面，头皮发麻。

沈问迈着不紧不慢的步子，走到伴郎团首位，胸口别着一朵玫瑰金的胸针。

许蓝深呼吸，闭了闭眼睛。不就是前男友嘛，不怕。她调整好状态，弯起唇角，庄严地立于一侧，吸引着众人的目光。

她不知道的是，沈问的震惊程度，也并不亚于她。

两人都来不及有过多的想法，苏筱已经穿着高定婚纱，站在花房之下。伴随着《婚礼进行曲》，她手捧鲜花，一步步向舞台中央的伏程走去。

苏筱脸上的表情，是许蓝先前从未在她脸孔上见过的幸福。许蓝承认，在那一瞬间，自己羡慕了。

掌声环绕在耳畔，"我愿意"的誓言话音已落。

司仪笑着说："有请我们的伴郎和伴娘，为新人递上戒指。"

许蓝这才反应过来，仓促地抬眸间，对上沈问的眼。清透，明朗，好像变了，又好像一点都没有变。

沈问走向她，她笑得明媚不可方物，也朝他走去。

然后，两人在花房下，交换了戒指。

当沈问把属于新娘的戒指交给许蓝时，许蓝差点没控制住表情。

戒指被递出去时，沈问差点想给她戴上。不过他也知道，这枚戒指配许蓝，是不够的。

两人都没有想到，再次近距离的见面，会是以这样的身份，在这样的场景。

她穿着像婚纱一样的礼服，笑得好美。两人站在一起，十分相配，是最熟悉的陌生人。

不过直到两人下场，他们的脸上都没有出现任何波澜，非常平静。

最后的环节，是新娘扔手捧花。大家都挤在舞台中央，等着去抢苏筱手里的玫瑰花束。

许蓝对这个兴趣不大，便转身往外走。

苏筱向后用力一抛。可万万没想到，苏筱把花束抛过了人群。许蓝一转身，手捧花便结结实实地砸到了她的怀里，分毫不差。

"哇！下一个找到爱情的，是许蓝！"大家笑着祝福她，有人大声说。

许蓝抬头的一瞬间，视线刚巧又和沈问对上。两人都慌忙地别开目光，装作毫不在意。

沈问此刻正端着红酒，和其他两位有一定阅历的老总聊着天。

他过得很好，已经成为了许多人仰望的人物。

七百多天，他变成了更好的他，她却不再有以前那般好，依旧沉在阴影里，甚至不愿意让旁人拉她一把。

许蓝和认识的朋友们打了招呼，说自己还有事，先走一步。

她坐上自己的车，发现不远处站着两个人。一个是沈问，另一个……是位年轻的名门小姐。

许蓝认得她，大学还没毕业，却已经在国内外崭露头角的天才少女。

许蓝握着方向盘，忽地滚下一滴泪来。她此时才发现，自己有多么在意他。

他今年三十一岁，事业有成，谈婚论嫁，或者再次恋爱，也是应该的。聪明的人都知道及时止损，沈问又何尝需要别人来教他这一点。

许蓝闭了闭眼睛，用指尖抹去眼角的泪，踩下油门。

"那我们就达成协议了。"女人笑了笑，"合同我会尽快拟好，马上发到您的邮箱。"

"时候不早，我先告辞。"沈问把酒喝完，回到了婚礼现场。

顾漠在湖边抽烟，见到沈问的第一句话就是："和美女聊完了？"

沈问看了他一眼："生意上的事。"

顾漠挑了下眉："你的小情人会遇到点小麻烦。"

"许蓝怎么了？"沈问怔住。

"我可没说小情人是谁。"顾漠揶揄。

"到底怎么了？"沈问眉间微蹙，让顾漠哭笑不得。

"没什么，她轮胎漏了点气，开不远。"顾漠吐了口烟圈，"这荒郊野岭的地方，等拖车的来了，可得要一会儿。"

沈问深呼吸："你没事干？"

"是啊。"顾漠一脸理所当然，"我闲得都开始插手这种事了，也不知道你是怎么想的，都两年多了还等什么等，不会强硬点，自己把人抓回来？"

沈问无奈："服了你了。"

他知道顾漠有分寸，许蓝的安全还是可以保证的，但顾漠这种整蛊的方式，实在是令人头疼。

沈问不再多言，把自己的钥匙丢给他："你车借我，速度快些。"

"这才对嘛。"看着沈问的背影，顾漠笑得肩膀都在抖，吹了声口哨，"一路小心啊。"

　　

许蓝开着车，总感觉有些不对，直到车内有警报声响起。

她立即将车靠在路边，下车查看情况，忍不住低骂一声。

后轮是什么时候扎到钉子的？

许蓝瞬间烦躁不已，这地方本就难打车，耽误自己时间不说，打电话喊拖车公司过来，又不知道得等多久。

许蓝不是没在后备厢放备胎，但她很快放弃了自己换车轮的想法。她试着把车往前推，很快也把这个办法给淘汰了。无奈之下，她准备打拖车公司电话。但就在下一秒，跑车的引擎声席卷而来。

许蓝远远看过去，她认得这是顾漠的车。

顾漠这人跑车多，共同点是每辆都配色大胆，眼前这电光紫的车，除了他也没人会开。

今天光线刺眼，里面的人又戴着墨镜，许蓝看不太清样貌。

她还没开口叫顾漠的名字，车门被打开。

沈问站在许蓝面前时，许蓝的心跳漏了一拍。她嘴巴半张着，却说不出一个字。

"急吗？"沈问开口。

许蓝垂眸，犹豫片刻后，轻轻点了点头。

沈问掏出手机，对那边吩咐了两句，然后打开了副驾的车门："有人会来处理你的车。先上车，我送你。"

许蓝下意识想拒绝，无奈身体已经做出反应，往前一步。她顿觉尴尬："那就谢谢了。"

"没事。"沈问替她关上车门，再坐进车，"我车没油了，所以借了顾漠的车。

公司有急事，顺路带你。"

许蓝沉默，同时窘迫。她这个人张扬高调惯了，很少会有不知道说什么的时候，可今天她已不止一次感到尴尬。

争点气啊！许蓝暗暗骂了自己一句。

她深呼吸，尽量让自己的语气听起来很轻松："最近你挺好的吧？"

这问题也太尴尬了！许蓝又把自己狠狠骂了一顿，心道：早知道不开口了。

沈问回复："很忙，但不算好。"

许蓝一愣。她还以为沈问会很客气地说一句"都挺好"。

"沈总公司事多，感到疲乏，也很正常。"许蓝慢吞吞道。

"你知道啊。"沈问很温柔地笑了。

那样温柔的笑，还有久违的声音，许蓝差点又落下泪来。

"沈总那么有名，知道也是应该的。"许蓝别过脸去，看向窗外的风景，不再言语。

豪车停在公司门口，想不引人注目都难。

许蓝刚进公司，前台小姐姐就拉住她："那个是不是 DIM 顾总的车啊，我好像见过。"

许蓝摇摇头："不是顾总，我和这位也不熟。我的车半路忽然抛锚，他好心带我一程。"

前台小姐姐一脸"我都懂"的表情："我说句公道话，男人的好心，多半掺杂点其他的。许蓝，你这么好看又优秀，保不准人家就对你有什么意思。"

许蓝不想和她多言："我先上去了。"

晚上，许蓝从公司出来，见到了一个极为尴尬的场面。

傅绅的车和沈问的车，同时停在大厦楼下。这是……什么情况？

毕业以后，傅绅一直在追求她，但许蓝每回遇到他表白，都拒绝得很彻底。不过傅绅一直没气馁，还说虽然自己忙，但有空肯定会来接她下班。当时许蓝是以"我有车"的理由拒绝傅绅的，并且傅绅也没真的来接过她。只是没想到，傅绅今天刚巧"有空"，还和沈问撞上了。

两个人都没从车里出来，但许蓝明显感受到了气氛的沉重。

傅绅先一步打开门，摘下墨镜："走吧，送你回家。"

许蓝尴尬："你怎么知道我车坏了？"

"我不知道啊。"傅绅一愣，"不过我刚刚路过，看到你的车没有停在老地方，就猜你今天没开车上班。"

"这样啊。"许蓝有些不好意思，"我自己回去就好，你家离我家很远，太麻烦了。"

沈问这时也走了出来，语气坚决："她今晚得跟我走。"

许蓝一头雾水："怎么就得跟你走了？"

"是啊，许蓝为什么得跟你走？"傅绅深呼吸，认出了来者是谁，"还有，你怎么会在这里？"

"她的车在我朋友那儿，我得带她去取车。"沈问走近傅绅。

虽说他的脸上带着笑，眉目也是温和模样，周身却散发出强烈的压迫感。他戴着夜视镜，眼神透过橙黄色的镜片，散着些原本不属于他的凌厉。

许蓝愣住。沈问的气场，让她感到陌生。

"修车的事情，谢谢你。"许蓝垂眸，"沈总把地点告诉我就可以了，我自己会去取。"

沈问勾了勾唇角："第一，那里是处私人场地，以你的方向感，找到的可能性几乎为零。"

许蓝不可思议地看着他，心道：怎么不给我留点面子啊？

"第二，"沈问笑笑，"会员制的地方，没我，你进不去。"

许蓝沉默：您可真行。

"还要我说第三点吗？"沈问这句话是盯着傅绅说的。

不等许蓝和傅绅开口，沈问拽着许蓝的胳膊，就往自己车那边走。

傅绅没想到沈问会做出这样大胆的事，他还没来得及做出什么反应，许蓝就已经在沈问车里了。

"咔嗒"一声，锁车门的声音非常明显。

许蓝："……"

傅绅："……"

许蓝倒吸了一口气："沈总，你抓人很疼。"

"对不起。"沈问的语气温柔下来，仿佛刚才的霸道模样根本就不是他。

许蓝头皮有些麻："那，去取车吧。"

"嗯，安全带系好。"沈问看着她自己把安全带系上之后，才踩了油门。

可是，沈问并没有带许蓝去私人会所，而是将车拐进了小区，停在 A 区 109

室的门口。

"不是取车吗？"

沈问面色不改，"咔"一声解了许蓝的安全带："先吃饭。"

许蓝一怔："你没吃饭？"

"你吃了？"沈问反问。

"没。"许蓝没动，"你要做饭吗？"

"不然你做？"沈问笑。

许蓝闭上了嘴：以前这男人不会用反问句的！

许蓝有些郁闷，但又突然想起来，芝士应该在。她心跳加快："你家里……还有别的什么吗？"

许蓝不敢直接提"芝士"，她怕一说起这个名字，脑海里就会有太多回忆奔涌而来。

沈问好像没懂她在说什么，疑惑地盯着她："什么意思？"

许蓝别开视线："当我没问。"

"我没养女人。"沈问沉声道。

许蓝庆幸这个时候自己没在喝水。

沈问把眼镜摘了，为她开了车门："下车。"

许蓝再次站在了这扇门前，虽然已经七百多天没有回来过，但这扇门似乎没有什么变化。

"你……一直住在这里吗？"许蓝咬了咬下唇。

"嗯。"沈问输了密码，"芝士认地方，不愿意走。"

许蓝眼睛一亮："芝士在吗？"

沈问蹲下身，给她拿了双拖鞋："嗯，在花园。"

现在是四月初，许蓝进花园的时候，玫瑰已经陆续在开了。

许蓝刚走两步，就被扑倒了。芝士已经是一只成年的大型犬了，许蓝根本承受不住它扑过来的重量，结结实实地倒在草坪上。

许蓝坐起来，紧紧抱住两年多未见的宠物，揉着它的耳朵。芝士兴奋地吐着舌头，毛茸茸的脑袋钻在许蓝怀里蹭着。

她走进屋，打开熟悉的柜子，芝士爱吃的零食依旧放在原来的地方。周围有玫瑰环绕，空气中氤氲着暖香。

今天发生的一切，都让她有些恍惚。

过了一会儿，沈问走进花园："许蓝，吃饭。"

"来了。"许蓝磨磨蹭蹭地进了门。

沈问做的都是她喜欢吃的，许蓝盯着那些饭菜，眼眶红了。突然间的情绪，令她有些不知所措，一时不知怎么办才好。

沈问注意到她微妙的表情，很沉默地给她夹菜。

吃完饭后，许蓝主动站起来要去洗碗，却被沈问按住："别动。"

许蓝看着沈问把碗收拾了，放到洗碗池内："一会儿有家政阿姨来处理，我们去取车。"

许蓝鬼使神差道："能不能带芝士一起去？"她想再和它多待一会儿。

沈问毫不犹豫地说："可以。"

于是，芝士趴在私家车后面，掉了一身黄毛。

许蓝也在后座，抱着芝士笑："这要是在我哥车上，芝士估计要被他扔下去。"

沈问低低地"嗯"了一声："鱼鱼和林榭，都挺好的吧？"

"嗯，"许蓝没犹豫，"林榭今年和我都去鱼鱼家过年了，长辈们都很喜欢他。"

"那就好。"

沈问带她到了修车的地方，许蓝承认，光凭自己的确找不到这儿。这么一栋大别墅，里面居然是个修车厂。

里头的修车小哥见了沈问，朝他吹了声口哨："沈总，我这手金贵得很，第一次修这种小轿车，你可得多给我些小费。"

沈问看了他一眼："不说话，没人拿你当哑巴。"

"我偏要说！"修车小哥从围墙上跳下来，打量了许蓝一眼，"这不是老林总的女儿吗！啧，你别跟我使眼色，我知道不是亲生的！"

许蓝一噎："你不说林宿，我都快忘了。"

"别介意，我说话就这样。"小哥叉着腰，"你的车我修好了，等我一下。"

红色轿车很快再次出现在许蓝跟前，小哥从车里探出脑袋："给你各项性能都升级了，以后把这车当越野车开都行。"

"谢谢。"许蓝有点蒙，掏出手机，"我要付多少钱？"

"不用，咱们沈总送来的车，我们哪敢收钱！"修车小哥豪爽地笑了笑，许蓝看着他身上穿的，再加上他认识林宿，就知道这位小哥非富即贵，估计是闲得没事干，就学了个修车。

许蓝叹了口气，看向沈问："我还是把钱转给你吧。"

"他也没收我钱。"沈问看着她，"早点回家。"

"行。"许蓝也不和他争了，毕竟沈问是真的不在乎，"谢谢你。"

许蓝蹲下身，摸了摸芝士的脑袋："我要走了，你乖乖的。"

芝士有灵性，明显听懂了许蓝的话，急切地跳起来扒她的裙角，嘴里不停地呜咽。

许蓝把牵引绳递给沈问，沈问的手插在口袋里，没接。

"想吗？"沈问开口。

"什么？"

"想带它回家，就带回去吧。我最近太忙了，没时间管它。"沈问没等许蓝回答，转身就走，不给许蓝拒绝的余地。

"啊？"许蓝盯着手中的牵引绳，看着沈问的车驶出视线范围，"什么啊……"

芝士欢快地在许蓝脚边跳来跳去，全然不知她内心的纠结。

沈问坐进车里，拨通了顾漠的电话。

"听说你带小懒懒去修车会所了？"顾漠刚离开婚礼现场，"消息早传过来了。"

"明天请你吃饭，地点你挑。"沈问嘴角勾了勾，"顾漠，你说得没错。自家小孩儿，还是得自己抓回来。"

许蓝不太懂养狗，当晚就去了宠物店，导购推荐什么就买什么。

高层公寓没有花园，芝士倒是不委屈，乖乖在宠物店洗完澡，跟许蓝回了家。

鱼鱼被许蓝叫到了家里，两人一狗窝在沙发上看剧，出奇地和谐。

第二天早上，鱼鱼盯着许蓝左看右看："懒懒，怎么感觉，你像突然变了个人似的。"

许蓝嚼着麦片粥，手上还拿着个三明治："啊？"

"不对不对，"鱼鱼吸了口气，"当我没说。"

她不是变了。她是和两年多前的模样，再次重合了。鱼鱼反应过来后，暗自感叹爱情的力量果然是伟大的。

芝士特别聪明，会自己在抹布上把爪子蹭干净，吃饭也超乖，要拉屎就会站在门口吠，让人带它下楼。总之，是只被沈问教得特别好的大狗狗。

鱼鱼嗑着瓜子，心想沈问以后带小孩儿肯定也很棒。

许蓝忽然发现，自己遇见沈问后，并没有心慌难受，反而心情极佳。而且，昨天晚上她没吃安眠药就能入睡，还没做噩梦。

鱼鱼离开后，许蓝主动给阮遇打了电话。

阮遇昨晚上刚跟沈问打完电话，接到许蓝电话时，真的很开心。

"许蓝，我一直都是这样建议的，你该试着去释放你的情感。"阮遇看着窗外，"总不能一辈子逃避。"

"可是我不知道，他还喜不喜欢我。"许蓝低喃。

阮遇要被她气笑了，但并没有提其他事，只是说："那就自己去找答案。"

许蓝深呼吸："我试试。"

晚上，许蓝发现零食库要空了，就准备出门去趟便利店。芝士睡着了，许蓝走时步子很轻，没吵醒它。

晚风很轻地吹拂，许蓝穿着白裙，脚上随意地穿了双运动鞋。

沈问晚上有应酬，刚喝了酒，不过意识尚且清醒。洛阳负责开车，沈问坐在副驾位置，撑着脑袋休息。

"公司越来越好了。"洛阳想起今晚应酬时沈问的表现，欣慰地笑了笑，"沈氏在您手里，这两年股票暴涨，老沈总知道了，会很开心的。"

沈问很低地"嗯"了一声，听不出情绪："专心开车。"

等红绿灯时，洛阳无意间朝外看："沈总，那好像是许小姐。"

沈问一怔，蓦地睁开眼。

路灯很亮，他依稀能辨认出穿着白裙的许蓝。她扎着低马尾辫，走进了便利店。

"是她。"沈问让洛阳靠边停车，"把我的车开回去，我等会儿自己回来。"

"沈总您——"洛阳还未说完的话被"砰"的关门声给阻断，他无可奈何地叹了口气，心想沈总是彻底被当年那个小模特给抓牢了，大抵谁也劝不动。

沈问站在离便利店门口不远处的地方，顿觉视线模糊，才想起来没拿夜视镜。

这种错误，先前他从来不会犯。可偏偏一看见许蓝的轮廓，他什么都没思考，便直接下了车。

没过多久，许蓝走了出来，手上还提着满满当当的一个袋子。

沈问知道不远处便是她，但是并没有挪动步伐。他拿出手机，想让洛阳把车开回来。毕竟，他现在的确看不清。

十字路口处，许蓝低头回了些工作上的消息。再抬头，红灯已变成绿灯，她便抬向前走。

身边有几个小孩子在打闹，许蓝发现自己不知什么时候，已经不讨厌小孩子了，甚至还觉得他们很可爱。

走到马路中央，许蓝的手机突然响了。大概是零食和酒买得太多，她刚接起电话，便利店的袋子便破了。几瓶易拉罐装的酒滚在柏油路面上，砰砰作响。许蓝蹲下去捡，用头和肩膀夹着手机。

这时，绿灯变为黄灯，黄灯只是闪烁几下，便变成了红灯。

沈问打着电话，再次抬头，看见许蓝蹲在马路中央。

世界忽然变得暗淡，嘀嘀的车鸣声萦绕在耳畔。

沈问的视线明明是模糊且昏暗的，然而，他忽然看见了一道刺目的光。

是马路对面，一辆货车的车灯发出的光。

许蓝穿着白裙，白光打在她身上，让她看起来整个人几乎与光融为一体。她抬头看到那辆货车的时候，车灯已经近在咫尺。

那辆货车完全没有停下来的意思，因为车身较高，许蓝又蹲着，已经在司机的视觉盲区。

沈问立即冲了过去。尽管沈问看不见其他的东西，但他至少知道，许蓝在马路中央，而她前面有一辆货车。

许蓝眼前闪过一道白光，双腿一软，跌坐在温热的路面上。

耳边的风声，像是静止了一般。

"许蓝！"她最后听到了沈问的声音。

后脑勺重重地磕在路面上，粗糙的质感让许蓝短暂地清醒了片刻，随即视线便再次黑了下去。

她的视线一片漆黑，但耳边能听到撞击声，易拉罐的破碎声，能闻到玫瑰起泡酒的味道，还听见嘈杂的人声。

这些声音，在她失去意识之前一同席卷而来。

洛阳赶到现场的时候，刚好看到沈问倒在血泊里，他一个趔趄，差点没站稳。

许蓝再有意识的时候，睁眼便看见头顶是白花花的手术灯，照得她眼睛疼。

面前那张脸孔，她似乎见过。那个女人不停地朝她招手，问她："许蓝，能看清楚吗？"

她皱着眉，心里烦得很，不知道发生了什么，只是迷迷糊糊点了点头。

石穗戴着口罩，看见许蓝的反应，终于吐了口气。

许蓝再次意识清醒的时候，是在病床上。

窗帘拉着，室内很黑。

她回忆了一下先前的场面，后背猛地下来一阵冷汗。当时自己倒地的那一刻，好像一切的一切都变得很漫长。

那么，沈问的声音，那个时候是真实存在的吗？

许蓝想坐起来，但身上没力气，于是认命似的又躺了回去。

这时门被推开，灯也开了，进来的人是石穗。

许蓝声音虚弱："石医生，你不是怀孕了吗？"

石穗被她搞没辙了，不禁扶额："对，我是怀孕了。但是，现在你不该问问自己怎么了吗？"

"撞车了。"许蓝撇了撇嘴。

"还真不是。"石穗叹气，"你是差点被车撞，没真撞上。是沈问，他推开你了。"

许蓝脑袋一阵天旋地转，头晕得想吐。

石穗赶紧扶她躺下："你现在是轻微脑震荡患者，好好躺着吧。"

"沈问呢？"许蓝拽住石穗的袖子。

石穗没回答："鱼鱼和你哥来了，我还有病人，先走了。"

许蓝手一松："石医生？"

石穗跟鱼鱼和林榭点了点头，算打了招呼，便出门了。

鱼鱼的眼睛肿成了金鱼眼："懒懒，你吓死我了！"

林榭皱眉："多大的人了，在马路中间蹲着接电话，不要命啦？"

"你别骂她！"鱼鱼抽着鼻子，委屈地看着林榭，"你能不能不要老是凶巴巴的！"

林榭叹气："对不起，我会改的。"

许蓝抓着鱼鱼的胳膊："沈问怎么样？"

鱼鱼眼泪没憋住："还没从抢救室里出来。"

许蓝如遭雷击："什么？"她的眼眶一下子红了，用着所剩不多的力气抓紧鱼鱼的手。

"你先把自己养好，情绪也别有太大波动，不然沈问醒了，还得担心你。"林榭给许蓝理了一下头发，"听哥哥的，好好睡一觉。沈问那边，我们会给你看着的。"

许蓝喉头酸疼，她哽咽道："哥，我怎么又做错了……"

"你从来没有做错什么。"林榭道。

沈问在当时的那几秒钟里，到底在想什么呢？

他其实很想对许蓝说一些话，表白心意的话。

"小孩儿，我有夜盲症。但你夜晚出现在街道上时，全世界似乎都清明了起来。那一刻，你是我心上最耀眼的玫瑰，是不能受到一点伤害、需要被好好保护的女孩，亦是我的独一。"

只是这段话，他来不及说。

当时他耳朵里灌满了血，视线也一片模糊。

一开始，沈问还以为是夜盲症的缘故，后来他发现是血太多，流进了眼睛里，自己才什么都看不清。

他没来得及看一看许蓝的情况，就闭上了眼睛。

一天后，许蓝已经能下床走动了。她站在沈问的病房外，默默地哭着，却没有进去。

"沈问，我的出现，是不是真的是个错误。"

"当然不是。"阮遇的声音插进来。

许蓝错愕地回头，仓促地抹掉眼角的泪。

"你好不容易再在他眼前出现，他巴不得你在他身边一辈子呢。"阮遇认真道，"许蓝你听好了，这一次，无论如何，他醒过来看到的第一个人，都必须是你。"

许蓝肩膀颤抖着，呜咽地答应了他。

"他花了大把的时间等你，无时无刻不在想念你，是因为他不想错过你。这两年多他是怎么过来的，我和顾漠再清楚不过。"阮遇叹了口气，"你不辞而别，他念念不忘。你若再离开，又怎对得起他舍身救你？"

许蓝闭上眼，泣不成声。

"进去陪他吧，别站在外面了。"阮遇走到许蓝跟前，握住她的手腕，把她的手搭在门把手上，"开门吧。"

许蓝的身体在发抖，一步步走进病房。

这样的感觉，太似曾相识了。像极了曾经许砚躺在她面前时她的心情。

无助，绝望，她知道自己什么都做不了，只会跑，只会逃。但是这次，她得面对，因为她想要沈问醒过来。

她要和他在一起，永远地在一起，再也不要分开了。

"沈问。"许蓝抬起一只手，轻轻覆在他额头上。

"这里又黑又冷，我想回家了。"许蓝嘴角耷拉着，眼泪像是流不完，"芝士还饿着肚子，在家等我们回去呢。"

她握住沈问的手，轻轻贴在脸上："我求求你了沈问，你一定要醒过来。"

"我发誓，你醒过来之后，我就再也不离开你了。你喜欢我的，对不对？你说过，你很爱我。我现在已经养成了早起的习惯，以后可以陪你一起看日出了。

"对不起，是我太懦弱了，当初偏要离开你。你骂我，好不好？

"我现在已经会用三明治机了，还会做很多家务了。

"从苏筱的婚礼现场出来的时候，我看到你和一个女生聊天。你快醒过来，赶紧给我解释一下，你和她是什么关系。

"沈问你别忘了，你还要娶我呢。你说我毕业之后就和我结婚，可我现在毕业都一年了，你怎么还不做出点表示啊？"

许蓝的眼泪顺着沈问的手往下淌，她狼狈地哽咽着："沈问，没人爱我。所以，你能不能别走。这些年，我总是冷不丁地想起以前的时光。是和你的那些回忆，支撑我度过了一个又一个做噩梦的晚上。"

她吸吸鼻子，红着眼睛："我知道，我对你没有负责到底。但我这个人，本就任性，我可以做的事情，你不能做。所以，你给我醒过来，不可以不对我负责。"

"你不是还想要孩子吗？沈问，我现在也可喜欢小孩子了。"许蓝哭得越来越厉害，到后面说话也已经断断续续，"我真的求你了，你能不能醒过来啊，你别吓我。"

"你再睡，你的公司都要破产了，你要养不起我了！"许蓝不敢哭得太大声，抽噎道，"我日常开销可大了，你赶紧醒过来赚钱，我等着你养我呢。"

她呜咽着："我的手机又没电了，还找不到充电宝。叔叔，你还要带我回家吗？"

"哥哥……沈问……"许蓝趴在病床前面，"沈问，你带我回家吧，好不好？"

房间静悄悄的，除了她的抽泣声，只剩仪器的运转声。

病房里特别冷，许蓝忽然抖了一下。她胡乱地擦干眼泪，吸了吸鼻子，撑着病床，慢慢站起身，想朝外走。

"好。"那个声音很轻，带着疲倦而浓重的鼻音。

许蓝难以置信地转过身，几乎是扑在他的床上："沈问！"

"你离开我，我不怪你。"他依旧是轻轻地说着话，像是自言自语一般。

"你醒了……"许蓝一时间哭成了泪人，"沈问，你吓死我了……"

"好了好了，小孩儿眼泪怎么这么多。"沈问使不上劲，但还是努力地把手抬了起来，贴上许蓝的脸颊，用拇指将她的泪抹去，"说好带你回家，肯定不食言。"

"对不起，这次都怪我。"许蓝的眼泪像是珍珠一般，啪嗒啪嗒地往下落，砸湿了沈问的被子，"都是我的错……"

"我不想听这个。"沈问失笑，"我不爱看你哭，虽然还是很漂亮。"

许蓝用手擦去眼泪："好……"

许蓝把主治医生叫了进来，听到医生说沈问不会有任何后遗症时，她心里的一块大石头才总算落了地。

沈问真的是运气好，虽然断了几根肋骨，但没伤到要害。

沈问后来对此的解释是："沾我家小孩儿的光，她一向运气很好。"

五月已经到来，温度渐渐上升。

一年中最适合恋爱的夏天又要来临了。

因为许蓝总要去医院，鱼鱼受她嘱托，时不时会去她家里，带着芝士出门散步。

鱼鱼牵着芝士，接了个林榭打来的电话，说了几句话后，开心得在原地蹦蹦跳跳。

"姐姐的男朋友要来接我们去他家里玩，开不开心，芝士？"

芝士用轻吠来证明自己也很开心。

黑暗之中，悄悄潜伏的人，像是游动不定的影子。

那个漆黑的影子，把十几张照片传给了一个联系人，并且附了一段文字过去：没错老大，就是她。我跟了好几天了，没被林榭发现。五年前的债，我一定要他林榭偿还。还有，最近不要再出门了。

六月初，沈问终于出院了。

大家自觉地没去打扰他们两个人的两人世界，笑着说下回一起吃饭，今天就不聚餐了。

许蓝本来想吃火锅，但想到沈问刚出院，不能吃得太油，就没开口。

倒是沈问，一眼就看透她的心思："走吧，吃火锅去。"

"不行！你刚出院。"许蓝鼓鼓腮帮子，"吃火锅也不急于一时嘛。"

"我家小孩儿想吃，那对我来说就是急于一时。"沈问牵着她上车，"我吃清汤锅。"

许蓝嘴角上扬："走！"

两人去了先前顾漠带他们去的火锅店，老板还记得两人，不禁笑道："多久没一起来了。"

沈问轻笑："以后都一块儿来。"

"冲你这句话，这顿给你们免了！"老板很豪爽地大手一挥。

许蓝忍俊不禁："这老板好可爱。"

"没你可爱。"沈问拉着她进了小包间，把门口的牌子翻了个面，变成"请勿打扰"，摁住她的脖颈便吻了上去。

许蓝抗议着挣脱他："我是来吃饭的！"

沈问觉得这小孩儿不管是不行了："那么，叔叔能亲你吗？"

"我能拒绝吗？尊重一下小孩儿想吃饭的心吧，我都饿死了。"许蓝眼睛瞟来瞟去，"再说，你刚出院，至于这么——"

久违的气息，呼吸声急促，室内温度一点点上身。

沈问一手扶着她的腰，那处很软，他的手掌不禁渐渐向上摸去。他的另一只手抚摸着她的头发，发丝从掌心掠过，感觉有些痒。

小包间里，依稀还能听见外面的喧闹声，还有火锅烧开冒泡的声音。

沈问撬开许蓝的唇齿，一开始只是温柔克制地浅吻，但随着许蓝的回应，他渐渐地深入，理智也一点点地被侵蚀。

沈问双手撑在她耳边，俯身亲了亲她的耳廓："放松点，怎么总咬我。"

许蓝倒吸了一口气："你这两年多，就学会了这些？"

"这还需要学？分明是无师自通。"沈问嗓音微哑，"今年生日没带你出去玩，之后会给你补上的。"

说实话，要不是沈问大病初愈，她真想一拳打上去。

一顿火锅过后，许蓝要了点果酒。

她其实没醉，但可能最近既要工作，又要去医院照顾沈问，实在是累了，故而迷迷糊糊地低声说："太好了，你又回到我身边了。"

沈问听见她这个语气，就莫名心疼起来："是你回到我身边了。许蓝，这次你得保证，不要再离开我。"

"阮遇有没有告诉你，其实我一直在和他联系？"许蓝抬手，摸了摸沈问的鼻尖。

"没有。"沈问轻笑，"我知道你们有联系，但不是阮遇告诉我的。许蓝，我生来克制内敛，却没有办法做到对你不闻不问。"

"你这两年多，一直都在看着我吗？"

"嗯。"沈问眼神认真，"我一直在看着你，从未离开。"

"我说过的，我会永远爱你，直到你不需要我为止。即便那天你说你不需要了，我也依然爱你。"沈问垂眸，"关于我爱你这件事，早已经不是你单方面的一句需要与否，就能够左右的了。"

许蓝鼻子酸了："对不起。"

"怎么又说对不起。"沈问轻轻弹了一下她的额头，"以后不要说了。"

"许蓝，当我知道你那些天是怎么过来的时候，我的心都快不是自己的了。"沈问闭上眼，"那个时候我离开了你，是我的错。"

"可是我也不知道，你失去亲人的同时还要承受家里的压力是什么感觉。"许蓝擦去眼泪，"我也没有陪在你身边，我也有错。"

"所以，以后我们都不能再逃避了。"沈问吐了口气，"答应我，行不行？"

许蓝点点头："沈问，我和你坦白。我晚上经常做噩梦，镇静片每天都要吃，直到现在，抑郁症也没有痊愈。所以，你必须得宠我，你得永远爱我。"

"娶你，爱你，我都会做到的。"沈问轻笑。

许蓝一愣："……病房里，你到底听到多少？"

"都听到了，而且越来越清晰，因为是你把我叫醒的。"沈问突然想到什么，"走，我有东西要还给你。"

许蓝跟着他回到车上："还给我？"

"嗯，是芝士找到的。"沈问打开车上的抽屉，取出那个装项链的盒子，"许蓝，你够狠。"

许蓝尴尬："这还不是当时铁了心，想要告别过去……"

沈问莞尔一笑："所以，现在是不是该戴上了？"

"是。"许蓝主动认错，"那，哥哥再帮我戴上吧。"

她非常自觉，把称呼又变成了"哥哥"。沈问的外表一点都没看出来年龄长了，叫哥哥也没什么问题。

"还有一件很重要的事，我要和你说。"沈问亲了亲许蓝的眼睛，"在病房里，你说没人爱你。

许蓝眼眸微动。

"我想说，许蓝，如果没有人爱你，请允许我爱你吧。"

当晚。

鱼鱼正牵着芝士在小区里散步："懒懒，我说你也真是奇怪，大晚上的不好好跟沈问待在家里，居然去江边看夜景？"

许蓝手肘撑在栏杆上，听到她这话，表情有点垮："收敛一点，我开了扬声器。"

"尴尬的是你又不是我。"鱼鱼坏笑，"对了，早点回来，今天可是我当芝士妈的最后一天，芝士肯定特别想你和沈问。"

"知道了。"许蓝笑了笑，"这些日子辛苦你了，我给你买了生发液。"

"我谢谢你啊。"鱼鱼无语，"我倒没什么，你是没看见林榭的表情。他每次听到我说芝士这两个字，脸色别提有多难看了。"

"的确，你照顾芝士，陪他的时间就少了。"许蓝眯起眼睛。

"我觉得也还好啊，本来林榭就是一个大忙人，我也不怎么能见到他。"

许蓝放下电话，放眼望去："其实，我人生第一次好好地看江边夜景，就是和你在一起的那个时候。"

"嗯？"

"之前我觉得这地方一点都不像传闻中的那么浪漫，无非就是一片水域。后来，和你一起散步，在天桥边上听见有人用手风琴拉曲子。那个时候，我才发现江岸的夜景有多美。"

"不要夸赞风景，我会觉得你在表白。"沈问插着兜，温柔地笑着。

"就是在表白啊。"许蓝满脸不屑，"果然老男人，就是不懂浪漫。"

"说谁老男人？"沈问捏了捏她的掌心，"我觉得有必要向你证明一下，我一点都不老。"

许蓝："咱好好看风景行吗？"

芝士跑得很快，鱼鱼也懒得追，心想反正芝士认路，在小区里也丢不了。

路灯明亮，月朗星稀，蝉鸣不断。

这个时间点很晚，小区里没什么人。高层公寓区都是很清静的，这个点，多数人都待在家里健身或办公。

鱼鱼看了一眼手表，觉得是该回去了。她心想，沈问和懒懒也真是的，这大晚上的还不回来。

她向前走了几步，突然被一双有力的手一拽，被人拉进了小巷子里。

鱼鱼惊恐地瞪大双眼，却发不出什么声音，她的嘴被一只满是汗的手捂着，只能发出低低的呜咽。

男人的声音恶狠狠的："林队长的女朋友，身手好像不怎么样啊。"

鱼鱼不停地挣扎着，而男人下一刻死死地掐住了她的喉咙，鱼鱼感觉自己快要窒息了，双腿也不停地乱蹬着。

他们是谁？要做什么？

鱼鱼忽然抬脚猛力向下踩去，同时牙齿向下送，咬住男人的手指。

男人吃痛地骂了一声，鱼鱼胳膊肘向后用力一撞，利用林榭曾经强调过的技巧，一击敲中他的肋骨，给自己赢得了几秒逃跑的时间。

她还没跑出两步，男人飞速向下一扑，抓住她的双脚。

鱼鱼摔倒在地，大喊道："芝士！救命！"

芝士应声狂吠，迅速朝这边奔来。男人还未来得及再捂上她的嘴，芝士飞扑上来，一口狠狠咬在了男人的鼻子上。

"啊！"男人捂住鼻子，上面的肉被咬烂了，几块碎肉耷拉下来，狰狞可怖。

空气中溢满了血腥味，男人忍住痛意，大喊着拔出匕首，往芝士身侧刺去。

鱼鱼被男人的脸吓坏了，双腿发软，但还是去抱住男人的腰。

男人一巴掌把鱼鱼打翻在地，刀口没有如他所愿地刺在芝士的肚子上，而是刺到了后腿的位置。

浓重的血腥味弥漫在空气里，芝士的牙齿咬住男人的衣角，扯下一块布料。

男人的力气像是用不完，一刀一刀地，往芝士腿上扎。芝士终于倒了下去。

鱼鱼泪流满面："你到底是谁！你疯了吗？"

男人骂了几句脏话，一掌打在鱼鱼的后脑勺位置，把人弄晕拖走了。

芝士流血不止，但还是强撑着用三条腿站起来，一瘸一拐地往家门口走去。

它满是血的嘴里，叼着男人衣角的布料。步步跟跄，步步坚定。

公安局刑警队办公室。

林榭回到办公室后，拨通了鱼鱼的电话。她刚刚说过自己手机电量很满，正在遛狗，随时等他下班之后打电话。可等了许久，对面都是忙音。他发了几条消息过去，又连着打了几个电话。

林榭皱起眉：没道理啊。

许蓝和沈问刚准备回去，突然接到了林榭的电话："许蓝，鱼鱼有没有跟你联系过？"

"有啊，就在刚刚。"许蓝估摸了一下时间，"不到一个小时前。"

"我们在小区会合。"林榭挂了电话，直接就出了公安局。

一路上，许蓝一直不停地在给鱼鱼打电话，可回答她的一直是忙音。

沈问边开车边安慰她："别担心，不要多想。"

虽是这么说，但许蓝还是隐隐约约觉得发生了什么。

许蓝和沈问先到一步，刚下车，许蓝便看到了芝士。她顷刻间慌了神，失声大叫："芝士！"

沈问看见倒在血泊里的芝士，眉头深锁。林榭随即赶到。

"哥！"许蓝喉咙发干，"出事了，你快救救鱼鱼！"

沈问立即从车后备厢拿出绷带，先给芝士的后腿和肚子简单包扎止血，然后把它抱起来，对林榭说："我和许蓝送芝士去医院，情况紧急，其他的交给你了。"

芝士此时还没有完全昏迷，呜咽着抬头，把嘴巴往林榭手边送。

然后，一片布料落在林榭手里。林榭指尖屈了屈。

许蓝心疼地捧着芝士的下颌，眼泪一滴一滴落在芝士脸上："我们马上送你去医院。"

林榭轻抚芝士的脑袋，深呼吸："剩下的，就都交给我吧。"

林榭火速赶回了公安局刑警队，向大家说明了情况，派技侦尽快锁定鱼鱼手机所在的地址，再派队员去搜集监控和录像资料，并且请调了警犬。

整个办公室的氛围空前紧张，毕竟这次失踪的可是林队长的对象，整个刑侦一大队的嫂子啊。

林榭表面上冷静，其实后背已湿了大片，冷汗透过了衬衫，双手亦是微微颤抖的。

他刚打开电脑，映入眼帘的，却是一片令他错愕的黑屏。

随后，一串文字显示在他的电脑屏幕上，令他头皮一阵发麻——

好久不见，五年前的朋友。

凌晨。

鱼鱼醒过来的时候，发现自己被反绑在椅子上，嘴里还塞着布。

一个男人站起身，把她嘴里的布给拿掉，蹲在了她的面前："你还挺能耐。"

面前的男人戴着眼罩，是个独眼，而且鼻子也包扎过了，显然就是刚刚在巷子里的人。

"滚。"鱼鱼冷声道，"你们是谁？到底要做什么？你们和林榭是什么关系？"

"脾气挺大。"独眼男扬起手，狠狠扇了鱼鱼一个耳光，"老实点！"

"你们到底要干什么！这样是犯法的！林榭不会放过你们的！"

独眼男往地上啐了一口："林榭？我呸！他现在头衔那么高，还不是拿我们兄弟的命换来的！他就是个人渣！"

鱼鱼怒目圆睁："你们瞎说！林榭做到队长，完全是靠他自己的能力！你们做错了事，本来就该受到惩罚，少血口喷人！"

"啪！"又是一个巴掌落下来，鱼鱼被独眼男打得脑袋嗡嗡响，却依旧狠狠瞪着对方。

"我说大小姐，您先担心担心您自个儿行不行？"独眼男身后的人戴着一张可怕的面具，鱼鱼被那张面具吓到了，浑身上下从脊柱麻到头皮："你别过来。"

"怕我？"面具人笑了，"我就不给你看面具下的样子了……五年前，我被林榭搞得面目全非，这张脸全都是拜他所赐！"

"五年前？"鱼鱼拼命让自己冷静下来回忆，那就是高考那年——

"你们都是通缉犯！"鱼鱼面色唰一下地就白了，"五年前，是你们伤害了林榭！"

"脑子挺活络嘛！那么，现在我们该开始了。"面具男拿胶布封住了鱼鱼的嘴，拨通了林榭的手机号码。

此刻，对面稍高一层的楼宇上，江晖已支好狙击枪。林榭坐在车里，一脸阴沉。

楼下有人在悄悄布置气垫，周围也已拉起警戒线。他们似乎没有刻意隐藏自己的位置，技侦很快锁定了这座破旧的废弃大楼。同时，从芝士的指甲里提取出的人血，经鉴定并不是鱼鱼的。所以，那就是嫌疑人的血迹。

好巧不巧的，这血迹居然在血液库中能被找到，是个有前科的人。数年前他参与非法传销，由于只是个参与者，坐了两年牢便放出来了。

林榭记得他瞎了一只眼，但实在不明白，为什么他会找到自己头上。他阴着脸接通视频电话："你们现在投降，我还可以给你们争取减刑。"

"投降？笑话！"面具人和独眼男笑得快要岔气了，面具人叫道，"你觉得像我们这样的亡命之徒，还会在意死活吗？"

独眼男面目狰狞："今天，我们就是来复仇的，早就做好跟你同归于尽的准备了！五年前，我侥幸逃一劫，亲眼看着你带人把我们的据点端了。这样的深仇大恨，我怎么能不报！

"林榭，你没想到吧，当年我们所在的传销组织本就是个幌子，不过是为了掩盖我们的那些交易。当初兄弟们被放出来后，都成了孬种，跟我说不干了。咱们男子汉大丈夫，要做就做到底！结果最后窝给你端了，有仇不报非君子！"

林榭听着独眼男和面具人说的话，眼睛里布满血丝，他尽力克制内心的戾气，强行保持冷静："你们的目的是我，不是吗？我上来，我换她，怎么样？"

鱼鱼听见这话，双腿疯狂地蹬着地面，"呜呜呜"地发出声音。

身侧的队员一脸担忧："林队。"

林榭抬手制止身边警员的劝阻："你们考虑一下，我等你们三十秒。"

话音刚落，楼上的两人就开始顺着他的话考虑了。半分钟过去，面具人开口："你一个人过来，换她。"

林榭笑了："我一个人过来，恐怕她就走不了了。你们不傻，我也不傻。"

"那你要怎么办？"面具人和独眼男都没发现，自己的思维现在已经在跟着警方的思维走了。

"你们有两个人，那我也带两个人，一对一交换人质。"林榭眸子冷下来，"怎么样？"

面具人和独眼男顺着警方的提议来："那就按你说的来！"

沈问和许蓝也在这时赶到。

目前的时间已经是凌晨四点半，天边渐渐泛起鱼肚白。再过一段时间，人也会渐渐多起来。

林榭看了一眼七层的位置，义无反顾地踏上了楼梯。他保持着举起双手的动作，盯着独眼男把鱼鱼慢慢向前推，自己则一步一步地靠近面具人的位置。

面具人和独眼男各持一把匕首，而林榭和其余两位警员皆是两手空空。

鱼鱼眼底都是泪水，她看着林榭，但林榭却没有看她，似乎盯着其他地方。

就在林榭即将到面具人眼前的那一刻，他忽然伸出手掌，迅速往对方腕骨上一砍，面具人手中的匕首随即落在了地上。

匕首掉到地面上的声音叮当响，像是信号一般，两位警员立即冲了上来。

他们都是特意调来的武警，打起架来一个顶俩，很快把面具人制服。

独眼男见势不妙，立即带着鱼鱼朝天台方向退去，手中的匕首划过鱼鱼的脖颈右侧，轻轻一道，渗出血来。

鱼鱼眼皮颤抖着："林榭……"

独眼男也知道自己穷途末路，抱着拼死的心，把鱼鱼往后狠狠一推！

林榭毫不犹豫地扑了过去，抱着鱼鱼一起下坠！

楼下待命的所有行动人员，火速冲上了楼。

许蓝双膝一软，失声大喊："不要——"

她就这样看着林榭抱着鱼鱼，从七层楼上直直坠下。砸在地面的声音，像洞穿了她的心脏。就像是所有血液被一下子抽空，许蓝跪在地上，双眼没了焦距。

耳边在嗡嗡地响，许蓝好不容易找回了理智。

"鱼鱼！哥！"她喘着气，但再也不敢往那处看。

她哭喊道："沈问你拉我起来，沈问！求你——"

沈问把她抱在怀里："没事了，都过去了，林榭做了准备，他们没事。"

许蓝抓住他的衣领："你说什么？"

"不会有生命危险，"沈问拿指腹擦去她的泪，"别怕，结束了。"

鱼鱼同时体验到了脑震荡和蹦极的感觉，她缩在林榭怀里，头疼欲裂："我死了吗？"

林榭把她死死地抱在怀里，一句话也说不出来。

鱼鱼心脏还在怦怦跳，她摸上自己的心口："我没死！"

忽然她愣了——因为她发现，林榭在颤抖。那个即便天塌下来也面不改色的冰山脸，今天险些失心疯。

"鱼鱼，"林榭将她圈在怀里，"以后别吓我了。"

鱼鱼这时才后知后觉地哭出了声。

这件事过去后，鱼鱼心很大地认为，自己的生活真是丰富多彩。

男朋友是刑警，而且自己还经历了一次电视剧里的片段。

许蓝曾经担心过芝士是不是以后要改名叫"三腿"，还好芝士够争气，为了保住自己的名字，每天都用四条腿在花园里跑来跑去。

鱼鱼这天早上在林榭怀里醒来，林榭的眉眼就在她眼前。这样的一张脸，冰冷、高傲，却对她一人温柔至极。

他可以为了她，改掉生活洁癖；也可以为了她，去尝试自己曾经最受不了的食物；更可以为了她，连命都不要。

从许蓝进入蓝岸湖墅的那天起，林榭便默不作声地爱了鱼鱼十年。

鱼鱼每当想起这句话，都感觉这是一个男人所能给予的最大的安全感。

日落时分。

许蓝坐在公寓的窗台上抽烟。沈问抽走她嘴里叼着的烟，塞了一根棒棒糖进去："把烟戒了。"

"不戒。"许蓝舔了舔糖果，承认味道不错。

"不想戒可以，那我就陪你抽。"沈问把许蓝刚刚抽剩下的烟叼进嘴里，熟练得像个老手。

许蓝一愣："你什么时候会抽的？"

"和你一样，最近。"沈问笑，"我想戒了，一起吗？"

许蓝垂下眸，但语气是坚定的："嗯，一起戒烟吧。"

说着她跳下窗台，把沈问嘴里的烟丢进垃圾桶，又拿掉自己嘴里的糖，然后撑着他的肩膀，吻了上去。

直到沈问的口腔里都是她的气息，她才笑着松开："甜吗？"

沈问也笑："甜。"

"对了，这周末有空吗？"

"嗯……应该有。"她挑了下眉，"怎么，哥哥要跟我约会吗。"

还没等沈问回答，她就自言自语道："这不好吧，你都是个三十多岁的老男人了，天天公司事情那么多，还要跟我这种小年轻约会……"

没等她说完，沈问便霸道地将她摁在阳台上，堵上她的唇："话别那么多，容易引火上身。"

许蓝："行，我空得很，行了吧。"

她揉了揉发酸的下巴，白了一眼沈问："都多大的男人了，还要我用亲嘴来哄。"

沈问："……"

晚上，许蓝依旧是会偶尔失眠。

毕竟她神经衰弱了这么长一段时间，加上最近发生的事情实在是多，就算沈问在她身边，也不见得能好得那么快。

许蓝悄悄从床上爬起来，确认没惊醒熟睡的沈问，蹑手蹑脚地打开床头柜，拿出了很大一个药瓶子。

借着月色，她摸黑把药瓶的盖子打开，往手里倒了两颗药之后，干咽了下去。

甜的?

许蓝蹙眉，仔细看清楚药瓶子里的"药"，"扑哧"一声笑了。

沈问把药瓶子里的镇静片，全换成了糖果。

许蓝轻手轻脚地原路返回，抬起沈问的胳膊，抱住自己，朝他怀里缩了缩，轻声道："沈问，谢谢你。"

沈问嘴角轻轻一勾，夜色渐浓，他没再说话。

月亮高高地挂在天际，照亮了整座城市。

蝉鸣声不断，江水依旧滚滚向前，气温亦在渐渐上升。

沈问一天比一天更爱她。

沈问之前问了许蓝，约会有没有特别想去的地方。

她说，好想再跟沈问去一次游乐场。上一次来，她还不是他的女朋友。这一次，身份不一样了。

于是，当天游乐场再一次被某位阔少——啊不，是被某位姓沈的老总"斥巨资"限了流。

许蓝和沈问，以不同的身份来游乐场，中间却隔了整整三年。

他们本该一直在一起的。

他们终于在这里做了曾经没有做的事，光明正大牵着手一起逛街，一起吃一个巧克力冰激凌，一起坐南瓜车，一起拍情侣姿势的自拍……

一直到了夜晚，人群向城堡簇拥而去，准备一起看音乐烟火表演。

沈问牵着她，下巴朝某个方向努了努："老地方，走。"

白马拉着南瓜车，停在城堡门口。

沈问很绅士地鞠了个躬，伸出掌心，托着许蓝的指尖："公主先请。"

许蓝很入戏地坐上马车，骄傲地抬起下颌："琴师 W 也上来吧。"

沈问莞尔，坐上马车后，两人又来到那家民宿。

"对了，我还没问过，南市和北市的房地产有多少是你家的?"许蓝两脚刚落地，就突然地问了这么个不合时宜的问题。

沈问轻笑："也没多少。一半一半吧。"

许蓝倒吸了一口凉气："那我以后岂不是阔少奶奶？"

"对。"沈问搂着她的肩膀，"所以，你怎么败家，我都养得起你。"

许蓝觉得自己男朋友真是太可爱了，没忍住踮起脚亲了他一下。

沈问忍住了捏住她下巴深吻的想法，告诉自己不急于这一时。

因为今天，还有更重要的事情要做。

离民宿门口还有一小段步行距离，沈问突然把手覆上许蓝的眼睛。

"怎么了？"

"别看，有惊喜。"沈问笑了声，"今天要给咱们懒懒补个生日会。"

"怪不得当时这么突然，问我周末有没有空。"许蓝失笑。

她的牙齿很白，因为眼睛被捂上了，沈问只能看见那张嫣红的小嘴一张一合。

沈问叹了口气，还是吻了上去。

"怎么最近老亲我，是不是忍不住啊？"许蓝使劲火上浇油。

沈问只感觉心脏突突地跳："许蓝。"

许蓝虽然看不见沈问的表情，但还是可以想象到一些。

她识趣地吐吐舌头，声音放哆放软："哥哥，我错了。"

沈问彻底没辙："我扶着你，你别睁眼，可以吗？"

"嗯。"许蓝轻轻地应了一声，"我不看。"

沈问就这样牵着她，慢慢朝目的地走去。

"汪！"芝士的声音打破宁静。

许蓝笑出了声："等等，芝士也在？"

"不是芝士，是我们都在啊，小懒懒！"先是吊儿郎当的顾漠的声音，随后是大家的笑声，伴随着生日快乐歌的声音，一切都热闹起来。

许蓝睁眼，四周烛光通明，鱼鱼抱着生日蛋糕，站在她面前。

"大家……都来给我过生日了啊。"许蓝看见阮遇和石穗，"哇"了一声，"石医生，你是不是快生了啊，还特意来一趟！"

"哪里只有石穗忙？顾帅我也很忙好吗！"顾漠抱起双臂，"最近忙着扩建吻你花园，也是百忙之中抽空来给咱们小懒懒过生日。"

"傻懒懒呀。"石穗笑了，"离预产期还有两个月呢，再说了，这么大的场面，我总得来见证一下。"

许蓝注意到石穗的用词："见证？"

"嗯，"石穗点点头，给了她一个自行体会的眼神，"就是见证。"

人群忽然自动散开，他们的背后是一大片玫瑰花。

草坪之上，粉色的玫瑰气泡酒摆成了一个巨大的爱心形状。

层层叠叠，一圈一圈，数不清有多少瓶。

许蓝似乎是猜到了什么："……沈问？"

"之前咱们说好的，要给你一次认真的求婚。"沈问莞尔，拿起一瓶玫瑰色的起泡酒，"咔嗒"一声把拉环抠下来，用食指和拇指捏着那枚拉环，然后单膝下跪。

周边起哄声四起，许蓝捂着嘴笑："你是要拿这个，当求婚戒指吗？"

"不。"沈问笑笑，"你再仔细看。"

说着，他将那枚拉环向掌心内扣，再翻出来的时候，拉环不见了，取而代之的是一枚戒指。

一枚巨大的、钻石呈玫瑰花形的戒指。

钻戒在夜色里格外璀璨，熠熠发着光。

许蓝"扑哧"一声笑了出来："还来个魔术，是跟顾漠学的吧？"

沈问低声轻笑："小孩儿啊，都这场合了，给我点面子吧。"

"那我不说话了，你说。"许蓝咬着下唇，嘴角上扬。

"这枚戒指，是我在很久以前就定制的，一直放在你眼前。"沈问顿了顿，"就在车上挂着的那只小兔子身体里。"

许蓝："小兔子那么可爱，你前脚还说它像我，结果转身就给它开膛破肚了。"

沈问被她气笑了："说好的给我点面子呢？"

许蓝自觉闭上嘴："那你继续说。"

"我每天都在想，要以什么样的方式跟你求婚。思来想去，还是选了最俗的方式。"沈问举着戒指，"希望咱们懒懒不要嫌弃我土，这个小魔术，我可跟着顾漠学了好久。"

许蓝看向别处，没忍住笑了："知道了，我不嫌弃。"

"那么，许蓝，"沈问认真地看着她的眼睛，"嫁给我吧。"

许蓝没有犹豫："好。"

在大家的祝福声中，沈问站起身，把玫瑰钻戒戴在许蓝的无名指上。

尺寸刚刚好，不大不小。

"什么时候量的尺寸啊，这么合适。"许蓝脸有些红。

"三年前你睡着的时候，偷偷拿线绕的。"沈问如实回答，"喜欢吗？"

许蓝挑了下眉："好看是好看。"

她看来看去："就是这么大一颗……戴着我都嫌沉。哥哥，这是生怕别人看不见我有未婚夫吗？"

沈问失笑："既然这钻戒无论大或是小，都是要被看见的，那还不如大一点好，让大家都看看，我有多爱我的……"

沈问顿了顿，很轻地笑了："未婚妻。"

"沈问，"顾漠咽下一口酒，"你要结婚了。"

"要说什么就说，这酒都倒了第三杯了。"沈问笑了。

顾漠脸颊微红："咱俩兄弟这么多年，我也没求你帮过我什么吧。"

"没。"沈问很认真，"所以，我有什么可以帮你的吗？"

"……还真有。"顾漠叹了口气，"我曾经跟你说过，我连跟洛柒结婚的时候放什么音乐都想好了。"

沈问点点头："'Can't Help Falling in Love'（《情不自禁地坠入爱河》），我记得。"

"你居然记得？"顾漠眼睛一亮。

"就算你不说，我也会在婚礼上放这首歌的。"沈问笑着拍了拍顾漠的肩膀，"我明白的。"

顾漠眼眶红了："谢了。"

这大概便是他跟洛柒，最后的成全和完满。

洛柒，你在天上，一定能看见和听到吧。

那天我会穿着黑色西装，把头发全都扎起来。

那是你最喜欢的模样，我一直记着。

吻你花园扩建完成后，不再像是一座花园，反倒像座庄园。

顾漠到底豪气，光是花园走廊的部分就拉长了不止一倍，城堡样式的楼房更是精致华贵。

"其实我都没想到，你会选择在这个地方进行婚礼。"顾漠看了一眼四周，"但是说实话吧，这儿是比苏筱选的地方好看了不止一倍。花园，城堡，气氛，应有尽有。"

"这里，也算是我和她真正产生羁绊的地方。"沈问笑着站起身，"走了，陪我未婚妻。她这小孩儿，天天跟我说紧张。"

"她还能有紧张的时候。"顾漠放下二郎腿，长吐了一口气，"沈问啊，一定要幸福。"

"我会的。"沈问拍了拍顾漠的肩，"你也是。"

顾漠闭了闭眼睛："会的。"

国庆日。

现场热闹非凡，各媒体把婚礼现场围了个水泄不通。各界人士陆续进场，端着最诚挚的笑容，摊开那"惨不忍睹"的邀请函。

许蓝的字依旧是不好看得明明白白，像男生写的一样，潦草地躺在邀请函上。

她在这种事情上出奇地执着，偏要亲自写邀请函。

沈问站在落地镜前，整理着领带："我家小孩儿人气怎么这么高，全来拍她。"

顾漠懒洋洋地倚着门框，他的卷发全都扎了起来，还打了发胶，比平时正式了许多。

"你俩一半一半。别忘了，你可是远近闻名的沈总啊，哪家媒体不想来你的婚礼上凑热闹？不过……我要是媒体，也更想看许蓝穿婚纱。"顾漠笑，"哟，奶爸来了！"

上个月中旬，石穗生了个女儿，阮遇成天捧在手上，宝贝得很。

"恭喜啊，新晋奶爸。突然一想，满月酒也该办了！"顾漠爽朗一笑，"石穗来了吧？"

"抱着阮软在外头坐着呢，阮软第一次来这种场合，可兴奋了。"阮遇一提到自己的妻子和女儿，脸上就不由得浮起笑意，"新郎官，什么时候给阮软添个弟弟或者妹妹？要不，弟弟妹妹都要吧？"

沈问懒得和他们贫嘴："你们快去准备吧。婚礼马上开始，伴郎团可别丢了。"

终于，属于他们的婚礼开始了。

金粉色的纱帘随风起舞，各式甜点摆盘丰富。新娘在玫瑰花丛的簇拥下，出现在粉色的花房之下。

许蓝一身璀璨婚纱，挽着哥哥林榭的手臂，注视着不远处的沈问。

V形的领口完美呈现出她的锁骨，米白色的婚纱透着金粉色光影。婚纱层层叠叠却不累赘，她每走一步，都像是在轻盈地起舞。

从婚纱到头饰，无一处不镶嵌着细碎的钻石，在阳光之下闪耀。

她明眸皓齿，黑发及腰。只一笑，便永远地住在沈问心里了。

林榭把许蓝的手交给沈问时，并没有说话，只是给过去一个眼神。林榭明白，沈问一定是能照顾好他妹妹的那个对的人。

远处，蓝臻站在栅栏之外，默然地看着这一切。然后，她转身离开了。

没有人注意到她的存在，但她确实来过了，来见证她女儿的婚礼。

许蓝很美，她身为母亲，一直知道。

许蓝拿着手捧花，左手无名指上的玫瑰钻戒闪闪发亮。

背景音乐响起来，配上这场景，美得不可方物。

Wise men say only fools rush in（智者说，只有愚者才沉溺爱情）

But I can't help falling in love with you（但与你坠入爱河，是我情不自禁）

......

Take my hand take my whole life too（牵住我的手，也请带走我整个生命）

For I can't help falling in love with you（因为与你坠入爱河，我已情不自禁）

这个世界总让人疼痛难挨，但我们依旧会在生命中遇到温柔的人，就像熬过长夜，终会见到黎明。

即便在无尽的深渊沉默数年，依旧能触碰到净无瑕秽的光。

是我无与伦比的庆幸，有你在黑暗的尽头，掌灯带着红玫瑰等我。

你慷慨地把光带给我，那一份光，足以烧碎黑夜，照亮山野和惊鸿。

你让我知道，世界本无光，与你同行才有光。

从此，我的世界温柔明亮，星辰熠熠生辉。

我爱你，如同夏日繁盛的香樟，永恒而无畏。

（正文完）

番外一

关于我和她的故事

— 1 —

我是沈问。

二十八岁那年，我遇见一个小漂亮。很抱歉，我没有办法再想出其他的形容词了。

当时的她就那样站在路边，手上的小动作看起来无助，眼底却有和外表不相称的狡黠。

我看不清楚她，总是想问：她的脑子里，究竟在想些什么呢？

许蓝，这样一个娇气又矫情的小公主，说话做事唯恐天下不乱，无论是谁，大概都会觉得，她是从小就被家里宠大的孩子，故而如此地无忧无虑，恃宠而骄。

或许更会觉得,她那样的人,就算做了错事,也总会有人帮她善后。可她并不是,甚至在家里,孤单得有些可怜。

善于利用自己的美貌当武器,我从不觉得这样做是好事。

可她是我的懒懒啊。

后来发生了很多事,我知道自己和她的缘分,原来在很多年前就已经开始了。或许,当年在医院,我捂住那个女孩眼睛的时候,就注定这辈子要与她产生羁绊。

在经历过那么多事情以后,我早已离不开她。

事实证明,拥有一个好的恋人,的确能让人变得更加强大。

我做不到的事情她总能做到,比如任性地将自己的脆弱和敏感说得明目张胆和顺理成章,不遗余力地去做自己认为对的事情,无论周围的目光怎样都坚持自我,一点都不害怕暴露自己的好和坏……

我热爱这样的许蓝,尽管她的聪明底下藏有一点点小心机。

就是要这样,她才完整啊。

- 2 -

她离开我的那两年,我从来不去细想,只做我该做的事。

做手术,开公司,弹钢琴……可哪能真的一笔带过呢?

我看过很多爱情故事,作者总会善于使用一个句式:×年后,他们……

曾经,我不觉得这样写有什么问题,可现在再读,只觉得这平平淡淡的一句话,对于书中的主人公来说,实在太过残忍。

以前我总是认为,自己虽然不过是芸芸众生的一员,但好歹也家境良好,样貌不错,圈子干净,有些文化。可后来我发现单凭这些,我留不住谁。或者说,单有这些,不足以留住许蓝。

我还得去追逐她,主动地去追。

我为她作了一首曲子,名字是《许蓝》。

我在想,要什么时候弹给她听,才最好。

虽然,顾漠先是调侃我说都这把年纪了,放低身段去追一个小姑娘,小心把老腰闪到。但很快,他又正色起来,跟我说这样真的很酷。

酷吗？或者说，酷不酷重要吗？

我三十多的人了，也根本不在乎自己做哪件事酷不酷——大概，顾漠那家伙是在意的。

可我只是想再抱一抱我的懒懒。她走得那么艰难，我怎么能不陪她。

- 3 -

刚复合那会儿，有件小事我记忆犹新。

许蓝刚下班，我去接她。她坐在我的车上听音乐，听了一会儿后她突然问我："这些歌都是你平时会听的吗？"

她的眼里很兴奋，边扎头发边说："这些都是我平时爱听的歌呀。"

我犹豫了一下，告诉了她真相。

许蓝她每次在朋友圈里分享的歌，我都会让顾漠发给我，然后，把它下载下来，在车里面循环播放。

然后，许蓝就哭了，脆弱得像只被丢掉的小兔子。

她眼泪一掉，我下意识的反应就是自己又做错了，我该道歉。

我慌了，虽然再沉下心一细想，知道这多半是因为感动，可我的心依然摇摇欲坠。

看见她哭就会心疼，多矫情的一句话，我只敢在心里说。

我真的很害怕。虽然她依旧是许蓝，可丢失的那两年里，我们互相不知道对方到底过得如何。

复合之后的磨合期，看起来无边无际，确实容易让人感到迷茫无措。但她紧紧抱住了我，跟我说谢谢，她感觉好幸福。

昏暗的车内小灯照在她身上，朦胧得像一幅油画。

我松了一口气，缓慢地拍她的背。

等车开到家，她居然已经安稳地在副驾驶座上睡着了。她的呼吸声淡淡的，要凑得很近才能听见，不说话的时候，看着真的好乖好乖。

这么多年了，还是好像小兔子——不过，是只急了就咬人的凶兔子。

4

结婚后，有一次带她去海边度假，和她迎着悠悠的晚风散步。

是个夏天，路边有小摊贩卖莲蓬。

她不爱吃莲子，感觉不仅味道太素，莲心还苦。可是她又心痒，知道自己对那个味道不够感兴趣，还偏要缠着我去买来，过个嘴瘾。

我买了，结局自然是我剥一个她吃一个，她口味挑剔得很，我还得把莲心给她去掉。

不过每次我剥完，放到她嘴边时，她都是看也不看就吃掉的，似乎下意识就觉得我一定会去掉莲心。

我忽然就想看看她赌气的模样。于是我故意不去掉莲心，将白嫩的莲子放到她嘴边，她果然直接一口吞了。

我静静地盯着她的脸，观察着那张漂亮的脸蛋，慢慢地皱眉，嘴角向下，想吐又因为好面子没法吐，等强行把东西咽下去后，再鼓起腮帮子，怒气冲冲地看着我——

怎么办，好可爱。

我佯装要往前跑，而她一把揪住我的衬衫，用巧劲儿让自己贴在我的身后，然后打我。

她又没什么力气，细胳膊细腿，就算是铆足了劲儿拍我的肩膀，我也不疼。

就像小兔子挠痒痒，只能逗主人笑一笑。

她跳到我身上，罚我今天晚上给她煮咖喱鸡面条当夜宵。

我背着她，继续在那条马路上行走。

你们能想象吧？在街道霓虹灯光十足，车又特别少的晚上。晚风簌簌，迎面吹来的都是花香，非常惬意。

5

再后来呢？

我们有了两个孩子。女儿叫作许佳期，男孩叫作沈知许。

送他们去幼儿园的时候，老师还夸佳期的名字好听，说她一定是个漂亮的小淑女。

大概是知道做人不能贪心，"漂亮"和"小淑女"，佳期只选了一个。当她带着一群比她自己年纪大的小朋友爬墙的时候，想必是让幼儿园老师伤透了脑筋。但是没办法，她似乎随了她的妈妈，一天不上房揭瓦就不痛快，还总是扬言要当其他小朋友的"爸爸"……而且，许蓝对佳期的行为，总是一副事不关己高高挂起的模样，就好像佳期的性子不是遗传了她，而是遗传了我似的。所以每次被幼儿园老师请家长，都是我去。

至于沈知许小朋友，要说像的话，肯定是像我多一些，但又和我不尽相同。

因为佳期太过闹腾和抢镜，知许这个身为哥哥的，我和许蓝，似乎对他的关照要相对少一些。

也不仅是我们，似乎大家都觉得，知许可以不用那么放在心上，他能自己照顾好自己。

偶然想到这点，我和许蓝会觉得有些抱歉，似乎这对知许不太公平。

不过，知许好像不这么想。

他很乐意我们这些所谓的"大人"尽量把重心放在佳期身上，这样他就有足够的时间独处。

"独处"这个词语，大抵很难去放在一个还在读幼儿园的孩子身上，可知许就是这样一个很让人意外的孩子。他并非孤僻，平时也会笑会哭，在幼儿园遇到不平也会替朋友出头。

但相比佳期那样和朋友们打打闹闹，他的确更爱一个人待着看书和拼积木，算是有点早熟吧。

一开始我和许蓝担心过这方面的问题，后来看知许那么悠然自得的模样，便也放宽了心。

世上的孩子有千千万万种性格，知许的性格是比较少见的那一种，何尝不是一种幸运呢。

许蓝虽说是两个孩子的母亲了，但依旧像个孩子似的。

更多的时候，我感觉是我和知许在养着许蓝和佳期，还乐此不疲。

对了，许蓝是个大骗子。

很久之前，她明明眼睛红得跟小兔子似的，在病房哭哭啼啼地说，自己会做饭。但后来经过一些实践，我才明白她口中的做饭，还是跟以前一样，只不过是把速食品二次加工，让它变得好看罢了。

真正的做饭，她依旧一窍不通。

前段日子，她在网上刷到一个用电饭煲做简易蛋糕的视频，兴致勃勃地觉得自己肯定能成功，结果把我刚买的电饭煲给弄坏了，丧着一张脸跟我求抱求安慰，十分心安理得。

我能怎么办呢？自家小孩儿，只能自己疼。

幸好，她做事总是三分钟热度，心血来潮的劲儿一会儿就过去了。

之后她也就和往常一样，进厨房只是为了亲我，还有打乱我做饭的程序。

想到这儿，我又有些头疼了。但莫名其妙上扬的嘴角是怎么回事？

我不理解，但大概也不需要花时间去想通，因为许蓝正在花园里叫我的名字，我没时间再写这篇日记了。

她刚刚带着两个孩子一起练钢琴，我便忙里偷闲来写这篇日记。

现在，琴练完了，许蓝带着两个孩子去花园里给花花草草浇水，肯定又因为玩闹，把自己身上弄湿了。

你们瞧好，一会儿等我过去了，有百分之九十九的概率，身上也会湿。

唉，家居服又要洗了。

不能继续写了，她在催我，那就在这里给日记收个尾吧。

许蓝小公主，愿你天天都能如今天这般开心。

事事有盼，朝朝有乐。

番外二

爱你不是一两天

我是沈问。对，又是我。

如果你要问我最近好不好的话，那着实不太好。

不是我多疑，但我感觉许蓝要出轨了。

意识到这件事情巨大的可能性时，我深呼吸了很多次，很久才平复下来。

我此刻在穿衣镜前，重新审视了一下自己。三十五岁，没有长白头发，没有发福。作息非常规律，每天坚持早起锻炼，即便工作繁忙，每周至少给许蓝下三次厨房。

只要有空，就会去幼儿园接两个孩子，也会陪他们读书写字看书。每晚抱着许蓝睡觉，早晚安吻从没落下，每周亲热三到四次。

最近我还给她新作了一首钢琴曲，正在悄悄练习，打算在下个情人节的时候弹给她听。

我没有问题。但她那边，好像真的出大问题了。

- 2 -

冷静，收心。

现在，让我们分析一下许蓝目前的生活状态。

二十七岁，已婚，有两个孩子，北市某传媒公司新闻中心副主编。

上班女强人，下班小公主，在家会随时随地跟我撒娇。

但是，最近他们公司来了个新人。

新人年年都会有，原本是件不足为奇的事情。但怪就怪在，许蓝的助理离职了，这个新人顶替了许蓝助理的位置。

这个助理，是个男人，二十四岁的男人。

我见过他，在三个月前，去接许蓝下班的时候。

按照惯例，许蓝会准时独自等在公司楼下，我会给她带一杯奶茶。

北市的夏末仍旧闷热，许蓝穿着鹅黄的小衫，拖地阔腿裤，衬得那双腿更长更细，玲珑有致。

可那一天，她的身边站着另一个男人，也就是她的新助理，宋衍。

我看着宋衍把奶茶递给许蓝，而她笑靥如花，居然踮起脚，摸了摸宋衍的头顶。

二十四岁的宋衍，研究生刚毕业，穿得依旧和大学生没什么两样，青涩而阳光。

被许蓝摸头的时候，还微微弓了脊梁。

- 3 -

一天晚上，许蓝抱着平板电脑，窝在我身边看剧。

她以前从来不爱看姐弟恋爱情肥皂剧，今天居然看得津津有味。

我问她，怎么开始看这个男演员的剧了。

她竟然笑着说："这个女主角比男主角大三岁，这样的恋情多甜啊，我年纪上去了，就喜欢看这种。"

不知道是不是我太紧张，立即联想到了许蓝和宋衍。

我当然相信许蓝，但她这几个月的行为，着实有些古怪。

比如，她以前洗澡的时候，手机不会带进浴室。但是现在，她会把手机随时随地放在身边，只要有提示音一响，她的动作比谁都快，会立马拿起手机回复。而且，她总要走到一边去打字，似乎不想被我看见内容。

又比如，许蓝是个懒人，从公司回家后就不会再出去。但是近几个月，她每周总是有那么一两天，在晚上忽然要出门，还说是跟鱼鱼散步谈心。而且，她不让我跟着，说这是闺密之间的事情，男人不能掺和。

再比如，我在许蓝的梳妆台上，找到了一根限量款的男士皮带。

但是，那不是我的东西。开始我以为是给我的礼物，但又发现这是用过的。我问了许蓝，她说是助理的，被自己不小心弄坏了，于是她得负责把人家的东西给修好。

这就算了，她还借此回忆起从前，说当年要不是她把我的夜视镜弄坏了，跟我见面的机会就少了两次。

这是什么意思？她帮自己的助理修东西，还能跟我们的爱情故事联系上，而且，助理的皮带，她身为上级，是怎么弄坏的？

还比如，那天许蓝跟我说晚上不用接她，她要去给人家过生日。

当时她凌晨才回来，还喝了不少酒，我一边给她洗澡，一边问今天是谁生日。

许蓝红着脸，醉醺醺地说，宋衍。

她喝醉了，倒在我怀里，嘴里却说出别的男人的名字。

虽然是我问的，但我还是有点生气。

- 4 -

冬天来了，我的公司里事务也越来越忙，因为即将年底。

我会偶尔不回家，按照以前的习惯，许蓝总会在晚上和我视频。但是，最近她都没有，只是给我发一句"老公晚安"，就说自己要睡了。

不对劲，实在很不对劲。

许蓝那么坦荡纯粹的人，绝不会做出那样的事情，或许是我心胸狭隘，在生意场上的时间久了，就习惯拿怀疑的眼光看人。

如今，我把这份狭隘不仅送给对手，也送给了妻子，实属不该。

可他们公司提前办年会，时间居然是我生日那天。

虽说我没有过生日的习惯，但那天我也去了他们的年会现场，看见许蓝身边最近的那张椅子，是属于宋衍的。

我不断地提醒自己，深呼吸，再呼吸。

晚上，许蓝坐在副驾驶座上，宋衍在不远处，和我招手示意。

他还说，沈先生辛苦了。

我是许蓝的合法丈夫，有什么辛苦，需要你替我说出来？

回家路上，许蓝不安分地动来动去，黑色礼裙下，细白长腿全露了出来。

我按捺住心跳，问她，宋衍是不是在公司表现不错。

许蓝哼哼唧唧："别多问宋衍了，他还小呢。"

那一瞬间，我手心冒出了汗。

回到家，许蓝已经在副驾驶座沉沉睡去。大概是喝了酒，她的呼吸声比平时要稍微重些。

我叹了口气，手掌轻轻穿过她的胳膊和小腿下面，将她抱回家。

她贴在我怀里，显得好小，嘴里碎碎念着，说要喝水。

我把她放在楼上的床上，然后下楼去倒水。

没想到，再上楼，许蓝眼神清明地推着一辆小车，上面架着一个漂亮的蛋糕。

"祝你生日快乐，祝你生日快乐……"她甜甜地唱。

所以她刚刚是装醉的吗？

不等我反应，她嘻嘻哈哈地把我拉到蛋糕跟前，握着我的手一起吹了蜡烛，然后拿出一个手提袋。

"这个礼物有点特殊。"

"什么？"

"是一件毛衣，我自己织的毛衣。"许蓝忽然有些不好意思，"织了好几次，废了好多毛线，这是最终版本。"

我很惊讶："你什么时候学的？"

"我对这方面一向没天赋，学了很久，是我刚回国的远房表弟教我的。"

"远房表弟？"我确定自己不知道她有个远房表弟，"谁？"

"宋衍啊，"许蓝歪了歪脑袋，"你不是见过他好多次了吗？"

我愣在原地。

"之前让你别多问，就是因为怕他被说成关系户，我想保护下我弟弟嘛。"许蓝眨眨眼睛，"毕竟，亲戚当助理，有点那意思。"

我脱口而出："皮带——"

许蓝拉着我的手摇摇晃晃："那条皮带，其实是我想给你买的。不过我先给他买了一条，想让他帮我试试看质量行不行。"

她一脸无奈："唉，结果他这小孩子，自己弄坏了，还得我拿回去修，真麻烦。"

"我帮他修完之后，感觉这皮带也没网上吹嘘的那么好，就没再给你买了。"许蓝朝我眨着无辜的大眼睛。

"为了给你惊喜，我都是偷偷溜出去找他学的……"许蓝如往常那样，开始自我感动起来，几乎要潸然泪下。

"不对，"我忽然反应过来，"就算我知道他是你表弟，可我又不是你们公司的人，也不会对他有什么影响。"

许蓝狡黠地笑起来："啊，是吗？那只能是我故意不说的了。"

哦，故意的啊。

许蓝啊，许蓝。我该说她什么好呢？我能说什么呢？

我无可奈何，看向那件织得歪歪扭扭、针线混乱的毛衣。

据许蓝说，这是世界上最可爱的毛衣。是灰色的，正面看没什么特别，但背面却有一只身上写着"BLUE"的白兔子。

她跟他大晚上见面那么多次，居然是为了学习怎么给我织一件丑毛衣？

哦，不是丑毛衣，是世界上最可爱的毛衣。

关键是她太坏了，她故意要露出马脚，让我发现她和那个男人在一起的同时，又不让我知道他们两个到底干了些什么。

她就是想要我着急，要我难堪，却要最后给我一个惊喜，让我没有办法去怪罪她。

她知道的，我肯定不会发火。

她也了解我，知道我不会冲动到去直接跟他们对质。

但是……她现在可是个儿女双全的妈妈啊，怎么还会做这些小姑娘做的事情呢？

我有点苦恼，但她好可爱。

- 7 -

夫妻之间毕竟要坦诚，所以我收到那件世界上最可爱的毛衣后，依旧把我之前的猜想跟许蓝说了。

果不其然，许蓝她哭了，一边骂我，还打我。

可是，我还有些问题。

不是她故意大晚上出门，想让我怀疑和吃醋的吗？

不是她故意不让我知道，宋衍是她远房表弟的吗？

那为什么我真的吃醋了，挨打挨骂的居然还是我呢？

她气得腮帮子鼓起来，小拳头一下下地砸我的胸口："沈问，我爱你又不是一两天了，你还真的这么想我吗？"

你看，她明明很生气，话语里却在跟我表白。

这样狡猾的女人，若是她想，大概没有什么男人不会为她倾倒。可她说，她爱我不是一两天，是很久很久，直到永远。

她的睫毛太长了，因为有些泪花，全都变成一小簇一小簇的。

她哭起来好漂亮，但这种情况下我不能这么说，还是希望她赶紧开心起来。

于是，我轻轻地吻掉她脸颊上半真半假的泪水，用她喜欢的方式，慢慢吻到耳朵。

这样的好时光，怎么能浪费在哭上呢。

我们，可是要在一起很久很久呢。

Xu Niannian